经 / 典 / 小 / 说 / 坊

伤感情调

[德] 施托姆等 著

房成凤等 译

江苏凤凰文艺出版社
JIANGSU PHOENIX LITERATURE AND ART PUBLISHING, LTD

图书在版编目（CIP）

伤感情调 /（德）施托姆等著；房成凤等译．-- 南京：江苏凤凰文艺出版社，2018.8（2021.10 重印）
（经典小说坊）
ISBN 978-7-5594-2296-5

Ⅰ．①伤… Ⅱ．①施… ②房… Ⅲ．①中篇小说－小说集－世界 Ⅳ．① I14

中国版本图书馆 CIP 数据核字 (2018) 第 130246 号

书　　名	伤感情调
著　　者	（德）施托姆等
译　　者	房成凤等
责任编辑	王　青
出版发行	江苏凤凰文艺出版社
出版社地址	南京市中央路 165 号，邮编：210009
出版社网址	http://www.jswenyi.com
印　　刷	三河市人民印务有限公司
开　　本	880×1230 毫米　1/32
印　　张	11.5
字　　数	261 千字
版　　次	2018 年 8 月第 1 版　2021 年 10 月第 3 次印刷
标准书号	ISBN 978-7-5594-2296-5
定　　价	59.00 元

CONTENTS 目录

保尔和薇吉妮

[法]贝纳丹·德·圣比埃　著
柴扉　译

毛里求斯岛的路易斯港市后面屹立着一座大山，山的南面有两处先前人们耕作过的土地，上面倒塌着两处小茅屋的废墟。废墟靠近盆地，周围巨石环绕，向北而开。在它的左边，有一座山被称为“新发现”，远处进港的船一出现在地平线，人们就可以站在山上为它领航。山脚下就是路易斯港市。右面，是通往邦布勒姆斯区的道路，一上路就能看到邦布勒姆斯教堂坐落在一大块平地上，几条茂林修竹遮挡着的大道环绕着它。后面，一片大森林延伸到岛的尽头。前方，是一片海湾，被命名为墓湾，稍靠右一点就是不幸角了。更远处便是翻腾的大海，伸向无垠的天际，隐约可见几座无人居住的小岛浮在海面，米尔角像一座水中堡垒，屹立其中。

在小盆地的入口处，海风吹动着近旁的森林，树叶不断发出沙沙的声响，在山谷中回荡，远处的悬崖，也在风的猛冲下发出轰隆隆的声音。但是小茅屋却始终是那么平静，周围唯一可见的就是陡峭的山岩，就像是环绕着它的围墙。盆地的底部长满了大树，虽然是在裂缝中生长，却仍然高大壮丽。这里是云栖息的地方，时而山雨降临，为这灰绿相间的山坡挂上一道绚丽的彩虹。有了这源头，山脚下的溪流也潺潺不断，汇成一条叫做拉达尼埃的小河。山谷中非常宁静，溪流、空气，一切都是那么和谐。微风轻轻地吹拂着槟榔树阔大的叶子，传出沙沙的回响。这里只有正午的时候才有太阳，阳光柔和地照耀着小盆地。但是，每当黎明之时，日光就会笼罩着山巅的巨石，盖住山的阴影，曙光中的山峰在碧空下显得金黄璀璨，又泛着微微的紫光。

我爱来这儿，在这可以享受到无限丰富的美景，以及无人打扰的宁静。一天，我坐在废弃的茅屋的墙脚，注视着这片废墟。一位长者经过这儿，他身着岛上的古老服饰，光着脚，拄着一把乌木拐杖，头发花白，脸上的表情威严而质朴。我怀着敬意对他鞠了一个躬，他回了礼，在认真打量我片刻之后，他走了过来，坐在我坐的小丘上，一副很信任我的样子，于是我就和他攀谈起来："老伯，这两间小屋先前的主人是谁？""我的孩子，"老人回答，"二十年前，这些废墟和荒地属于两家的财产，他们在这里幸福地生活，那段故事很动人啊！但是，正在往东印度群岛扩张的那些欧洲人会对这小岛上的几个无名百姓的命运感兴趣吗？他们能想象到这些贫困的、无足轻重的人们也有他们的幸福吗？人类的好奇心只会被大人物所吸引，然而那些人的故事却毫无用处。"

"老伯，"我说道，"您的谈吐举止让我感觉您拥有很多生活的经验和智慧。如果您有时间，我恳请您给我讲讲过去生活在这片荒地上的人们的事吧。请相信，即使是世界上最堕落、最容易有偏见的人，也会乐于倾听大自然和道德所带给人们的幸福。"

老人手托着面颊，似乎正在努力回忆过往的种种，片刻沉默之后，他开始了诉说。

德·拉·托尔先生，一个年轻的诺曼底人，没能入伍，也没有家里的支持，终于，他决定来到这个岛上开创家业。一七二六年他抵达这里，带着一个年轻女子，他们彼此相爱。这个女子来自本省的一个旺族，但是德·拉·托尔先生不是贵族出身，因而女子的家里人不同意这门婚事，他们只能秘密成婚，没有得到任何嫁妆。来到岛上后，德·拉·托尔先生把妻子留在路易斯港，独自乘船前往马达加斯加，想购买一些奴隶来帮助他在这座岛上建一个种植园。可是，他抵达马达加斯加的时候正是时疫传播的季节，这种季节从十月中旬开始，要在岛上延续半年之久，这也正是欧洲各国难以统治这块重要的土地的原因。年轻人很快就死于疫病引发的高烧，所带的财物也散失一空，就像那些客死他乡的人们通常所遭遇的那样。可是，他的妻子，刚有身孕就成了寡妇，只有一个黑人女佣在身边，客居他乡，既没有存款也没有熟人，没有地产，没有任何的支撑。在她唯一深爱的丈夫离去后，她不愿向其他人寻求保护和救济。不幸激起了她的勇气，她决心要和她的黑人女佣一起种一小片地，自给自足。

这荒岛上到处都是地，人们可以随意选择。她避开那些最肥沃的和最有利于做生意的地方，而是找了深山里的某个角落——她的秘密避难所，或许，在这里她可以孤寂地生活。她从城镇走向山岩，就像把自己藏了起来，逃避着人群，躲在这不毛之地，这是所有多情善感之人在受伤后的本能反应，似乎岩石可以建立起抵御灾难的壁垒，似乎大自然的宁静能够安抚嘈杂的心灵。当祈求上帝给我们必需的东西时，他总会给我们提供帮助。为德·拉·托尔夫人祈祷吧！上帝带给她的既不是财富，也不是荣誉能够买得到的东西，上帝给了她一位朋友。

在德·拉·托尔夫人避世而居的地方已经有一个女人先她一年定居这里，她叫玛格丽特，性格开朗、感情丰富。她生在布列塔尼的一个农民家庭，是父母的掌上明珠，如果不是她柔弱的心害了她，让她坠入了邻近某男子的情网，她本该和父母一起在纯朴的乡间度过幸福的一生。那位绅士许诺会娶她，可在毫无人性地玷污了玛格丽特后，不久便抛弃了怀有身孕的她，还拒绝给孩子提供赡养费。之后，玛格丽特决定永远离开她长大的村子，来到这块远离家乡的殖民地，她在家乡丢掉了一个乡村穷姑娘唯一的财富——好名声，也许只有离开才能掩盖她所犯的错误。在这里，她用借来的钱买了一个黑奴，她们一起在这里建了一个小窝。

德·拉·托尔夫人跟着她的女佣来到这里，碰到了玛格丽特。她正在给孩子喂奶，德·拉·托尔夫人被眼前的场景所吸引，这个女子目前的境遇与她自己那么相似，她深感安慰。她简单地说了自己的过去和目前的需要，玛格丽特听后也很同情她，为报答对方这么看得起自己，特别是对方的信任，她也毫不掩饰地诉说了那让她罪孽深重的错误。

“像我这样一个人，”她说，“是活该这种命的，但是您，夫人，您是那么有德行的人，却也这么不幸！”她含着泪把自己的茅屋奉献给了德·拉·托尔夫人，也把友谊给了她。德·拉·托尔夫人被她的诚挚接待深深感动，紧紧搂着她说道：“我确定上帝让我的苦难到了头，他启示您这样一个陌生的人对我那么好，是我在父母那里从未感受过的！”

我认识玛格丽特，尽管我住在离这儿一里格[①]多远的龙格山后的树林里，我仍把自己当做她的邻居。在欧洲城市，一条街道，甚至只是一道墙，都可以让一家人好几年不能见面，但是在新殖民地，大家把那些只是山水相隔的人们看做邻居，特别是在那个年代，岛上和印度通商还不频繁，邻居就代表着友谊，而对异乡人的友好款待则被视做一种责任和快乐。当我听说我的邻居玛格丽特找到了一个伙伴，我马上就来看她，希望能够帮她和她的客人做点什么。见到德·拉·托尔夫人后，我发现她的气质很不一般，高贵而忧郁，她的神情让人着迷，有种意味深长的神韵，给她的美貌增添了一份额外的魅力。她已经到了孕晚期。我建议两位夫人为了他们未来孩子的利益，防止其他人再来安家，最好对这块盆地内的二十英亩荒地做一个划分。她们把这件事托给我办，我把地分成了差不多大的两块，一块在盆地的高处，云雾笼罩着山尖，拉达尼埃河由此流下，在山的顶端你可以看到陡峭的裂缝，外形看似战争后留下的枪眼，被称作枪眼崖。想在这块盆地里的荒地上辟一条

① 里格——约为三英里或三海里。

路是很难的，泥土里要么满是碎石，要么就是被山洪冲出的沟渠，但这也造就了参天的大树，还有无数的山泉和溪流。拉达尼埃河取道两山之间，流向大海。另一块地延伸至埃达尼河边，直到我们坐的这块空地。这块地比较平坦，四周有草地，但也不够好，尤其是到了雨季就一片泥泞，旱季则硬邦邦的，必须用镐子才能刨得动。我分开这两块地，让她们抽签选择。高的那块包含了埃达尼河的源头，被德·拉·托尔夫人抽到了，低的那块则包含了河岸边的平地，属于玛格丽特，她们都很满意。她们请求我也住到这附近来，方便大家来往，交流感情，彼此慰藉。玛格丽特的小屋靠近盆地中部，位于她们领地的边缘，我为德·拉·托尔夫人在旁边也盖了一座小茅屋，这样，这两位好朋友就可以在她们自己的领土上享受邻里往来的好处。我亲自从山上砍来木头，从海边拉来棕榈树的叶子建起了这两个小屋，可是现在你已经无法分辨哪里是门哪里是屋顶了。唉！这废墟还在那儿，我的脑中有太多记忆了！时间啊，它飞速地毁灭令帝国骄傲的丰功伟绩，却好像格外珍惜这荒地上存在着的友谊，让我抱憾终生啊！

第二栋小屋刚盖好，德·拉·托尔夫人就生了个女儿。我曾做了玛格丽特孩子的教父，给他取名为保尔。德·拉·托尔夫人要我和她的朋友一起也给这孩子取个名字。玛格丽特选了薇吉妮这个名字，“她会很贞洁，很幸福的，”玛格丽特很动情地说，“我就是因为失了女子的德行才变得这么不幸。”

德·拉·托尔夫人身体恢复之后，这两家的日子也跟着好起来了，或许，在某种程度上也与我对她们时不时的照顾有关，但主要还是靠两家用人的辛勤劳动。玛格丽特的用人名叫多明戈，尽管上了年纪，但仍然身体强健。他有点文化，并且很懂自然知识，他不分彼此地种着这两块地，虽然地少，可他却把它们当成是世界上最肥沃的土地。他在这两块地上撒了最适宜的种子，贫瘠的地上种玉米，肥沃的地上种麦子，沼泽地里种水稻，山岩脚下种黄瓜，黄瓜藤顺着山岩攀爬，枝繁叶茂。干旱的地上种了甘薯，高地上种了棉花，黏土地上种了甘蔗，他还在山坡上种了咖啡，粒虽小，但香浓无比。香蕉树在河岸边洒下大片的阴影，包围着小屋，年年硕果累累。为了给主人解解闷，多明戈还种了些烟草。他间或从山上砍些树枝当柴火，凿些石块来铺路。他干起活来很带劲，做得聪明又利索。多明戈对玛格丽特和德·拉·托尔夫人非常忠诚，并在薇吉妮出生后娶了德·拉·托尔夫人的女佣玛丽，他深爱他的妻子。玛丽出生在马达加斯加，并在那里学了几门有用的手艺，她可以帮人家用一种长在树林中的野草编篮子和腰带。她能干，也爱整洁，最重要的是很忠诚。她主要负责做饭和喂养家禽，有时会去路易斯港卖一些他们吃不完的农产品，虽然少得可怜。只是那么一点点土地的收成，要维持正常的花费用度，再加上两头给孩子供奶的山羊和一条看门的大狗，你算算就知道他们的经济情况了。

德·拉·托尔夫人和玛格丽特两人每天从早到晚地纺线，刚好够家用。但是，有些东西是她们无法自给自足的，因而生活物资很匮乏，在家里她们都光脚走路，鞋子留到周六去教堂才穿。在那一天，她们早早就来到远处的邦布勒姆斯教堂，加入做礼拜的人群。教堂离她们家比到路易斯港还远，不过她们也很少进城，以免受到歧视，因为她们的衣服是孟加拉蓝粗麻布做的，通常只有奴隶才穿。可是对不幸的表面顺从能换来家庭的幸福吗？这两位夫人在外面挨了多少白眼，回到家就会得到多少幸福。通常玛丽和多明戈在这块高地上一看到他们的女主人从邦布勒姆斯的路上回来了，他们就赶紧跑下去搀扶她们。她们从自己用人的脸上看到的是喜悦，也报以同样的喜悦，从自己家里看到的是清洁和自由，是辛勤劳动换来的幸福，是用人们的爱戴之情。共同的需求将她们连在了一起，对彼此不幸的同情，让她们把“伙伴”“朋友”“姐妹”这些温存的称呼给了对方。她们有共同的意志、共同的利益，她们在同一张桌子上吃饭，她们的一切都是共有的。每当比友情更激烈的无解的苦闷在她们心中偶尔被激发时，她们贞洁而纯朴的品行就会催生一种纯粹的信仰的产生，把她们的情感转向另一种生活：就像熊熊的火焰在地面燃尽后往天空升腾。

对于两个洋溢着母爱的母亲而言，母亲的义务变成了一种原本不曾体会过的幸福的源泉，每当见到两个孩子，她们之间的友情就更加深厚，这两个孩子都是不幸命运的产物啊！她们高兴地把两个孩子放在一个浴缸里洗澡，一个摇篮里睡觉，还换着给两个孩子喂奶。“我的朋友，”德·拉·托尔夫人深情地说，“我们每人都有了两个孩子，而我们的孩子也有了两个母亲！”就像长在两棵同种树上的两枚树芽，在暴风雨刮断了它们的树枝后，把它们从母体分离下来嫁接在相邻的树上，会长出更美味的果实。这两个孩子，虽然失去了他们的其他亲人，嘴里却吮吸着生养他们的两位母亲的乳汁，享受着最温柔的母爱和兄妹之情。当他们还在摇篮中的时候，他们的母亲就开始讨论他俩的婚事了，她们把希望寄托在她们孩子未来的幸福上，以宽慰自己，可往往说着说着眼泪就掉下来了。一个想到自己的不幸是由于婚前轻信男子而失了贞洁，另一个是由于社会陈规；一个是由于高攀不上，另一个则是想脱离自己的阶层。但是，她们一想到孩子能比自己幸运，可以远离欧洲那些残酷的偏见，可以享受到爱情的甜美和平等的祝福，她们便甚感安慰了。

两个孩子之间也有着深深的依恋之情，在他们身上相互印证，实在是难得。当保尔闹人的时候，她妈妈就指指薇吉妮，看到薇吉妮，保尔就不闹了，破涕为笑；当薇吉妮有点什么事时，保尔的叫声会让妈妈们知道，但是这个可爱的小姑娘一旦发现保尔在担心她，就会赶紧忍住呻吟。每次我来这儿，都能看到两个孩子，他们按当地的习俗光着屁股，互相支撑着，蹒跚学步，就像天上的双子星座那样。晚上，他俩也不想分离，还睡在同一个摇篮里，脸贴着脸，身体紧紧挨着，搂着彼此的脖子，酣睡于对方的怀中。

他们刚会说话时，学的第一个对彼此的称呼就是哥哥和妹妹，在童年时期，没有比这更温柔的表示了。他们被教导互相之间要多考虑对方的需要，这也更加深了他们的感情。很快，家里的财务收支、做一些乡间美味这些事就都归薇吉妮管了，她的劳动常常得到哥哥的夸奖和亲吻。而保尔呢，也总是闲不住，他不是和多明戈在园子里翻土，就是拿着小板斧和他一起去砍柴。在途中，要是看到漂亮的野花，美味的野果，哪怕是很高的树杈上的一个鸟窝，他也要爬上去，回去就把这些宝贝通通送给妹妹。当你看到其中的一个孩子，那另一个一定也在不远处。

有一天，我从山上下来，看到薇吉妮在小园子的尽头，正往屋子里跑，为了不被大雨淋湿，她把裙子掀起来挡在头上。从远处看，我以为她是一个人，就赶快跑过去想帮她，可是走近才发现她和保尔抱在一起，两个孩子都躲在裙子撑起的遮篷下面，嬉笑打闹着，正为躲在他们自己发明的雨伞下而兴奋呢！两张纯真动人的脸被蓬起的裙裾遮挡着，让我想起那关在同一贝壳中的莱达[①]的孩子们。

---

① 莱达——莱达与天鹅的故事来自古希腊神话，众神之父宙斯爱上了斯巴达的王后莱达，于是变成一只天鹅去引诱她。亲热过后不久，莱达产下两个双黄蛋，孵出两男两女：卡斯托耳和波卢克斯及他们的妹妹海伦及克吕泰涅斯特拉。

两个孩子学到的是怎么让对方高兴，怎么互相帮助，其他的他们都不懂，既不会阅读也不会书写。他们从不为过去发生了什么而烦忧，好奇心只局限在这个小山里，他们相信世界的尽头就是这座岛的边缘，他们所有的想法和情感都在这范围内，他们的心田被对彼此的爱和母亲的爱占满。他们从不会为想学那些无用的知识而落泪，不会为那些道德教化感到厌烦，更没有什么精神烦忧。他们从来不懂得什么是偷窃，因为他们的一切都是共用的；他们也没有放纵享乐的念头，因为家里的衣食虽朴素，但也很丰富；他们也从来不会说谎，因为没有什么要隐瞒的。他们也从没被上帝会惩罚坏孩子之类的话恐吓过，母亲温柔地爱着他们，他们对母亲也很孝顺，这种感情都是油然而生的，宗教教给他们的只是如何去爱。如果他们没有在教堂长时间地虔诚祈祷，那么无论在哪，家里或是田野里，树林里，他们都会带着贞洁而纯净的心，对着上苍合十他们纯洁的小手。

童年就这样过去了，像美丽的黎明一般，是美好一天的开始。他们已经开始帮助妈妈们打理家务了，每天天刚蒙蒙亮，公鸡一打鸣薇吉妮就起床了，先去附近的山泉挑水，然后回家准备早饭。当太阳当空将环山的高峰镀上金色的光晕时，玛格丽特就和她的儿子来到德·拉·托尔夫人那儿一起餐前祷告，他们一直保持着这种仪式，然后才吃早饭。他们常常坐在小屋门前的香蕉树下的草地上用餐，香蕉树巨大的叶片投下片片阴凉，香蕉树不仅给他们提供了天然而美味的果实，它那延伸到桌上的又长又滑的叶子还可以当餐垫用。丰富而健康的食物让两个孩子发育得很好，精力很足，他们的面容显示了心灵的纯洁和宁静。薇吉妮十二岁时已近成熟，浓密的浅色长发微微遮面，蓝色的眼眸和珊瑚般的红唇，浑身散发着迷人的光彩。她说话的时候，眼睛含笑，安静的时候，那习惯性上扬的眼角，显示出了一种很极致的敏感神色，或者说是一种忧郁吧！保尔也已经有了一种年轻男子的风度，他比薇吉妮高，肤色略深，鹰钩鼻，黑色的眼睛很有穿透力，但长长的睫毛掩盖掉了过分尖锐的神色，让他看起来颇有温情。他总在忙着，但是妹妹一来他就放下手上的事，陪坐在她身边。他们吃饭的时候都一言不发，两人静默地坐着，神态透着典雅，裸露的脚是那么美，看到他们就不由得想到一对白色大理石雕塑——神话中的尼俄伯[①]的孩子。但是人们看到他们始终互相凝视的目光和彼此回应的甜蜜微笑，会把他们当做一对快乐的天使，天生就爱着彼此，不用言语也能互诉衷情。

但与此同时，德·拉·托尔夫人看到女儿越发美丽动人，身为母亲不免要担忧。她常对我说："如果我死了，薇吉妮没有一点财产可怎么办啊？"

德·拉·托尔夫人有位姑母在法国，是位老淑女，也是位虔诚的教徒，很富有。她很残酷地反对自己侄女的婚姻，德·拉·托尔夫人曾下定决心有再大的麻烦也不向这些狠心的亲戚求助，绝不屈服。但是，作为一位母亲，什么样的怨恨都会被强烈的母爱瓦解。她写了封信给姑母，告诉她丈夫的突然离世和女儿的出生，以及自己现在的困境，带着个孩子，没有任何依靠，但是没有回音。尽管德·拉·托尔夫人很有涵养，不怕被亲戚们羞辱，尽管她也清楚姑姑从没有原谅她嫁给一个有德行但无身家的男子，她还是继

---

① 尼俄伯——来自希腊神话，尼俄伯是底比斯王安菲翁的妻子，因生有七子七女而十分自豪，并因此傲慢地嘲笑太阳神阿波罗的母亲女神勒托只生了一儿一女，还阻止底比斯人向勒托奉献祭品。女神勒托因此大怒，命令儿子阿波罗用箭射死尼俄伯所有的儿子，女儿阿耳忒弥斯射死尼俄伯的全部女儿。尼俄伯因此整天哭泣，主神就把她变成了石像。

续写信给她，希望她能可怜一下薇吉妮，但很多年过去了，都没有得到任何姑母的消息。

直到一七三八年，距离德·拉·布尔多奈先生来岛上做总督已经三年，德·拉·托尔夫人才知道他带了一封姑母的信来。她飞快地跑去路易斯港，发自内心的喜悦让她顾不上细节的考虑，她顾不上衣着，穿着家常衣服就去了。德·拉·布尔多奈先生把姑母的信给她，信上姑母说那是她嫁给一个浪荡子应得的命运，放纵情欲本身就会招来惩罚，她丈夫的早逝就是上天的惩罚，她跑到这荒岛做对了，省得让她在巴黎的家人蒙羞，还说她待的这个岛除了懒汉谁都能发财。一番责难后，就开始夸起了自己，说为了避免婚姻带来的难以避免的祸害，她就是不结婚。实际上，是因为她太有野心，非有身份的男人不嫁，因此尽管她很富有，却注定找不到符合她要求的新郎，即使在他们那个圈子，也没有人想娶她这种思想扭曲又讨人嫌的女人。

她还附言说，经过深思熟虑已把德·拉·托尔夫人托付给总督先生，她确实是这么做的，但是就像今天常见的那样，这样托付给一个保护人也许比有一个明敌还可怕。为了表现出她对侄女有多心狠，她在总督面前狠狠地诽谤她，还装出对侄女厄运的同情。因此，德·拉·托尔夫人，这个哪怕再有偏见之心的人见了都会抱以同情和尊重的人，却受到了总督先生的极端冷遇。当她告诉他自己和女儿的处境后，他只是敷衍："看情况吧，看看能帮您点什么吧……穷人多的是……都过得苦着呢……何必要惹你的姑母不高兴呢？是你自己做得不对。"

德·拉·托尔夫人带着满心的失望回了家，心都快碎了。到家后，她把姑母的信往桌上一放，跟玛格丽特叹道："这就是十一年耐心等待的结果！"但德·拉·托尔夫人是家中唯一会阅读的人，她只好又拿起信，大声读出来。还没开始玛格丽特就气愤地说：“我们需要你的那些亲戚做什么？上帝把我们抛弃了吗？他才是我们唯一的父亲！到今天为止我们哪里不幸福了吗？何必要向他们表示后悔？你太没勇气了。”可看到德·拉·托尔夫人掉下了眼泪，就又过去搂住她，宽慰她：“亲爱的！亲爱的！”但自己也泣不成声了。看到这种场景，薇吉妮也哭了，交替着将两位母亲的手放在自己的唇边和心口。保尔的眼睛里充满了愤怒，一边吼着一边握紧拳头，狠狠地跺脚，不知道眼前的灾难要归咎于谁，要找谁来发泄。他们的动静惊动了多明戈和玛丽，小屋里顿时哭声一片：“夫人啊！我的好夫人！亲爱的夫人啊！不要哭啊！”这满含柔情的劝慰让德·拉·托尔夫人心里的伤痛得以消散，她抱住保尔和薇吉妮，说道：“孩子们，折磨着我的心的是你们！唯一能让我开心的也是你们！是的，我亲爱的孩子们，我有麻烦，但是在远方，而幸福就在我身边啊！”保尔和薇吉妮不明白这是怎么一回事，但是看到母亲平静了下来，他们就笑了，轻轻抚摸着她。这场灾难就像美好时节的阵雨那样，不过是短暂过境，这个幸福的家庭又回归了宁静。

孩子们在成长中渐渐养成了温良的品性。一个星期天，天刚亮，妈妈们就去邦布勒姆斯教堂做礼拜了，两个孩子看到有个黑人妇女在他们屋子附近的香蕉树下，那人瘦得皮包骨头，只裹了块粗布。她看到薇吉妮正在做早饭，就跪在她脚下说：“小姑娘，行行好！可怜可怜我这个逃跑的奴隶吧！我在深山里游荡了一整月了，快饿死了，还常常被猎人和他们的狗追。我从主人那儿逃了出来，他是黑河那边的一个有钱人，他太残暴了，您看！”她把身上的一道道鞭痕露出来，又说道：“我本想跳河自杀，但听说你们住在这儿，就说服了自己，既然这个地方还有好心的白人在，我也不用去死了。”薇吉妮激动地回答她：“可怜的人啊，你要勇敢些！这儿有吃的。”说着就把自己准备好的早饭给了她，没一会儿她就吃光了。吃饱后，薇吉妮就对她说：“可怜的女人！我真想去替你求得主人的饶恕，他看到你这个样子，肯定会同情你的！你能给我带路吗？”“您真是天使般的姑娘！”可怜的黑奴说，“您去哪里我都跟着您！”薇吉妮叫来了哥哥，请求他陪着一起去。这个黑奴带着他们走过蜿蜒崎岖的小路，穿过树林，又艰难地翻过一座座大山，渡过一条条大河。近中午时，他们抵达了黑河边的一个陡坡脚下，眼前是一座建得很好的房子，被大片的农田包围着，很多奴隶在做着各种各样的农活，他们的主人叼着烟斗，在中间巡视着，手里还拿着一根鞭子。他是一个高高瘦瘦的男人，褐色的脸孔，眼睛凹陷，浓眉都拧在一起。薇吉妮拉着保尔走近那个人，激动地恳求他看在上帝的分上原谅他可怜的奴隶，那奴隶正颤抖着站在几步之外。起初，这人没有注意这两个穿着不怎么样的孩子，但当他注意到薇吉妮优美的身段，还有那蓝色斗篷下露出的浓密的金色长发，当他听到她温柔的声音颤抖地向他请求宽恕时，他取出嘴里的烟斗，举起手里的鞭子发毒誓答应要宽恕自己的奴隶，但不是看在上帝的分上，而是因为她在请求宽恕。薇吉妮示意女奴回到他主人身边去，就飞快地跟着保尔跑了。

他们爬上刚才下来的那个坡，到了最顶点，然后坐在一棵树下休息，两人又累又饿又渴，他们离家太匆忙，没顾上吃饭，从早上到现在已经饥肠辘辘地走了二十多里路了。保尔对薇吉妮说：“亲爱的妹妹，中午都过了，我猜你肯定又渴又饿，可这里找不到食物，我们回到山下向那个奴隶主要点吃的吧！”“啊，不！”薇吉妮回答他，“他让我觉得很可怕，还记得妈妈说的话吗？‘坏人的面包只够填石缝的。’”“那我们怎么办？”保尔说，“这些树上的果子不能吃，我都找不到一个罗望子或是柠檬来给你解解渴。”“上帝会保佑我们的，”薇吉妮说道，“甚至是小鸟向他祈求食物的哀鸣声，他也不会置之不理。”刚说完这些，不可思议的事情就发生了，他们听到不远处的山岩下有泉水流淌的声音，于是就赶紧跑了过去，捧起那清冽的泉水解渴，还采了些长在岸边的水芹吃。然后，又到处寻找有没有更管饱的食物，薇吉妮在树林深处发现了一棵小棕榈树，树冠的顶端长着层层包裹的叶子，中间的花芽很好吃，但是，尽管树干还没有大腿粗，却已经长了六十英尺高。这种树的树干虽然是由一种纤维状的物质构成，但是想划破它的皮却很难，斧刃都会弄钝，所以就算保尔有刀也很难砍断它。最后，他想到点火烧树干，可即使整个岛上都是岩石，想找到一块打火石却不太可能。不过，权宜之计总是有的，而且往往最贫穷的人发明了最有用的东西。保尔最终决定采用黑人取火的方式，他用石头的尖端把放在他两脚间的干树枝钻了一个小洞，然后，他用这块石头的锋刃将另一根干树枝削尖，再把凿了洞的那根树枝夹在两脚间，又把削尖的那根树枝插进洞里，两手快速摩擦，很快，就冒烟有火花了。保尔又捡了堆干草和树枝，在棕榈树下烧了起来，没多一会儿，只听一声巨响，树就倒了。他们又把包在外面的又长又厚的带刺的叶子也烧了，让里面的花芽露出来，终于得到了果实，他们生吃了一半，把另一半埋在灰里烧熟，两种味道都不错。想到上午做的这件好事，他们觉得这顿简单的饭吃得很开心，但是又想到离开家这么长时间了，妈妈肯定在担心，就开心不起来了。薇吉妮一直忧虑着，但是保尔觉得吃了东西后又有劲了，于是劝她不要担心，马上就要到家了，妈妈们就能放下心了。

吃完饭后，他们却被新的问题难住了，现在没有了向导，找不到回去的路。但是保尔没有被这点困难吓倒，他对薇吉妮说：“太阳中午在我们的屋顶上，我们应该像早晨那样翻过山去，就是那边的三座山峰。我们上路吧！”这座山是三乳峰，据说，是因为山的形状像乳房而得名。然后，他们下了黑河边的那个陡坡往北走，走了一个小时后，眼前出现了一条大河，阻断了他们的去路。这岛上大部分的土地被森林覆盖，很少有人对地形很清楚，甚至到现在还有许多山川河流叫不出名字。保尔和薇吉妮眼前的这条河，波涛汹涌，水花翻卷着河床的岩石，震耳的水流声让薇吉妮很害怕，她不敢过去，于是保尔背起了她，踩着水中湿滑的石头趟过去，脚下水流声阵阵。“别怕，”保尔对薇吉妮大声说，“和你在一起我有的是力气，如果那个农场主拒绝了你的请求，我一定跟他拼了！”“什么！”薇吉妮惊道，“跟那个凶恶的男人？都是我！让你这样！仁慈的主啊！做件好事太难了！也只有做坏事才容易！”

过了河，保尔想继续这样背着妹妹走回去，为了让薇吉妮高兴，他还说可以这样一直背着她爬上三乳峰。可那山还有三四里路那么远，刚一会工夫他就没劲了，不得不放下妹妹，坐在她旁边休息。薇吉妮对他说：“亲爱的哥哥，太阳就快落山了，你还有点劲，可是我已经实在不行了，你把我留在这儿吧！你一个人先回去，让妈妈他们别着急了。”“不行，”保尔说，“不能把你一个人留在这儿，如果天晚了，我就点一堆篝火，再找些棕榈树冠的叶子，你可以吃花芽，我再用叶子搭一个棚子，让你待在里面过夜。”与此同时，薇吉妮休息后也缓过了劲，她从一棵歪长在河岸的树边采集了一些叶子，它们长在树根旁，长长的，被叫做凤尾草，薇吉妮用它们编了一双筒靴穿在脚上，她的脚已经被路上尖锐的石头划得流了血，早晨她急着出门做好事，连鞋都忘了穿。有了叶子筒靴她的脚舒服多了。她还折了一根竹子当拐杖，一边靠在哥哥的肩上，一边拄着拐杖继续往前走。

他们就这样慢慢在林子里走着，但是因为树太高了，叶子密密层层的，一会儿他们就看不见三乳峰了，那可是一直引导他们找到路线的标志，还有那快落山的太阳。他们走着走着，不注意就走偏了他们一直走的小路，来到了一个迷宫般的树丛，枝蔓丛生，乱石遍地，因此他们怎么也找不到出去的路了。保尔让妹妹先坐下休息，他自己却急得团团转，想在这密林中找到一条出去的路，但他累坏了也没想到办法。于是，他爬上了大树的顶端，希望至少能看看三乳峰在哪儿，但是却什么也看不到，只有树梢被落日的余晖镀上了一层光晕。山的阴影已经在森林中渐渐散开，风也随着落日平息了，偏僻的林子里万籁俱寂，只偶尔有几只栖息于此的鹿的鸣叫打破这寂静。保尔想也许会有猎人听到他的叫声，就拼尽全身力气大喊："快来人啊！快来救救薇吉妮。"但是只有林中的回声一遍遍回应着他："薇—吉—妮，薇—吉—妮。"

终于，精疲力尽的保尔还是从树上下来了，他看看四周，打算安排一下晚上怎么在这荒山野地里过夜，可是他既找不到泉水也找不到棕榈树，甚至连能点燃的干树枝也没有。他沮丧极了，凭着经验他知道已经无能为力了，于是就哭了起来。薇吉妮对他说："亲爱的哥哥，不要哭！不然我心里就更难受了。都是因为我，你才这么伤心的，我们的妈妈在这个时候才会这么担心！我现在明白以后在没跟妈妈商量的情况下什么事都不要做，哪怕是做好事。唉！我冒冒失失的！"说着也哭了起来，但是她接着又说："哥哥，我们向上帝祈祷吧！他会保佑我们的！"他们刚祈祷完，忽然听到一阵狗叫的声音，保尔说："肯定是猎狗，晚上来打山鹿的。"没一会儿，狗叫声越来越大了。微吉妮说："是费德勒！肯定是！是我们的狗！没错！我听得出它的叫声。我们已经在家附近了吗？难道是在我们的山脚下？"过了片刻，费德勒就来到了他们脚下，对着他们叫个不停，亲近地蹭着他们。他们还没从诧异中缓过来，多明戈出现在了他们面前。看到这老仆高兴得都哭了，他们也忍不住哭了起来，一句话都说不出来。多明戈平静下来后说："我亲爱的孩子们啊！你们让你们的妈妈担心死了啊！她们和我从教堂回来后找不到你们，吓坏了。玛丽在那儿干活，她也不知道你们去哪儿了。我急得团团转，也不知道到哪儿去找，后来我急中生智，把你们的衣服给费德勒闻，这小东西它好像也明白了我的意思，很快就找到了你们的行踪，摇着尾巴领着我，一直来到了黑河边。一个种植园主告诉我你们领去了一个逃跑的女黑奴，是他的奴隶，并且在你们的请求下宽恕了她。可那算什么宽恕啊！他让我看那个女奴，脚被铁链绑在一根木桩上，脖子上还套着一个有三个钩的铁环！之后，费德勒又凭着气味把我带到了黑河岸边，然后就停了下来使劲大叫，在泉水边，一棵倒下的棕榈树旁，它一直叫个不停，而且，有一堆火还在冒着烟，最后它就把我带到了这里来。我们现在在三乳峰的脚下，离家还有十五六里远呢。来，先吃点东西，恢复一下体力！"然后多明戈拿出了一块蛋糕和水果，还有一个大葫芦。葫芦里装满了用酒、水、柠檬汁、糖还有豆蔻酿的饮料，是妈妈们专门为给他们解渴准备的。薇吉妮想到那个可怜的女黑奴，还有他们给妈妈带去的担忧就不住地叹息着："做点好事太难了呀！"等她和保尔休息好了都已经是晚上了，多明戈点起了一堆火，又在山岩间找到了一种特别的树枝，交缠着长在一起，叫做元木，这种青枝可以直接点燃，他用这些枝子做了一个火把举着。但是当他们想继续前进的时候，新的问题又出现了，由于长时间走路，保尔和薇吉妮的脚已经肿了，还发炎了。多明戈不知道该怎么办，是要丢下他们去找别人帮忙呢，还是留在这儿和他们一起过夜。多明戈说："那时候我可以一下抱起你们俩！但是现在你们长大了啊，我也老了。”当他正困扰的时候，离他们不远处有一队逃亡的奴隶走了过来，领头的走近保尔和薇吉妮，对他们说：“好心的白人孩子，别怕，早晨我们看到你们和一个我们族的奴隶经过，你们去帮她求情，为了报答你们，我们抬你们回家吧！”然后，他打了一个手势，其中最强壮的四个黑人很快就用树枝和藤草编了一个轿子，然后让保尔和薇吉尼坐上去，把他们扛在了肩上。多明戈举着火炬走在前面，整个队伍在一片欢乐中上路了，充满了对保尔和薇吉妮的祝福之声。薇吉妮也被这种气氛感染了，激动地对保尔说：“哦！亲爱的哥哥，好人还是有好报的啊！”

到达他们家山脚下的时候已经差不多是午夜了，山坡上燃着几堆篝火，他们一上来就听到有人喊道：“孩子们，是你们吗？”他们赶快回答：“是啊！是啊！是我们！”连黑人们也跟着一起喊。不一会儿，他们就看到妈妈和玛丽举着火把过来了。“我可怜的孩子，”德·拉·托尔夫人哭着说道，“你们是去哪儿了啊？让我们担心死了！”“我们去黑河那边了，”薇吉妮说道，“早晨一个可怜的女奴跑到家里来，都快饿死了，我就把早饭给她吃了，然后又去替她求情。是她的族人把我们送回来的。”德·拉·托尔夫人抱着女儿，一句话也说不出，薇吉妮感到脸上被妈妈的眼泪浸湿了，于是对妈妈说：“现在所有的辛苦都不算什么了。”玛格丽特也高兴地搂着保尔说着：“我的孩子，你也一样，做了一件好事啊！”他们一起回到茅屋，给了那些黑人好多吃的，然后，黑人们向他们表达了无尽的祝福，就回到林子里去了。

从此，这一大家子就过着幸福而安宁的生活，不被欲望和嫉妒所扰，也不去追求外在的虚名，那些既可以因诡计而得到也可以因诽谤而失去，但是，他们愿意自我检视，评判自己的行为。这座岛也和其他的殖民地一样，各种奇闻轶事就是人们聊天的主题，但是这两家人的德行，甚至连他们的名字都无人所知。有时去邦布勒姆斯教堂的人经过这儿，问过路后会顺带问一句："住在高地上小茅屋里的是什么人啊？"往往被问的人就会回答："他们都是好人啊！"即使并不认识他们。这一家人就像谦逊的紫罗兰，深藏幽谷，不为人所见，却散发着怡人的芬芳。

中伤人的闲言碎语完全不会在这两家人口中出现。谗言和诽谤披着公正的外衣，使人们的心倾向于虚伪和仇恨。当人们认为一个人是坏人时肯定恨他，可是在和这种人相处时，又不得不用虚假的好意来掩饰憎恶，因此，谗言和诽谤就使我们和别人，甚至和自己都难以真诚相处。而这两家人从不议论别人的言行，只是谈论要怎样才能对所有人行善，尽管他们的力量有限，但是他们始终保持着做好事的意愿和善心，这使他们时刻准备着要去帮助别人。离群索居的孤独生活，远远不是所想的那样，没有让他们变得冷漠，而是让他们的性情更温和。尽管他们每天的谈话中没有那些谗言和诽谤，但是他们会很有兴致地聊那些历史方面的东西。他们欣赏着上天的旨意，用自己的双手让这片贫瘠的山谷变得富饶而美丽，享受着淳朴和简单的快乐，让这片山谷充满了从未有过的生气。

保尔在十二岁的时候就比大多数欧洲十五岁的少年要健壮、聪明。他把多明戈种的地都修整得很好。他和老黑人一起去附近的林子挖柠檬、柑橘的幼苗、罗望子树、很小的树冠圆，还有果实如蜜一般甜甘橘花一般香的椰枣树。他们把这些已经长得差不多大了的树苗种在盆地周围，又撒下了很多树种，第二年也开花结果了。贝壳杉上环绕着一长簇一长簇的白色花朵，像一盏盏晶莹的水晶灯一样；波斯丁香也直立着它亚麻灰色的树干；枝条无分叉的万寿果树梢上镶嵌着一个个青果，弯曲的树干上长着无花果树一样的大圆叶子。

他还种了好多其他树，有橡胶树、枇杷树、芒果树、鳄梨树、番石榴树、面包树，还有细叶蒲桃等等。这么多的树已经为他们年轻的主人提供了阴凉，秋天枝头又硕果累累。保尔勤劳的双手把这片贫瘠的土地变得十分富饶、美丽，各种各样的芦荟，开着红心黄瓣的印第安无花果，圆锥状的蓟，都在黑色的岩石顶端生长，似乎想与攀爬在陡峭崖壁上的开着蓝色、绯红花朵的藤蔓争艳。

他把这些花木打理得精巧美观，让人一眼就可以总览全局。在小盆地的中间种上最矮的灌木，然后种高一点的，再往外是一般高度的树，依次高起，最外边是高大的树林。这样从中间看，这个宽阔的小盆地就像一个翠绿的圆形竞技场，被果实和花朵装饰着，中间围种着各种蔬菜，牧草，小麦和稻谷。但是在凭着自己的喜好种这些蔬菜作物时，他也没有忽视自然的规律，他在高地上种下那些种子可以随风飘扬的植物，在泉水边撒下可以漂浮在水面的种子，让每一种植物都在适宜的土壤中生长，都像是大自然亲手造就的一样。瀑布从山岩的顶端垂下来，落入峡谷，在这里形成了一个个小水潭，好比一面面宽大的镜子，倒映着繁花盛开的树木，巍峨的山岩，如洗的碧空，一片苍翠。

尽管这块地不是很规整，但大部分的植物都看得见摸得着。为了帮助保尔完成这最后的规划，我们都纷纷给他建议。于是，他绕着溪谷修了一条小路，还有各种通往盆地中心的旁道，他已经差不多征服了这块最崎岖的土地，他把高低不平的土石地修整成了平坦的小路，把野树丛变成了各种繁茂的植物。他还用路边的大石块，就是岛上到处都是的那种，在高地上修起了小金字塔，并在塔基里种上了玫瑰和其他的灌木丛，还有一些喜欢在岩石上攀爬的植物，很快这些又阴暗又很没型的金字塔石堆就在美丽花朵的装饰下变得郁郁葱葱了。水边上一排排的小金字塔被垂下的曲折枝条盖住，形成了遮阳篷，是午间避暑的好地方，一条条小路伸向灌木丛中，在中间背风之处长着一棵果实累累的果树。这块小盆地里被收拾得这儿是粮田，那儿是果园，在这条林荫道上可以望见远处的房屋，在那条道上又可以仰望至高的山巅。在一片藤蔓交织的树丛中，就连中午也看不清任何东西，可是站在旁边这块从山体突出的石头上，就能将小盆地的一切都尽收眼底，还有远处的大海，偶然也能看到欧洲驶来的航船。这两家人晚上常常聚在这块岩石上，在宁静中品味着花朵的芬芳，聆听着泉水的低吟，观赏着光影的最后和谐。

没有什么比这些迷宫里每个醉人的休闲小天地的名字更迷人的了。刚才我提过的那块岩石，就是他们老远就能看到我来了的那块，它叫作“友谊发现”。保尔和薇吉妮玩耍时在那里种了一棵青竹，每当他们望见我来了，就在竹竿上升起一块白色小手帕，发出我要到达的信号，就像他们看到的那样，海面上出现了航船，山上就会有人举起信号旗。有天，我突然就冒出了一个主意，想在这竿子上刻几个字。我非常喜欢在旅行时体验那种寻找的乐趣，寻找古代遗留下来的一座雕像或者其他历史遗迹，可我更喜欢念那些写得非常优美的铭文。对我而言，就像是在石头中听到了一个人的声音，隔了好几个世纪仍在诉说着，告诉一个身处荒漠中的人他并不孤单，还有其他人也曾在此地体味他曾感受过的感觉、想他所想，也同样痛苦过。如果这段铭文属于某个已不存在的民族，那么它会把我们的心灵引向那无限的时空，并把它不朽的精神授予我们，告诉我们：只有思想才能让帝国的生命力永存。

于是我就在保尔和薇吉妮的小旗杆上刻下了贺拉斯的诗句：

...Frafres Helen？ Lucida sidera，

Ventorumque regat pater,

Obstrictis aliis, Praeter Lapyga.

(……海伦的兄弟们啊，你们就像那闪烁的星辰，让西风之神，指引你们的方向吧！)

我还把维吉尔的一句诗刻在了橡胶树干上，保尔有时坐在那树影下欣赏着海的翻腾。

Fortuńatus et ille deos qui novit agrestes!

(我的孩子啊，你是如此幸福啊！因为你只知田园的静美。)

把另外一句刻在他们常常聚会的德·拉·托尔夫人家的门上：

At secura quites, et nescia fallere vitta.

(这里有一颗宁静的心灵，一种真正忠诚的人生。)

可是薇吉妮不怎么赞同我写的拉丁文，说我在她的旗杆上写得太长也太艰深了。她说："我觉得这样更好，让西风一直吹动，但矢志不移！"

"这是句誓言啊！"我回答她说，"更适合表忠诚用。"

我的反驳让她脸红了。

这两个幸福的家庭，他们的多情善感表露在他们周围一切的事物上，他们给外表最冷漠的东西起了最温柔的名字。有块小草坪，周围种着一圈柑橘、香蕉，还有蒲桃，保尔和薇吉妮有时在这儿跳舞，它被取名为"和谐"。在德·拉·托尔夫人和玛格丽特常互诉不幸的地方，长着一棵老树，这棵树叫做"眼泪尽去"。他们还给另外两小块土地起了"布列塔尼"和"诺曼底"的名字，地上种满了小麦、草莓和豌豆。多明戈和玛丽也模仿着他们的主人，回忆起自己在非洲的出生地安哥拉和弗洛班特，分别用这两个名字来称呼一块长着编织草的地和另一块种着一棵葫芦的地。就这样，通过所种的各种时令蔬果，两个漂流在外的家庭怀抱着对祖国的深情，好像仍然与祖国同在，并在这异国的土地上平息着心中的悔恨。唉！我曾亲眼见过这些树木、泉水和岩石啊！哪里像现在！完全不复存在了！就像块希腊荒地，只剩下凌乱不堪，引人悲怀往事啊！曾经的它们因为那些迷人的名字是多么鲜活生动啊！

也许，所有这盆地中的好地方，都不如被叫作“薇吉妮休憩地”的地方。它在那块被叫作“友谊发现”的岩石脚下，那儿有一个小裂缝，一股清泉从中流出，在它的源头附近的一片泥土柔软、草色浓郁的土地中央汇成了一个小水潭。在保尔出生时，我送给玛格丽特一个别人给我的印度椰子作为礼物，她就把这果子种在小水潭边上，希望将来这树长大了能作为她儿子的生日纪念。德·拉·托尔夫人生下薇吉妮时抱着同样的想法也在那儿种了另外一棵。后来长出了两棵椰子树，它们成了两家人存在过的明证。这两棵树，一棵叫做“保尔椰”，另一棵叫做“薇吉妮椰”，它们和年轻的主人一同成长着，还是哥哥大，妹妹小，但是十二年后，它们都高过了茅屋，柔软的叶子相互交缠，一串串小椰果悬挂在泉水边。除了这两棵树，岩洞也保留了大自然生就它们时的样子，在岩石湿润的棕色边上，蕨草宽大的绿叶子像星星一样闪动着，一簇簇的凤尾草叶子，像红得发紫的缎带，随风飘荡，近旁，长着一丛丛的长春花，花朵如血红的桂丁香和红辣椒般惹眼，那色泽甚至比珊瑚更有光彩。周围还长了很多香草，叶子的形状呈心形，它们和苜蓿一样散发着最迷人的清香。山藤从悬崖边的峭壁低垂下来，覆盖了岩石，像是飘荡着的巨大帷幔。海鸟也被这里的宁静吸引，在此栖息过夜。每到落日的时候，就会在岸边看到各种各样的海鸟：军舰鸟在苍空翱翔，白雁也徘徊在天际，就像白天里的点点繁星，划破了印度洋的静默。薇吉妮很爱来这泉水边休息，这儿被野生植物装扮得既壮观又美丽。她常常在两棵椰树的阴影下清洗全家的衣服，有时也去对岸放羊。当她用它们的奶来做奶酪时，她喜欢看着它们站在陡峭的岩壁上吃孔雀草，或是把头高高仰起，好像很受人尊敬的样子。保尔见妹妹喜欢这个地方，就从邻近的林子里掏来各种各样的鸟窝，大鸟们很快也随着窝里的孩子在这块新殖民地上安了家，薇吉妮还不时地撒下一些大米、小米和玉米喂它们。每当她一来到这个地方，叽叽喳喳的画眉鸟，低声啾鸣的孟加拉鸟，长着美丽羽毛的红雀都争着飞出灌木丛，羽毛像绿宝石般夺目的虎皮鹦鹉也从旁边的棕榈树上飞下来，草丛里跑过来一群小山鹑，各种鸟儿像一群小鸡一样一股脑的跑到她脚下，她和保尔则高兴地看着它们游戏、觅食和交配。

啊！可爱的孩子们，你们就这样在学着与人为善的同时度过了纯真的童年时光。多少次啊，你们的妈妈将你们紧紧搂在怀里，向上天祈祷你们能拥有孝顺的美德，在她们晚年时能给他们养老，同时衷心地祝愿你们能伴随着幸福走上人生的道路！曾经有多少次，我在这岩石的阴影下和他们一起分享过野味！然而却从未伤害过任何动物的生命，我们喝着丰富的牛奶，吃着新鲜的鸡蛋、大蕉叶上蒸的米糕，还有一篮篮的芒果、柑橘、椰枣、石榴、菠萝等果品，这就是我们最丰盛的佳肴——是你所能想象到的最好的视觉及味蕾盛宴！

像这些宴会一样，大家聊着的也都是些随意的话题，无心去提起那些可能会带来伤害的事情。保尔常常谈到白天的劳动和第二天要做的事情，尽想着能为他们的小天地改善点什么，他总是能觉得这儿的小路还不太好走，那里坐着不怎么舒服，这片小树荫还不够阴凉，薇吉妮也许在那儿可能更舒服，等等。

在雨季，他们一同聚在屋子里，忙着织草席、编竹篮。家里的耙子、铲子、斧头都非常整齐地挂在石壁下，旁边就是储藏的农产品，一袋袋大米、一束束稻谷，一篮篮香蕉。在某种程度上，美妙总是连着丰足。薇吉妮还跟妈妈和玛格丽特学会了用甘蔗、柠檬和枸杞做果汁牛奶滋补膏。

夜幕降临，他们就在一盏小灯下共进晚餐，饭后，德·拉·托尔夫人或玛格丽特总是会讲那些暗夜中在强盗猖獗的欧洲森林迷路的旅客的故事，或是某个恐怖的翻船的故事，船遭遇暴风，撞上了岩石，搁浅在小岛上。听这些故事的时候孩子们特别激动，他们真诚地祈求当某一天再发生这种事情时，上天能恩赐一些救星给不幸的人们。到了该休息的时候，两家人总是依依不舍地分手，热切地盼望着明天的重聚。有时候，他们听着屋外的瓢泼大雨哗啦啦地击打着屋檐，或是随着夜风传来的远方海浪拍岸的声音，就这样安然地睡去了。他们祈求上帝保佑他们平安，尤其是想到过往的困境，他们就更加感激上帝了。

德·拉·托尔夫人有时会给大家大声朗读一段《圣经》中的动人故事，她的听众们能懂这其中的内涵，但是对这些神圣的经卷并不思索太多，因为他们对上帝的信仰就像对大自然一样，发自内心，他们的德行也像《圣经》中所说的那样，以行动来体现。

这两家人没有那种特别投入去享受愉悦的时刻，也没有那种难过的时刻，对他们来说每天都像是过节，神圣的殿堂就在他们身边。在那里，他们不停地欣赏着无穷的智慧，还有人类的朋友——万能的上帝。他们完全相信主的至上威力，这种情感使他们在想到过去时得以安慰，面对现状毫不屈服，对未来也充满了希望。这两个被灾难驱赶着完全投入到大自然怀抱的伟大女人，在自己和孩子们身上发展了这种人类最本能的情感，它是人类伤痛时的最强支撑。

然而，忧愁有时还是会出现，即使是最有教养的人，也会心烦意乱。所以任何时候当他们其中一个感到沮丧时，其他所有人都会围过来尽力帮他解忧，不是用雄辩来说服他，而是用情感来打动他。每个人都有自己独特的方式来化解忧愁：玛格丽特是用她的快乐来逗人开心；德·拉·托尔夫人是一番温存的神学式劝导；薇吉妮是通过温柔的爱抚；保尔则是他的直爽和热忱；而且有时多明戈和玛丽也来帮忙，所以常常一个人哭了大家也都跟着掉下了眼泪，就像弱小的植物缠结在一起以抵抗暴风雨。

在气候宜人的时节，他们每周都要去邦布勒姆斯大教堂做礼拜，你可以清楚地看到远处教堂的尖塔。教会里的那些富人会坐着轿子前来，他们希望能结识这些和睦的家庭，想邀请他们参加欢乐的聚会。可是她们总是很有礼貌地回绝了，因为她们认为富人，还有那些有权势的人，他们同底层的人民交往只是为了周围有人奉承他们，而奉承的人必须为他们的主子不断喝彩，不管他们是做了好事还是坏事。另一方面，她们也同样谨慎地避免与那些小市民来往过密，因为那些人通常爱嫉妒，背地说人坏话，还很粗鲁。她们在一些人面前表现得很羞怯，在另一些人面前则显得极有傲骨。但是在他们保持着含蓄作风的同时又是那么乐于助人、彬彬有礼，尤其是对不幸的穷人特别好，这让富人很尊重她们，也赢得了穷人的信任。

做完礼拜，总有些周围的穷人来向她们寻求善意的帮助。有时，有困惑的人会来征求她们的意见，有时邻近的小孩子会来请求她们去看看他生病的妈妈。她们也总是随身带一些治疗常见疾病的药物，再加上对病人的安慰，疗效就更好了。总之，她们在消除病人的精神痛苦上获得了巨大的成功，而精神上的痛苦对处于孤独和病痛中的人来说是最难忍受的。当德·拉·托尔夫人怀着虔诚的心跟他们说起上帝时，那些病着的人听了就感觉好像上帝就在眼前一样。薇吉妮常常眼含热泪地回到家，心中满是喜悦，因为她得到了做好事的机会，通常她负责准备药品，再怀着天使一般的幸福把药品发放给病人。看完病人，有时她们会绕路从龙格山走，经过我家，我会为她们准备好饭菜，在茅屋边的小溪旁等着她们。我常常借此机会拿出几瓶陈酿，这浓烈的欧洲老酒可以给我们的印度大餐助兴。有时候，我们在海滩见面，在某些小河的入海口见面。我们带来自家园子里种的蔬果，大海也为我们提供了丰富的海味，我们还在海滩上抓了各种各样的鱼，有鲻鱼，有拟鲤，有海胆，有龙虾、螃蟹，还有牡蛎和各种贝类。在如此荒凉、可怕的岛上，我们往往也能用这样的方式享受到最宁静的幸福。有时，我们坐在岩石上，用太阳花做成的羽毛般的扇子扇凉，远望着印度洋那澎湃的巨浪不时地涌向我们脚边。保尔是个游泳健将，常常游在浪花的前面冲向礁石，浪花刚要靠近，他就躲开，在大浪的咆哮紧追下跑到了沙滩上。但是，每每薇吉妮看到这一幕都会惊声尖叫，她觉得这种游戏太吓人了。

在这种欢乐的场面好像其他的娱乐活动都是多余的。通常我们吃过野餐，紧接着就是两个年轻人的歌舞表演。薇吉妮歌唱着田园生活的幸福，还唱到那些航海商人的不幸，他们被贪财的欲念驱使着航行在狂风肆虐的海上而不去种地，不去享受大地在安宁中的慷慨赠予。有时，他们模仿黑人的样子，演上一场哑剧。手势是人类的第一语言，每个民族都懂得，而且它是那么的原始又富有表现力，当那些白人小孩一看到黑人表演，聪明的他们马上就学会了。薇吉妮想起妈妈读过的某些很感动她的故事，并表演了一些主要情节，她演得非常好，丝毫不造作，多明戈在一旁模仿着锣鼓的“咚咚”声给她伴奏，薇吉妮则站在草地上，顶着一个水罐，迈着羞怯的步子走向旁边的山泉取水，多明戈和玛丽扮演玛地安的牧羊人，禁止她接近泉水，坚决地推开他。保尔跑过来救她，打倒了牧羊人，又把罐子装满，轻轻地给她放上头顶，还给她戴上了一顶红色长春花编成的花环，使她的面庞更显出柔弱的神色。往往我也加入他们的演出，扮演拉格尔，把我的女儿索菲娅嫁给保尔。

还有一次，薇吉妮扮演不幸的吕特，穷困、守寡的她和继母回到家乡，离开了家乡那么长时间，她对那里已经很陌生了。多明戈和玛丽扮成收麦人，薇吉妮跟在他们后面拾麦穗，保尔扮作威严的族长，询问她的来历，她颤抖的回答即刻就引起了保尔的恻隐之心，他同意给这无辜、不幸的人儿提供一个避难之所，并且要好好招待她，他还在薇吉妮的衣兜里塞满了许多食物，并把她领到我们面前，就像是面对城中的尊长一样，宣布将与她成婚。看到这个场面，德·拉·托尔夫人回想起了自己曾被家人抛弃，成为了寡妇的凄惨境遇，又想到了遇见玛格丽特时她的友好接待和两个孩子今后的美满婚姻等等，触动了内心的伤痛，忍不住哭了起来。于是，这种掺杂着美好与痛苦的回忆让我们每个人都和她一样感同身受，大家都流下了既悲伤又快乐的眼泪。

这些戏剧是在一种很真实的情感状态下表演的，你几乎都觉得是真的来到了叙利亚和巴勒斯坦的原野。并且，我们的演出一点也不缺少合适的道具、灯光和音乐，非常适合表演。通常剧场就在森林中的一片空地上，分岔小径上的树木在我们四周组成了很多拱廊，树荫浓密，待在下面一整天都很凉爽。但是，每当日落时，它的光芒穿越树的空隙，投射下一束束耀眼的强光，使整个舞台达到了最佳的表演效果。有时，太阳圆圆地挂在森林走廊的尽头，把走廊照亮，光芒让人无法逼视。树叶在下面被藏红色的阳光镀上了像黄宝石和翡翠一样的光泽，棕色的布满苔藓的树干则变成古代的青铜圆柱了。来此过夜的小鸟们，本来已在树荫中安息下来，可是又惊奇地看到了日出般的光景，就叽叽喳喳地欢唱起来，一曲接一曲地迎接星光点亮。

我们在田野中欢乐着，常常不知不觉黑夜就降临了，不过这里空气清新，气候温和，我们可以在林中过夜，不用担心被冻着，也丝毫用不着害怕有小偷，第二天，大家分别回到各自家里，都还和走时一模一样。在这个小岛上，人们都不谙世故，很少有人做生意，人们都互相信任，为人朴实，不玩虚头，出门也是从来不上锁的。锁，对于许多本地人来说是一件新奇玩意儿。

然而，对于保尔和薇吉妮来说，一年之中的有几天他们会以更特别的方式来庆祝，那就是妈妈们的生日了。薇吉妮从不忘提前和面做小麦饼，并把它们分送给那些穷苦的白人家庭，他们出生在岛上，从未吃过欧洲的面包，这些不幸的人也没有黑人帮助，只能住到林子里去，以吃木薯为生。他们既不像奴隶那样心灵麻木，也没有受到过文明开化的教育，因而没有刚毅的性格支撑他们战胜贫穷，所以他们生活得很凄惨。这些饼都是薇吉妮做的，她尽可能把它们做得十分精致，让这些普通的东西变得更加珍贵。开始，是由保尔亲自把饼给这些家庭送去，他们就约定第二天到德·拉·托尔夫人家里道谢，并待上一整天。常常能看到一位老妈妈领来两三个黄瘦黄瘦的女孩，怯怯地，害羞得连头都不敢抬。薇吉妮马上就想办法让她们放松下来，她用清凉的饮料招待她们，还讲一些有趣的故事给她们听，她尽量把那些她觉得吸引人的情节讲得更生动，让她们喝起这些饮料来更美味。诸如这种饮料是玛格丽特妈妈准备的，那种饮料是她妈妈做的，这种果子是她哥哥亲自爬到一棵很高的树上摘下来的，等等。她还让保尔带着她们跳舞，直到看到她们高兴了，她才会离开。她希望别人能分享自己家的欢乐。

她常说:“只有给予别人幸福,自己才能获得真正的幸福。”

当她们要走的时候,她总是给她们带上一些她们觉得新鲜的小东西,还编些借口好让人家收下,装着好像不知道人家喜欢的样子。如果她发现有些孩子的衣服太破旧了,就在得到妈妈的允许后,找一些自己的衣服让保尔给他们送去,都是偷偷放到他们茅屋门前。就这样,她谨守着上帝的神圣箴言,做好事而不留名。

你们这些欧洲人,从小思想里就满是偏见,而偏见与幸福是沾不上边的。你们是怎么也想象不出如此多的教诲与幸福都来源于自然,你们的心灵总是禁闭在知识那样一个狭窄的领域,很快就达到了人为的享受极限,然而大自然与心灵却是无法穷尽的。保尔和薇吉妮他们既没有钟表和年历,也没有跟年表、历史和哲学相关的书籍,但他们的生命历程却和大自然的运转相协调。他们熟稔于用各种季节变换来作参考,他们知道从树的影子判断时间;从什么树开什么花结什么果来分辨季节;用他们收获的次数来记载年份。他们的言谈中,这些难以言喻的美丽图景无处不在。“该吃午饭啦!”薇吉妮招呼大家,“香蕉树的影子已经跑到树根下了。”或是说:“天快黑了,罗望子的叶子合起来了。”“您什么时候再来看我们呢?”有时邻居家的那些伙伴们询问她。“等到甘蔗成熟的时候。”薇吉妮回答道。“那您的看望将会更甜蜜呀!”她的那些年轻伙伴们说。当有人问她和保尔的年龄时,她说:“我哥哥的年龄和泉边的大椰子树一样大,我和小椰子树一样大。从我出生后,芒果树已经结了十二次果,柑橘开了二十四次花。”他们的生命好像与那些树的生命相连,就像农神福纳斯与植物女神的生命紧密相连一样。除了妈妈们一生中的各个时期,对于年代他们一无所知,他们只知道要多做好事,还要将自己的心归于上帝。

再说,这两个年轻人要那么富贵,学那么多知识干什么呢?像我们一样？其实，甚至他们的这种需要与无知让他们更加幸福。他们每天都在彼此付出或者互相启发中度过的，即使有时犯了错误，也不会感觉危险，因为纯洁的人心中没有那些让人害怕的图景。两个孩子就这样在大自然中成长起来，没有任何忧愁扰乱过他们的平静，没有任何不节制的饮食污染过他们的血液，也没有任何莫名的欲望来腐蚀他们的内心，他们的心中充满了友爱、纯洁和虔诚，一种带着平静的优雅气度一天天地在他们的脸上显现出来，他们的姿态和动作也都变得更加迷人了。他们还在生命的早晨，就已经饱尝了花朵的芬芳，像极了出现在伊甸园里的我们人类的始祖，从上帝的手中走出，一见到对方，就彼此靠近，兄妹般亲切交谈。薇吉妮温柔而谦逊，值得信赖，就像夏娃，而保尔呢，像亚当，他有着男子的体魄，又有颗孩童般纯真的心灵。

有时，当保尔劳动回来，薇吉妮独处的时候（他千百次地告诉过我）他曾对她说："当我累了，只要一见到你疲倦就消除了；当我在高高的山上，看见你在山谷里，你就像我们果园正中的那株含苞欲放的玫瑰花蕾，当你走向妈妈们的房屋，好多山鹑领着它们的雏鸟跟在你后面，可它们的姿态没有你的漂亮，步伐没有你的轻盈。当我被树林挡住了我的视线，我也不用去寻找你的踪影，因为对于你，我也不知道那是怎么回事，你身上的某些东西为我留在了空气中，留在了你经过的地方，留在了你所坐过的草地上，当我靠近你时，我整个身心都迷醉了。如洗的碧空也比不上你碧蓝的眼眸，孟加拉鸟的歌喉也不如你温柔的嗓音动人。只要我的指尖触碰了你，我的整个身体就无比愉悦。还记得我们在三乳峰下跨过小河上的大石块的情景吗？那天，到达河边之前我就已经很经累了，但是当我一把你背在身上，立刻就觉得像长了翅膀般身轻如燕。告诉我，你是用什么样的魔力迷醉了我！是用你的智慧吗？可妈妈们的智慧比我们两个的加起来还要多。那是你的爱抚吗？可她们比你拥抱我更多。我想一定是因为你的善良。我永远也忘不了你是怎样光着脚一直走到黑河那边，去为一个穷苦的出逃奴隶求情的。亲爱的！给你这柠檬树的花枝，是我从森林里折来的。晚上，你把它插在你床头！吃蜂蜜吧！这是我为你从一块高高的岩石上取来的，但你先拥抱我一下吧，我立刻就会觉得神清气爽了。”

薇吉妮回答他说：“哦！亲爱的哥哥啊，看到早晨山顶上阳光也比不上你的出现更让我快乐。我爱我的妈妈，也爱你的妈妈，但是当她们叫你‘儿子’的时候，我对她们的爱就比平时多了千百倍。当她们爱抚你的时候，比抚摸我更让我觉得温暖。你问我是什么让你爱上我，为什么？因为所有一起长大的生命都爱着彼此。你看我们的鸟儿，生在一个窝里，它们像我们一样彼此相爱，像我们一样形影不离。你听听它们是怎么在一棵一棵的树丛间彼此应和的，你就会知道当你在山头吹笛子，那美妙的回声传到我耳边，我是怎样在山谷里唱着歌词与你相和的。最亲爱的哥哥啊！当你为我要和那个奴隶主打架的那天后，在我心里你就更加特别起来。我常常对自己说：‘啊！我的哥哥是那么善良！如果没有他，我会因恐惧而死去。’我天天为我们的妈妈们向上帝祈祷，也为了你和我们的仆人，但是，每当我一念出你的名字，我的心就似乎变得更加虔诚，我恳切地向上帝祈求保佑你平安！你为什么要跑得那么远，爬得那么高，去为我摘这些花果呢？我们园子里的花果还不够多吗？你瞧你累的！满身是汗！”接着，她掏出小白手绢，擦去他脸上的汗水，温柔地亲吻着他的额头。

然而，过了一段时间，薇吉妮觉得有一种奇怪的感觉在翻搅着她的心。她美丽的蓝眼睛失去了光彩，脸上也不再那么滋润，一种浑身无力的感觉压倒了她，她的额头不再那么安详，嘴角也失去了微笑，时而表现出无缘无故的快乐，时而又莫名其妙的非常难过。她不再天真地游戏，也不做家事了，甚至离开了她最爱的家，徘徊在山间最僻静的幽谷，想找到一处让心休息的地方，却总也找不到。有时候，她一见到保尔，就快乐地向他走去，但刚要和他说一两句话，突然之间就又觉得十分窘迫，然后她苍白的脸上就浮上了一层红晕，再也不敢看着他的哥哥了。保尔对她说："山岩上已经一片翠绿，你一出现我们的鸟儿就唱起歌来。你身边的一切都那么欢乐，只有你如此忧伤。"然后他想拥抱她，安慰一下她，可她却将头转了过去，逃走了，颤抖着走向妈妈。哥哥的爱抚让她的内心更加波动，她想在妈妈的怀抱中找到保护，想逃离那内心的混乱。保尔解不开女性的层层心结，自己在那里努力揣摩，却也没什么头绪，不知道妹妹如此的反复无常到底是怎么回事。常言说得好，屋漏偏逢连夜雨啊！更大的灾难正在迫近这个家庭。

夏季的暴风雨，时常光顾这坐落在赤道附近的荒凉岛屿，现在又到了展示它的破坏力的时候了。十二月末的时候，太阳在摩羯宫，直射着南回归线，被这样毒辣的太阳当空照的时间要持续三个星期之久。岛上几乎整年都在吹着的东南风也不刮了，干燥的尘土在地上掀起一圈一圈的烟尘，在空中飞扬着，大地干得到处裂缝，野草也烧了起来，滚烫的岩浆一阵阵从山坡上涌出。大部分的小溪都干涸了，但海面上却连一片雨云也没有过来，白天只有炙热的蒸汽从地面升起，落日的时候，在光的折射下像一场熊熊大火。夜晚也不能给这酷热的大气带来丝毫清凉，只有一轮红红的月亮悬在雾蒙蒙的地平线上，异常之大。牲口们在山腰上，渴得趴在地上，朝天伸着脖子喘粗气，山谷里一片凄惨嘶鸣。甚至连放牧的卡菲尔人都趴在地上，试图能沾到一点湿气，可是他们别想！快烧焦了的太阳已经渗透了整个大地，炙热的大气中到处都是昆虫嗡嗡不绝的驰鸣，妄图从人或动物身上吸血解渴。

在这样一个闷热的季节，薇吉妮更加焦虑不安了。在一个晚上，她翻来覆去也无法入睡，就爬了起来，坐下，然后又躺下，但是始终无法找到一个舒服的姿势。最后，她出来了，借着月光，走向她的泉水边，她看到尽管这样的干旱，她的泉水还在棕黑色的岩石缝里潺潺地流着，在银色月光的映衬下像一面网纱。她将自己没入水中，清凉的泉水让她的情绪好转起来，那些美好的回忆也随之浮现她的脑海，她想起小时候妈妈和玛格丽特将她和保尔一起放在小水潭里洗澡，后来保尔又把小水潭整修了单独供她使用，他挖空了潭底，铺上沙子，并在潭边种满香草。她从水中影影绰绰地看到自己裸露的胳膊和胸脯，还有那两棵种于他们生日的椰子树的倒影，大大的叶子和青涩的果实在她头上交织着。她又想起了和保尔的感情，真是比花朵更芬芳，比泉水更纯净，比连在一起的棕榈叶更牢固，接着，她叹了一口气，想起无尽的黑夜，想起这巨大孤独，突然，她被这可怕的阴影带来的恐惧湮没，这潭水似乎变得比热带的烈日更灼人，她立刻从水里出来跑向妈妈的怀抱。她需要妈妈的庇护来掩盖自己内心的焦灼，她紧紧握着妈妈的手说不出话来，不止一次保尔的名字快要脱口而出，而压抑的内心让她没有勇气张开嘴，就只能将自己埋进妈妈的怀里，热泪浸湿了妈妈的衣襟。

德·拉·托尔夫人很轻易地觉察到了女儿痛苦的原因，但她却觉得现在谈及这个话题不是太合适。她只能说："亲爱的，你向上帝祈求吧！他可以随意地支配人的身体和生命。现在他让你经受磨难，是为了明天用幸福补偿你。记住！我们活在这世上，就是为了磨练心性啊！"

与此同时，连日来过分的炎热也从海洋里带来了大量水蒸气，在岛的上空形成了雨云，就像罩上了一把太阳伞，团团的乌云黑压压地堆在山头，一道道火龙似的闪电在大雾笼罩着的山巅穿梭，不一会儿，可怕的雷声就轰隆隆地传来，回荡在树林、原野和峡谷之中。随后，大雨瀑布般从天上一泻而下，一股股的山洪卷着浪花从山坡上滚下来，小盆地的底部顷刻间变成了一片汪洋，小茅屋所在的高地变成了孤岛，蓄积的洪流找不到出口，在通往峡谷的狭窄小道间猛冲着，翻卷着，挟带着泥土、树枝和石块。

全家人都颤抖着聚在德·拉·托尔夫人的茅屋里向上帝祈祷。屋顶在狂风的冲击下咔咔直响，尽管门和窗都关得紧紧的，耀眼的闪电还是不断劈进小茅屋内。暴风雨中，保尔跟着多明戈从这屋跑到那屋，为了保护墙，他们在这儿搭起了一个柱子，在那儿钉上一个木桩，还不时地说马上就要雨过天晴了，好平复恐惧让大家看到希望。终于，到了傍晚的时候，雨停了。信风又像往常那样从东南方吹了进来，乌云退向了北方，夕阳也出现在地平线上。

薇吉妮的第一个愿望是要去看看那个被称为她的休息地的地方。保尔羞怯地走向她，伸出了手，想扶着她一起走，她微笑着接受了，两人一起走出了茅屋。空气清新极了，凉爽宜人，白雾在山头缭绕，山坡上到处都是洪流冲刷过的痕迹，开始逐渐干涸，花园也完全被水流洗劫得凋零散落，大多数的果树已经被连根拔起，一堆堆的沙子覆盖了草地的边缘，也把薇吉妮的浴盆埋没了。然而，两棵椰子树仍然屹立在那里，碧绿一片，可是周围却没有了草坪、藤廊的环绕，也没有了鸟群。只有几只孟加拉鸟落在附近的石尖上，哀鸣着，为失子而悲痛。

看到这凄惨的景象，薇吉妮对保尔说："你把鸟儿搬到这里，可风暴将它们的家毁掉了，你种植了这块花园，现在也被毁掉了。大地上的一切都是会消亡的！只有老天永不改变。""为什么呢？"保尔回答道，“我怎么就不能送给你点天上的东西呢？可是甚至在大地上我也是一无所有啊！”薇吉妮红着脸说：“你有圣·保尔的画像啊！”她刚一说完，保尔马上飞跑回妈妈的屋子里，找出画像。这是一枚小巧的隐士圣·保尔的像，玛格丽特非常尊重这个人。当她还是个姑娘的时候，她一直戴在脖子上，做了母亲后她又把它挂在儿子的胸前，当他还是一个婴儿的时候，被世人所抛弃，他一直凝视着这仁慈的隐士。她的孩子也与她尊重的这物件相似，他远离世人，远离那些最初欺骗并抛弃他的人，所以玛格丽特就给他取名为保尔，让这个人当他圣神的守护神。薇吉妮一边从保尔手中接过这小礼物，一边激动地说：“亲爱的哥哥！只要我活着，我就会与它同在。我永远也忘不了你把你在这世上唯一拥有的东西送给了我。”听到这友爱的声音，这意想不到的亲密和温柔又回来了，保尔激动地想抱住她，可她却灵巧地躲开跑走了，让他不知所措，完全搞不懂她这反常的举动。

不过，玛格丽特却和德·拉·托尔夫人提起此事了：“为什么我们不让孩子们结婚呢？他们俩已产生了强烈的爱，虽然我的儿子还没有觉察到，可还是要多加注意啊！在这种情况下，还是不要让他们常常在一起的好。”德·拉·托尔夫人告诉她：“他们还太年轻，也太穷了，如果薇吉妮生了孩子，却没有能力养活，这孩子该多可怜啊！你的仆人多明戈已经年老体弱，不能做什么活了，玛丽的身体也不行了。我自己呢，也大不如前。在热带地区，人是衰老得快啊！而且还要承受着那些不幸。保尔是我们唯一的希望了，我们等他再成熟些吧，他会拥有足够的担当，有能力通过劳动来养活我们！现在，你也很清楚，我们只是刚能满足每日所需。不如短期内让保尔去印度做点生意，也许可以赚点钱买些奴隶，等他回来，就可以让他和薇吉妮结婚了。我也看明白了，这世上没有谁会比你儿子能让我女儿更幸福了。我们再和邻居商量一下这事。”

两位夫人来征求我的意见，我也同意德·拉·托尔夫人的想法：“去印度的航路好走，很平稳，今年找一个好季节动身，不超过六个礼拜准能到，再等六个礼拜他就又回来了。我们从周围邻居那里给他准备点货物，左邻右舍都那么喜欢他，肯定也都愿意。再给他带上点籽棉，反正我们没有机器来轧它，也没什么用，再弄些咱这里到处都是的乌木，多得都白白烧掉了，还有林子里的树脂，这些东西应该都很好卖，在我们这也没啥用，但在印度会很畅销的。”

我负责去征求德·拉·布尔多奈先生的允许，让保尔跟船走。但我觉得事先还是要和保尔商量一下，出乎我意料的是这年轻人竟然对我说出那样一番话，这种心智水平完全超越他的年龄。他跟我说：“您为什么要我离开我的家去追求那并不确定的钱财呢？经商难道比种田更好吗？种田往往是种一收百。如果想要我去做买卖，不能把剩余的东西拿到城里去卖吗？非要我颠簸个来回到印度去吗？妈妈对我说多明戈已经很老很虚弱了，但我是年轻的呀，每天都在长身体。如果我走了，家里出点什么事怎么办？特别是薇吉妮，她现在正难受呢！不，不，我绝不离开他们！”

他如此周全的回答令我很尴尬，因为德·拉·托尔夫人对我透露了薇吉妮的不适和她的想法，她是想暂时分开这两个年轻人，让她们都再成熟一些，但我不能让保尔觉察到这些。

就在这时候，法国来了一艘船，给德·拉·托尔夫人捎来了一封她姑母的信。也许只有对死亡的恐惧才会让人的心软下来，心生怜悯。她姑母写这封信的时候刚从一场大病中缓过来，很虚弱，她想让她的侄女回到法国，或者，如果她的身体已经不能支撑这样的长途旅行的话，她希望薇吉妮能回去，并许诺要给她提供良好的教育，还要为她举行盛大的婚礼，用她所有的财产给她置办丰厚的嫁妆。最后她严厉地命令她们按着她说的去做，还说要知道感恩她的善行。

读了这封信后，全家立刻就慌了，多明戈和玛丽哭了起来，保尔也傻了，怒火一触即发，而薇吉妮则紧张地死盯着妈妈，不敢说一句话。玛格丽特哽咽着对德·拉·托尔夫人说："你们现在就准备离开我们吗？""不！我亲爱的朋友，不！我的孩子们，"德·拉·托尔夫人坚决地说，"我绝不会离开你们！我要和你们生活在一起，一直到死。如果没有你们的爱，我甚至连幸福是什么都不知道。如果我的身体不好了，那是过去的痛苦所致，我的心已经被我残忍的家人伤透了，再加上失去了丈夫。可是，和你们在一起，在这间小屋里，我获得了前所未有的安慰与幸福，我连想都不曾想过远在祖国家里的财富啊！"

听到她这番感人的话语，全家都高兴地哭了。保尔抱住德·拉·托尔夫人说："我也不离开您，我不去印度，我们要一起为您干活，亲爱的妈妈，您什么也不会缺的！"整个家中对这事最有感触的是薇吉妮，但她并不像大家那么高兴，这一天剩下的时间中，她纠结的心情略有平复，这更让大家感到满足了。

第二天，太阳刚刚升起，当他们像往常一样在做饭前祈祷时，多明戈报告说来了位骑马的先生，还跟着两个奴隶。原来是总督先生，他走进了茅屋，发现这家人正准备吃早餐，薇吉妮按照本地的风俗准备了咖啡和煮米饭，又端上热红薯和新鲜的香蕉。这屋里，所有的桌布都是用香蕉叶子做的，葫芦壳切两半当杯子，总督看到这一切很感诧异，觉得这也太朴素了，住得太不像样了。于是他向德·拉·托尔夫人强调，是因为公务繁忙，顾不上他们这些私事，而她本是可以主动来找他说说家里的困难的，然后他又说："夫人，您在巴黎有一位非常有德行的富有姑母啊！她迫切地希望您能回去看看，还要把她所有的财产都留给您！”

德·拉·托尔夫人回答说自己身体状况已经不允许她再做这样的长途旅行。

“可至少，”总督先生又说，“您不能不公平！您的女儿，那位亲切可爱的年轻小姐，您不能剥夺她继承大笔财产的权利吧！而且，我也不瞒您说，您的姑母为了确保能让您女儿回去，已经动用了她的关系。我也收到了上司的公文，如果有需要，也要行使我的权力，但我还是想在能让岛民们幸福的事情上行使权力。我希望您能想明白，就牺牲这几年，您女儿在这世上的产业，还有您一辈子的福气可就看这几年了。您当初来这岛上是为什么呢？不就是为了寻求财富吗？现在回到祖国去接收遗产岂不是更好？”

他从随从手中接过一袋钱，放在桌上说：“这是您姑母给您家小姐的旅费，好买点路上的必备用品。”然后又彬彬有礼地责怪德·拉·托尔夫人有困难也不求助于他，夸她有气节。听到这些，保尔就对总督先生说：“先生，我妈妈确实找过您，可您没有好好解决她的问题。”“您还有一个孩子，夫人？”德·拉·布尔多奈向德·拉·托尔夫人问道。“不，先生，这是我朋友的儿子，但对我来说，他和薇吉妮一样亲，我一视同仁，都是我的孩子。”德·拉·托尔夫人回答道。“年轻人，”总督对保尔说，“当你稍微懂了一些世事人情的时候你就明白了，这差事不好做啊，不停地给人办事，有时还会被那些骗子骗，可财产的应有者往往由于不好找到而得不到相应的照顾。”

德·拉·托尔夫人邀德·拉·布尔多奈先生一起吃饭，安排他坐在自己旁边，于是总督先生也学着克利奥尔人一样吃咖啡拌米饭。他看到小屋里十分清洁、有序，两家人又是如此的和睦团结，连用人也那么热忱，于是激动地说：“虽然我在这里只看到了木质家具，可却也能看到安详的面容和金子般的心灵。”保尔见总督态度那么随和，感到很敬佩，就说：“我想同您交个朋友，因为您是个好人。”德·拉·布尔多奈先生很高兴地接受了，这象征着岛民们爱戴啊！他拥抱了保尔，让他要相信他们之间的友谊。

吃完早饭，总督又把德·拉·托尔夫人叫到一边，告诉她不久就有个把女儿送去法国的好机会，有一艘船短期内就要去法国，还说会把薇吉妮托付给自己的一个亲戚，那位夫人也要乘船回去，还嘱咐她不要放弃那大笔的财产啊，不要为了这几年和女儿的短暂分离而失去机会。临走时又说：“您的姑母也挨不过这两年了，她的朋友们告诉我的。您仔细考虑考虑吧！好运不是每天都能撞上的，您可以去问问您的朋友，我敢肯定凡是通世理的人都会赞同我的看法。”德·拉·托尔夫人回答说：“在这世界上没有什么比我女儿的幸福更重要。去不去法国，我完全看她的意思。”

其实，有这样一个机会能把薇吉妮和保尔短暂分开几年，德·拉·托尔夫人不是不高兴的，况且这也是为了他们将来共同的幸福。于是，她把女儿叫到一边和她说：“好孩子啊！我们的用人都老了，保尔还很年轻，玛格丽特上了年岁，我也已经老了，如果我死了，在这荒岛上你将会怎样呢？你连一点财产都没有，你要单独生活，为了维持生存，你要不停地干活，像个女雇工一样，想到这些我就快难受死了。”薇吉妮回答说：“上帝派我们去种田，我们每天向他祈祷，自始至终他都没有抛弃过我们，以后他也永远不会抛弃我们的。他的神力会特别关照那些不幸的人，您以前常和我讲起的。亲爱的妈妈！我绝不要离开您！”德·拉·托尔夫人听了，很激动地说：“我没有其他想法，就是想让你幸福，有一天能让你嫁给保尔（他不是你的哥哥）。你要明白，他将来的命运也全指望你了！”

一个在热恋着的姑娘，总以为大家都没有注意到她微妙的感情，总是把蒙在她自己心上的那层薄纱遮在眼前，但是，当一只友善的手揭开了它，那么她内心一直隐藏的感情就像冲破了障碍般的涌出来，那些甜蜜也毫无限制地找到了新的出口。薇吉妮被来自妈妈的温暖支持深深感动，于是她向妈妈倾诉了一直以来她内心的痛苦斗争，这些只有上帝才知道啊！上帝的那双救人的双手就在这样一位慈爱的母亲身上，她赞同她的感情，并指引她，给她建议。现在，有了妈妈的支持，她恢复了力量。考虑了各种因素，她怎么也不能离开妈妈，既不为眼前的事焦虑，也不用担心未来。

可是，德·拉·托尔夫人发现这密谈的结果竟然事与愿违，就跟薇吉妮说："孩子啊，我丝毫不想限制你，可是你得好好想想，把对保尔的感情藏起来。最好不要让一个男人以为自己的心已经属于他，人也归他所有了。"

又是一个傍晚，薇吉妮和妈妈单独在家的时候，一个高个男人来到了小茅屋，他穿着蓝色教服，是岛上的传教士，也是德·拉·托尔夫人和薇吉妮的忏悔神父。他这趟来也是总督派来的，一进屋就说道："我的子民们，真是上帝保佑你们啊！你们现在发财了，你们可以听凭你们那乐善好施的心去为穷人们做好事了，我已经知道总督先生跟你们说了什么，也知道你们的回答。亲爱的夫人，您的身体让您不得不留在此地，而您呢，年轻的小姐，您没有理由留在这里，您应该服从长辈们的安排，尽管他们是不公平的，对于你来说是一次牺牲，但这是上帝的旨意。他为你们做出了牺牲，你们也应该像他那样为了家庭的幸福而做点什么，您去法国就会一切圆满了。您肯定会愿意的，我亲爱的小姐。"

薇吉妮听了这番话，垂下双眼颤抖地回答道："如果这是上帝的旨意，我会服从。让上帝实现他的意愿吧。"说着就流下了眼泪。

传教士走了，他完成了总督派给他的使命。与此同时，德·拉·托尔夫人派多明戈请我去她家里一次，想和我商量一下薇吉妮启程的事。我当时并不赞同让她去，我认为幸福可以是多种的，我们应该更看重自然赋予我们的财富，而不是金钱，并且我们不应该去遥远的地方寻求那些能在家里找到的东西、那些我们本就拥有的东西，我心里一直是坚持这种观点的。可是我的建议能有什么作用呢？能浇灭大笔财富所能引起的憧憬吗？这些简单的道理能敌过强大的社会偏见和德·拉·托尔夫人所信奉的圣神宗教吗？而且夫人她找我商量也只是出于礼貌，自从她听了她的忏悔神父的话后，她就已经下了决心。玛格丽特尽管为了自己的儿子考虑也希望薇吉妮得到一笔财产，可她目前还是反对，但也没再进一步表示了。而保尔不知道她们做了什么决定，只看到薇吉妮和她妈妈常常背着他们说话，这样躲开他，让他心里非常难受，他心想："肯定是在做什么对我不好的事，所以才瞒着我的！"

然而，好运降临这穷山窝的消息立刻就在岛上散播开了。各种各样的商人都爬上山来。小茅屋前到处摆的都是货品，有印度最华美的布料，有古德鲁尔的凸纹花布，有巴利卡特和马足里巴坦的漂亮手巾，还有达卡的平纹细布，绣着花儿和斑纹，细致又美丽。还有白色的印度苏拉棉布，以及各种颜色的麻布床单。他们还带来了中国的丝绸和锦缎，其中的一些白得闪光，有的像绿草，有的艳红。商人们还送来了大量的玫瑰色塔夫绸，装饰着美丽的花朵，又不失素雅，还有柔软的北京布，可以用来做衣服，以及白的和黄的南京布，甚至还有马达加斯加的印花布等等。

德·拉·托尔夫人希望女儿喜欢什么就买什么，她只是帮着看看货品，问问价钱，以免女儿被商人蒙骗。薇吉妮挑选每一样东西想的都是对妈妈、玛格丽特和保尔有用或者是适合他们。"这种，”她说，“正好可以装饰屋子，那种可以给玛丽和多明戈做衣服。”很快，在她想到自己需要什么之前，一袋钱都花完了，她只好从她给大家买的东西中拿回一部分留给自己。

保尔伤心地看着这些财产换来的礼物，预感到薇吉妮要离开了。过了几天，他来到我家里，沮丧地跟我说：“我妹妹要走了，她已经在为旅行做准备了，求您去我家一趟吧，用您在她妈妈和我妈妈心目中的威信把我妹妹留下来吧！”我无法拒绝这个年轻人的恳求，尽管我知道无论说什么都是无济于事的。

薇吉妮穿着孟加拉粗麻布裙，头戴红手帕时就已经非常迷人了，你可以想象她像本地的太太们那样优雅地打扮起来时又是怎样一种风姿！她穿着白色的细纹裙，又披上一件玫瑰色的塔夫绸，美丽的衣着下，她的体态是那样的曼妙，美丽的秀发高贵地盘在她的头上，她蓝色的眼睛里含着忧伤，她内心的情感在斗争着，在翻搅着她，这更让她的脸庞平添了一抹红晕，嗓音也更加深情了。她忧郁的神色和华美的衣着形成鲜明的对比，让她更加美丽动人，谁见了她或听到她的声音都会被打动的。

然而保尔却更加难受了。玛格丽特看到儿子这个样子，把他拉到一边说：“何苦呢？我的孩子，你何苦空抱幻想呢，这样只会让你更失望更痛苦，不是吗？我看现在是时候让你知道你的身世和我的秘密了！德·拉·托尔夫人的娘家是有钱的大户人家，可你不过是一个穷村妇的儿子，而更倒霉的是，你还是一个‘私生子’。”

保尔以前从没听过私生子这个词，就急切地询问妈妈是什么意思。他妈妈回答说：“我没有和你的爸爸正式结婚，当我还是姑娘的时候，我被爱情迷昏了头，我感到很羞耻，这样生下了你，我的过错导致你失去了父亲家庭的保护，我的离家又让你失去了母亲的家庭。我可怜的儿子啊！你在这世界上没有任何亲人，除了我。”说着，就流下了一串眼泪。保尔紧紧搂住妈妈，并对她说：“妈妈啊！既然您是我在世界上唯一的亲人，我就更爱您了啊！可您刚刚告诉我的那是一个什么秘密啊！现在我明白了这两个月来为什么德·拉·托尔夫人她们背着我说话，并决定让薇吉妮回法国了。唉！我总算明白了！她瞧不起我啊！”

这时，该吃晚饭了，大家聚齐在饭桌旁，可每个人都各怀心事，食不下咽，一片沉默。薇吉妮第一个站起来，走了出去，坐到我们现在坐的这个地方，保尔紧跟着她也出去了，坐在她的旁边，两个人都保持着沉默。那是一个热带常有的美丽夜晚，那种美真是连最高明的画笔也描绘不出来，一轮明月悬在苍空，云彩像帘幕一样环绕在四周，月光慢慢地晕染开，静静地照着这岛上的崇山峻岭，远处的山峰闪着银绿色的光芒，微风也悄无声息的，能听见森林中、峡谷里和山岩间传来一阵阵温柔的叫声和啾啾低鸣，这美丽的夜色和安宁的环境让鸟儿们恩爱地在窝中亲昵着，草丛里的虫鸣声也是那么清晰，天上繁星闪烁，洒在宁静的海面上，映出颤抖的光影。

薇吉妮出神地望着远方，那广阔的、忽明忽暗的天际，还有红色的点点渔火与海滩相别。她看到在进港处有一盏灯和一个黑影，那就是要载她去欧洲的那艘船的信号灯和船身。船不久就要起航，等风起了就准备起锚了，看到这些，她马上转过头去，不让保尔看到她的泪水。

当时，我和德·拉·托尔夫人、玛格丽特就坐在不远处的香蕉树下。由于这黑夜的沉静，我们可以清楚地听到他们的谈话，我永远也忘不了。

保尔先说：“他们说你就快要离开我们了，你难道不怕大海上那危险的风暴吗？你不是一看到就很害怕的吗？”薇吉妮回答说：

“我应该履行我的使命，遵从长辈的意愿。”“你离开我们就是为了遵从一个远方的从未谋面的长辈。”“唉！”薇吉妮叹道，“我希望一辈子都留在这里，可我的妈妈不希望这样，我的忏悔神父也告诉我上帝要我前往法国，还说生活就是一个考验！……唉！实在是一个严峻的考验啊！”

“什么？”保尔吼道，“你可以找到那么多的理由离开，就没有一个理由能让你留下来？是啊！你都还没有提过你要走的原因呢！财富真是太有吸引力了！你将会在你要去的新世界里找到另一个人，把‘哥哥’的称呼送给他，而不再叫我哥哥了！你可以在那些出身配得上你的人中去选择这个‘哥哥’，那些是我永远都无法给你的！但是，去哪里你才能更幸福呢？什么样的土地会让你觉得比自己的出生地更亲切呢？……你上哪儿再去找比这些人更爱你的人呢？这些都是你习惯已久的啊！而你的妈妈也上年纪了，没有你在身边，在饭桌上、茅屋里都再也见不到你了，也不能像往常那样扶着你散步了，她会怎样呢？还有我的妈妈，也同样地爱着你，她又会怎样呢？当她们为你的离去而哭泣时，我说什么来安慰她们呢？残忍的薇吉妮啊！我就不说我自己了！可是我会怎样呢？我早晨起来时再也见不到你了，晚上回来也不能和你重聚了。当我看到这两棵在我们出生时种下的椰子树——它们长久地见证了我们彼此的情谊，我该有多心痛啊！唉！既然你身上发生了这么大的改变，既然你要去那么遥远的国度寻找其他财富，而不要我的劳动果实，那么就让我也乘着这艘船去陪伴你吧！遇到那在岸上都让你无比恐惧的风暴时，我可以舒缓你的情绪，我会将你的头搂在我的怀中，我会用我的心来温暖你！到了法国，你去寻找财富和名望，我也要陪着你，我愿做你的随从！我会因你的幸福而幸福！我愿看着你在那些高楼大厦里得到尊敬和爱慕，我愿为你做出最大的牺牲，我愿死在你的脚下，那时我也会觉得自己是富有而高尚的！”

呜咽让他哽住了，我们马上又听到了薇吉妮的声音，抽泣着，叹息着，断断续续的，“是为了你我才走的啊！……都是为了你……，我看到你每天去劳动累得要命，要养活两个没有什么劳动力的家庭，如果我可以借此机会变得富有起来，那也只是为了千百倍地偿还你为我们的付出啊！有什么财富难道能和你对我的情谊相比吗？你又为什么要和我提起你的身世？啊！如果我还有可能有一个‘哥哥’的话，不选你难道我还能选择别人吗？保尔呀保尔！你对我比我的亲哥哥都要亲！你知道让我离开你我内心受了多少折磨吗？来帮帮我吧！帮我把自己同那些我所珍视的东西分开，一直到老天让我们团聚。但是，现在，我是留是走，是生是死，你想怎样就怎样吧！我是个不幸的姑娘，我能受得住你的抚爱，但忍受不了看着你痛苦啊！”

听了这话，保尔立刻将她紧紧搂在怀里，贴着他的胸口，并用可怕的声音哭号着：“我也要跟你走，……什么都别想把我们分开！”我们都赶快跑向他，德·拉·托尔夫人对他说：“我的孩子啊！你要是也走了，我们可怎么办呀！”

“我的孩子！……我……的……孩……！”他颤抖着，重复着这几个字，又哭着说：“您！妈妈！您却把哥哥和妹妹分开！我们俩都是吃您的奶，在您膝下长大的。从您那里我们学会了彼此相爱，我们也已诉说过千百次，可现在您却要分开我们！您要把她送往欧洲，送往那让您无处容身的野蛮城市，把她交给那些曾抛弃您的亲戚。您也许会对我说，‘你对她已经没有任何权利了，她不是你的妹妹。’可她就是我的一切，是我所有的财富，是我的身世、我的家庭！她是我的所有啊！我不知道我还有其他的什么。我们曾住在一个屋檐下、睡在一个摇篮里！将来我们死也要同穴！如果她走了，我也要跟着她！总督能拦得住我吗？他能拦住我往海里跳吗？能拦住我游泳也要跟着她吗？海洋不会比大地更残忍！既然不能在这里和她一起生活，那我至少可以死在她的眼前！我要远离您！您是野蛮的妈妈，没有怜悯心的女人，您居然相信大海！它不会再把女儿还给您了！大海会卷着我们满是沙砾的尸体送到岸边，您会失去两个孩子，大海会给您一个让您悔恨终身的教训！”

听到他这些话，我紧紧地搂住他，我知道他已经绝望得失去了理智。他两眼闪烁着异常的光芒，大滴大滴的汗水从脸上滴下，双膝颤抖着，我感觉得到他的心脏也在他灼烧的胸脯里剧烈地跳动着。

薇吉妮吓坏了，对他说：“我亲爱的保尔！我们共同见证了那些幼年的欢乐，经历了你我的痛苦，也经历了所有的那些可以把两个不幸的人连到一起的事情。如果我留下在家里，我活着只是为了你；如果我走了，我回来也仍然是属于你的。”她又对我们说：“大家来共同做个见证，你们把我从小养大，有权处理我的生命，你们也看到过我所流下的眼泪，我要对着有耳的苍天，对着我将要穿行的海洋，对着我天天呼吸着的、从未用谎言玷污过的空气发誓！”

就像太阳烤化了的阿贝尼斯峰顶的一块冰石，他所爱的人的温言软语消退了这年轻人不可遏制的怒火。他低下了头，止不住地流泪。他妈妈紧紧搂着他，和他一起流泪，一句话也说不出来。德·拉·托尔夫人也已经六神无主了，对我说：“我再也受不了了，我的心快要被撕碎了！这不幸的旅行得取消！您先把我儿子带去你那吧。整整一周了，我们没人睡过一个好觉。”

我对保尔说：“亲爱的朋友，你妹妹留下来了，我们明天就去告诉总督，让大家今晚都休息休息，今天你就跟我去我家睡吧！很晚了，都半夜了，南十字星都跑到天边去了。”

他忍住自己的痛苦，默默跟着我走了。一夜间，他翻来覆去，没有一会睡安稳了。天刚蒙蒙亮他就起来回家了。

可我还应该再给您继续讲这古老的故事吗？人类的生活只能有一面是欢乐的，就像我们生存的这旋转的地球上，转一圈就是一天，如果有一面是白天，那另一面就是黑夜。

于是，我对他说：“老伯，我请求您讲完这已经开始了的故事吧，它实在是太动人了！如果故事中那些幸福的场景是最让人感到开心的，那些灾难就能让我们受到教育啊！请您告诉我那个不幸的年轻人接着又怎样了。”

保尔在快到家的路上最先看到的是仆人玛丽，她站在一块岩石上，深情地望着海面。他远远的就向她喊道：“薇吉妮在哪儿？”玛丽闻声转过头来，看着她年轻的主人，哭了起来。保尔立即又顺着原路向港口跑去，到了那儿，他被告知薇吉妮天一亮就上船了，然后就扬帆起航了，现在已经看不见踪影了。然后，他沮丧地回到了茅屋，一言不发。

我们身后的山岩十分陡峭，那些绿色的平台，将高地分成一层一层的，如果想爬上去，需要通过一条条非常难走的小路，斜坡和山岩都难以攀爬，那山岩叫做拇指峰，在它伸出来的岩石脚下，有一块小平地，长满绿色的树木，由于这地方又高又陡，看起来就像一片空中森林，周围被悬崖绝壁包围着。云彩笼罩在拇指峰的顶端，山雨形成了无数条小溪，溪流从山背面的峡谷里流下，从那么高的峡谷落下，人们在山岩上都难以听到瀑布的声音。在那里，岛上的大部分地区都能尽收眼底，到处是断崖，崇山峻岭，其中包括了比特伯峰、三乳峰等等，这些山谷里都被森林覆盖了。还能够看到汪洋大海，甚至是离这儿往西三百多里远的波旁岛。站在拇指峰的顶端，保尔才看到将薇吉妮带走的那艘帆船现在离岸大约有几十里了，像大海中的一个小黑点。他一直呆呆地望着远去的帆船，直到消失了，他仍觉得那船好像还在那里，当他脑中的船的踪迹消逝在雾蒙蒙的地平线时，他就往这荒地上一坐，任风吹打着他。风不停地刮着椰子树和橡胶树的树梢，发出嚎叫、呻吟般的响声，就像是远处传来的黑管乐，让人听了感到深深的悲伤。我在那里找到了保尔，他的头抵在一块岩石上，愣愣地死盯着大地。从黎明开始，我就一直跟着他，硬是把他给从这高台上劝了下去，带他回到了家里，他刚一看到德·拉·托尔夫人就痛苦地埋怨她欺骗了他。德·拉·托尔夫人告诉我们，夜里三点钟起风了，船准备起航，总督就带着他的手下们和传教士来了，用轿子接走了薇吉妮。尽管薇吉妮不愿意，她和玛格丽特也都痛哭求情，可是那些人一直说这是大家的福气啊，然后就把哭得半死的薇吉妮给硬抬走了。保尔说："至少，我应该和她告个别，那样我现在心里也会平静得多。我会对她说薇吉妮，如果我们一起生活的那些日子里，我说了什么话，刺伤了你，请你在永远的离开我之前告诉我你原谅我了！我还要对她说，既然命中注定我不能再见到你，那就永别吧！我亲爱的薇吉妮！再会了！远离我的生活，希望你能快乐、幸福！"当他发现德·拉·托尔夫人和他的妈妈正在哭泣，就对她们说："现在你们去找另一个人吧！让那个人的手为你们擦去眼泪吧！"保尔说完就大声呻吟着离开了屋子，他在家附近到处地徘徊着，特意跑遍了所有薇吉妮喜欢的地方，他对跟着他的母羊和小羊羔们说："你们是想找我要什么呢？你们再也见不到那位常和我在一起的亲手喂你们的姑娘了。"他来到"薇吉妮休憩地"，鸟儿们都围着他飞，他伤心地告诉它们："可怜的鸟儿，你们再也不能飞翔在那位常喂你们的姑娘身边了！"他看到费德勒前前后后地走动着，好像在寻找薇吉妮，他又深深地叹了一口气，哀伤地说："唉！你再也找不着她了！"最后，他来到了薇吉妮临走前一夜他们谈话的地方坐了下来，他望着茫茫大海，望着带走薇吉妮的帆船消失的方向，他的心更加痛苦了，哭得也更悲伤了。

我们继续观察着他的行动，担心他由于精神上受到巨大打击而引出什么严重的后果。他妈妈和德·拉·托尔夫人用最最温柔的态度恳求他不要那么绝望，那样只会让她们更加痛苦，终于，把他的情绪给稳定了下来，让他重新生出了希望，德·拉·托尔夫人叫他"我的儿子"、"我亲爱的亲儿子"、"我的女婿"，还说替女儿定了他做女婿，她劝他回家，怎么也得吃点东西。他紧挨着他童年伙伴曾坐的位置坐下，就好像她现在还坐在那里一样，他对她说起话来，给他夹那些自己所知道的她最喜爱的菜，接着，他突然脑子清醒了，又哭了起来。接下来的那些天，他把薇吉妮平日用的东西都收了起来，包括她戴过的最后一束花，她喝水习惯用的椰壳杯子，保尔千百次地吻着这些他最爱的关于薇吉妮的纪念物，把它们当作世界上最珍贵的宝贝，拥在怀里，我们所爱的人抚摸过的东西留下的甜蜜香气是任何芬芳也不能比的。后来，他看到自己沉溺在痛苦中加重了他妈妈和德·拉·托尔夫人的痛苦，而且家里的活也不能断，还得有人干，他就开始帮助多明戈干活，修复毁坏的果园。

很快，这个年轻人，这个一直以来对世上任何事物都漠不关心的科奥尔人，为了能够和薇吉妮保持联系，开始让我教他读书、写字。并且他还表示想要学地理知识，那样他就可以对薇吉妮去的国家有所了解，还有历史，他想知道一些薇吉妮生活的那个国家的风土人情。是爱的力量驱使着他去学习这些，就像他已经掌握的农学知识，还有怎么把土地规整得合理又美丽。也许，大部分艺术和科学的产生要归功于人的这种焦虑而不安的激情，人类受惠于它们，然而它们所引发的失望感又催生了教会我们抵抗一切灾祸的哲学。就这样“爱”变成了所有生灵的连接点，爱让我们像享受欢乐那样去享受知识，变成了社会中最伟大的精神。

保尔对学习地理特别不感兴趣，因为这些书并不是给我们描绘各个国家的自然历史，只是介绍政治集团的划分。而历史，尤其是现代史，他就更提不起兴趣了，他看到的只是一种普遍的、周期性的灾难，但是原因他却无法找到，只是没有目的和起因的战争，乏味的阴谋，没有信仰的民族和惨无人道的君王。他更喜欢阅读小说，因为小说中关于人的感情和忧虑的内容比较多，展现给他的是与自己生活境遇相似的图景。《忒勒马科斯》[①]是他最喜欢读的书，他从书中所描绘的生活画面和人类心中最自然的情感中获得了很大的快乐，他常常把书中那些最能打动他的部分大声念出来给妈妈和德·拉·托尔夫人听，有时，就会触动了他内心最柔软的回忆，于是他的这种情绪让他哽咽地说不出话来，满眼的泪水。他好像从薇吉妮身上看到了昂蒂奥波[②]的高贵与智慧，还有厄夏里[③]的不幸与温柔。但是，另一方面，他又觉得流行小说中充斥着下流的习俗，低级的俗语等等。当他得知这些作品描写的正是比较可信的欧洲社会的缩影时，他害怕了，他怕薇吉妮在那里堕落，把他给忘记了。不过，他有这种担心在表面上并没有什么道理。

一年半过去了，德·拉·托尔夫人还没有得到任何姑母和女儿的消息，在那段时间，她只是一个偶然的机会听说女儿已经安全

---

① 忒勒马科斯——是希腊神话中奥德修斯和佩内洛普的儿子，在荷马所作《奥德赛》的前四卷中描述了他的一连串冒险故事。

② 昂蒂奥波——《忒勒马科斯》中的人物，河神阿梭伯的女儿，十分美貌。

③ 厄夏里——加利堡的仙女之一，和忒勒马科斯相爱。

地到达了法国，终于，有一艘开往印度的船路过这儿，给她捎来了一个包裹和一封薇吉妮的亲笔信。尽管，这个亲切又体贴的姑娘已经把信写得很谨慎，以免让妈妈难受，但字句中还是明显地透露了她过得并不开心，这封信很自然地描绘了她的境况和性格。我几乎每个字都记得很清楚：

我最最亲爱的妈妈：

我已经亲手给您写了好多封信了，可一直都没有收到您的回信。恐怕是您都没有收到它们吧！我真希望通过我的这封好不容易才寄出去的信，能带给您我的消息，也盼望着您的回音。

自从和您分开后我流了好多眼泪，本来我是不爱哭的，除了为那些受苦受难的人们。我到达后，老姑奶奶询问我都会些什么，我告诉她我不会阅读也不会写，她感到非常吃惊。她又问我那我从出生到现在都学了些什么呢，我回答说会料理些家务，一切都遵从妈妈的意愿。她跟我说我受到的都是怎么做奴仆的教育，于是，第二天她就把我送到了巴黎附近的一个大修道院当寄宿生，在那里我有教我各种各样课程的老师，我要学历史、地理、语法、数学，还有马术等。但我对这些学问都没有什么天赋，所以我恐怕跟着这些老师也难能有什么进步，我觉得我太笨了，学不会他们教我的那些东西。不过，姑奶奶对我的好意却没有到此为止，她每个季节都给我做好几套新衣服，还给我配了两个女仆，连她们也都穿得像贵族太太一样，她还给了我一个女伯爵的头衔，强迫我不再用德·拉·托尔这个姓，可是我跟您一样对这个姓充满亲切感啊！因为您跟我讲过爸爸为了能跟您结婚所忍受的一切痛苦，所以我对爸爸的姓很有感情。她还把妈妈您的名字改成了您娘家的姓名，我也是同样感到亲切的，因为这是您做姑娘时的名字。

我看到自己的生活环境如此豪华，就请求姑奶奶给您一些资助，我好给您寄过去，可她的回答让我怎么说啊！但您嘱咐过我一定要和您讲实话。姑奶奶跟我说一点小钱对您也没什么用，要是给您一大笔钱反而会碍着您过您的简朴生活。您知道的，我不会写字，到了后我就尽量想找一个另外的人帮我给您写信，可是，刚来这里我找不到可以信任的人，我就没日没夜地努力学习阅读和书写。还好上帝明白我的苦心，我很快就学会了。我把最初几封信托付给我身边的一些夫人们去寄，但现在我估计她们可能是把信寄给姑奶奶了。这次，我求助了我在寄宿学校的一个朋友，我把她的地址留给您，这样我就能收到您的回信了。姑奶奶禁止我和外界有任何联系，说这样会阻碍我的进步，她可是对我抱有很大期望的。除了她和她的一个朋友——一个贵族老爷，他俩能隔着铁栅栏看一眼我。她还说这个老爷对我很有好感，不过，我实在是一点也不想和那个人在一起，可能我现在是对任何人都没有兴趣。

我的生活环境是那么的富丽堂皇，但却一分钱也没有，他们说我会把钱用错地方。甚至我的衣裙都属于我的女仆们，我还没有脱下来时，她们就开始争抢。我生活在金钱中，可感觉比和您在一起时还穷，因为我什么都不能送给别人。当我发现他们教会我的那些高深的学问根本没什么用，我连一点点好事都做不了，我就又拿起针线活了，还好您教会我这手艺。我寄去了我亲手做的几双袜子，给您和玛格丽特妈妈，一顶毡帽给多明戈，我的一块红手帕给玛丽。还有，我的包裹里寄了一些果核还有各种各样的水果的种子，是我休息的时候在修道院的花园里收集的，我还添上了一些紫罗兰、雏菊、毛茛、芙蓉红、山萝卜花的种子，这些都是我在田里捡的，这个国家的花比我们那里的更漂亮，可没人去欣赏它们。

我敢肯定您和玛格丽特妈妈收到这袋种子会比收到那袋钱高兴，就是那袋钱让我们分离的！还流了那么多眼泪！如果有一天您能看到我们的香蕉树旁生长着苹果树，榆树枝和我们的椰林交织在一起时，您会感到自己又在那您非常钟爱的诺曼底啦，这对我来说就是最大的幸福了。

您嘱咐过不管我在这里是高兴还是不高兴都要如实告诉您。远离你们，我没有什么幸福可言，至于我伤心的时候，我就想想这是上帝的旨意啊，您才将我送到这里的，这样痛苦也就减轻了。但是最大的痛苦是在这里没人会跟我说起您，我也没法和任何人聊起您，我房间的女仆们是不如说是我姑奶奶的，因为她们更属于她。每当我想把话题引向那些对我觉得很亲切的话题时，她们就跟我说：要记住您是一位法国小姐，您应该把那些野蛮地方忘掉。哦！要我忘掉我生长和您现在居住的土地，还不如先把我自己忘掉好了！对我来说，这个国家才是野蛮之地啊！我孤独一人，不能和任何人倾诉我对您的感情，我只能是自己压抑着。

我最亲爱的妈妈：您的乖女儿

薇吉妮·德·拉·托尔

我请求您善待玛丽和多明戈，他们在我小时候为我费了不少心，并替我抚摸一下费德勒，它曾把我从森林中找回。”

保尔看完这封信后很吃惊，薇吉妮她竟然对自己只字未提，可她连家里的狗都没有忘记。但是，他不会懂的，不管一个姑娘的信有多长，她总是把她最私密的心思放在最后。

果然，薇吉妮的信还有附言，她特意嘱咐保尔要种好两种花籽：紫罗兰和山萝卜花。她告诉了他这些植物的特征、习性，还有最适宜种植这些花的地方，她说："紫罗兰，开深紫色的小花，喜欢隐藏在树丛下生长，但因它那飘散很远的迷人芬芳，很快就会被人们发现。"她希望能把这些紫罗兰花种在泉水边她那棵椰子树下，她又接着说："山萝卜花开一种灰蓝色的花，十分美丽，黑色的花心衬着白色的小点。你也许会想到戴着孝的人吧，所以它也叫寡妇花。它喜欢生长在阴郁、有风的地方。"她还请他将这种花种在那晚他们最后一次谈话的岩石那里，念在对她的感情上，以后就叫这块岩石"话别石"吧！

她把这些种子放在一个小包袋里，是用一种极普通的布做成的。但对保尔来说却非常珍贵。当他看到上面用发丝绣的缠绕在一起的"P"和"V"字母时，立刻认出了这美丽的头发是薇吉妮的。

读了这位亲切又忠贞的小姐的来信后，全家都哭了。她的妈妈以全家人的名义给她回了信，告诉她，是留在那儿还是回来，她觉得怎样合适就怎样，并告诉她说，自从她离开了以后，大家都失去了幸福，尤其是她妈妈自己，更是无法得到安慰的。

保尔也给她写了很长的一封回信，信中说他一定会好好收拾花园，保证让她喜欢。他在那儿混种上了欧洲和非洲的植物，就像她混合着把他们俩名字的首字母绣在小布袋上一样。他还给她寄了一些泉水边椰子树上结的熟透的果实。他告诉她说，他就不给她寄任何岛上的特产了，以便让她因想见到岛上的这些风物而早点回来。他还请求她尽快满足全家人热切盼望她回来的愿望，特别是他自己，自从她走了以后，他的幸福也跟着走了。

保尔非常精心地种植这些来自欧洲的种子，特别是紫罗兰和山萝卜花更为用心。这两种花似乎与薇吉妮的性格和目前的处境有些相似，而且薇吉妮也特别强调了要种好它们，但是，不知道是因为旅途中种子被蒸干了，还是这里的气候不适合它们生长，这些植物中只有一小部分发了牙，并且长势也不大好。

在这些事情发生的同时，嫉妒也跟着来了，给那些获得幸福的人们添些苦味，尤其是在这块法属殖民地上就更强烈了。一些风言风语在岛上四处传播，这让保尔感到很不安。而且，捎来薇吉妮信的那艘船上的乘客们都肯定地说薇吉妮就快要结婚了，还说出了那位她要嫁的贵族官老爷的名字，还有些人扯得更远，甚至说婚礼都已经举行过了，他们亲眼看到的仪式。保尔最初完全不信这些水手们带来的消息，因为他知道这些人常常沿途散播流言蜚语，但是，当岛上的一些居民不怀好意地装着很惋惜的样子，为他抱不平，他就开始有点信以为真了。再加上他从最近读的几本小说里也看到了背信弃义的行径，被人当做笑料，他也知道这些书是在很真实地呈现欧洲的社会风貌，因此他就更加担心薇吉妮在那里也会变得堕落，忘掉自己从前的誓言。保尔所获得的这些新知识只是让他更加不幸了，但是后来的情况才真正让他极度焦虑起来，因为在收到信以后的六个月中，有好几艘从欧洲来的航船经过这儿，却没有一艘给他们带来任何关于薇吉妮的消息。

从此，这个不幸的年轻人，总是无比纠结地来到我家找我聊天，希望通过我的人生经验来证明或消除他的某种疑虑。

刚才已经和你说过，我住的地方离这儿有十多里远，在一条沿着龙格山流淌的小河岸边。我在那儿独自生活，没有妻子，没有孩子，也没有奴仆。

住在这里失去了与人来往的普通生活，无法得到与人交流的幸福，在享受这种生活的同时，最可怕的就是孤独了，不过每一个对他周围的人类伙伴有怨怼的人都喜欢孤寂。也很值得注意的是，那些因为主张、习俗或政体而遭遇悲惨命运的国家，产生了各个阶层的人们共同为孤独与清规戒律而奉献自身，比如处于衰败中的埃及、希腊的东罗马帝国、印度、中国，现代希腊，意大利，还有大部分的东欧、南欧国家。孤独让人类远离伴随着生活而来的摩擦所造成的痛苦，使他们在某种程度上回归了享受自然的单纯和喜悦。在现代社会中，人们的思想被无数的偏见瓦解，在喧哗躁动又矛盾着的观点中不断运转，始终混乱。那些充满野心的不幸的人总是希望能高过彼此，但是在孤独中，心灵总是把伤害它的病态的幻想放在一边，重新建立起关于自然和上帝的单纯思想，就像能冲垮平原的泥石流会在地势低的地方改变原有的路线，分散开来，泥浆遇到水流被涤净，又回到它平常的清澈，又能映照出我们的河岸、碧绿的地面以及天上的星光。因此，孤独能重新将身体里的力量聚集起来，就像聚集那些思想中的能量一样。在那些隐士中有人会把生命调到它的极限，比如印度的清修隐士。简单的说，我认为孤独对幸福而言是必要的，甚至是在它自己的世界，让我明白如果我们不让自己达到一种自己很少产生想法，并且也不接纳他人想法的放空状态，想要从追求任何一种东西中获得永恒的快乐，或是通过追求任何一种东西来规范我们的品行，或是用某种固定的法则来规范品行，都是不可能的。我的意思不是说人要活在绝对的孤独中，一个人也会因人类的必要需求与这个世界相联系，他也要遵循人类的分工，他也拥有自然外的一些东西。但是，就像上帝赋予了人类不同的器官，脚用来行走，肺用来呼吸，眼睛用来看，以便可以很好地适应我们所生活的地球上的各种元素一样，我们没有能力去改变它们中任何一种的使用功能，人类为自己的生存做好了准备，比如那生命的上帝，最主要的器官——心脏。

我远离人类生活，远离那些我想服务于他们却遭到他们迫害的那些人，在游历了一些欧洲国家后，我被这座人烟稀少的小岛宜人的气候和宁静所吸引，最终定居在了这儿。我在森林中的一棵大树脚下建了一座小茅屋，亲手清理出了一小片空地，一条小河从我的门前流过，为我提供了充足的日常用水，也给我带来了很多欢乐。我把这种欢乐与阅读一些精心挑选的书籍结合起来，这些书教会了我怎样成为一个更好的人。它们让那个把我抛弃的世界仍然在为我的幸福作着贡献，它们给我呈现了一幅人类因欲望而身陷苦难的画面，相比之下，我处在中间地带，我感受到了一种侥幸的快乐，就像是一个撞上岩石的失事船只上的幸存者，在这种孤独中，我想了很多外面那个世界的暴风骤雨，它们遥远的骚动让我的这种安宁显得更加有意义。自从那些人远离我的世界，我再也不用带着憎恶面对他们了，我只是为他们感到遗憾。如果有时我遇到那样一个不幸的人，我就会想给他建议来帮助他，就像是一个路人对一个快要在洪流中溺死的人伸出援助的双手，但是对于我的建议他们只是漠然，大自然呼唤人类回归，但对于大多数人而言，都是徒劳的，他们每个人对自然都有自己的构想，任凭自己的热情来支配自然，毕生都在追求空虚的幻影，迷失其中，之后，又向上帝抱怨这自己亲手造成的灾难。我也曾试图让许多处于不幸中的人们，重新回到大自然中，享受欢乐，但是我遇到的都是沉迷于那种苦难中的人。我希望教会他们如何获得清誉或好运，他们一开始还对我的建议感兴趣，但是当他们发现我只是希望教他们怎样摒弃妄想，他们就瞬间失去兴趣了，因为我批评他们所要的那种幸福，他们也指责我的这种离群索居，他们声称他们那样才是对人类有用的，还努力想把我也拉入那漩涡中。但是每次我和他们交流，都会让自己处于放空状态，对我来说这也是一种自我修炼。在这种宁静中，我每日检讨着自己曾经的那种狂热追求虚幻的生活，审视那些我曾经看重的东西——赞助、财产、名声、快乐和这个世界上永远都无法达成统一的各种观点。我把我见过的那种因虚荣心而狂怒着争论的人和不再争论的人放在一起比较，就像我门前小河中的小浪花，它们撞击坚硬的河岸，然后消失，不再回来。至于我嘛，相对于无岸的未来，冷静地漂在时间之海上，实在是太煎熬了，然而，注视着眼前和谐的自然，我就能把我的心灵放在至高的上帝面前，希望能活得更幸福，能达到另外一种生命境界。

我的房子藏在森林的深处，被各种高大植物层层遮挡，尽管这个隐居地不为人所见，但它却有种特别的美感，尤其是对我这样一个性格不外露的人，居所要远离广阔纷繁的外界才适合我。一条小河在我门前流过，笔直地穿过树林，形成一条很长的沟渠，被各种树木遮蔽。其中有橡胶树、檀木树和一种叫做苹果木的树，还有橄榄树、肉桂树，一丛丛的槟榔树，光溜溜的树干百尺高，顶端一簇簇的叶子环绕着，它就像是整个森林的一个塔尖，像是在一片森林之上又堆起了一片森林，再加上各种藤蔓在树间交织缠绕，在这里形成了一座拱廊，在那里建造了一条长长的绿色天篷。大多数的树木都散发着浓浓的芳香，把路过人的衣服都熏香了，常常使人走出森林很久了身上还留有着迷人的香气。等到繁花盛开的季节，森林就像被覆盖了一层梦幻的白雪。夏末，各种各样陌生的鸟儿由于一种无法解释的本能，从海那边不知名的地方飞来这小岛上，搜集各种植物结下的种子。在阳光的照射下，森林显得更加阴郁了，这种强烈的对比让鸟儿的羽毛是那么的光彩夺目。其中有各种虎皮鹦鹉，蓝色的鸽子（在这里被称为荷兰鸽），等等。还有猴子，它们是森林中真正的原住民，那灰中带绿的皮毛和黑色的面孔，使人很容易就能把它们从树枝上辨认出来，它们有的在阴暗的树林中玩耍着，尾巴吊在枝头，在空中悠来悠去地打秋千，还有的抱着幼崽，从这个枝头跳到那个枝头。从来也没有凶杀的枪声来惊扰这些自然之子宁静的生活，这里只有欢乐的声音和那些南方不知名的鸟儿的啾鸣，回荡在幽深的山林里。小河在岩石底的河床上潺潺地流着，穿过树丛，清澈的水面上，倒映出大片苍翠的树影，还有林中那些欢乐的居民，流过千步之后，便瀑布般的层层下流，帘幕如水晶般清澈，但是到了底部就被汹涌的波涛给阻断了，嘈杂的水声从翻卷的浪花中传来，有时被林间的风吹得好像很远很远，有时又觉得似乎就在耳边，如教堂的钟声一样洪亮。河边的空气一直清新而凉爽，因为不断流淌着的河水把空气中的热量带走了，是岛上甚至山顶上都找不到的好地方。

离瀑布较远的地方，有一块岩石，在这既可以不受嘈杂水声的干扰，又可以好好欣赏瀑布的壮美，享受凉爽的空气，聆听潺潺的流水。仲夏之时，德·拉·托尔夫人、玛格丽特、薇吉妮、保尔和我时常在这岩石的阴影下吃饭。薇吉妮的举止总是那么体贴、得体，时刻注意着照顾到别人，她吃水果从来都是把剩下的果核埋在地里，她常说："这样就可以长出一棵大树了，路过的旅人可以吃它结出的果实，至少，也可以喂一些鸟呀！"有一天，她在岩石边吃了一个万寿果，就把果核种在了这里，不久，长出了好多小树苗，其中有一棵开了花，说明是能结果的雌树。薇吉妮走的时候，那棵树只有她膝盖高，但是它长得飞快，两年间就足有两丈高，枝头结满了一个个熟透的果子。有一次，保尔偶然经过这里，看到这样一棵大树，心里高兴极了，这是他心爱的人亲手种的呀！可喜悦是短暂的，他突然就又伤心了，因为这代表着薇吉妮已经离开很久了。就是这样，我们天天都看习惯了的那些东西，不容易使我们感觉到时光飞逝，因为它们也和我们一起在不知不觉地衰老，而那些久别之后又再见到的东西，最容易让我们强烈地感觉到时光飞逝。保尔的心被眼前结满果实的大树给击中了，触动了，就像一个远游他乡的旅人归来时，再也找不到他儿时的伙伴，而印象中的孩子已为人父，有了家庭。有时，他真想把这树给砍了，因为它太清楚地告诉了他薇吉妮已经走了很久了，有时，他又把它当做代表了薇吉妮善行的纪念物，亲吻着它的枝干，向它诉说心中的深深悔意。哦！每当我看到林子中有你们的后代在成长，比看到罗马帝国的凯旋门还要激动，还要充满敬意。伟大的自然啊！是您在一天天摧毁着代表了君王们野心的纪念碑，但在这森林中却有各种东西在不断生长着，它们证明了一个可怜姑娘的仁慈。

每当保尔来到我家附近，我总能在这棵树下找到他。有一天，我又在这儿找到了他，他当时正陷在悲痛中，于是，我就和他谈了一次话。如果你不嫌弃我离题太远，我就复述给你听，人老了啊，难免就会啰嗦点，思路不清，都是可以原谅的，跟你说这些是出自我真诚的友情，也让你评价一下这个年轻人的天性。我想你应该能很容易就从问答的内容里分辨出谈话者来。

保尔他对我说："我心里很不好受，德·拉·托尔小姐已经走了两年零八个半月了。她现在富了，可我那么穷，她把我忘了。我有一个想法，我要乘船去法国，我要为君王做事，我要挣下一份家当。当我成了一位大老爷的时候，德·拉·托尔姑奶奶就会把他的侄孙女嫁给我了。"

"哦，我亲爱的朋友，你不是和我说过你没有高贵的出身吗？"

"这是我妈妈告诉我的，但是我根本不懂高贵的出身意味着什么，我从来也没觉得我比别人少点什么，也不觉得别人比我多点什么。"

"低微的出身，在法国基本上任何高级职业都不能从事，甚至连稍微好一点的部门都不可能要你。”

“您曾多次跟我讲过法国之所以伟大，其中之一的原因就是在那里即使是最卑微的人也可以获得最高的荣誉。您还给我举过很多名人的例子，他们都是出身低微，却可以为国家赢得荣誉的人。您是想隐瞒真相来激发我的热情吗？”

“不是这样的啊！我的孩子，我给你讲的那些过去的事情都是真的，可一切都大变样了，现在在法国做什么都要行贿找关系才行。那里所有的财产都变成了一些人的家族产业，或是被各部门分赃，君王就像一个太阳，那些贵族们和一些小团体的人像乌云般将他遮了起来，几乎不可能有一丝光线照到你的身上。从前，行政机构的管理分层没有这么细，不会出现这种现象，于是处处都有人才和伟绩出现，就像新开垦的土地总是那么有营养一样，可以滋养它们。但是真正会鉴别人才和挑选人才的伟大君王是少的，一般的君王都很平庸，他们只会听信周围达官贵人们的谗言。”

“但也许我会遇到一个这样的贵族，而他又愿意照应我。”

“如果想得到大人物的照拂你就得奉承讨好他们，你肯定做不到这样，因为你既没有出身，又很正直。”

“可是我做事很有魄力，我将会言而有信，秉公职守，并与周围的人保持真挚的友情，我想我会让他们中的一些人看到我的价值而接纳我，在您给我读的那些古代历史书中有很多人物就是这样的。”

“唉！年轻人！在希腊和罗马人中间，甚至是在他们衰败的时期，那些贵族们也是尊重道德的，可是在法国历史上，虽然有那么多从平民中脱颖而出的大人物，但却没有哪个被大家族所任用。如果不是早前的君王看重美德，在法国，道德将只有平民才拥有，就像我之前说的，有时君王们看到了有德行的人就会授予他们荣誉，但是在今天，人们想要获得伟业和荣誉，通常只是为了得到金钱。”

“如果我遇不到那些贵族，我就努力在某个部门好好工作，我会去领会它的精神，我会让他们喜欢我的。”

“那你是想像那些人一样？丧失良心去谋取财富？”

“哦！不！我绝不会用自己的良知去换取任何东西，我只为求真理。”

“那你不但不会招人喜欢，反而还会遭人憎恨。领导们对什么发现真理啊是从来都不会有兴趣的，所有的意见对野心家们来说都差不多，他们只要手握大权就好了。”

“唉！我是多么不幸呀！想做什么都不行。我是命中注定要远离薇吉妮，默默苦干一辈子度过我的人生。”

说着他深深叹了一口气。

“让上帝做你唯一的主吧！始终坚守你的内心吧！你要始终依附于这两者。那些大家族、豪门、臣子，还有国王们，拥有的只是他们自己的偏见和嗜好，必须要常常以恶习来满足他们的心，可上帝和内心高洁的人只求美德。

“但是为什么你想从一群普通百姓中脱颖而出呢？这个愿望简直没有道理。如果每个人都抱有这种想法，那周围的人还不都起冲突了，还是本分地在上帝所授予你的位置上履行自己的职责吧！学会去感激自己所拥有的！它让你如此有良心，这也是你能享受的福分啊！它没有迫使你去像大人物那样将自己的幸福建筑在小人物的言论之上，也不让你像那些小人物一样靠阿谀奉承大人物讨生活。你现在所生活的地方和环境让你可以不用欺骗，不用讨好任何人，也不用贬低自己，大部分想在欧洲社会寻找财富的人都必须得这样做啊！在这里，任何一种美德都不会对你严禁，你可以拥有各种美德而不被一些人谴责：善良、真诚、博闻、耐心、节制、纯洁、宽容、虔诚，也不会有人来嘲讽你，想要摧毁你处于萌芽状态的理智。老天给了你自由、健康，正直的良心和朋友，你所希望得到他们恩惠的君王们并没有这么幸福。”

“啊！我只是想和薇吉妮在一起。失去了她，我就什么都没了；得到了她，我就别无所求了。只有她才是我的出身、我的荣誉、我的财富。既然她的亲戚希望她嫁一个有名望的人，我就去读书，那样知识和名望就会有了。我要成为一个有学问的人，我要用我的知识去服务祖国，不伤害任何人，也不依赖任何人，我要出名，我要靠我自己去获得荣誉。”

“孩子啊，才能比出身和财富更难得，毫无疑问，才能是最宝贵的，因为没有什么能将它们抹掉，并且让我们在任何公共场合都能受到尊重。可是据说这需要花费很大代价！因为它们很难获得，要戒除各种嗜好，还要有敏锐的感受力，而这种敏感既使人内心痛苦，又让我们暴露在那些心怀恶意的同时代人面前，受他们迫害。在法国，法官们不羡慕军人的荣誉，军人也不羡慕海员的荣誉，但是他们会一起反对你，阻挡你晋升，因为你因能力而身居高位会让他们很没面子。你说你要为人民服务，那么就在田野里多种出一丛小麦，要比写出一部书贡献还大！”

“是啊，薇吉妮，她种下这棵万寿果树，她送给了这森林中的居民一份更有用、更让人欢喜的礼物，比送给他们一柜书更好！”

说着，保尔拥抱起这棵树，沉醉地亲吻着。

“最好的书除了宣讲平等、友爱、谦逊与和平，也没什么其他作用。多少个世纪以来，福音书不过是欧洲人用来平息民众愤怒的借口。看看这个世界！有那么多公开的和隐秘的暴政！他们仍在借它之名继续着统治。谁又敢吹嘘自己也能写一本书来服务于他的人类伙伴呢？回想一下大多数哲学家的命运吧，他们为人类传道解惑，荷马用美妙的诗的语言为哲理缝制华服，可他却一生靠他人救济度日。苏格拉底通过他的演说和品行给了雅典人多少教诲，令人钦佩，可是却被他们毒死。柏拉图被那庇护他的君王下令贬为奴隶。毕达哥拉斯把人类的起源一直追溯到动物，却被克罗尼亚人活活烧死。还要我说什么？就连这些伟大的名字，大多数也被某些表现他们的讽刺诗给丑化了，然而忘恩负义的人类就是乐于这样去认识他们。但是在平民中，如果某些人的英名没有被玷污地流传到现在，那是因为那些记载他们的人远离他们当时的社会，就像那些从希腊和意大利的田野里挖出的完整雕像，因为它们被掩藏在大地的怀抱里，才免遭野蛮人的疯狂摧残。

“你看，为了在暴风雨般骚动的文坛获得荣誉，你不仅必须具有很多品德，还必须要准备着牺牲自己。但是，不要幻想法国的那些权贵们会对这种荣誉感兴趣，他们根本不关心那些文人，文人们的学问既不会给他们带来尊重，也不会给他们提供走上仕途的力量。是这样的，这个时代迫害少了，因为在生活中人们对什么也不关心，除了财富和享乐。知识和道德是无法让一个人出人头地的，在这个国家一切都要靠金钱。先前，文人还能在教会、立法部门与执法机构里的某些位置上得到报酬，可现在他们只是为了被写进书里才存在，虽然，他们的思想果实，很大程度上不被世人所赏识，但是他们的非凡才能始终是有价值的。因而这些书有了保留那些失去光泽的美德的特权，安慰了不幸的人们，并照亮整个民族，甚至能使君王明白真相。无疑，这是老天能为一个凡人带来荣誉的最威严的职责。然而，当想到自己的著作要在各民族间代代相传，成为帮助人们对抗谬误和暴政的屏障，并且就在自己曾生活过的黑暗之中放射出盖过君王的光芒，让记录他们事迹的丰碑毁灭在遗忘中——不管那些谄媚者如何塑造和夸大他们，想到这里，虽然那些作家受到财产分配者们的蔑视和不公正地对待，他们也可以感到安慰了。”

“哦！我要荣誉只是为了把它贡献给薇吉妮，使她成为全世界最受人爱戴的人。您这样博学多识，那您知道我能和她结婚吗？我希望成为一个博学的人，至少也是为了知道未来。”

“我的孩子啊，如果一个人已经知道了自己的未来，就像只是这一回我们所预期到的灾难就给了我们这些毫无价值的忧虑，当人们预感到一个确定的灾难时，那么灾难之前的每一天都够我们受苦的了。最好不要太爱探寻未来，甚至是我们周围的东西。老天给了我们预测所必备的思考能力，同时也给了我们那种控制自己思想的能力。”

“您告诉过我，在欧洲有了钱就可以获得荣誉和尊严，那我要乘船去孟加拉赚钱，然后再去巴黎，去娶薇吉妮。我要上船去！”

“怎么？你要离开你妈妈和她妈妈？”

“可您也曾亲自劝我去印度呢！”

“那时薇吉妮还在这儿呀！可现在你是两位妈妈唯一的依靠了。”

“薇吉妮会通过她富有的亲戚来帮助她们的。”

“富人们只关心那些在世上宣扬他们荣誉的人。他们中的许多人还有比德·拉·托尔夫人更可怜的亲戚，他们也希望能得到帮助，但只能牺牲自由去挣一口饭吃，在幽闭的修道院里度过一生。”

“啊！欧洲怎么是这样一个地方啊！薇吉妮得回来啊！有那么一个富亲戚有什么用呢？她在这小茅屋里是多么幸福！她头戴红手帕或者美丽的花环，看起来是那么美丽！回来吧，薇吉妮！离开你的豪宅和贵气，回到这小茅屋，来到这树荫里和椰林下吧！唉！你也许现在已经很不幸了……”然后他就哭了起来，“伯伯啊，你什么也不要瞒我，如果您不能告诉我是否可以与薇吉妮结婚，那至少告诉我她是否还爱着我，她周围的那些老爷太太们会告诉君王有这么个漂亮姑娘吗，君王会去看她吗？”

“我亲爱的朋友，我敢肯定她是爱你的，有好多理由，但主要是因为她是个忠贞的姑娘。”听了这些话，他高兴地搂住我的脖子。

他又问：“您真的相信欧洲的那些女人很虚伪吗？就像你借给我的剧本和书里说的那样？”

“在男人们专制的国家里，女人是虚伪的，哪里有暴力，哪里就有欺骗。”

“男人怎么对女人专制呢？”

“不问她们的意见就包办她们的婚姻。把一个年轻姑娘许配给一个老头子，一个有情感的女子嫁给一个麻木不仁的丈夫。”

“那为什么不要那些般配的人结合呢？年轻人和年轻人？彼此相爱的人？”

“因为在法国大多数年轻人都没有足够结婚的财产，要等人生都过了大半才能挣够钱结婚。年轻时，他们引诱别人的妻子，老了却又不能满足妻子的爱。最初，他们自己是骗子，到老了，就轮到人家欺骗他们了。世界的运转永远都是公平的，善有善报，恶有恶报，保持着平衡。大多数欧洲人就在这样两个不符合规律的阶段中度过自己的一生。与此相应的是，财富越是集中在少数人手里，这种现象就越比比皆是。社会就好像是一个花园，如果大树太大了，把小树都遮住了，小树就无法生长。不过这两者也有很大差别，一个花园可以因为混在其中的几棵大树而很美，然而一个国家的繁荣却要依靠着人民之间更广泛的平等，而不是少部分人的富有。”

“可是为什么要富了才能结婚?”

“为了日子丰裕,不用劳动啊!”

“为什么不劳动呢?! 我觉得辛勤劳动很好!”

“在欧洲,体力劳动被认为是低等的,就像是机械劳动。种田这种工作是最受蔑视的,一个小手艺人也比农民受尊重。”

“什么? 你是说为人类生产食物的劳动在欧洲最被看不起? 我不懂你说的!”

“是啊,一个在大自然中成长的人是不可能明白社会已经堕落至此的。人们很容易把一切都想得精细而井井有条,而不是混乱。美好、道德、幸福都有一定的限度,可丑陋、邪恶和灾难却没完没了!”

“富人们总是幸福的! 他们想完成什么心愿都行,没有阻碍,可以给他们爱的人很多幸福。”

“不是这样的,我的孩子! 他们大多数人已经腻烦了这种幸福,因为得来太容易。难道你没体会过吗? 劳累后才懂得睡眠的香甜,挨饿后才知道食物的美好,受过渴才明白畅饮的快乐。同样,爱和被爱的幸福,也只有通过无数的艰辛和牺牲才能取得。然而,财富满足了他们的所有需求,也就剥夺了所有的快乐。过分的满足使他们感到无聊,他们的财富也使他们更加傲慢,并且哪怕是一点点的困难就会让他们受不了,最大的享受也不能使他们快乐起来。千万朵玫瑰花香带来的欢乐也只是片刻,而被花刺一下却要疼痛很久。富贵人家欢乐之中的一点痛苦就好比花丛中的一根刺;相反,对贫苦人来说,艰难之中的幸福就是荆棘丛中的一朵花,他们可以因此获得最真切的快乐。任何事情的付出与收获都是相对的,大自然把一切都平衡了。现在你更喜欢哪种境遇呢? 有的人什么都不期望，却害怕一切，还有的人期望着一切，却没什么可怕的，前者的境遇是富人的，后者是穷苦人的。这两种极端对人来说都同样艰难，只有平凡的人生，拥有美德的人生才能幸福。”

“您又是怎么理解美德的呢？”

“我的孩子呀，你用自己的劳动来支撑整个家，就用不着别人来说啦！美德就是尽可能的为他人做好事，并且这也是主所希望的。”

“对呀，薇吉妮是多有美德呀！是道德让她去寻找财富，她是在行善，也是因为道德她才离开这小岛的，道德也会把她送回来的。”

一想到薇吉妮还会回来，这个年轻人的头脑就又活了起来，所有的忧虑都迅速消散了。他劝说自己，薇吉妮没写信，就意味着她快要回来了，顺风的话，从欧洲到这里很快的！他天天罗列着从四五千里格之外到来的船只，大约经过三四个月的航程就到了。也许薇吉妮乘的那艘船不要两个月就到了，现在的造船工匠技艺如此高超，水手们也很专业！然后他就开始告诉我他为迎接薇吉妮打算做的准备，他要为她盖新房子，等与她结婚之后，他要设法能天天都让她感到快乐和惊奇。他的妻子呀！想到这，他都入迷了。他说：“至少，亲爱的伯伯，您就什么也不用做了。薇吉妮有钱了，我们会有很多奴隶为您干活，您就一直和我们生活在一起吧，什么都不用管，只要享受快乐就行了”他的心中跳动着喜悦，于是就飞跑回去跟家人诉说自己心里美好的设想。

然而，很快，这种让他迷醉的幻想就被更大的忧虑取代了。强烈的感情总是这样把人的心灵抛向两个相反的极端。保尔第二天就来到我的住处，悲伤不已，他对我说：“我没有薇吉妮的消息，如果她真的从欧洲启程了，她会写信通知我的。唉！我听到的那些关于她的传闻还是有根据的。她的姑奶奶把她嫁给了一位老贵族，她像其他女人一样被贪财的念头毁了。那些书中的女人刻画得多生动啊，忠贞只存在于小说之中。如果薇吉妮真的有道德，她就绝不会丢下她的妈妈和我了。除了怀念她我什么也不做，她却把我忘了，我在难受，她却在享乐。一想到这些，我都受不了了！但愿老天能让印度开战，我就是去战死也好啊！”

“孩子啊，”我安慰他说，“激励我们去死的勇气只是一时的冲动，这虽然常常得到别人的钦佩，却是徒劳的，希望的只是死后的名声吧。而另一种勇气，它让我们有担当，这才更必要，更珍贵。坚持不懈，没人看得见，也得不到任何赞扬，只有烦恼的人生，这种美德就是‘忍耐’。不依靠他人的看法，或是我们自己的感情冲动，‘忍耐’建筑在上帝的意志上，忍耐就是最富有美德的勇气。”

保尔沮丧地说：“那么，我真是缺乏美德，任何事情我都不能忍受，一切都让我绝望。”

“美德，”我接着说，“美德是坚持不懈的，是恒定的，但并不是一生下来就拥有它。我们在情感中翻滚着，理智都被搅乱了，或是丧失了，但是也有一座灯塔，可以重新点燃理智的光芒，那就是文学。

“文学，我的孩子，是上天赐予人类的礼物，是能够治理国家的智慧之光。这种非凡的智慧就像太阳照耀着大地，它发光，发热，给我们带来了欢乐和温暖，在某种程度上就像火种一样，点燃了人类，把大自然中的一切变得可以供人类使用。通过它，我们可以把周围一切事物联系起来——各种事物、各种地方、各种人和各种时节。是它帮助我们规范人类的生活准则，是它时刻平息着情欲、抑制着邪恶，并时时在我们眼前显示一些令人怀念的伟大的人物形象，来培养我们的美德。文学就像是主的女儿，从天上下凡来到人间，平息、治愈人类所有的苦难。最坏的时代总是造就了最伟大的作家，不论是什么时代，什么社会，即使是最野蛮最堕落的时代，都是这样的。孩子呀，文学给了无数比你更加不幸的人安慰。比如，色诺芬[①]在救了他的上万子民后就被流放他国了；西皮奥内[②]受尽了罗马人的诽谤；卢库勒斯[③]则遭到阴谋集团的重重折磨；卡迪纳也被朝廷上那些忘恩负义之人陷害。希腊人十分聪明，他们为了管理我们的理性，把每一部分都分派给了一个缪斯，我们也应该用同样的方式，将我们的感情交给她们去管理，让它们得到合理的束缚。文学带着她充满想象力的外表，通过我们心灵的力量，去完成像时序三女神[④]一样的任务，驾着日神的奔马。

"投入书本中去吧，孩子！那些为我们写书的先哲们，曾在我们之前就踏上了不幸的道路，在我们遭遇困难之时，他们就会向我们伸出友善的手，邀请我们加入。一本好书就是一位好朋友啊！"

"啊！"保尔叫起来，"薇吉妮走的时候，我根本不用读书，她也和我一样没学问，可是当她看着我，叫我一声'朋友'时，我是那么幸福。"

"毫无疑问，"我告诉他，"没有什么朋友比一个爱我们的女人更令人愉悦了。确实，女人的那种活泼和喜悦，非常能为男人解除烦忧，她的出现能驱散由过分思虑而形成的思想幽灵，她们的脸庞是那么有吸引力，带着温情和信任，谁能不去分享她的喜怒哀乐呢？谁不为她的欢乐而欢乐？谁看到她的微笑不跟着舒展眉头？

---

① 色诺芬——古希腊历史学家、作家，雅典人，苏格拉底的弟子。
② 西皮奥内——古罗马将军。
③ 卢库勒斯——古罗马将军兼执政官，以巨富和举办豪华大宴著名。
④ 时序三女神——希腊神话中宙斯的女儿，分别是欧诺弥亚、狄克、厄瑞涅，她们分别代表秩序、公正与和平。

谁又看到她的眼泪还会生气呢？薇吉妮会回来的，将比你更有知识，当她看到花园杂乱成这个样子，她会感到很吃惊的，尽管她远离你们，和她的老姑奶奶在一起，备受折磨，她也一直惦记着花园。”

一想到薇吉妮快要回来了，保尔萎靡的精神就又恢复了，他回到他的田间，快乐地劳动着，他希望自己心中的美好愿望能有一个美满的结果。

一七四四年十二月二十四日这天天刚亮，保尔一起来就看到德古外特山上竖着一面白旗，他明白这种旗意味着有船要从海上来。于是他飞快地跑到城里，想去看看有没有带来什么薇吉妮的消息。领航员按照惯例去船上查看水位了，保尔一直等到他回来，都晚上了。领航员告诉总督，将抵达的船叫“圣·吉”号，装了七百吨货物，船长是奥宾先生，离岸还有四里格远，如果顺风，大约在明天下午能抵达路易斯港，当时还是风平浪静的。接着领航员把这艘船从法国带来的信件交给了总督。其中确实有一封信是给德·拉·托尔夫人的，字迹也正是薇吉妮的。保尔立刻就抓住信，疯狂地吻了又吻，然后揣在怀里，跑了出去。没多一会儿，离家还很远他就看到全家都在“话别石”望着他回来，于是他把信高高举在手中，一句话也说不出来。信刚拆开，大家就都聚齐在德·拉·托尔夫人家里了，听她念信。薇吉妮在信中告诉她妈妈，姑奶奶强迫她嫁人，对她极尽卑鄙，但她坚决不从，于是她的财产继承权就被剥夺了，姑奶奶还故意要在暴风季节把她送回岛上。她还说，她向姑奶奶苦苦哀求，说她应该孝敬妈妈和满足儿时的愿望，但都是徒劳。后来她又被认为是一个不切实际、空怀浪漫幻想的姑娘，他们说都是读小说读的。信上还说她现在一心想着与全家团聚，她就在“圣·吉”号上，为了快点实现愿望，她本想乘领航员的小艇上岸，但是船长不同意，离岸太远，尽管现在风平浪静，但是一起风就危险了。

信刚一念完，全家都高兴地一遍遍地叫着“薇吉妮回来啦”！争相拥抱。德·拉·托尔夫人对保尔说：“孩子啊！快去通知咱们的邻居薇吉妮回来了。”多明戈立刻点起了火把，保尔和他一起连夜赶往我的住所。

那天晚上大约十点钟左右了，我刚刚灭了灯要睡下，忽然，隔着茅屋的篱笆看到林子里有火光，接着就听到保尔叫我的声音，我马上就起来了，还没穿好衣服，保尔气也没喘一口就跳上前来楼住我的脖子，喊道：“快走！快走！薇吉妮回来啦！咱们快去港口接她！天一亮船就到了。”

我们出发的时候，他几乎一句话不说。当我们穿过龙格山的森林，刚到邦布勒姆斯通往港口的道路时，我听到背后有脚步声，原来是一个黑人，步履匆匆。当他追上我们的时候，我就问他这样急匆匆的是从哪儿来，到哪儿去，他回答说：“我是从布德奥镇上来，要去港口送信给总督大人，一艘从法国来的船停靠在了安伯尔岛，并鸣炮求救，海上的风浪太大了！”说完这些，那人就匆匆走了，一刻也不敢多耽误。

我于是对保尔说：“我们去布德奥镇去接薇吉妮吧，这离那儿只有二里格远。”接着我们又折回，向岛的北部走去。天热得让人窒息，月亮已经升起了，被三个大黑圈包围着，恐怖的黑暗紧裹着天空，接着不断闪过的电光可以看到又厚又暗的云层渐渐下移，正飞速地从海上压往岛的中心地带，尽管在陆面上一丝风都感觉不到。一边走着，就有雷声传来，仔细一听，我们发觉声音离我们并不远，是炮声，还有阵阵回响，这种不祥的声音，再加上那预示着暴风雨的天空，让我们感到不寒而栗，我有点怀疑这是遇险的船上发出的求救信号。半小时过去了，炮声停了，但这寂静反倒让我觉得比先前那阴沉的炮声更让人胆寒。

我们一句话也不说，谁也不敢交流彼此心中的担心，只是加紧赶路。大约半夜时分，累坏了的我们终于到达布德奥镇的海岸上，汹涌的浪花拍打着海岸，发出可怕的声响，一股股的，满是泡沫，白得耀眼，吞没了礁石，尽管海面上漆黑，但借着闪烁的磷白色的光，我们分辨出许多渔民们收港的渔船停在岸的高处。

离这儿不远的森林的入口处，我们看到燃烧着一堆篝火，很多当地人围坐在那，我们也过去坐下休息，等着天亮。我们坐下后，边上的一个人对我们说，下午较晚的时候，他看到海面上有一艘船，被巨浪往岸上冲，后来，天黑了，就没再看见了。日落两小时后，他又听到船上信号弹的求救声，但是海上风浪太大，没有任何船能靠近，接着又看到船上微弱的信号灯光。靠岸这么近，停在本岛和安伯尔岛之间的海峡，可能把安伯尔小岛误认为米尔角，因为船只有靠着它驶过去才能到达路易斯港，如果真是这种情况的话，无疑这艘船已经非常危险了，不过他也不敢确定。这时，另一个这里的人也告诉我们，说他经常驾船通过安伯尔海峡，海峡将岸和安伯尔岛分离，船在那儿非常好抛锚，就跟停在最好的港口一样安全。他还说："我敢在船上装上我所有的家当，而且我睡得就像在陆地上一样安心。"第三个当地老乡说，这艘船难能进入海峡，那里小艇才刚刚能过去，他还说他很确定亲眼看到这艘船在安伯尔岛那边抛了锚，所以等到早晨起风了，船就可以驶出海外，或者进港。其他当地人也都纷纷发表着自己的意见，就在他们以本地科奥尔人惯有的方式七嘴八舌地议论时，我和保尔都保持着深深的沉默。我们在那里一直等到天蒙蒙亮，可海面上朦朦胧胧的什么也看不见，所有的一切都被浓雾笼罩着，我们只能远远看到海面上有一大团乌云般的东西，离岸大约半里格远，当地人告诉我们这就是安伯尔岛。这种昏暗的天气，我们只能辨认自己脚下的小岛，还有那岛上的几座山峰在环绕我们的乌云中若隐若现。

大约早上七点钟，我们听到林子里传来一阵鼓声，是总督一行人来了，他骑着马，一队扛着火枪的士兵打头，还跟着一大群当地人和黑人。总督让士兵在岸边散开，并命令他们一起放枪，枪响后不久，跟着海面上就有信号灯闪烁，紧接着便是一声炮响，我们判断船离岸边不远了，大家都向着信号灯和炮声的方向跑了过去。这时，透过浓雾我们看到了巨大的船身和桅杆，离船是那么的近，尽管海浪仍然澎湃着，我们也能够清楚地听到船长指挥的鸣笛声，接着水手们一齐大喊了三声："国王万岁！"这口号是法国人在极其危险和万分欢乐的情况下才会喊的，他们希望能呼唤出国王来保佑他们，或是为了向他证明他们时刻准备着为他献身。

"圣·吉"号看到岸上营救他们的人已经足够近了，每隔三分钟就鸣炮一声。总督先生命人在沙滩上点起一堆堆篝火，并部署所有附近的老乡都回家去找粮食、木板、绳索和空桶。没一会儿，这些人就从布德奥镇，弗兰克街和航巴河村回来了，他们的奴隶扛着粮食和绳索。其中一位长者走近总督说道："我们整夜都听到山里响着轰隆隆的声音，树林里没有风，叶子也在唰唰地颤动着，海鸟也飞来岸上避难，所有的这些信号都预示着暴风雨就要来了啊！""是啊，我的朋友，"总督回答说，"我们做好准备了，相信船上的人也做好准备了。"

的确，所有的这一切都预示着暴风雨的来临。天顶上一团团的乌云，中间是阴沉的黑，镶着古铜色的边。天空中传来无数热带海鸟的惊叫，海燕、军舰鸟等都从这昏暗中逃出，由天际四散飞来，到岛上寻找避难之处。

九点钟时，我们听到海上传来了恐怖的巨响，就好似雷声混合着山洪从万丈高涯滚滚而下，大家都惨叫着："暴风雨来了！"接着，突然起了一阵狂风将笼罩着安伯尔岛和海峡上空的浓雾吹散了，"圣·吉"号就清清楚楚的在我们眼前了，甲板上挤满了人，船桅降到了甲板上，信号旗半降着。前头被四根缆绳牵着，还有一根拉住船尾，船在安伯尔岛与本岛之间的海面上抛了锚，它驶入了包围着本岛的礁石群中，之前从来没有其他船只走过这条水道。翻腾的巨浪将船头掉了一个方向，一股巨大的海浪涌进极窄的峡口，船头被高高抬起，整个龙骨都呈现出来，船尾则插进水里，从我们眼前消失了，好像被大海吞掉了一样。在这种狂风巨浪冲击着海岸的情况下，船几乎是不可能原路返回了，也不能砍断缆绳，只能就这样搁浅在岸边，被阻隔在岸与礁石之间。一层层波涛汹涌地拍打着海岸，嘶吼着一直冲到小海湾的尽头，将岸上的沙砾冲出有五丈多远，然后，又夹杂着石块翻滚着退回来，裸露出大片海滩，同时发出嘶哑、阴沉的声音。大海被狂风鼓胀着，一浪高过一浪，很快，整个本岛和安伯尔岛之间的海峡，都被白色的泡沫填满了，狰狞地张开它深黑的陷阱。白色的浪花堆积在海湾深处，掀起三米多高的大浪，一阵狂风吹来，扫过被卷起的水面，越过陡峭的海岸，洒至陆地上半里开外的地方。它们垂直地冲向天空，又一直飞到山脚下，真像是一场从海的深处压过来的大雪。海和天好像连在了一起，这种景象就是大风暴的前兆啊，大团形状恐怖的乌云像鸟儿一样迅速地从天顶上飞过，而另外的积云却像黑山一样岿然不动，整个苍穹中连一片蓝天都找不到，只有一点灰黄的光芒照着大地、海面和天空。

经过这样一番猛烈的翻搅，我们最怕的事情还是发生了，拴着船头的缆绳断了，只有船尾还有一根大缆绳将它紧紧拉住，可瞬间又被巨浪撞击到离岸大约百米远的一片礁石上。大家都发出了痛苦的惨叫，只见保尔从地上跳了起来，向大海冲去，我们一把抓住他的胳膊，严厉地说道："孩子啊！你是想去送死吗？"他哭号着："让我去救她！否则就让我去死吧！"绝望已经使他失去了理智，我和多明戈为了确保他的安全，就用一根长绳子绑在他的腰上，一头紧紧握在我们手里。随后，保尔就向"圣・吉"号扑了过去，他一会儿在浪中游着，一会儿在礁石上攀爬。好几次，回转的海浪把船晾在干的岸上，以至于人都能走近它，保尔拼命地想靠近船，但是一个巨浪打过来，狂怒的水花又把船裹没了，同时把船前部的龙骨掀了起来，不幸的保尔也被远远地抛回到岸边，他的腿一片血渍，胸部被刮破，已经被淹得快不行了。但他一清醒过来，就马上跳起来，激起一股新的热望，又向失事的船扑去。船已经在巨浪中支离破碎了，船上的人对得救已经不抱希望了，有的抱着桅杆，有的抱着木板、鸡笼，有的抱着桌子或是大桶，然后就跃入水中。这时，眼前的一幕是那么让人伤心遗憾，一个年轻的姑娘出现在船尾的舵楼上，向正在奋力靠近她的年轻人伸出双手，这正是薇吉妮。她看到他是那么勇敢无畏，认出这就是自己的爱人。那种景象啊！我们看到一个如此可人的姑娘处在危急的险情之中，都陷入了深深的绝望。然而，薇吉妮却泰然自若，她向我们挥着手，好像在和我们做最后的告别。当时水手们都跳入水中逃命了，只有甲板上还剩一个，他光着身子，像赫拉克勒斯①一样健壮，带着敬仰的神情走近薇吉妮，跪在她的脚下，试图脱去她的衣服，但薇吉妮很庄重地

① 赫拉克勒斯——希腊神话中最著名的英雄之一。主神宙斯与阿尔克墨涅之子，因其出身而受到宙斯的妻子赫拉的憎恶，后来他完成了12项被誉为"不可能完成"的伟绩，除此之外他还解救了被缚的普罗米修斯，隐藏身份参加了伊阿宋的英雄冒险队并协助他取得金羊毛。

拒绝了他，转过身去。这时岸上所有的人都在喊："救救她啊！救救她啊！不要丢下她！"但一道像山一样高大的海浪冲进了海峡，汹涌的波浪迅速地向船扑来，用黑色的两翼和浪头翻卷着它，威慑着它。看到这可怕的一幕，那个水手也只好自己跳入海中了。薇吉妮也明白死亡是不可避免的了，两手交叉于胸前，抬起头，美丽的眼睛凝望着天空，仿佛是一个正准备飞回天堂的天使。

唉！这是多可怕的一天啊！冷酷无情的海水吞噬了一切。那波涛让很多岸边的人本能地朝着薇吉妮的方向冲了过去，但都被浪给打了回来，刚才那个想救她的水手也在其中，他死里逃生，跪倒在沙滩上，高声叫道："上帝啊！感谢您救了我的性命，但是我情愿把命让给那位年轻的姑娘啊，她是那么高贵，绝不愿像我这样脱掉自己的衣服来逃命。"

我和多明戈把可怜的保尔拉上岸，他已经不省人事了，嘴里和耳朵里满是鲜血，总督把他交给了医生。我和多明戈沿着海岸漫无目的地走着，希望海水能把薇吉妮的尸体送回来。但风向却突然转了，大风暴时常常会这样，我们一无所获。我们非常痛心地想，不能给这位可爱又可怜的姑娘举行葬礼了。只好绝望地离开那儿，脑中满是薇吉妮被残忍地夺走了这个可怕的事实，尽管这次灾难让千百人丧生，人们却都被薇吉妮打动了，看到如此贞洁的一个姑娘却落得这样悲惨的下场，都开始怀疑上帝是否真的存在。人生中竟有如此的苦难，是那么邪恶，甚至有时让我们对理智的渴望都动摇了。

与此同时，保尔被抬到附近的一所小房子里，也慢慢苏醒过来。我和多明戈准备等他的身体稍微恢复再把他抬回去，先回家想把刚发生的这不幸告诉薇吉妮的妈妈和玛格丽特。当我们走到拉达尼埃河口的时候，一群黑人告诉我们对面的海湾里有很多海水冲来的残骸，于是我们下行来到河湾，第一件映入我眼帘的东西就是薇吉妮的尸体，被沙子半掩着，表情还像死前我们所见到的那样泰然。她的眼睛紧闭着，面容宁静，但是死亡的青白色覆盖了她脸上的红润。她的一只手拉住衣服，另一只手捂住心窝，紧紧地握着，已经僵硬了。费了好大的劲，才从她手里取出一个小盒子。当我看到圣·保尔的肖像的时候，我惊呆了，就像她对保尔许诺的那样，只要她活着就绝不会让它丢失！多明戈悲痛地捶胸顿足，痛苦的号叫声划破天空。我们怀着沉重的心情把薇吉妮的尸体抬到一个渔民的小屋中，交给当地穷苦的马拉巴尔女人们，她们仔细地清洗着她。

当她们在做这件无比哀痛的事时，我们颤抖地爬上了山坡，下到盆地，来到了德·拉·托尔夫人居住的地方。我们看到德·拉·托尔夫人和玛格丽特正在祷告，时时刻刻地盼着船上的消息。德·拉·托尔夫人一看到我，就大叫起来："我女儿呢？我亲爱的女儿，我的孩子呢？"我的沉默和眼泪向她通报了噩耗，突然，极度的痛苦让她抽搐得几乎无法呼吸，只剩下叹息和呻吟。玛格丽特叫起来："我的儿子呢？我没看到我儿子啊！"说着就晕了。我们立刻跑过去唤醒她，告诉她保尔很安全，总督大人派人在照顾他。她清醒后，就立刻想到要去照顾她的朋友——德·拉·托尔夫人，她时晕时醒，被残忍的痛苦折磨了整整一夜，我明白任何一种痛苦都无法和母亲失去孩子相比。当她又醒过来后，两眼呆滞无神地望着天空，无论我和玛格丽特怎么拉她的手，以最亲近的称呼叫她，都是徒劳，她对我们的关切无动于衷，只有一声声低沉的呻吟从她那郁结的心里发出。

第二天早晨，保尔被人用轿子抬了回来，他现在已经神志清醒了，但仍不能说话。我本来特别害怕他与她的妈妈和德·拉·托尔夫人见面，但没想到我多虑了。两位不幸的母亲脸上闪现了一丝安慰的神色，她们都来到保尔身边，搂抱着他，因过分悲痛而压抑着的泪水也喷涌而出，保尔也跟着一起哭，这样他们才稍感安慰，在经历过痛苦的痉挛后，他们进入一种困倦的昏睡，像是死了一般。

总督先生派人暗中告诉我薇吉妮的尸体已按照他的命令抬到了城里，从那里直接移送到邦布勒姆斯教堂。我很快赶到路易斯港，这儿已聚集了从岛上各处而来的居民，大家都是为了来参加这个庄严的葬礼，就好像是岛上失去了它最珍贵的宝物。港口交叉着的船桅上降了半旗，不时的有礼炮声响起，掷弹手们在前引领着仪葬队伍，他们挎着枪，击打的鼓声悠长而低沉，人们看到这些在战场上殊死搏斗也面不改色的战士们这时脸上却露出了沮丧的神情。岛上最有名望的八个家庭的年轻小姐，身穿白衣，手拿棕榈枝，抬着她们贞洁的伙伴的尸体，尸体上覆盖着鲜花。一支儿童合唱团跟在他们后面唱着圣歌。再后面是总督，政府人员，然后是岛民中的达官贵人们，最后是普通百姓。

这令人难忘的庄严葬礼由政府组织，他们希望借此颂扬薇吉妮的贞洁。当悲痛的人群走到这座山脚下时，人们看到这两间她曾长久生活过的小茅屋，她生前这里是那么幸福，而如今失去了她，这里只剩下绝望，送葬的队伍中断了，圣歌和哀乐停了下来，整个原野里充满了叹息和痛哭声。这时，许多当地的年轻姑娘跑上前来，用手帕、念珠和花圈来抚摸她的灵柩，乞灵于她，把她当做一位圣人。妈妈们向上天祈求能生一个薇吉妮这样的女儿；小伙子愿自己能找到一个如此忠贞的爱人；穷人们希望能有一位这么温厚的朋友；奴仆们愿自己有一个如此善良的主人。

当队伍到达安葬的地方时，马达加斯加的黑女人，莫桑比克的卡菲尔女人，都按当地风俗，在她身边摆满一篮蓝水果，在周围的树枝上挂满了黑纱。一些孟加拉的印度女人和马拉巴尔沿岸的妇女们，提来了装满小鸟的笼子，在薇吉妮的灵柩旁放它们重归自由。失去一位可爱的人儿，能感动各种各样的人们，而这因贞洁而导致的不幸又能把宗教信仰不同的人们聚集在墓前。薇吉妮的墓前必须得有人守着，因为有一股温柔的力量触动了一些附近的贫苦姑娘，她们要为薇吉妮殉葬，她们说薇吉妮是她们在这个世界上唯一的慰藉，她们无所留恋了，只想为这位恩人去死。

邦布勒姆斯教堂西面有一小从竹林，这曾是她和妈妈们来做礼拜时她喜欢休息的地方，也是和亲爱的哥哥并肩坐过的地方。现在这里是她长眠一生的地方。

总督先生在葬礼结束后，领着他的部分随从来到家里，想给德·拉·托尔夫人和她的朋友一些力所能及的帮助。他走过场般的谴责了那位丧尽天良的姑母，然后，他走近保尔，用他所能想到的最能安慰人的话对他说："上天可以作证，我是多么希望您能幸福！您的全家都能幸福！我亲爱的朋友，您应该去法国，我可以为你谋个职位，您不在时我会照料您的母亲，把她当作我自己的母亲一样。"说着，他握住保尔的手，但保尔抽回了他的手，扭过头去，根本不看他。

我一直留在我这些可怜的朋友身边，希望能给他们一些我力所能及的帮助。也许是痛苦减轻了，尽管她们无法治愈那个伤口。三个星期后，保尔可以行走了，但是随着他体力的恢复，他的情绪却更加低落了，他对任何实物都冷漠麻木，他表情漠然，对于别人的问题全不搭理。德·拉·托尔夫人也已经奄奄一息了，她不时地对保尔说："我的孩子啊，只要我看见你，我就见到我亲爱的薇吉妮了！"一听到"薇吉妮"三个字，他的心紧了一下，就迅速跑开了，完全不顾他妈妈要他留下来陪着德·拉·托尔夫人的哀求。他习惯于独自待在小花园里，坐在薇吉妮的那棵树下，凝视着小溪。当时总督派来的医生给了保尔和他全家最周到的关怀，他告诉我们，为了让他从深度悲伤中恢复过来，就要让他随心所欲，不要反对他，医生说这是把他从失语中解救出来的唯一途径。

于是我决定遵守医生的嘱咐。保尔的身体恢复以后，他首先做的就是远离自己的家，为了不让他从我的视线中消失，我紧跟着他也出去了，并让多明戈准备一些食物，也跟过来。在下山的时候，这年轻人的力气和精神好像真的恢复了一样，他先是往邦布勒姆斯走，在靠近教堂的地方，他看到一片翠竹中有块地的土是新翻过的，就径直走了过去，他跪倒在那儿，仰望着天空，长时间地祈祷着。我认为这是他将要恢复理智的好征兆，这种对上帝表示虔诚的方式意味着他大脑的正常功能开始恢复了。多明戈和我也跟着他跪下了，和他一起祈祷，当他站起来的时候，根本不注意我们，就一径往岛的北部走去，当我明白他不仅没有关注薇吉妮的尸体是否被打捞起来，甚至他都还不能面对风暴已经过去了的现实，我问他为什么要在竹林下祈祷，他回答说："我们常常在那儿相聚。"

他继续走着，一直走到森林的边上，直到夜幕即将来临。我吃了点东西，示意他也吃点，然后我们就在一棵树下的草丛中睡下了。第二天，我以为他打算原路返回，结果他定定地看了看平原上的邦布勒姆斯教堂和长长的林荫道，好像要回家一样，可他突然就扭头扎进了森林，直向北走去。我猜到了他的心思，试图劝阻他，但都是徒劳。中午的时候，我们抵达了布德奥镇，他冲向海边，面对着"圣·吉"号遇难的地方，面对着安伯尔岛，还有平静如镜的海面大叫："薇吉妮啊！哦！我亲爱的薇吉妮！"他陷入了迷狂。多明戈和我将他带回森林，我们费了好大劲才让他平静下来。他一清醒过来，就表示要回到岸边去，但我们恳求他不要再去唤醒自己的伤痛，也不要唤醒我们的残忍记忆，于是他向另一边走去。整整一个星期，他走遍了每一个他曾和那童年伙伴走过的地方，他又走过那条他们曾经去为黑河那个女奴求情的路，再次来到三乳峰下的小河边，走不动的时候，她曾在那儿休息，还去了那片让他们迷路的森林，还有龙格山旁的小河，我的房子，近旁的瀑布，她种下的万寿果树和她喜爱在上面奔跑的草坪，她曾在那唱歌的森林中的空地，所有的这些地方都唤起了他那些焦虑、悲伤的记忆，那些他们曾经的玩耍、野餐，他爱着的人行善的地方，他都洒下了泪水。曾经这里回荡着欢歌笑语，现在只剩下绝望地呼喊一遍遍传来："薇吉妮！哦！我亲爱的薇吉妮！"

因为这种野人般的游荡生活，保尔的眼睛愈发凹陷而空洞，皮肤也黄巴巴的，身体状况急剧下降。我们最近所遭受的痛苦也因这种对过去欢乐的回忆而变得更加尖锐，人的感情在孤独中更加强烈，我打算把我可怜的朋友从这种回忆过去的痛苦境况中拉出来，想把他送到岛上热闹点的地方去。有了这种想法，我就把他引到威廉斯区人较多的地方居住，他从没到过那儿，那里农业发达，经济繁荣，因而一片热闹，很多木匠在打木方，锯木板，马车在道路上来回穿梭，一群群的牛，一队队的马在广阔的草原上吃草，整个地区村庄星罗棋布。在地势较高的地方，种植了许多欧洲的作物，田野里到处是成熟的玉米，开阔的林子里长满草莓，路两边装饰着玫瑰花丛。空气也十分清新，让紧张的神经得以放松，对身体非常好。在这种高度，被茂密的森林包围着，又是岛的中心，所以既看不见海洋，也看不见路易斯港和邦布勒姆斯教堂，任何能让他想到薇吉妮的东西都不会再出现。甚至是路易斯港那边的几道山梁，从这里看去也不过是长长的海峡，保持着垂直的线条，其中凸出好几座高大的岩石金字塔，顶端白云缭绕。

我把保尔带到这个地方来，并且要他每天都活动，要他在雨中和阳光下行走，白天、黑夜的这样做。我有时陪他去森林深处游荡，或者让他去一片荒地，希望这样换换环境，再加上疲劳可以分散他的注意力，不再沉浸在那灰暗的冥想中。可是一个执着爱人的心可以在任何地方找到他所爱之人的痕迹，无论是白天还是黑夜，无论是寂静还是喧嚣，对他来说都一样，还有能将过去的记忆都抹去的时间，都无法带走保尔心中那温情又神圣的回忆。就像是一个磁针，被碰了一下，尽管摆动得很厉害，可是稍一平稳，它又会指向那吸引着它的方向。所以，当我们在威廉斯迷路时，我询问保尔："我们去哪里呢？"他指着北方，对我说："那是我们的山，回家吧！"

我发现想要通过分散精力将他从悲伤中拉出来是徒劳的，我只能努力通过自己全部的理智的思想力量来瓦解他的痴情，我对他说："是的，薇吉妮就曾住在那座山，这是你给她的圣·保尔像，她到死都戴着它，紧握在胸口，她生命最后的举动也是为了你啊！"然后，我把保尔在椰树旁的泉水边给薇吉妮的小像章给了他，看到这个东西，他的脸上浮上一丝忧郁的喜悦，他用虚弱的双手紧紧抓住像章，然后动情地吻着，他的胸脯起伏得厉害，情感即将爆发，满眼的泪水。

我对他说："亲爱的孩子啊！听我的话吧，我是你的朋友，也是薇吉妮的朋友，对于你心中怀着的希望，我也曾努力支持，想要帮你去抵抗人生那不可预料的灾难。你还悲叹什么呢？是你一个人的不幸还是薇吉妮的那些不幸让你如此伤心欲绝？

"你确实很不幸。你失去了你最爱的姑娘，虽然她本来应该成为一个贞洁、贤惠的好妻子，她会对你献出自己的心，她宁愿所有的好运都给你，把你视为唯一值得拥有她贞洁的人。是的，你希望从她那获得最单纯的幸福，但是她也在向你证明人生就是一场面对灾难的考验。可是你想想，她被剥夺了继承权，又变成了一个穷姑娘，你今后就只能与她分享你的劳动果实。可因为受到了教育，她变得更加有教养，面对灾难也更有勇气，你可以看到她每天那么的努力，想要去分担你的苦难，照亮你的心。并且，如果她生了孩子，他们会加重你们的焦虑，她会在苦难中支撑着你们上有老下有小的家庭。”我劝说他。

我接着又告诉他：“很可能你会告诉我总督会帮助你，但是你知道吗？这个小殖民地上的总督是会变的，你还能再找到一个这样愿意帮你的吗？那个人还会对穷苦人心怀善意吗？你年轻的妻子，为了挣那么点钱，不得不去看总督的眼色，她还会试图说服你也这样，你本是不屑于这样的。如果她保持着贞洁，你们会一直很穷。你考虑考虑自己的命运会是怎样，就因为你妻子的贞洁和美貌。你又不可能去容忍答应给你保护的那位总督的迫害。

“你也许会说，你还是你，还是能够去享受快乐，与财富无关。保护一个自己爱的人，她越是无助，就对她越好，她会与你靠得更紧。你也许会幻想你们吃的那些苦受的那些罪会让你们彼此更加相爱，共同的苦难会让你们更有要团结在一起的激情。毫无疑问，只要拥有高尚的爱，甚至是回首忧伤的过往也能找到安慰。但是薇吉妮不在了，而你身边的人还活着，她的妈妈，还有你的妈妈，她们把你当最亲的人，你这样极度伤心等于把她们俩都送进了坟墓。请你开心起来吧！像她们那样！你要救救他们！仁慈就能获得高尚的幸福，这世界上没有比这更伟大更确切的享受了。对快乐、休息、奢侈、财富和荣誉的计划其实往往都没有用，而虚弱、徘徊、善变才是真正的人生所拥有的。看看吧！从获得财富到跌入苦难的深渊只是那么一小步啊！确实，你反抗过，但是谁也不曾想到这趟旅行会终结薇吉妮的幸福，还有你的，对吗？一个上了年纪的富亲戚的邀请，总督的建议，所有当地人的赞许，还有她的忏悔神父的权威，薇吉妮的命运可想而知。是我们自己走向毁灭的，被那些监视着我们的图谋不轨的人欺骗，毫无疑问，不该相信他们，甚至不该听他们说话，不该对这个处处是欺诈的世界抱有希望。但是所有的人，你看到的那些拥有土地的人，去外国寻找财富的人，那些不劳而获的欧洲权贵，都同样有命运逆转的可能。没有人能保准不失去什么，也许在某个阶段就会失去所有最珍贵的东西——崇高、财富、妻子、孩子还有朋友。越是回忆他们自己过去的轻率，悲伤越深，但是你没什么可责备自己的，你已经对你的爱做到了忠诚。在年轻的花季，你始终听命于自然，你表现出了圣人的明智，你的想法很单纯，而且无私欲，除了薇吉妮，任何神圣的要求都无法补偿你。你失去了她，但那不是因为你的轻率，不是因为你的贪婪，也不是因为你的错误偶然导致了这灾难，这是上帝的安排啊，他支配你的情感，他抢夺你的所爱之物。上帝，你从他那儿获得一切，他知道什么是最适合你的，他的明智也不会给你任何解释你的后悔和绝望的机会，我们就是这样让灾难发生的。

“在你的灾难中，你对自己说‘我不服了’吗？薇吉妮的死亡在你的悲叹中有所改变吗？都是徒劳啊！她经受的是每个人命中注定的安排，无论是对出身优越的人、美人，还是帝王，都是一样的，都无法改变命运。一个人的一生有那么多的计划，就像一层层的高塔，死亡就是最顶峰。当你的薇吉妮出生时，她就注定要死，现在的她是幸福的，她已经在失去妈妈，或你的妈妈和你之前从人生中解脱了，一直经历痛苦比死亡本身还糟糕。

“孩子，死亡对人类是个好事啊！它就是不得安宁的每一天的黑夜。只要我们活着一天，疾病、忧伤、烦恼、恐惧这些就会一直给我们的人生增添苦味，沉睡在死亡中，它们就再也无法骚扰我们了。如果你调查过那些看起来很幸福的人的历史，你就会发现他们非常在意的是表面的幸福。也许，公众的意见会被内部的一些恶人所左右，追逐财富而失去了健康，不断的牺牲自己反而丧失了被爱的幸福，那才是宝贵的。常常，他们为别人奉献了一生，生命走到尽头之时，才发现周围都是些坏朋友，还有忘恩负义的亲戚，但是，薇吉妮是带着幸福离开的。和我们在一起的时候，她幸福地享受着大自然的馈赠；离开我们以后，她又在道德的试炼中获得快乐，即使是在死神夺取她生命的那一刻，她仍是心怀满足的。我的孩子，你是那么的无畏，那么拼尽全力地救他，她一定很明白她对大家是多么的重要，她脑子里想着的都是那些单纯美好的生活记忆，那一刻她得到的是上天给有德行之人的奖赏——面对危险的至上勇气，她带着宁静的神色迎接死神的到来。

“我的孩子！上帝为了把美德赋予人类，于是就让人生充满试炼，为了证明只有道德可以支撑他们，而且在幸福和荣誉中也能找到它们。当上帝给了道德美好的声誉，他就是把它放在了宽广的手术室里，与死亡斗争着，然后，将有道德之人的勇气作为一种楷模。这是当世界上其他的一切都灰飞烟灭后，道德留下的不朽丰碑，即使是最伟大的国王们的名字都被永远的遗忘了。

“同时，薇吉妮仍然存在着。我的孩子，你看，这个地球上的任何事都在发生着变化，但是一件也没有消失，没有任何手段可以让人把物质中哪怕是最小的一个颗粒消灭。那么，当被覆盖着的每一个元素都是不朽的时候，难道具有各种理性、感觉、感情、美德和信仰的人会被毁灭掉？啊！无论薇吉妮和我们在一起的时候有多么幸福，她现在一定都更加幸福。我的孩子，上帝存在着，这不需要我特地向你证明，所有大自然的声音都足以证实这一点。人类的弱点导致他们否认他的存在，他们害怕受到他的制裁，但是，你确信他的存在，他的作品就曾出现在你的眼前。那么你相信他会让薇吉妮还没有得到任何补偿就这么离开吗？你认为以这同样美丽的形式上包围着她的高贵灵魂的力量（如同从她自身散发出来）会不把她从波动中拯救出来？你认为在你不知道的规律里给地上的人类规定了幸福的他，不能为薇吉妮准备一个其他规律里更高层次的幸福，在这个规律里你同样是无知的？你有没有想象过，在我们来到这个世界之前，即使我们真的有能力思考的话，我们就可以想明白我们是如何在这个世界上存在的吗？既然我们已经活在这个幽暗、短暂的生命历程中，我们可以预见死亡之外的其他吗？或者是通过什么方式我们才可以从中解放吗？上帝和人一样需要这个小圆球吗？地球如同剧院一样，用来展示上帝的智慧和善良？上帝可以在死亡的范围内只处理人类的生命？在整个海洋里，没有一滴不属于人类，也不属于人类的附属生物的单一的水。而在他头顶之上的天堂里是否什么也不存在？什么！除了我们所立足的这个弹丸之地，就没有更高层次的智慧和更神圣的善良了？在那些无数的灼热的火力中（在那些围绕着他们的无限的光之领域中，既不是暴风雨也不是黑暗可以熄灭的领域），除了无意义的空间和永恒的空虚就什么都不存在了？我们人类软弱又无知，如果我们敢给那个赐予我们一切的力量指定范围的话，我们也许就敢想象我们被放置在他所统治的帝国的某个疆域内。在这里，生命与死亡做着持久地战斗，清白永远受到暴力统治力量的威胁。

“孩子，你要相信，在某处还有另一个世界，在那里道德会得到回报。薇吉妮现在一定过得很幸福！如果在她去天堂的路上能与你交流，她一定会跟你做最后的告别：‘哦！保尔！人生就是考验啊！我遵从了自然的法则——爱与道德。我听从亲戚的意愿渡海去往法国，我为了朴实的生活牺牲了财富。老天看到我已经完成了我的使命，就把我从那些自己的苦难和他人的苦难中带走了，我远离了人类所有的邪恶，你不要为我感到遗憾！我现在非常纯洁，像一束长明的灯光，你却使我想起人间的黑暗。哦！保尔，我亲爱的朋友！想想那些我们幸福的时光，早晨我们欣赏着大自然朦胧中的美丽景色，与爬上山岩的太阳一同起床，看着它的光芒洒满森林，我们感到了一种莫名的喜悦。还有我们那纯真的心愿，我们多希望变成什么都能看见，什么都能闻见，什么都能听见的人，那样就能尽情欣赏黎明时的五彩斑斓，就能享受一切的芬芳，倾听所有鸟儿的歌唱。我们多希望自己的心灵可以变得无限慷慨，对更多的人行善。现在我们生活的土地，是大地最美的源泉，所以我们的心灵可以凭直觉去看，去听，去感觉，它们是人类无力的官能所无法体会的。啊！什么语言才能描述这极乐世界的海滩，这将是我永久的生活之地！上帝用他的无限权威和善意创造了一切来安慰我们的不幸，人类无限的友谊所带给我们的一切幸福，我们都享受了。现在他把灾难给了你，你要挺住啊保尔！你用永无止境的爱和长明烛光的婚礼来让你的薇吉妮更加幸福吧！我要消除你内心的悔意，我要擦去你的眼泪。哦！我亲爱的朋友！年轻的新郎！向着极乐世界打起精神吧！要在这片刻的痛苦中支撑住啊！’”

我太激动，断断续续地说不出话来了。保尔定定地看着我，哭号道：“她不在了啊！薇吉妮不在了！”他悲哀地叫了几声，就晕倒了。他一醒来就对我说：“既然死亡那么美好，既然薇吉妮那么幸福，我也要去死，我要去和薇吉妮在一起。”我跟他说了那么一大段宽慰的话，只是让他更加绝望了。我像是拼命想去救一个倒在洪流中不愿再游动的朋友，痛苦已经完全淹没了他。唉！年轻时的磨难能让一个人在以后的生活中更加坚强，可这些保尔都从不曾经历过啊！

我只好带他回家。他的妈妈和德·拉·托尔夫人都已经是精疲力竭了，玛格丽特似乎已经痛苦得不行了。往往就是这样，越是性格开朗的人越是不容易被微小的困难打倒，但是大风浪就不行了啊。

玛格丽特说："哦！我亲爱的朋友。我昨晚梦见薇吉妮了，她身穿白色衣裙，身处一片美丽的花丛和树丛中。她对我说：'我现在享受着最美好的幸福。'接着，她带着美丽的微笑走近保尔，把他带走了。我拼命地抓住我儿子，可是好像自己也离开了地面，我感到一种无法言说的喜悦。然后我想跟我的朋友告个别，可我看到她就紧跟在我的后面，还有玛丽和多明戈也来了。但是更让我不知道该怎么表达的是，德·拉·托尔夫人这晚也做了一模一样的梦！"

"我亲爱的朋友，"我回答说，"我敢肯定没有上帝的允许，什么也不会发生。当然，梦有时可以预兆现实。"

德·拉·托尔夫人也向我复述了她的梦，确实与玛格丽特的如出一辙。我从没有在这两位夫人任何一位身上发现迷信的倾向，但她们却做了同一个梦，这让我十分吃惊。我确信，这梦八成不久是要应验的。未来有时会在梦里出现，这种信念被很多民族广泛认同，连古代最伟大的那些人也相信，比如马其顿国王亚历山大、恺撒、西皮奥、两位加图，还有布鲁图，他们都是有知识的人。以及新、旧约书也为我们提供了大量的例子证明梦之后是会应验的。对我自己而言，在这方面，我只需凭我的亲身经历就行了，我不止一次清晰地梦见有精灵向我们发出信号，在夜晚的这种幻觉中与我们交流。这种超常现象是人的理智无法战胜的，也是人的智力无法与之辩驳的。然而，如果人的思维只是上帝的影子，既然人类可以通过秘密的途径来知道世界那一头上帝的意愿，那为什么主宰世界的精灵不用同样的方式呢？朋友们通过穿越国境，穿越人类之间仇恨的信件来彼此安慰，为这唯一的人带来最后的欢乐和希望。可为什么上帝不能像守护纯真那样用某种秘密的途径来帮助一颗绝对忠贞，完全信仰着他的心灵呢？这一向从内部掌控世界的上帝难道只是偶尔用我们能看到的方式来主宰世界吗？

我们为什么要怀疑梦境可能带着的一些证据呢？我们的人生本来就是枉然而短促的，难道不是一个悠长的梦境吗？

不管大家怎么想，现实是我朋友们的梦境很快就应验了。保尔在薇吉妮离开后两个月也去世了，他在弥留之际仍然叫着她的名字。保尔死后一周，玛格丽特也宁静地离开了，也是有德行的人才能有的结局。她温存地与德·拉·托尔夫人告别："当我们希望获得快乐的、永久的再团聚时，死亡对我们来说是最好的。"她又说："我们应该这样去想，如果人生是一场灾难，我们就该期盼它早点结束，如果是一场试炼，我们应该感谢它的短暂。"

政府收留了不能再干活的玛丽和多明戈，不久他们也离开了人世。可怜的费德勒，在失去主人后也郁郁而终。

最后，我收留了德·拉·托尔夫人，在这场灾难中她是那么坚强，她一直尽力给保尔和玛格丽特心灵的抚慰直到他们离开人世，就好像她自己没有经历任何苦难一样。当他们都不在了，她每天都跟我说起她最爱的那些人们，就好像他们依然活在她的身边。她支撑了一段时间，一个月后也去世了。她没有责备姑姑的那些恶行，反而仁慈地向上帝祈祷，请求上帝能原谅她的姑姑。据说她刚毫无人性地将薇吉妮送走，就因懊悔而病魔缠身了。

这位罪人受到了应有的惩罚。她整天受着极大的折磨，处于要死不活的状态。有时她为自己可爱的侄孙女不幸的命运谴责自己，有时为她妈妈随后的去世感到自责，而另一些时候，她又为自己将她们抛弃而感到庆幸，因为她们卑下的行为玷污了整个家族。有时，她看到巴黎到处都是那些穷鬼，就顿时大怒起来，叫着："为什么不把这伙人送到殖民地去？"她认为所谓被人们所尊崇的人道主义观念，道德和宗教都是统治者出于政治意图发明的。她又陷入了另一个极端，她陷入了致命的恐惧之中，她给那些控制着她的富有教士们大笔大笔的钱，祈求他们用她所献出的财富来消除上帝对她的怒气，就好像她从穷苦人那里收税会让上帝高兴一样！有时她的眼前还出现刀山火海，可怕的鬼怪在她周围游荡，大声吼叫着她的名字。她跪倒在神父脚下，任想象极度痛苦地拷打着她。因为上天，公正的上天总让宗教和未来的图景在残忍的心灵中汇总，变得十分恐怖。

就这样，她时而清醒，时而满是幻觉，又撑了几年。最后结束她痛苦生命的正是金钱，为此她宁可牺牲正常人的亲情。她深深明白自己时日无多了，随之她的财产也就没了，都会被她所憎恶的亲戚拿去，所以她尽可能地挥霍。可是由于她时常发表的那些毫无理智的疯话，她被人们当做疯子关了起来，她最牵挂的财产都交给了委托人打理，这些人的心灵也因贪图钱财而腐化了，因而一散而尽。终于，她死了，结束了她的痛苦。但是她临死前是很清醒的，她明白就是那些一辈子都在用思想蛊惑着她的那些人抢光、分光了她的钱。

在同样的地方，埋葬薇吉妮的灌木丛旁边就是保尔的墓了，还有他们亲爱的妈妈和忠诚的奴仆。他们的墓很低调，没有石碑，没有任何东西记录下他们的美德，但是关于他们的记忆永远雕刻在那些他们所帮助过的人们心中，美德永远也不会被抹去。他们生前厌弃富贵，死后灵魂也不需要华丽的装饰。但是如果他们仍然还对大地上所发生的事感兴趣，那么毫无疑问，他们会喜爱徘徊在那些辛勤劳动的人的居所前，以安慰那些在贫困中哀哀怨怨的人，并让爱人们的心中拥有忠贞爱情的火花，激发起人们对自然的爱，对诚实劳动的尊重和对富贵的唾弃。

人民的声音，往往在面对君王的丰碑时是沉默的，然而他们却给这座岛上好几个地方起了名字，以此纪念薇吉妮的离去。在安伯尔岛附近，沙洲中央的一块地方叫做“圣·吉号之路”，那就是“圣·吉”号失事的地方。你看那边，离这儿三里格远的长形地角的顶端，被海水湮没了一半的地方，就是那艘船风暴前没能绕过的地方，被叫做“不幸角”。还有我们前面的这块山谷的尽头就是“墓湾”，就是在那儿我们找到了被沙子掩埋的薇吉妮，海水似乎是想把她送回家一样，并完成了它们最后的令人悲痛的职责，让她在这块她曾天真地生活过的地方保持了最后的尊严。

这样忠诚地守在一起的爱人啊！不幸的母亲啊！充满爱的家庭啊！这曾为你们送去阴凉的树林，那曾为你们欢唱的泉水，还有你们休息过的山坡，都仍在为你们的离去而深深遗憾着！没有人还能种植好这块荒地，也没有人敢来重建这些茅屋，你们的山羊回归了野性，你们的果园荒芜了，你们的鸟儿也飞走了，只剩下麻雀叽叽喳喳地在山谷上空盘旋，寻找曾经住在这儿的人们。对我来说，自从和你们永别了之后，我就成了一个没有朋友的人，孤独极了，就像一个失去了孩子的父亲，一个在大地上游荡的旅行者。

说到这里，这位善良的老人流着眼泪离开了，而我自己在听他诉说这段悲伤往事的时候也泪如泉涌。

茶花女

[法]小仲马　著
叩梦丽　译

第一章

经过长期思考，我认为如果不对现实中的各类人物进行广泛研究，就无法创造出文学作品中的人物形象，正如没有掌握一种语言便无法表述一样。

我阅历尚浅，还没到创作的黄金年龄，因此只好平铺直叙这个故事了。

然而，我恳请大家一定要相信，这个故事是真实的。这个故事中的人物，除了女主人公以外，现在都还健在。还需要补充的是，故事的绝大部分素材都是真实的。你可以在巴黎找到证人。如果我的证据不够充分，可以请他们当面作证。

也许是冥冥之中的天意，唯有我能写这个故事。因为，唯有我清楚那件往事的来龙去脉，甚至细枝末节。反过来说，如果不知道那段恩怨，我根本无法写出这部完整而动人的小说。

下面讲讲我是如何获知这些情况的。

一八四七年三月十二日那天，我在拉菲特街偶尔看到了一张巨幅广告，上面刊登了一则关于拍卖家具和古玩的消息。拍卖是在物主死后举行的，通知并没有提及物主姓名，只说拍卖会将定于十六日正午至下午五点，在昂坦街举行。此外它还告示，十三日和十四日大家可以参观物主公寓及物品。

我一直热衷于收藏古玩。正所谓机不可失，时不再来。虽然不一定要买什么，至少也可以去一饱眼福。

第二天，我就直奔昂坦街九号。

到的时候比较早，但参观者已经非常多了，其中有许多女士。

虽然这些小姐夫人们穿着天鹅绒服装，披着开司米披肩，还有华丽的四轮马车在大门口恭候，她们仍然为眼前的奢华惊讶，甚至是羡慕。片刻之后，我便明白原因了。四处张望下，我很快意识到我们参观的竟是高级妓女的公寓。如果说这儿有什么东西强烈吸引着这些社会名媛，那就是她们的隐秘生活。她们的穿着打扮往往令这些上流名媛相形见绌，她们在大剧院里拥有的包厢也和这些小姐太太们并排而列，相差无几。而这些风尘女子还可以肆无忌惮、不知廉耻地在巴黎各处卖弄姿色，炫耀财富，传播风流韵事。

因为房子的女主人已经撒手人寰，连最贞洁的女士都可以到处参观了，甚至包括卧室。死亡净化了这里曾经的肮脏和淫乱。何况，假如这些贵妇与小姐们需要任何借口的话，她们可以说：自己是在丝毫不知道主人背景的情况下，才过来捧场的。她们看到了广告，只是想看一下实物，适当地挑选挑选，仅此而已，但这些并没有妨碍她们在众多奢侈品中努力找寻这个妓女神秘生活的兴致。当然了，她们一定早已听人讲过这位交际花传奇的一生了。

不幸的是，神秘传闻已随这位佳人消逝。尽管她们努力寻找秘密的痕迹，结果却令人遗憾，仅能看到她去世以后等待拍卖的物品，却无法透过它们，窥探她生前肮脏浮华的生活。

不过，这里的确有许多值得买的东西，房间布置得富丽堂皇：布尔雕刻的玫瑰木家具，塞弗尔和中国的花瓶，塞克森的小雕像，绸缎、天鹅绒，以及花边绣品，真是琳琅满目，应有尽有。

我跟随那些先我而来、充满好奇的小姐贵妇们，从一间屋子走到另一间屋子。当我正要尾随她们进入一间挂着波斯帷幔的房间时，她们却全都笑着退了出来，仿佛什么东西令她们忌讳或羞耻。这反而刺激了我迫不及待地想进去看个究竟。原来这是一间梳妆室，里面摆着各式各样的梳洗用品，很容易由此看出死者生前的奢华生活已达登峰造极的程度。

靠墙放着一张三尺宽、六尺长的大桌子，奥科克和奥迪奥制造的各式珍宝在桌上熠熠发光，美不胜收！这套收藏洋洋大观，不计其数的物品对于如此身份的女人来说是必不可少的。它们非金即银，绝无其他材质。显然，它们只能是逐件积累，绝非单靠某位情夫的赠赐。

房间的性质没有令我不快，相反，我饶有兴趣地一一细加鉴赏。我发现所有这些精雕细琢的用品上都刻着不同人名的开头字母和标志。

这些东西，每一件都使我联想起这个可怜的姑娘一次出卖肉体的屈辱行为。我认为上帝对她还算比较仁慈，没有让她遭受通常的惩罚——妓女晚年人老珠黄的正式死亡——而是风光地死于花容月貌、穷奢极欲之中。

的确，还有什么比放荡者的晚年更为悲惨？一旦青春不再，她们只能没有一丝人格尊严地活着，引不起丝毫同情与关心。真该抱憾终生啊！然而她们并不是追悔过去的失足，而是后悔当初不该挥霍金钱，没有早为晚年绸缪。结局的不堪的确让人叹惋！我曾认识一位曾经风尘的女子，过去的生活只给她留下了一个女儿。据她同时代的人讲，女儿和母亲年轻时几乎一样美丽，而这位母亲却不认亲生骨肉，从来没对这个可怜的孩子说：你是我的乖女儿。只是把她当成养老工具，就因为是她把这个可怜的女孩拉扯长大。这个可怜的孩子叫路易斯。她违心地顺从了无情母亲的旨意，既无情意又无乐趣地委身于人，就像听从别人，学一种职业或技术一样。

由于长期耳濡目染堕落的生活，加上过早沉沦，她原本多病的身体更加衰弱。她没有辨别善恶的能力，也许主给了她这种能力，但从没有得到培养和发展。

我总是想起这个年轻的姑娘，她几乎每天在同一时刻走过大街。她母亲总是形影不离陪在她身边，貌似一位慈爱的母亲。我那时非常年轻，也容易受到诱惑与轻浮道德风气的感染。然而，对这种丑恶的监控行为感到深深的厌恶和鄙视。而且，没有任何一张处女的脸上会同时流露出如此天真无邪与极度忧郁的表情。

你们可能说这活脱脱就是一张“委屈女郎”①的画像啊！

有一天，这个姑娘突然变得容光焕发起来。在其母一手促成的肉体沉沦里，仿佛上帝仍然赐予了这个堕落的被造物些许祝福和恩典。既然，主已经赐予了她懦弱的性格与薄弱的意志，那么为何不在她承受苦难时，给以些许安慰呢？她发现自己怀孕了，心中仅剩的灵明令她欢喜得颤抖不已，灵魂终于找到了某种莫名的寄托。于是，路易斯飞快地跑去告诉她母亲这个喜讯。这事说起来的确不雅甚至有些羞耻之处，但我并不是在编造一个风流韵事，而是在讲一个真实的故事。如果觉得与其把这些女人的苦难历程公布于众，不如保持缄默；那么，她们未经审问便被判罪，未经判决便被蔑视，这是一种不折不扣的可耻行为。——可是那位所谓的母亲竟然这样回答女儿：两个人的生活已很难维持了，如果三个人的话更活不下去，而且怀孕会浪费很多赚钱的时间。第二天，一位产婆（我们姑且认为是她母亲的朋友）来看望路易斯。此后的几天，路易斯一直卧床不起。下床后，她的脸色更加苍白，身体每况愈下！三个月后，一个男子很同情她，想设法治愈她身心创伤。可是，最后一次打击过于巨大，可怜的路易斯由于流产以及严重的后遗症，不久便香消玉殒了。

---

① 巴黎圣厄斯塔什教堂里有一座大理石雕成的神情哀怨的妇女头像。

而那位母亲至今仍然活着，至于境况如何，只有天晓得。

当我站着仔细审视这一件件梳妆用品时，不知不觉想起了这件事。我一定是陷入了沉思，以至没有意识到时间流逝。当我从思绪中走出来时，发现只有我和一个看门人在这儿，其他人不知道什么时候早就走了。他盯着我的一举一动，好像防备我从这儿偷什么东西。于是我走向这个因我而焦虑不安的正直人面前。

"打扰一下，"我对他说，"请您告诉我这里原主人的名字好么？"

"玛格丽特·戈蒂耶小姐。"

我知道这个姑娘的名字，也见过她本人。

"什么！"我对看门人说，"玛格丽特·戈蒂耶小姐死了？"

"是的，先生。"

"什么时候死的？"

"大概三个星期以前吧。"

"但是为什么要允许人们参观她的家呢？"

"债主们认为这样可以抬高拍卖价格。因为人们可以提前看一下帷幔和家具到底如何。您理解的，这样可以刺激他们购买的欲望。"

"这么说，她欠债了？"

"嗯，当然了，欠了还不少呢。"

"不过，我想拍卖会可以抵债吧？"

"还绰绰有余呢！"

"那么，剩下的部分归谁呢？"

"她的家人。"

"她有家人么？"

"好像有吧。"

“多谢了。”

此时看门人认清了我的来意，终于放松了下来，在行过礼后，我也离开了。

“可怜的姑娘！”在我回家的路上，我自言自语了起来。“她临终时，一定很凄惨，在她的圈子里，一旦身体有恙，便不会有朋友。朋友只存在于身体健康而风光之时。”我情不自禁地开始怜悯起玛格丽特的命运。

也许，很多人会觉得我的行为非常荒诞可笑，但我对风尘女子一向是无限宽容，我不觉得有对这种宽容和同情的原因进行解释的必要。

有一天，我去警察局取护照，瞥见临近的一条街上，两个警察正要抓一个女人。我不知道这个女人做过什么事，只见她痛哭流涕，拼命搂着一个只有几个月大的婴儿，她对孩子亲了又亲，不忍松手。因为一旦被捕，便意味着她与孩子就要离散。从这一天起，我再也没有轻视过任何一个女人。

第二章

拍卖会定于 16 日举行。

在参观和拍卖会之间，隔了一天，这是特意留给装饰工人拆卸帷幔、壁毯等物品用的。

那段日子，我刚刚旅行归来。一般情况下，一个人回到消息灵通的首都，朋友总会告诉他，这段日子发生了什么事，可是没人把玛格丽特去世的消息告诉我。这也很自然，因为本来算不上什么大新闻。为什么呢？因为，纵然玛格丽特有倾国倾城之貌，纵然活着时生活奢靡名声在外，是众所皆知的“名人”，却也难挡人走茶凉，死后冷落。她们无论走红或冷落，其实人生都很黯淡，毫无意义。

红颜命薄，她们一死，所有情人会同时得到消息。在巴黎，一个名妓的情人们几乎都可相处融洽。他们会你一言我一语地追忆和她相处的情形，而大家生活依旧，甚至不会为她掬一滴同情之泪。这个世道，人一到二十五岁，眼泪便成了稀罕之物。他们才不会随意赏赐给微不足道的女人呢！最多只会对花钱养活和培养自己的父母亲戚才肯挤出几滴眼泪，作为回报。

然而，对我，即使玛格丽特的生活用品没有一件刻着我的姓氏和标记，以我刚承认过的本能的宽容和怜悯之心，我对她的死久久不能忘怀，尽管也许她并不值得我如此。

我清楚地记得当时常在香榭丽舍大街上遇到玛格丽特的情形。她每天经过那里，乘坐着一辆黑色四轮轿式小马车，由两匹枣红马拉着。她身上有种风尘女子罕见的气质，使她的美益发脱俗。

这些不幸的人儿出门，身边总少不了同伴。没有任何男人愿意将他们的暧昧关系公开，因此不会陪她们出门，而她们又难挨清冷之苦，因此出门时总带着女伴。女伴处境更加惨淡，遑论自己的马车；有的年老色衰，无论如何打扮也无济于事。如果有人想知道她们所陪伴的女主人的任何秘密，尽管大胆打探就是了。

玛格丽特却特立独行，她总是一个人坐马车来到香榭丽舍大街，冬天裹着开司米大围巾，夏天则穿着淡雅的连衣裙。尽管在这条喜欢的街道散步会遇到一些熟人，她只是冲他们莞尔一笑，这种微笑仿佛来自高贵的公爵夫人，也只有熟人才能觉察出来。

她不像圈内其他女士那样，经常在圆形广场和香榭丽舍大街之间溜达。她的两匹马飞快地把她拉到布洛涅园林，在那儿，她走下马车，散步一个小时，然后回到车内，疾驰回家。

直到现在，这些时而看到的情景历历如昨。我对这个女子的早逝感到惋惜，如同人们惋惜一件被毁掉的艺术精品。

世上再无玛格丽特这般绝色的女子了。

她身材稍显高挑，可她天赋才能，只要稍花工夫，便能完美掩饰这个小小缺陷。她披着长可及地的开司米大披肩，两边露出丝绸长裙宽阔的镶边。双手藏在厚厚的手笼里，紧贴在胸前，四周布满了精妙绝伦的褶皱。即使用吹毛求疵的眼光来看，她身上的任何曲线都是无可挑剔的。

她的脸相当精致，经过精心打扮，愈发显得小巧玲珑，就像缪塞所说，她母亲精心雕琢，有意把她生成这样。她优雅动人的鹅蛋脸，美得无法用言语形容，一双黑眼睛，两道柳叶弯眉，仿佛画出来似的。当她垂下眼帘，长长的睫毛的暗影就落在玫瑰色的面颊上。她鼻子小巧、笔直而富有灵性，鼻翼微张，仿佛在欢迎情欲的到来。小嘴轮廓分明而端正，娇唇里一口乳白色的贝齿。皮肤上覆着一层淡淡的汗毛，犹如未经人手触摸过的蜜桃上的绒毛。如此描写，大家便可以对这张迷人的脸有个大致印象了。

她黑玉色的秀发，呈波浪状卷曲着，不知是生来如此抑或梳理的缘故，在前额分成了两大绺，像瀑布一样流到脑后，露出了两个耳垂，上面两个价值四五千法郎的宝石耳环熠熠生辉。

玛格丽特的生活放纵糜烂，然而脸上却呈现出纯真甚至稚气，真让人猜不透！

玛格丽特有一幅自己的画像，是维达尔的作品——也唯有他的画笔才能将她画得如此逼真而富有生气。在她去世后的几天里，这幅画在我手里流连，他画得如此惟妙惟肖，实在令人赞叹，也弥补了我记忆的某些空白。

这一章的某些细节，有一些是我后来才知道的，我将很快在这里一一道来，以免在开始叙述这个姑娘的故事时，重新再提。

以前，每逢有剧目首演，她必定前来捧场，并且，无论何时有新剧上演，她也会肯定在场。有三件必不可少的物品不可不提：一副望远镜、一袋蜜饯和一束茶花，它们经常被放在包厢的前栏上。

一个月里，有二十五天她带着白色茶花，其余五天则换上红色茶花。她为何要这样变换花样，人们始终无从知晓，我虽然也注意到这一现象，但同样不知所以。

她常去的那几个剧院里的常客们也百思不得其解。除了茶花以外，没人见到她带过其他花。正因为如此，在她常去买花的巴尔克夫人那里，她获得了“茶花女”这个外号，并且逐渐传开了。

因为生活在巴黎某个特定交际圈子里，我得知玛格丽特曾经是一些倜傥哥们儿的情妇，对此玛格丽特也公开承认，那些公子哥也得意洋洋地到处炫耀。这也说明他们彼此相处融洽。

但是，据说自从那次从巴尔捏旅行回来后，在大约三年时间里，她只和一个外国公爵同居。这位公爵富可敌国，要求她和以前的堕落生活一刀两断。她似乎也很乐意过全新的生活；好像，她也顺从了这一要求。

关于这件事，我听到的经过是这样的。一八四二年春天，玛格丽特身体虚弱，气色也大不如以前，医生建议她进行温泉疗养。她听从了医生的嘱咐，来到了巴尔捏。

在巴尔捏疗养的病人中，有一位是那个公爵的女儿。她不仅患着和玛格丽特一样的疾病，就连长相也非常相似，以至于别人会误以为她们是姐妹俩。只是公爵小姐的病已经到了晚期，回天无力，玛格丽特刚到没几天，公爵小姐就去世了。

因为心爱的女儿安葬在了巴尔捏，公爵对这块土地依依不舍，迟迟不忍离去。一天上午，公爵在一条小路的拐角处遇见了玛格丽特。刹那间，女儿的灵魂仿佛在他面前闪过，他径直上前拉住玛格丽特的手失声痛哭。甚至还没有问清她是谁，就请求她允许自己去探望她，准许他可以像爱自己女儿那样去爱她。

至于玛格丽特，在这儿只有侍女相随，更不担心名声受到影响，也就慷慨同意了公爵的要求。

当时巴尔捏恰好有一些认识她的人，便借拜访为名，向公爵报告了玛格丽特的真实身份，这对公爵来说不啻晴天霹雳，因为这足以使她和女儿的诸多相似变得毫无意义。但是，刚刚获知的这一切对公爵而言已经太迟了！这个女子早已成了他感情的寄托和活下去的唯一理由。

他没有指责她，他也没有权利这么做。但是，他的确询问过她能否改变往昔的生活方式。如果答案是肯定的话，不管她想要什么，他都会当做补偿给她。她同意了。应当说明的是，那个时候，天性热情的玛格丽特正在生病，出于迷信，她认为过去的堕落生活是主要病因，而上天会因她的皈依和忏悔而让她继续拥有健康和美貌。

果然，到夏末秋初，在温泉、散步、充足的睡眠，以及体力的自然消耗等作用下，她差不多恢复了健康。

公爵陪着玛格丽特回到了巴黎，在这儿，他仍像在巴尔捏一样经常来探望她。外人无法真正了解他们为什么会如此亲密，为此还曾在巴黎掀起了一场热烈的讨论，因为，过去公爵以守财有名，如今却以挥金如土而闻名巴黎了。

人们把他们的亲密归因于有钱老男人的生活放荡，发挥想象力做了种种猜测，但却始终没有猜对真相。事实上，老人对玛格丽特的感情非常纯洁，始终在精神层面。在他看来，任何其他关系都意味着乱伦，他从来没有对她说过一句不适合对他女儿说的话。

我绝不想把女主人公美化得超越她本性。应该说，只要一直呆在巴尔捏，她不难遵守诺言，她也的确做到了。但是，这个习惯了放荡，夜夜笙歌，纵情酒色的姑娘，一旦回到巴黎，便又开始不甘寂寞起来。新生活如此单调，只有公爵的定期来访才会打破死水般沉闷的生活，获得短暂的欢愉。但大多数时间里，她真是烦闷至极，于是以往生活的影子又开始蠢蠢欲动了起来。

况且，玛格丽特旅行回来后，变得愈加美艳。她刚满二十岁，疾病只是暂时得到控制，并未根除，有肺病的人，情欲往往会特别旺盛些。它也继续刺激着她产生狂热的情欲。

公爵的朋友们经常劝诫公爵，他和玛格丽特的交往会损害他的名声。他们严密监视她的举动，要找到她行为不端的证据。一天，他们来告诉公爵，向他证实，玛格丽特会趁着公爵不去看望她的间隙，接待别的男人，而且还留宿。公爵听后非常伤心。

在公爵的质问下，玛格丽特承认了一切，并且，毫不犹豫地劝他不要再关心她了。她觉得自己已经没有信心去坚守许下的诺言,她也不愿意再继续接受一个受骗者的恩惠了。

公爵忍了一个星期没有露面,但这已经达到了他忍耐力的极限。到了第八天,他就恳求玛格丽特要像过去一样和他交往,并且说只要能见到她就行,她可以享受绝对的自由,还发誓说:就是要了他的命,他也绝不会再说一句责备她的话。

这就是玛格丽特返回巴黎三个月以后,也就是一八四二年十一月或者十二月发生的事情。

第三章

十六日下午一点整，我来到昂坦街。站在大门口，远远地便可以听到拍卖者的高喊声。

那里汇集了所有名妓与交际花，几个来自上流社会的贵妇及小姐们则冷眼旁观。她们又可以借着参加拍卖的机会，窥视她们平常无法接触到的女人，私下里，她们非常嫉妒这类女人可以随心所欲地寻欢作乐。

F 公爵夫人的胳膊碰到了 A 小姐，A 小姐是现代妓女中最悲剧的一个；德·T 侯爵正在纠结着要不要把被 D 夫人不断抬高价钱的那件家具买下来，而 D 夫人是当今最风流有名的荡妇；那位 Y 公爵，在马德里时有人谣传他在巴黎破了产，在巴黎这儿又有人谣传他在马德里破了产，而实际上他连每年的年金都花不完。此刻，他正一边和 M 太太侃侃而谈，一边又忙着和 N 夫人暗送秋波。M 夫人是一位风趣诙谐，才华出众的讲故事能手，她渴望把自己说过的话全都记下来，并签上自己的大名。漂亮的 N 夫人常常穿着粉红色或天蓝色的裙子，在香榭丽大街上散步，她几乎没穿过第三种颜色的裙子。她坐在自家马车上，由两匹黑色的健马拉着，这两匹从托尼那买来的马，花了她整整一万法郎……自己全额支付；最后是 R 小姐，她是靠着自己的才干挤进了上流社会，这令那些单靠嫁妆的女人惭愧不已，更使那些靠风流韵事被上流社会接纳的女人望尘莫及。尽管寒冷，她也不辞辛苦赶来买东西，同时吸引了不少人的关注。

我们还可以举出更多聚集在这间屋子里的人的名字，他们对彼此在这儿相遇都感到惊讶。为了防止读者反感，就不再列举了。

必须一提的是，大家兴致都很高，在场的女人很多是死者的朋友，但在此刻，她们似乎已经把死者抛在脑后，不再有一丝怀念之情。大家纵声谈笑，拍卖者则声嘶力竭地大声喊价；坐在拍卖桌边的商人们竭力让大家保持安静，希望可以顺当地买卖，但大家依然我行我素。这种杂乱喧闹的局面似乎前所未有。

我悄悄地融入了这个闹腾的人群，想到这个可怜的姑娘就在隔壁卧室香消玉殒，而她的东西正在被拍卖以清偿债务，多么令人伤感与不平啊。我来这儿，与其说是来买什么的，倒不如说是来参观。我凝视着那几个商人的面部表情，当某个东西的价格被抬高到远超他们预料时，他们便心花怒放，喜笑颜开。

那些在这个妓女卖笑生涯中搞过投机买卖的人，那些在她身上发过横财的人，那些在她弥留之际仍拿着印花的借据和她纠缠不清的人，还有那些在她去世后就来收取他们冠冕堂皇的欠款和无耻高额利息的人，正是所谓的正人君子。古人给商人和盗贼立了同一个神，这是多么正确啊。长裙、开司米披肩、首饰，很快拍卖一空，快得难以置信。可是，没有一件东西我用得着，我便一直等下去。

突然，我听到喊叫：

“精装书一本，书边烫金，书名《曼侬·莱斯特》，扉页上题有几个字：十法郎。”

“我出十法郎。”这个声音打破了许久的沉默。

“十五法郎。”我喊道。

为什么要出这个价格呢，我自己也没有明白，大概是为了那上面写的几个字吧。

“三十法郎。”第一个出价人又叫了起来，其口气非常笃定，似乎认为别人不可能出更高价了。

这下子就变成了一场争夺战。

“三十五法郎。”我以同样的口气喊道。

“四十法郎”，“五十法郎”，“六十法郎”，“一百法郎”，我承认如果只是为了吸引别人的眼球，那么我已经完全达到了目的，因为在我最后一次出价后，大家都鸦雀无声，全都盯着我看，想见识一下究竟是何方神圣，竟为了一本书而如此慷慨大方。

很显然，我最后一次叫价的语气把我的对手给镇住了，因此，他选择了退出这个竞赛。结果，我花费了比这本书原价要高十倍的价钱才买下它。然后，他向我欠身致敬，虽然迟了会，但还是表现得非常绅士，他说：“它是您的了。”

没有人再抬价，于是这本书便给了我。

我担心又一次挑起逞强角逐的欲望，我的自尊心会激起我不服输的倔强脾气，但我却囊中羞涩。于是我请他们记下我的姓名，把书放在一边就下楼了。让那些目击者对我胡猜乱想去吧！他们一定会很好奇我为什么要花一百法郎来买这本书，其实这本书很普通，随处可见，只要花费十法郎，最多不超过十五法郎。

一个小时后，我派人取回这本我刚买的书。

扉页上有赠书人用羽毛笔写的几个笔迹秀丽的题词。题词为：曼侬对玛格丽特无地自容，署名是：阿尔芒·杜瓦尔。题词中的“无地自容”到底是什么意思呢？

在这个阿尔芒·杜瓦尔先生看来，曼侬应承认玛格丽特在情欲方面，还是在真爱面前更胜他一筹呢？真爱的解释好像更恰当一些，因为第一个解释是如此放肆无礼，不管玛格丽特是如何看待她自己，都绝不会接受对自己的这种评价。

我又出了一次门，把这件事给忘了，直到晚上睡觉才又一次想起这本书。

当然了,《曼侬·莱斯特》是一个非常动人的故事,我对书中的每一个细节都了如指掌。尽管这样,每当我拿起这本书,总有一种非常强烈的吸引力召唤我读下去,以致我对这本书百读不厌。如今,打开这本书,书中的女主人公似乎活生生地站在我面前,好像我在哪里见过她似的。在如今新的情况下,把她和玛格丽特做一番对比,又增添了令人意想不到的魅力,出于对玛格丽特的怜悯甚至可以说是喜爱,我对她越来越同情了。而我手中的这本书正是从她那里得到的遗物啊!的确,曼侬死于荒漠之中,但她是在真心爱她的情人怀中死去的。曼侬死后,有这个情人亲手为她挖坟墓,他的眼泪洒在她的身上,并且将他的心与曼侬一起埋葬了。而玛格丽特呢,和曼侬一样是个有罪之人,或许和曼侬一样已经迷途知返了。但眼见为实,她死在奢华的环境里,死于过去休息的床上。然而她的内心却是一片爱的荒漠,并且这个荒漠比埋葬了曼侬的沙漠更干燥、荒凉、无情。

几个了解玛格丽特临终情形的朋友告诉我,在长达两个月的病危时期,她既觉得度日如年,又感到痛苦无比。这期间,竟没有一个人到她床边给她一丝真正的慰藉。

于是我从玛格丽特和曼侬联想到那些我认识的女人,我望见她们边唱着歌边走向死亡。她们的归宿是何其相似啊。

可怜的女人啊!如果爱上她们等于爱上了错误,那么我们至少应该同情她们。你们可以同情那些从未见过阳光的瞎子,同情那些从未听过大自然之声的聋子,同情那些从未发出过灵魂之音的哑巴。然而,你们却以廉耻为借口,拒绝去同情这个心灵上的瞎子,灵魂上的聋子和良心上的哑巴。这些内在缺陷逼迫那个受痛苦折磨的不幸女子发疯了,看不到善良,听不到爱的声音,说不出爱与信仰的纯洁语言。

雨果创作过玛丽翁·德洛尔姆，缪塞写过贝尔纳雷特，大仲马塑造过费尔南德，历代思想家和诗人对风尘女子都给予了深深的同情。有时候甚至会有一个伟大的人勇敢地站出来，愿意用自己的爱情和名声为她们恢复名誉。之所以强调这点，是因为在我的读者中间，也许有人会因担心本书通篇为堕落和淫荡辩解而打算放弃，而且读者的年龄无疑也会让人产生这种担忧。有这种想法的人大可不必担心，不妨继续读下去。

我把这个准则奉为座右铭：没有受过善的教育的人，主总会提供两条道路来指引他走向善——苦难和爱情。这两条路无疑都很难，在这两条道路上奋力前行的女子，会双脚流血，两手开裂。但是，在此过程中，她们脱下了罪恶的盛装，将它们卸在了沿途的荆棘上。她们以此洗清了身心罪恶，赤条条地来到天主面前，此刻是如此圣洁与高贵，虽赤身裸体也无需脸红。

任何与这些勇敢跋涉的女子邂逅过的人，均应该支持与安慰她们。而能帮助她们的最直接方式就是公开承认与她们有过接触和交往，并将之公诸于众，其实，这也是指明道路的方式。

这并非简单地在人生道路的入口处树立两块路牌，一个写着“善之路”，另一个写着“恶之路”，随后对走来的人说“选择吧”，草草了事。我们每个人都应该像基督那样，对那些受到邪恶诱惑而误入歧途的人指出如何从恶之路走向善之路。最重要的是，指引之途不要一开始就令人痛苦不堪，以致难以逾越。

基督教里关于浪子回头的美好寓言，就是为了劝告我们要慈善和宽容。耶稣对那些受男人情欲伤害的弱女子充满了爱。他喜欢在包扎伤口时，从受伤之处提取治愈伤口的香膏。他曾对玛丽·玛特莱娜说：“你将可以得到宽恕，因为你爱得多。”这种崇高的宽恕唤起了一种崇高的信仰。

我们为何要比基督还要严厉呢？这个世界已经冷酷无情，因为它一味想让我们臣服于它的强大。既然如此，我们为何还要坚守对它之前的信念，同它一起抛弃那些流血的灵魂呢？我们不应随波逐流。其实，从这些伤口流出的血，就像病人流出的污血一样，洗净了过去的堕落与罪恶。同时，他们也在殷切期盼一双友爱的手来包扎，抚平他们心灵的创伤。

于此，我向这个时代的人呼吁；向那些庆幸伏尔泰理论已经过时的人呼吁；向那些和我一样认为在短短十五年间人道主义已经深入人心的人呼吁。关于孰善孰恶，人们已有定论。恢复了虔诚的信仰，重新开始尊崇神圣之物。尽管世界并不见得完美无缺，但至少和过去相比已大有改善。智者都朝着同一个目标而奋斗，伟大的意志均遵守同一个原则：我们要善良，我们要朝气勃勃，我们要真实。善良才是真实的存在，邪恶只不过是一种虚空。因而我们要因着自己的善良而自豪，最重要的是，我们一定要抱有信心，我们不可藐视那些非亲非故的女人，尽管她们既不是我们的母亲和姐妹，也不是我们的女儿和妻子。我们不要减少对家庭的尊敬，也不要缩小对自私的宽容。连主都喜欢一个忏悔的罪人胜过一百个没有行恶的规矩人，那么我们应努力让主高兴，主也会因此而更多地眷顾我们。在人生道路上，希望大家要懂得宽恕并且去宽恕那些行过恶的人，也许他们终会因神圣的希望与恩典而获救，就像那些善良的老太婆在劝人服用她们所开药方时所言：至多不会有什么益处，至少也不会有什么坏处。

当然了，想以小见大，从我所谈论的小题目中得出大结论，似乎有些狂妄自大。不过，我却相信，“一花一世界”，世间一切都可以见微知著。孩子虽小，却是未来的大人；脑袋虽小，却包含无限思想；眼睛虽小，却可以看得高远。

第四章

两天后，拍卖会完全结束。此次拍卖共拍得五十万法郎。债主们瓜分了其中的三分之二，剩下的三分之一则给了玛格丽特的亲属——一个妹妹和一个年幼外甥。

当知道自己可以继承姐姐一笔五万法郎的遗嘱时，她的妹妹立即惊呆了，而这件事是公证人写信告诉她的。

这位年轻的妹妹已有六七年没有见过自己的姐姐了。有一天，姐姐忽然人间蒸发似的失踪了，此后，她或者任何人都没有打探到她姐姐的任何消息。

接到通知后，这个妹妹急忙赶到了巴黎。那些认识玛格丽特的人见到她以后，都非常惊奇，谁也想不到玛格丽特的唯一继承人，竟是一个美丽的乡下胖姑娘，而这居然是她第一次离开家乡呢。

她被这笔意外横财砸得头晕目眩。据说，她回到家后，为姐姐的死感到非常悲伤，然而当她把这笔钱以四厘五的年息存起来之后，悲痛也随之减轻了不少。

在巴黎这个罪恶之都，流言蜚语此起彼伏，随着时间的流逝，曾经的热点会逐渐被人淡忘。如果不是突然参与了一件新发生的事件，而这次际遇使我了解到了玛格丽特的全部身世，而且也知道了一些令人感动的细节，我也会淡忘了这一切。而听到的一切使我不由自主地动了把这个故事记下来的念头，于是开始了这个小说的写作之旅。

那套公寓的家具全部卖完以后，就开始了重新招租。三四天后的一个早晨，有人拉响了我家的门铃。

我的兼做仆人的看门人，出去开了门，回来给了我一张名片，并通告我说有客人想要见我。

我看了一眼名片，上面写着一个名字：阿尔芒·杜瓦尔。

我努力回想在哪儿见过这个名字，最终想起了那本《曼侬·莱斯特》的扉页。

赠此书给玛格丽特的人来找我会是有何贵干呢？我即刻吩咐请客人进屋。

不久，我见到一个身材高大、金发而脸色苍白的年轻人，他一身旅行的着装，从上面的尘土看，已有几天没有换洗，甚至到了巴黎都没来得及洗刷一下。

杜瓦尔先生非常激动，而且没有试图掩饰自己的情绪。他热泪盈眶，用颤抖的声音对我说：

“先生，请您原谅我这次衣冠不整的拜访；不单单因为我们都是年轻人，交往可以随意些，更主要是因为我太急于见到您了，虽然时间尚早，但我很担心会见不到您。因此没有随行李去旅馆，就匆忙赶来了。”

我请杜瓦尔先生在火炉旁坐下，他从口袋里拿出手帕，蒙住了脸。

“您一定非常好奇，”他长叹一声后接着说道，“一个素不相识的人，在这种此刻，穿着如此不得体的衣服，又哭成这个样子，冒昧来拜访，您一定在纳闷吧。其实，我的来意非常简单，先生，请您帮个忙。”

“请说吧，我乐意为您效劳。”

“您参加了玛格丽特的拍卖会是么？”

一提起玛格丽特的名字，这个年轻人又抑制不住自己一直努力克制住的激动情绪，他只得用双手捂住双眼以防自己过度失态。

“您一定会觉得我如今这副样子十分滑稽可笑，”他接着又说，“请再次原谅我失魂落魄的惨样。您如此有耐心地听我讲话，我永远不会忘记您的恩德，请相信我。”

“先生，”我告诉他说，“我可以为您效劳的么？如果能因此减轻您些许痛苦，请马上告诉我，我一定非常乐意照办的。您将知道我是一个乐于帮助您的人。”

杜瓦尔先生的确值得人同情，我想尽自己最大努力来帮助他。

他对我说：

“在玛格丽特财产的拍卖会上，您是否买了些什么？”

“先生，是的，我买下了一本书。”

“是一本叫《曼侬·莱斯特》的书吧？”

“对啊！”

“这本书现在还在您这么？”

“在我的卧室呢。”

阿尔芒·杜瓦尔先生一听到这个消息，立刻放下心来，向我致谢，仿佛这本书仍然在我手上就已经帮了他大忙似的。

“正是这本书，”他一边瞟了一下扉页上的题词，一边又强调说，“就是它。”

话还没说完，两滴眼泪已经落在书页上。

“先生，那么——”他还没有来得及擦去眼泪，也根本没顾得上掩饰他刚哭过，甚至差不多又要哭泣起来，就这样抬起头来对我说，“您很喜欢这本书么？”

“先生，您为何要这样问我呢？”

“我想请求您把它赠送给我。”

“请原谅我的好奇与冒昧，”我说，“把这本书送给玛格丽特·

戈蒂耶的人就是您么?”

“正是我。”

“先生,那么这本书就归您了,您拿去吧,能使这本书物归原主我感到非常欣慰和高兴。”

“可是,”他不好意思地说,“至少我也必须把您买书的钱还给你啊。”

“请允许我把这本书赠送给您。在这个规模的拍卖会上,区区一本书的价钱微不足道,况且,我也根本想不起来这本书花了我多少钱。”

“您花了一百法郎。”

“嗯,”此刻我觉得有些尴尬,“您怎么知道的?”

“非常容易。我原本打算早点来到巴黎,可以及时赶上玛格丽特遗产的拍卖会,可是天不遂人愿,直到今日我才赶到。因此不管怎样我也一定要得到她的一件遗物,于是我便找到拍卖估价人那儿,请他准许我查询一下购买物品的买主名单。从上面可知,您买下了这本书,因此就贸然决定来您这儿求您忍痛割爱,可是您买书所出的价格使我忧心忡忡,莫非您也是为了某种纪念而不惜花一笔不小的钱来买下它?”

他说最后一句话时明显带着一种担忧,他是担心我和玛格丽特的交情已经达到了他们之间的那种程度了。

我急忙让他放心。

“我和她不过是几面之缘,”我对他说,“仅仅是一个年轻人对一个他希望见到的美丽女人的去世而产生的那种感情。我至今也搞不清楚为什么当时在拍卖会上买下它,当时正好有一位先生拼命和我抬价,也许是故意不让我得到这本书。我也是逞一时痛快,挑逗他发火,才跟他争买这本书的。因此,我再向您强调一遍,这本书现在是您的了，而且我要再次求您收下它吧，千万不要像我从拍卖会上买到它一样，从我这里把它买回去。希望这本书会增加我们的友谊。”

“先生，真不错，”阿尔芒紧紧握住我的手说，“我同意了。您对我的仁慈与好意，我将终身铭记，没齿难忘。”

我很想向阿尔芒打听有关玛格丽特的事，不仅仅因为这本书扉页上的题词，而且还因为他不辞辛苦来到巴黎，以及他得到这本书的强烈渴望，这一切都刺激了我的好奇心，然而我又不敢冒失地提出这些问题，担心他会误会我只是为了有资格干涉他的私事才不接受他的钱。

也许他猜出了我的顾虑，因为他对我说：

“您读过这本书么？”

“全看完了。”

“那么，您有没有想过我写的这两行题词是什么意思？”

“看过这两行题词便明白了，您认为接受您书的那位可怜的人儿的确非常独特，因为我不愿意把这两行题词当做一般性的恭维话。”

“您说得太对了，先生，她就是一位天使，您看一下这封信！”

他递给了我一张显然是看过很多遍的信纸。

我打开了信，上面的内容如下：

亲爱的阿尔芒，终于收到了您的信，很庆幸我的心还是一如既往地善良，真要感谢主！是的，亲爱的朋友，我病了，还是不治之症；但是能得到您始终如一的爱，这已经大大地减轻了我的痛苦。恐怕我所剩时日已经不多。我刚刚收到您这封感人肺腑的信，可是我已经无法再握一下写这封信的人的手了。

我再也见不到您了，我将不久于人世，又有几百里的距离横跨在我们之间。可怜的人啊！您的玛格丽特已经变得面目全非了，我宁愿不再见您，也不希望您看到现在的我。您问我是否原谅您，我愿意，亲爱的，因为您带给我的痛苦正是您爱我的证据啊！我卧床不起已经一个月了，我是多么珍惜您对我的尊敬啊，因而，从我们分开的那天起，每天我都会记下生活中的点点滴滴，直到我再也没有力气拿起笔的那天为止。

阿尔芒，如果您是真心真意怜悯我，请您回来以后到朱丽叶·杜普莱特那儿一趟。她会把这些天我所写的日记交给您，从日记里，您会找到发生在我们之间事情的原委，以及我的苦衷。朱丽叶对我非常友好。我们也经常谈到您。收到您的信时，她恰好也在这儿，一起看信时，我们俩一起哭了。

假如我等不到您的回信，那么，在您回到法国后，她会把这些日记交给您。不必感激我这么做，因为我每天都要重温一次我一生中最幸福的时光，而这种回忆带给了我如此多的欣慰和美好，假如您再看信时能明白我的苦衷的话，我也就死而无憾了。

我原本想给您留下些纪念品，希望您会永远记得我，但是，所有属于我的东西都被查封了，我现在是一无所有了。

亲爱的，您知道么？我快要死了，在卧室里都能听到看守者在大厅里走动的声音，那是我的债主派来的，以防止其他人拿走任何东西，即使侥幸活下去，我也一无所有了。但愿他们会耐心等到我死后再拍卖吧。

天哪！这些人是多么冷酷无情！更确切地应该说：只有上帝才是公正无私的。

好吧，亲爱的，您一定要参加我的拍卖会，一定要买几件东西。因为我无法私自给您留下哪怕一件微不足道的东西，如果他们知道我这样做了，他们可能会控告您侵吞查封财产。

多么悲剧的人生啊！我要离您而去了。

上帝慈爱，盼望他会赐予我临死前再见您一面的恩典！亲爱的，这样的机会真是太渺茫了；原谅我不能再写下去了，那些说能治愈我的人总是给我放血，弄得我精疲力竭，我的手连写字的力气都没有了。

确实，最后几个字简直难以辨认。

我把信还给了阿尔芒，毫无疑问，在我读信期间，他又在心里重温了一遍这封信，因为他接过信时说："谁能想到这封信竟然出自于妓女之手！"他久久地凝视着信上的字迹，因回首往事而情绪激动，最后将它贴到唇边深情地吻了起来。

"每想起，"他接着说，"我没能见她最后一面，这是永远的离别啊，她待我比亲姐姐还亲，我就不能原谅自己就这样让她死去。

"死了，死了，甚至在死的时候还想着我，念着我，盼着我，写下这封信时还在呼唤着我的名字，我亲爱的，可怜的玛格丽特！"

阿尔芒任由自己痛苦的眼泪流淌，一边把手递给我，一边继续说下去："假如有人看到我为这样的女人的去世悲伤流泪，大概会觉得我太不成熟；可是，他们不知道我曾给这个女人带来了多少痛苦与折磨，不知道我是多么铁石心肠，而她是多么善良，忍受了多少委屈。我本以为是我在原谅她，直到今天，才发现我不配接受她的宽恕。啊！如果能让我在她脚边哭泣一小时，我宁愿选择少活十年。"

没有身历其境，无法真正去安慰他，话虽如此，我的确非常同情这个年轻人，他对我如此坦诚，将他的悲痛向我倾诉，我想我的话也许会对他有所触动，于是我说：

“在这儿，有您的亲戚和朋友么？不要这么绝望，去看看他们，您将会得到很多安慰，而我只能同情您。”

“嗯，是的。”他边说边站了起来，并开始在我的房间里来回踱步，“不好意思打搅您那么久，您一定已经厌倦我了。请原谅，我没有意识到我的悲伤跟您没有多大关系，这些根本不可能，也不应该会使您感兴趣，而我却絮絮叨叨说了这么多。”

“不，您误会我的意思了。我非常乐意听您的吩咐；我只是遗憾自己没法减轻您的痛苦。如果和我或和我的朋友们在一起，就能消解您的苦恼，或者有任何地方我可以帮上忙，我都很乐意去做。”

“请原谅我，原谅我。”他接着说，“痛苦使我神经质了。请让我再待一会儿，让我擦擦眼泪，以免街上的人把我当成傻瓜，这么大的一个人还哭鼻子。您刚才把这本书赠送给了我，这真的使我很开心；我永远也无法报答您对我的恩德。”

“既然如此，您就慷慨地多给我点友谊，”我对阿尔芒说，“向人倾诉悲伤，可以让痛苦减半，所以您就跟我聊聊您为什么如此伤心，讲出来您可以轻松一些。”

“您说得对。但今天我就是想哭，只能说一些稀里糊涂的只言片语。改天我会把这件事原原本本地告诉您，到时候您会明白这个姑娘是多么值得我去追悔和痛哭。而现在，”他最后一次擦了擦眼泪，照了照镜子对我说，“希望您不要把我当成傻子，并允许我可以再来拜访您。”

这个年轻人眼睛清澈，眼光温柔又善良，我几乎想上去拥抱他。

而他又热泪盈眶，感觉到我在打量他，便把目光从我身上移开了。

“好吧，”我对他说，“要振作起来。”

“再见。”他说。

强忍住泪水，他匆忙从我家里逃了出去，因为说他走出去是多么不符合事实啊。

我撩起窗帘，目送他登上已在门口等候他的轻便双轮马车；一进车厢，他的眼泪再也不受控制，像泛滥的河水一般一发而不可收，他拿起手帕掩面哭了起来。

第五章

很长一段时间我都没有阿尔芒的消息，而玛格丽特倒常有人谈起。

我不知道您可注意到这个现象，一个人跟您素不相识，或者至少与您没有关系，一旦有人提起他的名字，跟这个人相关的琐闻便会渐渐地汇集起来，您的朋友们也会来和您谈起这个从来全新的话题，这时您几乎会觉得这个人就生活在您身边。紧接着，您会发现这个人其实早在您的生活里出现过多次，只不过您没注意过罢了。您会发现，在别人告诉你的那些事情里面，有些和您生活中的某些经历相吻合。我跟玛格丽特的情况倒并非完全如此，因为我曾见过她，有幸一睹她的芳容，知道她的生活习惯。自从那次拍卖会后，我经常听人提起她的名字，而且，正如我在这一章里提到过的那样，这个名字与一种痛入心扉的悲伤息息相关。因此，我在越来越惊异的同时，也变得愈加好奇了。

过去，我从来没有和朋友们谈起玛格丽特。现在我逢人就会问："您认识玛格丽特·戈蒂耶么？"

"是茶花女么？"

"正是她。"

"当然认识了，而且还非常熟呢。"

"很熟！"他们在回答我的问题时，有时候，脸上还带着那种意味深长的微笑。

"那么，她是一个怎样的女人呢？"我进一步追问道。

"一个非常不错的女人。"

“就这么多么?”

“上帝！是的，比别的女人更聪明些，可能还要更善良一些。”

“难道您一点也不知道她的一些比较特别的事么?”

“她曾使G男爵倾家荡产。”

“就这么多么?”

“她是老公爵的情妇。”

“她真的是他的情妇?”

“大家都是这么说的，不管怎样，那老公爵的确给过她很多钱。”

听到的总是这么些俗套的细节。

可是，我强烈想知道阿尔芒和玛格丽特之间发生过的事。

某一天，我遇见了一个和那些风月场里的女人关系密切的人，我问他：“您认识玛格丽特么?”

回答又是“非常熟悉”。

“她是一个怎样的人?”

“一个美丽又善良的好女人。听说她死了，我的确很难过。”

“她是不是有一个叫阿尔芒的情人?”

“一个金发、个子高高的年轻人么?”

“就是他。”

“是的。”

“那么，他又是一个怎样的人呢?”

“一个挺年轻的人，我相信他把自己仅有的那点钱和玛格丽特一起花光了，然后又不得已离开了她。据说他差点为她发了疯。”

“那么她对他怎么样呢?”

“她也非常爱他，人们也这么说，但是这种爱只是她这类女人所能给予的那种爱。根本不应该要求她们更多。”

"后来阿尔芒怎么样了？"

"说不好，我们和他并不是非常熟悉。他和玛格丽特回到乡下待了六个月。她回到巴黎后，他就去了别的地方。"

"从那以后您就再也没有见过他么？"

"是的。"

我自己也没有再见过阿尔芒。我甚至开始胡思乱想，他上次来拜访我的那天，是不是因为玛格丽特的刚刚辞世放大了他过去的爱情，因此也相对应地放大了他的悲伤，我寻思他也许把死者连同再来看我的诺言一起抛之云霄了。

对别人来说很可能，但阿尔芒不会这样。他当时那种悲痛欲绝的声调是如此真诚。因而，我不由地从一个极端联想到了另一个极端，我想阿尔芒一定因过度哀伤而导致身体衰弱，他病倒了，或许已经死了，因此我才得不到他的消息。

不由自主地，我关心起这个年轻人。也许这种关心里夹杂着我的自私；在他的伤心欲绝里，我嗅到了一个感人的爱情故事，总而言之，或许是因为我极端渴望知道这个故事，才会对阿尔芒的销声匿迹感到担心。

既然阿尔芒先生没有如约来看我，我就决定去看他。借口并不难找，可不幸的是我不知道他的住址，我四处打听，但没人知道。

或许玛格丽特的看门人知道。带着一丝希望，我来到了昂坦街。然而那儿的看门人已经换了一个，这个新看门人知道的情况还没有我多。我只好问他玛格丽特小姐葬在哪里了。他告诉我在蒙马特公墓。

现在已经是四月份，天气晴朗，阳光灿烂，蒙马特公墓也不再像冬天那样阴森凄凉。总之，天气很温暖，提醒活着的人该去扫墓了。在去公墓的路上，我自言自语道："只要看一下玛格丽特的坟墓，就可以知道阿尔芒现在是否还在悲痛，或许还能知道他身上到底发生了什么。”

带着种种猜测，我走进了看墓人的小屋，问他，在二月二十二日那天，是不是有一个叫玛格丽特·戈蒂耶的女子埋葬于此？

那个人查阅了一本厚厚的册子，上面按号码顺序登记着所有长眠于此的人的名字。他回答说：“在二月二十二日那天中午，的确有个名叫玛格丽特的女子埋葬于此。”

我请他找人把我领到她的墓上去，因为在这个死者之城，阡陌交错，就像我们生者所在的城市一般，比较容易迷路，如果没有向导的话，很难辨别方向。他给我找来了一个园丁，想告诉他一些情况。而园丁打断他说：“我知道，知道……”接着转身对我说，“啊！这个坟墓很好认。”

“为什么呢？”我问道。

“因为这个坟墓上面放的花和其他坟上的花截然不同。”

“那个坟是由您负责照看的么？”

“是的，先生，是一个年轻人托付我照看的，但愿所有死者的亲属都会像这位先生那样悉心关怀逝者。”

拐过几个弯后，园丁停下脚步对我说：

“我们到了。”

果然，我眼前出现了一个长方形花丛，如果没有这块刻着名字的白色大理石提醒的话，大家无论如何也不会把它当成坟墓。

这块大理石笔直地立在那儿，一圈铁栅栏把这块坟地围了起来，坟地上铺满了白色的茶花。

“您觉得这儿怎么样？”

“很漂亮。”

“只要一朵茶花枯萎了，我就按照吩咐换上一朵鲜嫩的。”

“那么是谁吩咐你这么做的？”

“一个年轻的小伙子，他第一次来这的时候哭得非常伤心，我猜想大概是死者的老相好，因为那个女人好像不是一个良家妇女。听说她活着的时候长的很漂亮。先生，您认识她么？”

“认识。”

“和那位先生一样吧。”园丁狡猾地微笑说。

“不是的，我从没和她说过一句话。”

“而您却来这里看她，您的心肠真好啊！来看望这个可怜的姑娘的人实在是寥寥无几啊！”

“这么说来从没有人来过么？”

“除了那位先生来过一次外，还没有其他人来过呢。”

“他只来过一次么？”

“是的，先生。”

“后来就没来么？”

“没来过，不过他一回到巴黎就一定会来。”

“这么说他是外出了？”

“是的。”

“你知道他去了哪儿？”

“我想他是去拜访戈蒂耶小姐的妹妹了。”

“他去那儿干什么去了？”

“他去请求她答应将死者挪个地方，他想将玛格丽特葬到别的地方。”

“他为什么不让她留在这儿呢？”

“您知道的，先生，人们对死者有各种奇怪的成见。我们这些人一直以来都看得最清楚不过了。这块坟地只买下了五年使用期，而这个年轻人希望买下一块可以永久使用的坟地，并且最好面积要大一些，如果是在新区，这就再好不过了。”

“您口中的新区指的是什么？”

“就是指左边，正在出售的新坟地。如果过去也像现在这样管理，那么它将是这个世界上最为理想的墓地了，但是要想完美不太容易。况且，什么奇怪的人都有！”

“您说这话是什么意思？”

“我的意思是，有些人甚至来到这里还念念不忘摆架子。以这位戈蒂耶小姐为例吧。请原谅我的无礼，她过去的生活可能有点放荡。但现在，她已经去世了。当然了，不被人指指点点的清白女人也到处都是，对于这两类人，我们每天一样地在坟墓上浇花。可是，安葬在她旁边的死者的亲属，一旦得知她的身份，就反对她埋葬在这里，还说像这种女人应该像穷人那样找个专门的墓地。谁见过这种事？我直接把他们说得哑口无言，我就是这么做的！有些有钱人，甚至一整年来看望他们亲人的次数也不超过四次，他们自己带花，却一点也不合适！他们只会嘴上说为死者悲痛，却不愿意花钱来修葺坟墓；他们在墓碑上写着自己伤心难过，可他们却不曾洒下一滴眼泪，还要找亲属坟墓的邻居的麻烦。您能相信我么？先生，尽管我并不认识这位小姐，我也不知道她过去做过什么。但是，我告诉您，我非常喜爱她，并且我会好好地照料她，我为她放上货真价实的茶花。她是我最喜爱的，我们这一类人，先生，因为平常太忙了，几乎没时间去爱上其他的，只能爱死去的人。”

看着眼前的这个人，不需要再解释什么，读者一定会明白，听到他的话我的心情是多么激动。

很显然，他已经感受到了我内心的波动，他接着说道：

“据说有人曾为这个姑娘破产了，她的情人都爱她，但是我一想起他们之中竟没有一个人买朵花来看她，就觉得很奇怪和伤感。

尽管如此，她也不必抱怨什么。至少她还有自己的坟墓，还有一个男人在怀念她，虽然只有一个，但是他的表现已经强过拥有很多人的思念了。我们这里有一些和她年纪相当、经历类似的可怜姑娘，被人草草地扔进公共墓穴里，每当听到她们可怜的尸体丢进土坑里的声响，我的心几乎要碎了。这类女子一旦死掉，便没有人管了。干我们这一行，怎么能开心呢？我们又不是铁石心肠。可有什么办法呢？我的确无能为力啊！我女儿二十岁，长得高挑漂亮，每当送来一具年龄相仿的女尸时，无论是高贵的小姐还是卑微的流浪女，我都会想起自己的女儿，就会难以抑制地难过。

“啰嗦了这么多，您一定早听烦了吧，您又不是来听这些的。他们要我把您带到戈蒂耶小姐的坟墓，现在您已经到了，还有什么我可以为您效劳的么？”

“您知道杜瓦尔先生的住址么？”我问这个园丁。

“知道，他住在……街道，您现在看到的这些花，我总到那儿去领钱。”

“谢谢你了，我的朋友。”

我最后看了一眼这铺满鲜花的坟墓，情不自禁地想探测一下这个坟墓之下，想看看黄土之下这个美丽女人变成什么样子了，胡思乱想一番后，我闷闷不乐地离开了。

“先生，您是想拜访阿尔芒先生是么？”走在我旁边的园丁继续问。

“对啊。”

“我敢打赌他一定现在还没有回来呢。否则的话，我在这儿早见到他了。”

“这么说你肯定他还记得玛格丽特么？”

“不仅确信无疑，而且还敢打赌他还想再见玛格丽特一面，因为这就是他将玛格丽特移葬别处的根本原因。”

“你怎么知道的?”

“他来墓地所说的第一句话就是:我怎么做才能再见她呢?我告诉他了所有尸体迁葬的手续,因为只有这样才能见到她。您知道,一具尸体在移葬之前,必须要验明身份,而这一切只有获得了家属的同意并在监察官的主持下才可以。因而,阿尔芒先生为了征求亲属同意,去找戈蒂耶小姐的妹妹了。他如果回来的话,一定先来这儿。”

我们到了公墓门口,我给了他些零钱,对他再次表示感谢。然后就直奔他告诉我的这个地址。

阿尔芒却还没回来。

我在他家留下了一张便条,请求他回来收到通知后就去找我;或者让我知道他在哪儿,我也可以去找他。

到第二天早上,我收到阿尔芒的回信,上面说他已经回来了,并且请求我去看望他。还说他实在疲惫不堪,无法出门。

第六章

我到阿尔芒住处时,却发现他还在床上躺着。

他一见到我就伸出了手,我发现他的手热得发烫。

“您发烧了。”我说。

“没事的——只是旅途太匆忙,太累罢了。”

“您是不是刚从玛格丽特妹妹家回来?”

“是的,谁告诉您的?”

“我刚知道,您想办的事办成了么?”

“是的,办成了。可是,是谁告诉您我去了那儿和去的原因的?”

“是公墓的园丁。”

“您看过她的坟墓了?”

他说话的语气显然透露出他依然处于那种我曾见过的极端悲痛中,这使我简直不敢回答。因为一旦他自己想起,或者别人谈起这个使他难过的话题,他那哀伤之情便会如脱缰之马,在很长一段时间里无法遏制。

我只好点头示意。

“他照顾得好吗?”阿尔芒追问道。

话还没说完,两大颗泪珠便从这个病怏怏的男人脸颊上滴落,为了不让我看见,他扭头避开了我,我假装没有看到这一切,努力想转移话题。

“您已经离开了三个星期了。”我说。

阿尔芒用手抹了抹泪眼回答说:

“整整三个星期了。”

“哦！我并不是一直在路上，期间我还病了两个星期，不然的话，我早就回来了，可是我一到那里，就发烧了，只能待在房间里。”

“身体还没有彻底复原，您又奔波回来了。”

“假如在那儿多待一星期，我会死在那的。”

“既然现在您平安回来了，就应该珍重自己。您的朋友们马上将会来拜访您。很荣幸我首先来看您，假如您将我视作朋友的话，我很荣幸。”

“再息两个小时，我会起床的。”

“这可使不得！”

“可我必须要起来。”

“您有什么要紧事要办么？”

“我必须要去一趟警察局，拜访一下警长先生。”

“如果您亲自跑一趟的话，会加重您的病情的，你为何不委托别人呢。”

“这是唯一一件能治愈我的病的事了。我必须见她一面。自从听到她的死讯，特别是亲眼见到她的坟墓之后，我每天失眠。我怎么也不能相信，分开时还是一个年轻貌美的女人，竟会如此突然死去。我要验证这一切是不是真的。我一定要看看，上帝对我所爱的人到底做了什么，或许那时令人恐怖的景象能治愈我的悲伤和相思。您愿意陪我去么……如果您不反感的话。”

“她妹妹怎么说？”

“没说什么，她看起来非常惊讶，因为，我，一个对于她来说素昧平生的人，竟要为玛格丽特买下一块墓地并且要为她建一个坟墓。尽管如此她还是立即同意了，而且在授权书上签了字。”

“听我的建议，一定要等到您身体完全康复后再去处理玛格丽特迁葬的有关事宜。”

“不行！请不要为我担心，我的身体会好起来的。不管怎么说，这件事早晚都要解决。如果我不早点办成这件事，去了我的这块心病，我一定会发疯的。我可以向您起誓，除非见到她，否则我永远不会安宁的。这是我心中燃烧正旺的狂热，是我不眠之夜诞生的梦想，是我的发热之症的后果。哪怕在见到她之后，我会像朗塞先生那样成为一名苦修会士，我也宁愿选择去见她。”

“我明白，”我告诉阿尔芒，“我全心全意帮助您。您见过朱丽叶·杜普莱特了么？”

“见过了，上次，我回巴黎的当天就去见她了。”

“那么，她将玛格丽特留给您的日记交给您了？”

“是的，它们在这儿呢。”

说着，阿尔芒从枕头下面抽出了一卷信纸，但马上又把它们放了回去。

“这些日记里的话，我都能倒背如流了，”他说，“这三个星期来，我每天都会将这些日记重温十遍左右。您以后也可以看看，但要等几天，那时我的心情稍微平静一些，我才能够把这些日记所说的有关爱情和内心的表白清晰地讲给您听，到那时再看也不迟。现在，我想请您帮我个忙。”

“什么事？”

“您有马车停在楼下么？”

“有的。”

“那么，能否劳烦您拿上我的护照到邮局一趟，问问有没有寄给我的留局待领的信件？我父亲和妹妹写给我的信应该寄到巴黎来了，我来的时候太过匆忙，没来得及去打听一下。等您从邮局回来后，我们再一起去通知警长明天关于玛格丽特迁葬的事宜。”

阿尔芒把护照递给了我，我去了简-杰克斯—卢梭街。那里果然有阿尔芒的两封信件，我取出后便回来了。

等我再次出现在他面前的时候，他已经穿戴整齐，准备出门了。

“谢谢您了。”他接过信后对我说，“没错，”瞟了一眼信封上的地址，他又补充道，“是的，就是我父亲和妹妹寄来的信。他们一定会因为我没回信而惊慌不已。”

他拆开了信，每封都有四页之多，他只是匆匆看了一眼，便又将信重新叠好。

“我们走吧。”他说，“我明天再给他们回信。”

我们到了警察局，见到局长后，阿尔芒把玛格丽特妹妹的授权书交给了他。

警长收下了授权书，将一封给公墓看守人的通知书给了他。商定明天上午十二点进行迁墓仪式。我会在明天九点左右去找阿尔芒，然后我们一起去公墓。

我对参加迁葬活动也非常感兴趣，说实话，我自己也一夜没睡好。连我都这样满脑子胡思乱想，可想而知，今夜对阿尔芒来说是多么难挨啊！

次日上午九点，我如约来到阿尔芒住处，他脸色苍白得吓人，不过倒是很平静。

他微笑着向我伸出了手。

几支蜡烛早已燃尽了，在出门之前，他收起了一封写给他父亲厚厚的信，在这封信里，他毫无疑问倾诉了昨天夜里他的所感所悟。

半个小时后，我们来到了蒙马特公墓。

警长早已在那里等着我们了。

我们缓慢地走向玛格丽特的坟墓。警长走在前面，距我们有几步之遥。我和阿尔芒走在后面。

时不时地，我清晰地感觉到阿尔芒的手臂在打哆嗦，好像颤栗穿过他的全身。每一次我都看他一眼。他明白我目光的意思，向我笑而不语。离开他家后，我们还不曾交谈过一句。

快到玛格丽特坟墓时，阿尔芒停了一会，擦了擦满脸的汗水。

我也乘机松了口气，因为我自己的心也好像一直被老虎钳紧紧夹着。

人们来观看这种场面真是自虐啊！太多痛苦太有限的乐趣！当我们来到坟墓前时，园丁早已搬走了所有的花盆，也已拆掉了铁栅栏，还有两个人在奋力地刨土。

阿尔芒靠着一棵树望着这一切。

好像他的整个生命都聚集在了这双眼睛里。

忽然，一个铁锨碰到了一块石头，发出了刺耳的声音。一听见声音，阿尔芒像突然遭到电击似的，条件反射地往后收缩，并使劲握住我的手，把我的手捏得生疼。

一个掘墓人握住一把大铁锨，一点一点地清除墓穴里的泥土。等到墓穴里只剩下盖在棺材上面的石块时，他就开始用手一块一块地向外扔。

我一直在严密注视着阿尔芒，因为我担心此时此刻那明显压制的情感会把他压垮。但他还在望着，眼睛发直，一动也不动，真像疯了似的，那轻微颤动的双颊和嘴唇才透露出他在承受着剧烈的痛苦。

至于我，我只能说，我非常后悔来到了这。

在棺材全部露出来后，警长对挖墓人说：

“开棺。”

这些人听令照做了，仿佛这是世界上最平常不过的事似的。

棺材是橡木的，他们开始拧棺材盖上的螺钉。这些螺钉由于受潮，已经生锈了。他们很艰难地打开棺材，尽管四周都是芳香四溢的花草，一股恶臭还是扑鼻而来。

“上帝啊！上帝啊！”阿尔芒喃喃自语道，脸色愈加苍白了。

连掘墓工也不由退了一步。

一块很大的白色裹尸布包住了尸体，隐约勾勒出死者的曲线。尸布的一段已经彻底烂掉了，露出了死者的一只脚。

看到这，我差点要晕过去了，甚至连现在写下这几行字时，这一幕还活生生地出现在我眼前。

“我们要加快速度。”警长说。

听到吩咐，一个工人快速拆开了裹尸布，他抓住一端将尸布掀开，一下子露出了玛格丽特的脸。

她的模样变得恐怖吓人，说起来都令人不寒而栗。一双眼睛只剩下了两个黑洞，雪白的牙齿紧紧地咬合在一起，干枯而又漆黑的长发贴在太阳穴上，稀稀拉拉地遮盖着深深凹陷下去的青灰色脸颊。然而，我还是能从这张吓人的脸庞上认出我以前常常见到的那张红润而又讨喜的俊俏脸蛋。

阿尔芒直愣愣地盯着这张脸看，嘴里死死咬着他掏出来的手帕。

至于我，仿佛有一个铁箍紧紧勒着我的头，眼前一片模糊，耳朵里嗡嗡地响个不停，我唯一能做的就是打开防止晕倒的嗅盐瓶，使劲吸了一口。

在我晕得七荤八素的时候，恍然听到警长对阿尔芒说：

“认出来了么？”

“是的，正是她。”年轻人诺诺地说。

“那么，就盖上棺材抬走吧。”警长说。

掘墓工人把裹尸布盖在死者脸上，合上棺材，一人抬着棺材的一头，向指定的地方走去。

阿尔芒木然不动，两眼还是目不转睛地盯着这个已经空无一物的墓穴：脸色苍白得就像我们刚刚见过的那个死尸……他似乎化成了一块毫无知觉的石头。

我知道在经历过这个场景，支撑他精神的悲伤感情一旦抽去以后，将会发生些什么。

于是，我走到警长面前。

我指着阿尔芒问道：“剩下的还需要这位先生在场么？”

“不必了。”他说，“而且我强烈建议您快点把他带走，他看上去情况非常不好。”

“我们走吧。”说着，我挽起阿尔芒的胳膊。

“什么？”他像看着一个陌生人似的瞧着我。

“一切都结束了。”我接着说，“您现在必须回去休息了，我的朋友。您脸色苍白，身体发凉，再这样情绪激动，您可能会丧命的。”

“您说得非常对，走吧。”他机械地说，却一步也没挪动。

我只能抓住他的胳膊，拖着他离开。

他像个孩子似的任由我将他拉走，嘴里不断嘟哝说：“您看到那双眼睛了么？”

他仍不时地回过头去，仿佛那双眼睛在召唤他似的。

然而，他已经变得步履蹒跚，走起路来东倒西歪，仿佛不会走路。他的牙齿咬得咯咯作响，双手冰凉，全身都在激烈地抽搐。

我试着和他对话，他毫不回答。唯一能做的事就是让我领着他走。

正巧，刚到门口，我们就找到了一辆马车。

他一坐进马车，全身痉挛得更加厉害，完全陷入了歇斯底里之中。尽管已经难以控制自己，为了怕吓着我，他紧握着我的手，喃喃地说道："没事了，没事了，我只是想哭而已。"

此时，他大口地喘气，眼睛布满了血丝，而没有眼泪。

我让他闻了闻刚才我用过的嗅盐瓶，我们回到家中，他仍颤抖不已。

在仆人的帮助下，我将他扶到床上休息，又吩咐他们在屋子里升起火。然后我赶紧去请我的医生，把刚才的事全部告诉了他。

医生立刻赶了过来。

阿尔芒脸色绯红，已经神志不清，嘴里断续说着一些胡话，只有玛格丽特的名字听得清晰。

"他怎么了？"医生检查后，我问。

"是这样的，他得了闹热病，而不是其他，愿主宽恕，他真幸运。本来我以为他会发疯的。幸好他肉体上的病克制了他精神上的病，正所谓'以毒攻毒'。一个月后，很可能他的这两种病都会好起来。"

第七章

阿尔芒的这类病，来去匆匆，干脆痛快，它们要么一下子要了一个人的命，要么很快便会痊愈。

上述事件过去半个月后，阿尔芒已经完全康复，我们成了患难知己。在他生病期间，我寸步没有离开过他的房间。

春天如约而来，到处百花争艳，绿意盎然，鸟儿翱翔，歌唱着这个美好的季节。我朋友的窗户正对着花园，一打开窗户，花园里清新的气息便向我们扑面而来。

现在医生已经允许他下床了，从中午十二点直到下午两点太阳最暖的时候，我们经常坐在敞开的窗前聊天。

从他平静的外表来看，他的情绪已经不再狂乱，渐渐恢复了正常。而我也要时刻留心并有意识地不和他提起玛格丽特，因为担心这个名字会再次勾起他的痛苦回忆。而阿尔芒则恰恰相反，似乎非常乐意说起，并且不像过去那样一提及就热泪盈眶，而是带着点点微笑，这使我对他的精神状态终于放下心来。

我注意到，自从墓地目睹那悲惨场面而突然发病几乎死掉以后，他精神上的伤痛似乎已被身体上的疾病冲刷掉了，他对于玛格丽特去世的这件事的想法和观点已经发生了变化。他已能坦然面对玛格丽特的死，不再像过去一样难以接受了。既然事情已经发生了，他反而获得了一种解脱之感，为了驱散时常出现在他面前的阴暗想象，他让自己沉醉于过去与玛格丽特交往时的幸福追忆之中，似乎除此之外的事情他一概不去想。

他高烧刚退，大病初愈，身体非常虚弱，因而不能刺激他的精神过度激动。他置身于大自然的怀抱中，触景生情，总不由自主地回忆起过去的欢乐。

一直以来，他固执地不肯将自己大病一场的事告诉家人，直到康复后，他父亲都不知道他生过病。

一天晚上，我们坐在窗前，不过比平常的时间要长一些。那天的天气好极了，夕阳在天蓝色与金黄色薄暮的簇拥下落了下去。虽然我们呆在巴黎城中，可四周翠绿色的植物似乎将我们与世隔绝了，除了偶尔传来的马车声外，再也没有其他东西能干扰到我们之间的谈话。

“大约这个季节，大约这样一个晚上，我遇见了玛格丽特。”阿尔芒在沉溺回忆的空当，向我娓娓道来。而我只想做个倾听者，也就没有答话。

他转过头来对我说：

“我一定要告诉您这个故事，您可以把它写成一本书，别人或许不会相信，可是写起来也许会比较有趣。”

“以后您再给我讲吧，朋友，”我对他说，“您的身体还没有完全好呢。”

“今天晚上天气暖和，并且我也吃过鸡肉了，”他笑着说道，“我不再发烧，而且我们也没有其他事情可做，我还是将这一切都告诉您吧。”

“既然您决意要讲，我只好洗耳恭听了。”

“这是一个简单的故事，”接着他补充说道，“我会按顺序讲给您听。如果以后您要把它写下来，您可以决定如何讲述。”

下面正是他告诉我的内容，我照实复述了这个感人肺腑的故事，几乎一字也没有改动。

是啊（阿尔芒把头靠在了扶手椅的靠背上，接着说道），是啊，缘分发生在这样一个夜晚！我和我的朋友，R·加斯东在乡下玩了整整一天，傍晚时分才依依不舍地离开，返回巴黎，因为实在无事可做，我们便决定去瓦丽爱丹剧院看戏。

一次幕间休息的时候，我们离开座位走了出来，在走廊里遇见了一个高挑的女子，我的朋友向她行了个礼。

“刚才是谁啊？”我问他。

“是玛格丽特·戈蒂耶。”他回答。

“她变化太大了，真令人大吃一惊，我差点没认出来她。”我激动地说，您一会儿将明白我为何这么激动了。

“她病了，这个可怜的人活不长了。”

直到现在，我对这些话还记忆犹新。

我的朋友，我必须要告诉你，两年来，无论何时见到她，我总会产生一种说不清道不明的感觉。总会无缘无故地脸色苍白，心跳加快。有一个爱好研究神秘学的朋友告诉我，这种感觉叫“流体亲和性”，而我自己呢，则索性认为爱上玛格丽特是命中注定的，对此我早有预感。

她给我留下了一种很奇妙的印象，我看她时，总是一副含情脉脉的样子。很多朋友都看到我的反常表现。他们知道我多情地爱上她时，都哈哈大笑起来。

我第一次见到她，是在交易所广场的苏姗商店门口。一个身着白色衣服的女子，从一辆停在门口的敞篷四轮马车上优雅地走了下来。一走进商店便引起了骚动，周围暗暗的赞叹声此起彼伏。而我，好像被钉在了原地，从她进门那一刻直到出门为止，始终没有动过一下。透过橱窗，我瞧见她在选购东西。我本可以进去，但我不敢，不敢惊扰这位人间仙子。我不知道她是谁，生怕她会猜出我进来的不轨企图而不高兴。不管怎样，我觉得我们命中注定还会再见。

她优雅高贵，穿着一件镶满花边的细纱长裙，肩披一条印度产的富有异国情调的方围巾，四角镶着金丝边和丝绣的花朵，头戴一顶意大利草帽，手腕上戴着一只很别致的手镯，那是当时刚流行起来的大粗金手镯。

她又登上马车，离开了。

商店里的一个店员站在门口，目送这位优雅的顾客乘车离去。我走上去，请他告诉我这个女人的名字。

“她就是玛格丽特·戈蒂耶小姐。”他回答说。

我没胆量再继续问下去，没敢问她的地址，就走开了。

从前，我有过邂逅美女的此类猎艳性质的幻想，大部分都忘记了，但这件事是真实发生过了，因而一直难以忘怀，我到处寻找这位美貌的白衣女子。

过了几天，一场巨大的演出在剧院里举行。我过去了，在台前侧面的一个包厢里我见到了朝思暮想的她，也是那天见到的人——玛格丽特·戈蒂耶。

和我一起的朋友也认出了她，并叫着她的名字对我说：

“您快看看这位美女。”

正在这时，玛格丽特恰好也在用望远镜向我们这边看，她瞧见我的朋友后，对他嫣然一笑，并招手叫他过去。

“我去向她问好，”他对我说，“不过，很快就回来。”

我情不自禁地对他说：“你是幸运的男人！”

“哪儿幸运了？”

“有幸可以去看那个姑娘。”

“您是不是爱上她了？”

“没有，”我红着脸说，不知如何说好，“可是我的确非常想认识她。”

“跟着我，我可以介绍你们互相认识。”

“那也要首先征求她同意才行啊。”

“得了，没关系，跟她用不着客套太多。跟我来吧。”

他的回答让我心里很不舒服。我很担心，玛格丽特不值得我爱。

阿尔·封斯在小说《烟雾》中提到，有一个男人，一天晚上对一位美丽女子一见钟情，并尾随这个长相出众的女子。他感到如果吻了这个女人的手，他会拥有战胜一切的力量、能力和勇气。她担心长裙会沾上泥污，便撩起裙子，露出了迷人的细腿，他几乎不敢看一眼。正在他幻想与筹划如何才能得到她时，她出人意外地在一个街角拦住了他，问他是否愿意随她上楼开心一下。

他转头便走，毫不留恋，穿过街道，伤心地回家了。

时至现在，我还记得这部小说。我很想为追求玛格丽特历经艰辛考验，也担心她会太早接受我的心，匆忙给予我爱情，而我宁愿长期等待，或者付出重大牺牲。男人就是这样，热衷于诗意想象，肉欲的满足无法战胜对拥有梦幻心灵的渴望。

总而言之，假如有人告诉我：“今天晚上您一旦得到了这个女人，明天就会有杀身之祸。”我会乐意接受这个命运。然而，假若有人告诉我：“花十个便士，她就是您的了。”我会断然拒绝，而且伤心欲绝，仿佛一个孩子在醒来后发现梦中美好的宫殿顷刻消失的那种心情。

可是，我还是渴望认识她，这是能结识她的一种方式，甚至可以算得上唯一可以进一步了解她的方式。

因而，我坚持让朋友一定要在获得她的同意之后，再介绍我们相识。于是，我一个人在走廊里走来走去，想到就要见她了，真不知在她的注视下，该如何表现。

我尽量准备好见到她后要说那些话。

爱情让人变得多么幼稚与笨拙啊！

片刻之后，我朋友便下来了。

“她在等着我们呢。”他告诉我说。

“就她一个人么？”

“还有一位女士。”

“没有男士么？”

“没有”

“走吧。”

可是我的朋友却向剧院门口走去。

“停下来，不是朝那走。”我提醒他。

“我们先去买些蜜饯。她刚刚向我要的。”

我们走进了剧院通道边的一家糖果店。

此刻，我真想把整个铺子都买下来，当我正在瞧瞧可以买些什么时，我的朋友开始叫道：“来一斤冰糖葡萄。”

“您确定她爱吃？”

“众所周知，她只吃这一种蜜饯，从不吃其他的。”

“哎呀！”在我们走出店铺时他开口道，“您知道我将要介绍给你认识一个什么样的女人么？您千万不要想象是一位公爵夫人，她只不过是一个被包养的妓女，一位如假包换的妓女，所以了，亲爱的朋友，千万不需要拘束与害羞，想说什么就说什么好了。”

“嗯，当然了。”我结巴地说，接着便随着他走了，心想我的爱意就这样随风而逝了。

我走进她的包厢时，玛格丽特正在哈哈大笑，而我宁愿她此刻正在伤心。

我的朋友向她介绍了我。玛格丽特对我点头示意，并说道："我的蜜饯在哪呢？"

"在这儿呢。"

她接过蜜饯，眼睛却在打量着我。我立刻低下了头，脸色通红。

她靠向了她的女伴，向邻座耳语了几句话，接着两个人都放声大笑了起来。

再明显不过了，我成为了她们的笑柄。我窘迫的样子愈发使她们觉得好笑。那时，有一个中等阶级出生的小姐是我的情人，她温柔而多情，是典型的小家碧玉型。她多情的性格和情书上多愁善感的情话常常让我忍俊不禁。此时由于同样遭遇与感受，我终于醒悟，我从前对她的态度一定使她很痛苦，有五分钟之久的时间里，我爱她胜过爱世上其他女人。

玛格丽特忙于吃蜜饯，再也无暇注意到我了。

因为已经介绍过我了，我的朋友不愿让我处在这尴尬的处境。

"玛格丽特，"他说，"您可千万不要对杜瓦尔先生没跟您说话感到奇怪。您把他弄得惊慌失措，他连一句话都想不起来了。"

"我看您是因为一个人来觉得没劲才请这位先生来作陪的吧。"

"如果这是事实的话，"我开口说道，"那么我就不必请欧内斯特先生先过来，征求您同意后才把我介绍给您了。"

"说不定这只是为了拖延这个倒霉时刻到来的方法而已。"

但凡和玛格丽特这类女人稍微打过交道的人，都会明白她们喜欢恶作剧与捉弄初次和她们见面的人。她们自身必须忍受那些每天和她们见面的人的侮辱，此举无疑是对那些侮辱的一种报复。

因而，如果你期待不要被捉弄，或想要对她们还以颜色，就必须要利用她们圈子里的习惯，很不幸，我没有这种习惯。而且，加之过去我对玛格丽特怀有的偏爱，我更感到她所开的玩笑真是太过分了。因此，在我心中玛格丽特已经变得和其他女人没什么两样了。既然如此这里再也没什么值得我留恋了，于是我站起来，带着一种无法掩饰的沮丧声调对她说：

“您如果真的认为我是这样一个人的话，夫人，那么请求您原谅我的冒昧与叨扰，我只能向您告辞了，并向您保证以后这样的事再也不会发生了。”

说完，我行了一个礼，便走了出来。

还没关好门，我就听到了第三波哄笑声。这时候，如果有人撞我一下该有多好呀！

我悻悻地回到了自己的座位。

这时，开幕的钟声敲响了。

欧内斯特也回到了我的身边。

“您在搞什么呀？”他一边坐下来一边对我说，“她们都觉得您疯掉了。”

“我离开后玛格丽特说了些什么？”

“她笑着对我说，‘我真是第一次见识到像他这样幽默滑稽的人呢。’不过您千万不要认为自己丢脸了，更不要和这类女人一般见识。她们搞不懂什么是风度，什么是礼貌。就像往宠物身上洒香水一样，它们总觉得味道难闻，所以老是跑到水沟里打滚弄掉。”

“算了，无所谓了，和我有什么关系呢？”我努力用一种毫不介意的轻松语调说，“我再也不要见这个女人了，如果在未认识她之前我对她还存有好感，现在见过之后，好感早已荡然无存了。”

“得了，如果哪天看见您坐在她的包厢里，听到您为了她倾家荡产的事，我也不会感到意外与惊奇的。即便这样，你也是情有可原的，也不能全怪您啊。尽管没有教养，她仍不失为一个值得搞到手的漂亮的情人。”

谢天谢地，终于启幕了。我的朋友才就此打住。我根本无法告诉您那天演了什么。那天所有记得的事情，只剩下频频抬头张望那个包厢，我匆匆离开后，那里的访客真是来来往往、络绎不绝啊。

然而，我还是在想着玛格丽特，一种新的想法又在我脑子中盘旋。我觉得自己必须同时忘掉玛格丽特对我的羞辱与自己滑稽可笑的表现。我暗暗告诉自己，哪怕倾家荡产、身败名裂，我也要占有那个女人，拥有刚刚我轻易放弃的位置。

戏还没有结束，玛格丽特和女伴就出了包厢。

我情不自禁地也站了起来。

“莫非您要走了？”欧内斯特问道。

“是的，”

“为什么呢？”

这时候，他发现那个包厢已经没人了。

“去吧，去吧。”他说，“祝您顺利，祝您好运！”

我离开了剧院。

我听到楼梯上衣裙发出的沙沙声，人们的谈话声。我赶紧闪在一旁不让人看到，我瞥见两个青年陪着这两个女子走过。在剧场的圆柱走廊里一个小厮向她们走来。

“去吩咐车夫，要他在英国咖啡馆门口等着我，”玛格丽特说，“我们将步行到那儿。”

几分钟后，我一个人在林荫大道上踟蹰，看到玛格丽特出现在咖啡馆的一个大房间的窗户边，她倚着栏杆，一片一片地摘下那束茶花的花瓣。

两个男人中的一个紧靠她的肩膀，在她耳边小声说话。

我进了附近的金屋咖啡馆，在二楼的楼厅里，找了个位置坐下，两眼盯着那个窗口。

凌晨一点，玛格丽特和她的三个朋友坐上敞篷车离去了。

我找了一辆轻便马车，紧跟他们之后。

敞篷车停在了昂坦街九号门前。

玛格丽特一人从车上下来，独自回到了寓所。

毫无疑问，这虽是一次偶遇，却让我非常高兴。

从此以后，我常常在剧院，香榭丽舍大街遇见玛格丽特。每次她总是神采奕奕、兴高采烈，我也始终非常兴奋。

然而，连着有两个星期，我无论在哪都没有见到她。一次碰到加斯通，我便向他打听她的消息。

“可怜的姑娘得了重病。”他回答我道。

“她生的什么病啊？”

“她长期有肺病，加上她过的那种生活对身体毫无益处，现在已奄奄一息，只能卧床不起了。”

人心真令人难以捉摸；我听到这个消息不悲伤反而几乎觉得高兴。

我天天打探她的病情，不过既不让人家记下我的名字，也没有留下自己的名片。我就是如此这般知道了她已康复，后来又去了巴尔捏。

以后随着岁月的流逝，要是不主动去想她的话，我也慢慢开始淡忘她了，对她的印象也从脑子中消失了。我用出门旅行，结交新友冲淡对她的思念，每当回忆起第一次见面的场景，我也不过把它当作是年轻气盛时的一时冲动，自己也觉得好笑。

况且，我能够忘记对她的感情也是非常自然的，因为自从她离开巴黎后，我就再也没见过她了。因而，正像我刚才所言，当她现身杂耍剧院的走廊，从我身边走过的时候，我已经认不出来是她了。

不错，她是戴上了面纱。然而，要是事情发生在两年前，无论她戴了多少层面纱，只需要一眼我也能认出来是她，就是猜也能猜出来呀。

但是，不管如何，在我知道她就是玛格丽特时，心还是怦怦乱跳个不停。在两年未见的日子，由于分离而慢慢淡漠下去的感情，过去的一切美好，都随着她衣裙轻轻触摸的这一瞬间，复活了。

第八章

但是(阿尔芒稍稍停了一会,又开始说了起来),一方面我意识到自己还在爱着玛格丽特,渴望和她在一起;另一方面我也决意让她见识一下我的成熟与老练。

为了满足灵魂的需求,我们要经历多少,编出多少借口啊!

在走廊里再也待不下去了,我快速回到正厅坐下,并飞快地朝大厅里扫了一眼,想要找到她所在的包厢。

她独身一人坐在底层台前包厢里。我刚刚已经说过,她变了,我在她嘴边再也找不到以前那种冷漠的微笑。她生过了一场大病,还没有彻底康复。

现在虽然已经是温暖的四月天,她的穿着却还像在过冬,浑身上下裹着天鹅绒。

我一直盯着她看,最终把她的目光给吸引了过来。

她打量了我片刻,又拿起望远镜想要更清楚地看我,她应该觉得我很面熟,但又不能确切地说出我是谁。因为当她放下望远镜时,嘴角露出了一丝微笑,这是女人在诱惑男人时的媚笑,显然她在等待着我向她发出致意。可是我故意不表现出任何回应,好像自己根本没把她记在心上;当她想起过往的那一幕时,我却早把它忘得干干净净了。

我的反应导致她以为认错了人,就转过头去了。

开幕了。

看剧的时候,我又看了玛格丽特好几次。她没有投入地看戏。而我呢,情况也是差不多,心思全无,只是关注着她,不过努力不让她发现而已。

不久，我注意到她和对面包厢里的某人在交换眼色。顺着她的视线望去，那里坐着一个女人，并且还是我非常熟悉的一个女人。

这个女人过去曾是妓女，曾努力往戏剧界挤，可是惨败而归。后来靠着和巴黎时尚界女人的关系，做起生意来，开了一家流行女装店。

看到这个女人，我忽然发现了可以再次相会玛格丽特的捷径。我利用她眼睛扫视这边的机会，通过手势和目光向她致敬。

正像我期待的那样，她招呼我去她包厢里。

那位女装店老板有个非常好听的名字，普律当丝・杜沃努，是一个四十多岁的胖女人。向她这类女人打探消息根本用不着拐弯抹角，况且，我的问题还是相当简单。

不久，她又向玛格丽特致意，我乘机问道：

"您在看谁呢?"

"玛格丽特・戈蒂耶。"

"您认识她么?"

"对的，她既是我的大客户，又是我的邻居。"

"如此说来，莫非您也住在昂坦街?"

"确切地说，住在这个街道的七号，我们梳妆间的窗户正对着。"

"据说她是一位非常有魅力的姑娘?"

"难道您竟不认识她?"

"不认识，可是我非常乐意认识她。"

"您希望我把她叫到我们的包厢么?"

"不了，我倒是更希望您把我介绍给她。"

“您希望去她家么？”

“是的。”

“这个嘛，有点难办了。”

“为什么呢？”

“因为现在她处于一个老公爵的监督之下，而这位公爵的占有欲与嫉妒心很强。”

“监督？这听起来有点意思。”

“是的，监督。”普律当丝继续说道，“可怜的老东西，要当她的情人真不容易啊！”

紧接着，普律当丝把玛格丽特和老公爵结识的经过完整地告诉了我。

“原来如此啊，”我接着追问道，“她现在独自一人待在这么？”

“是的。”

“那么接下来由谁护送她回家呢？”

“老公爵。”

“他将会来接她么？”

“不久便到。”

“那谁送您回家呢？”

“没人。”

“那我就毛遂自荐了。”

“可是我觉得您应该是和朋友一起来的吧。”

“那么就让我们俩一起来享受这个特殊的荣耀吧。”

“您的朋友是个什么样的人呢？”

“他长相英俊，诙谐幽默，一定会非常高兴认识您的。”

“那好吧，就这么着了。等这幕戏演完后，我们四个结伴同行，其实我已经看过最后一幕，不想再看了。”

“太好了，我赶去通知我的朋友。”

“去吧。”

“喂！”我刚要离开，普律当丝向我喊道，“您瞧，刚刚走进玛格丽特包厢里的那位就是公爵。”

我放眼望去。果然，一位七旬老人坐在那个年轻貌美的女子身后，递给了她一包蜜饯。她马上笑呵呵地从袋子里掏出蜜饯，然后又把那袋蜜饯高举到包厢前面，用手语向普律当丝问道：“您要吃点么？”

“不要。”普律当丝说。

玛格丽特便取回蜜饯袋，转身和老公爵聊天。

以上所有这些细枝末节，现在说起来多么幼稚可笑啊，然而正因为有关玛格丽特的所有点滴，都深深地烙印在了我的脑子中，它们是如此清晰，我无法忽略这些难以抹去的画面，便不由把它们都回忆了起来。

我走下来通知加斯通自己的决定。他爽快地同意了。

我们便离开座位，向杜沃努夫人的包厢走去。

打开正厅的门，发现玛格丽特和公爵正巧也要离开，我们就停下来，让他们先出去。

此刻我暗暗发誓道：如若能代替这个老头，就是折我十年寿，我也非常乐意啊。

来到街上，公爵扶她上了一辆四轮敞篷马车，并亲自驾车，两匹骏马拉着他们飞速地离开，很快消失在深深的夜色之中。

我们则走进了普律当丝的包厢。

等到这场戏结束后，我们走出剧院，坐上一辆普通的出租马车，马车把我们载到了昂坦街七号。普律当丝热情地邀请我们上去看看，主要想让我们参观她经营的那家商店，我们以前从未见过这个商店，而她非常引以自豪。可以想象，我欣喜若狂地接受了这个邀请。

直觉告诉我自己正在慢慢地接近玛格丽特。念及此，我立即把话题转到她身上。

“那位老公爵和您的女邻居在同居么？”我问普律当丝。

“不，没有。她非常有可能单独一个人在家。”

“可是，如果去拜访她，我们就会打扰她的。”加斯通说。

“怎么会呢？她通常在凌晨两点后才能睡着，因为在这以前她从不休息。事实上，她在回家后往往招呼我上去陪她，我们常常一起度过漫漫长夜。”

“她为什么睡不着呢？

“因为肺病的缘故，她几乎一直在发烧。”

“难道她没有情人么？”我问。

“我每次去她家都没有看见别人在场，但是我没法保证在我离开她家以后，没有其他人去。晚上我倒是常常碰见N伯爵，他天真地以为在晚上十一点以后拜访她，有求必应地满足她对珠宝的渴望，便可以抱得美人归了，但没想到她非常讨厌见这个人。其实，她错了，他是一个多么阔绰的少爷呀。我经常苦口婆心地劝她说，‘亲爱的，这正是你需要的那个人呀！’她平常倒是愿意听从我的意见，可这次她却转过身去，不以为然地回答我说，他真是蠢到了极点。我同意这一点。可是，假若她成为了他的情妇，那么她便会找到一个新的靠山，因为那个老公爵说不准哪天就会一命呜呼。这些老头子个个都是自私鬼，况且，他的家人还在不断地指责他过分迷恋玛格丽特。有这两个原因，他不会留任何遗产给玛格丽特的。因此我总劝导她，她则回应说，等公爵死了，再和伯爵在一起也不迟。”

"像她这样的生活真是枯燥乏味啊，"普律当丝继续说了下去，"我非常清楚，我可忍受不了这种生活，换作我早就把老家伙甩得远远的了。他是多么令人讨厌的家伙啊，管她叫女儿，并且还像对待小孩一样来照顾她，最恶心的就是他一直在监视她。我敢打赌，此时此刻，他家的某个仆人也会躲在对面街道上，注意着这边的一举一动，以及有谁从这儿进出。"

"噢，玛格丽特真是命苦啊！"加斯通边说边坐在了钢琴前，弹起了一曲圆舞曲，"我怎么不知道有这回事啊，不过，说真的，我觉得最近她确实不怎么高兴了。"

"嘘嘘——"普律当丝说着便竖起耳朵仔细听。

加斯通便停了下来。

"好像，她在叫我。"

我们屏气细听。

果真不假，有人在叫普律当丝。

"好吧，先生你们走吧，走吧。"普律当丝说。

"啊，你就是这样好客啊！"加斯通笑着说，"我们什么时候高兴就什么时候走。"

"为什么我们应该走呢？"

"我要去玛格丽特家。"

"那我们在这等你好了。"

"这可不行。"

"那么我们和你一块去她家吧。"

"那更不行了。"

"我认识玛格丽特，"加斯通说道，"我去她家没什么不合适了。"

"可是，阿尔芒不认识她啊。"

“我会向她介绍的。”

“这是不可能的。”

接着，我们又听到玛格丽特在叫普律当丝。

于是，普律当丝赶紧跑进了她的换衣间。我和加斯通也跟了进去。她打开了窗户。

我们俩躲在暗处，不让外面的人看到我们。

“我已经喊了您十多分钟了。”玛格丽特在窗口说道，语气有些不高兴。

“有什么事么？”

“我想要你立刻过来。”

“怎么了？”

“N伯爵死皮赖脸待在这不走，我快被烦死了。”

“我现在没法抽身过去。”

“有什么人在缠着您么？”

“在我这儿，有两个年轻人不想离开。”

“告诉他们你有事必须出去一趟。”

“我已经说过了。”

“那么，他们可以继续待在您家。看见你出去了，他们自然也就会走了。”

“他们会把这儿搞得乱七八糟的。”

“他们究竟想干什么呢？”

“他们想见您。”

“他们叫什么名字？”

“您认识其中的一个，是加斯通先生。”

“嗯，是的，我确实认识他，那么另一个呢？”

“阿尔芒·杜瓦尔先生。您不认识他吧？”

“不认识。可是把他们都带过来吧。不管怎样总比伯爵强些吧。您赶紧过来吧，我等着您呢。”

说完，玛格丽特和普律当丝依次关上了窗户。

就在刚才，玛格丽特一度记起了我的相貌，现在却怎么也想不起我的名字。我宁愿她还记得我的不好，却怎么也不开心她就这样把我忘记。

“我真是料事如神啊，”加斯通说，“她会乐意接待我们的。”

“乐意倒谈不上，”普律当丝一边回应我们说，一边披上披肩，戴上帽子，“她接待你们是为了打发伯爵走。所以你们要努力表现得比伯爵讨人喜欢，要不然，以我对玛格丽特脾气的了解，她定会冲我发火的。”

我们紧跟着普律当丝下了楼。

我激动得浑身战栗，冥冥中有个声音在告诉我，这次拜访一定对我的一生产生重要的影响。

此时，我兴奋不已，甚至比上次在剧院包厢里被人介绍给她时更加激动。

来到你早已熟悉的那套房子前，我的心怦怦急跳，神经出现了短路，大脑一片空白。

此刻，一阵琴声从屋里传出来。

普律当丝拉响了门铃。钢琴声便停住了。一个看起来像女伴而非侍女模样的女子出来开门。

我们穿过大客厅，来到小客厅，也就是您后来看到的那间屋子。

一个年轻人倚靠着壁炉立着。

玛格丽特坐在钢琴旁，手指在键盘上来回穿梭，弹奏着一首首有头无尾的曲子。

那场面真叫人郁闷，伯爵本人则相当尴尬，因为明知道自己太无能，笨拙，无法博得美人一笑，却还是不愿离去。玛格丽特被这个烦人的家伙搞的真是烦躁透顶。

一听到普律当丝的声音，玛格丽特立马站了起来，迎上前来，投过感激的目光，热情地说："快进来吧，非常欢迎你们的到来，先生们。"

第九章

“晚上好，亲爱的加斯通，”玛格丽特对我的伙伴说，“见到您真是太高兴了，在剧院里怎么也不见您到我的包厢里了呢？”

“我怕冒昧打扰您。”

“朋友们，”玛格丽特特意加重了这个词的语气，好像希望让在场的人都明白，尽管她热情地接待了加斯通，可是他对她而言只是一个朋友，永远就是个朋友而已，不会有更亲密的关系了，“朋友之间永远不需要过多繁缛礼节啊。”

“那么，请允许我向您介绍阿尔芒·杜瓦尔先生。”

“我已经答应普律当丝这么做了。”

“可是，夫人，”我慌忙欠了欠身，努力说出一句能让人听明白的句子，“我早已有幸被人向您引见过一次了。”

玛格丽特迷人的双眼好像努力地从记忆中搜索关于我的痕迹，但是，她丝毫想不起来，看样子已经完全忘记了。

“夫人，”我又接着说，“我非常感激您忘了我们第一次见面的情形，因为我当时可笑极了，一定使您非常烦恼。两年前的某天，在剧院里，我和欧内斯特在一起。”

“啊！现在我记起来了！”玛格丽特说着微微一笑，“那不是因为您表现得滑稽可笑，而是那时我太爱捉弄人了。现在我还是本性难改，不过比以前好些了。您是不是已经原谅我了呢？”

说着她伸出手让我吻了一下。

“的确，”她又接着说，“我有个不好的习惯，老爱捉弄初次见面的人。这是非常愚蠢的。我的医生告诉我，是我神经过敏，而且感觉不舒服在作祟。请您一定要相信我的话。”

“可是，您的气色看起来非常不错呢。”

“噢，我一直病得很厉害呢！”

“我知道。”

“是谁告诉您的？”

“人人都知道。我过去时常来探听您的病情，后来得知您康复了，我非常高兴。”

“可是怎么没人给我送您的名片呢。”

“因为我从来没留下过名片。”

“莫非您就是那位在我生病期间，每天来询问我的情况，而不肯留下姓名的那个年轻人？”

“就是我。”

“这么说来，您不仅心胸宽广，而且心地善良。伯爵，您可是从来没有做到过这些。”看了我一眼后，她便转向N先生，并用微妙不可言传的眼神来加强与补充这句话的效果。

“我认识您才两个月啊。”伯爵辩解道。

“可是，这位先生认识我还不足五分钟。您的回答全是废话。”

女人在对付自己讨厌的人的时候往往是不留情面的。

还没听完，伯爵便咬住嘴唇，羞红了脸。

我真有点同情他，看样子，他和我一样都无可救药地爱上了她。她蛮横无理的态度定使他非常难堪，尤其还当着两个陌生人的面。

“我们刚来的时候，您正在弹琴，”我努力转移话题，接着说，“难道您不乐意把我当做老朋友，继续弹下去？”

“哦，”她叫了一声后，坐倒在沙发里，并示意我们都坐下，“加斯通知道我弹琴多么糟糕，我和伯爵在一起的时候还可以勉强弹弹，我可不想让你们活受罪了。”

“您这是在恭维我么？”N先生回应道，并试图笑得自然些。

“您可错怪我了，我仅仅指的这件事罢了，您不要想多了。”

再明显不过，这个可怜的年轻人注定只能沉默了，他甚至用苦苦哀求的眼光看了这个女子一眼。

“告诉我，普律当丝，”她继续说了下去，“我让你做的事情，您都完成了么？”

“是的，”

“那好，您过一会再告诉我吧。我们有事要谈，在这之前，不要先离开啊。”

“看样子，我们现在打扰您了，”我赶紧说，“既然我们，更确切地说，是我自己，已经被介绍了两次了，那么就忘掉第一次吧，我和加斯通该走了。”

“不是像你想象的那样子，我说这些话不是冲你们说的，事实正与此相反，我希望你们能留下来。”

于是伯爵掏出一个精致的表，看了一眼后说：“时间不早了，我该去俱乐部了。”接着便从壁炉旁走开，来到她跟前告辞道：“夫人，再见。”

玛格丽特站起来。

“亲爱的伯爵，再见，您一定要这么早就走么？”

“正是，我恐怕已经打扰到您了。”

“您今天并不比其他时间更使我厌恶。我们何时再见面呢？”

“只要您允许我拜访您，我随时都可以来。”

“那好吧，再见。”

您一定会赞同，她真够冷血的。

幸亏伯爵受过良好的教育，非常有涵养。他仅仅吻了吻玛格丽特伸过来的手，尽管玛格丽特本人显得无精打采，还是向我们行礼告别。

快要走出房门时，他瞥了一眼普律当丝。

作为回应，她耸了耸肩膀，好像在说："抱歉，可是我已经尽力而为了。"

"南妮！"玛格丽特喊道，"赶紧给伯爵掌灯。"

我们听见门开了又关的声音。

"终于！"玛格丽特再次欢欣道，"他终于走了，我快被他折磨疯掉了。"

"亲爱的，"普律当丝说，"您实在是对他太坏了，可他却还是温柔体贴。看看壁炉上，他又送您了一块表，我敢肯定，这块表花了他一千多埃居。"

普律当丝说着便走向壁炉，拿起这块表，用贪婪的眼光盯着它，并在手中把玩。

"亲爱的，"说着玛格丽特坐在钢琴前，"如果我把他送我的东西放在天平的一边，把他对我说的话放在天平的另一边，称量一下的话，就会发现，我接受他的来访真是太便宜他了。"

"这个可怜的家伙爱上您了。"

"假如我要听所有爱我的人的唠叨，那恐怕连吃饭的时间都没了。"

说完她即兴弹奏了一曲，然后转过身对我们说："你们想吃点什么？我想喝点酒。"

"我嘛，只想吃点鸡肉，"普律当丝接着说，"那么我们一起吃宵夜吧？"

"好吧，我们一起出去吃宵夜。"加斯通附和说。

"不要，我们就在这吃吧。"

她摇了一下铃，南妮出现了。

“去准备一下宵夜。”

“想吃点什么?”

“随便你，可是速度要快，越快越好。”

南妮便出去了。

“太好了！”玛格丽特像个孩子似的，跳着说，“我们来吃宵夜，那个蠢伯爵真讨厌人。”

看着眼前的这个女人，真是越来越让我痴迷呀。她美艳不可方物，让我如痴如醉。就连她的消瘦也别有一种韵味。

我中了什么魔法了么，连我自己也搞不清楚。我对她的生活满怀同情，对她的美貌爱慕不已。她出淤泥而不染，不肯曲意逢迎，所以不愿意献身于一个漂亮、富有并且愿意为她倾家荡产的年轻人，即使她犯过错误，只为这一点，我都彻底原谅她了。

她身上还保留着一种叫做单纯的品质。

显而易见，即使她已失足，但还保留着纯真。她步态稳健，身态婀娜，玫瑰色鼻孔微张，一双大大的眼睛周围有一圈淡蓝色，表明了生性热情。她向四周散发出情欲的芬香与肉欲的魅惑，犹如东方的藏香瓶，虽然盖得严实，仍然香气四溢。

总之，或者天性使然，或者是因为生病导致的亢奋，这个女子眼中不时闪着一丝欲望的光芒，让人觉得，她爱上的人一定会像在天堂一样幸福。然而爱她的人不计其数，有幸被她爱上的人则寥寥无几。

换句话说，这位姑娘就像贞洁女中的不幸失足者；抑或妓女中最多情、最纯洁的圣女。在玛格丽特身上仍保存着自傲与自立精神，一旦这两者受到伤害，结果与廉耻心在此种情况下所发挥的作用不相上下。我沉默了，因为我的灵魂与我的感情合二为一，而我的心灵又都将之完全袒露在眼睛中。

“那么”，忽然她开口说道，“在我生病期间，是您常常来关心我的情况?”

“是我。”

“真的太令人感动了！我该如何感谢您呢?”

“那么，就请您允许我可以常常来府上看望您吧。”

“只要您愿意，下午五点至六点，晚上十一点到午夜，随时都可以来。我说，加斯通，请为我弹奏《邀舞曲》吧。”

“为什么呢?”

“首先我爱听这首曲子，其次我自己总是弹不好它。”

“您觉得哪一部分弹起来有困难呢?”

“第三部分，有高音节那一节。”

加斯通站起来，坐在钢琴前边开始弹奏韦伯这首优美的曲子，乐谱摊在了谱架上。

玛格丽特用手扶着钢琴，眼睛盯着琴谱，眼神跟着每个音符移动，同时还在小声吟唱。等到加斯通弹到她指的那一节时，她一边用手指在钢琴背上打着节拍，一边跟着小声吟唱了起来：

“re，mi，re，do，re，fa，mi，re，就是这里我老跑调。请再来一遍。”

加斯通又弹了一遍，玛格丽特说：“让我试试吧。”

于是她坐下来弹了起来，但她的手指总是不听指挥，一弹到刚才那些音符时，总是要犯错。

“真是活见鬼了!”她像个孩子似的叫了起来，“我总是弹错!信不信由你，就这么一小节，有时我甚至一直苦练到凌晨两点。一想到伯爵这个大笨蛋不看乐谱都可以弹奏得非常好听，我就生他的气。”

她又弹了一遍，可是效果依旧。

“让韦伯、曲谱和钢琴统统见鬼吧！”说着，她“嗵”的一声把乐谱扔到了另一个房间，“为什么我就是弹不好这八个连续的高音呢？”

她双臂交叉望着我们，急得直跺脚。一股热血冲上她的脸颊，一阵咳嗽迫使她张开嘴巴。

“您瞧，您瞧，”已经摘下帽子，正对镜梳头的普律当丝说，“您又生气了，真是自讨苦吃，我们去吃宵夜吧，我快饿死了。”

于是玛格丽特又一遍摁铃，接着她又坐在了钢琴旁，嘴里哼着一首轻浮的歌曲，一面用钢琴伴奏，这次可是一点错误也没有出现过。

碰巧加斯通也会唱这首歌，于是两人便表演了一段二重唱。

“请不要再唱这些低俗的歌曲了。”我用恳请的口气对她说。

“天哪，您太单纯了！”她边说，边把手递给了我。

“我这是为您着想呀！”

玛格丽特摆了个手势，意思是：噢！我么，我早就和贞洁背道而驰了。

说话间，南妮出现了。

玛格丽特问道：“宵夜准备好了么？”

“是的，夫人，一会就上来。”

“还有，”普律当丝对我说，“您还没有参观过这个房子，正好，我领着您四处看看。”

您知道，客厅布置得非常巧妙。

玛格丽特陪着我们逛了一会后，便叫上加斯通陪她到餐厅，看看宵夜准备得怎么样了。

“天哪！”普律当丝第一眼看见靠着墙摆着的那件萨克森瓷器

雕像时，便开口嚷道，“您什么时候得到的这件玩意啊？”

“哪一个呀？”

“是个小牧童，手中拿着一个鸟笼，笼子里还有一只鸟。”

“如果您喜欢，就拿去玩吧。”

“噢！我可不是那种夺人所爱的人。”

“它模样难看，我正打算送给我的婢女呢，既然你喜欢的话，就拿去吧。”

普律当丝只在乎礼物本身，从来不在乎接受礼物的方式。于是，她把雕像放在一边，把我领到梳妆间，并用手指着两幅细密肖像对我说：“这位就是G伯爵，他以前非常喜爱玛格丽特，正是他把她捧红的，您认识么？”

“不认识，那么另外一位是谁？”我指着另一幅肖像说。

“那位是小L子爵，他不得不离开了。”

“为什么呢？”

“因为他差一点破了产，这又是一个爱玛格丽特的男人。”

“我猜她也非常爱他吧。”

“她是一个极端古怪的姑娘，别人都不知道如何与她相处。在他离开的那天晚上，她照常看戏，可是，在他告别的时候，她确实伤心地哭了。”

此时，南妮又进来了，通知我们宵夜已经准备好了。

于是，我们依次走进餐厅，只见玛格丽特倚墙站着，而加斯通拉着她的手，正在对她低声说着什么。

“您一定疯了，”玛格丽特回应他说，“您非常明白，我不会同意您的要求的。像我这样的女人，认识您也有两年了，您怎么现在才想起来要当我的情人呢？对我们这类人而言，要么立即委身于人，要么永远也不这样做。好了，先生们，请就座吧。”

玛格丽特挣开加斯通的手，让他坐在她的右侧，让我坐在她的左侧，安排好后，才吩咐南妮道，“你先去关照一下厨房里的人，告诉他们如果有人拉铃，不要开门，之后再过来坐下。”

此刻，已经凌晨一点了。

这顿宵夜，只能用狂欢来形容了！我们嬉笑，大吃大喝。很快欢乐中便渗进了一些下流的成分，时不时会有脏话传来，这在某些圈子里的人看来却是非常好笑，结果引来南妮、普律当丝与玛格丽特的喝彩。加斯通纵情美酒与美色，其实，他本是个心地善良的人，但不幸从小便沾染恶习，导致心灵受到污染。有时，我非常想麻醉自己，对眼前的丑陋表演不再有不适之感，最好随波逐流，就像享受人间美味一样。可是，渐渐地我越来越不适应这场闹剧，我一口酒也没喝，看着这个年仅二十的姑娘边喝酒，边口吐脚夫们喝酒时才会说的脏话，并且，别人讲得越恶心，她笑得越开心，我不免闷闷不乐。

我认为，这样纵情欢乐，如此胡言乱语，这般狂喝滥饮，完全是坏人和恶习导致，而玛格丽特主要是想麻醉自己的神经，从而忘记什么脱离精神苦恼的海洋、发泄内心的狂热。每喝干一杯香槟酒，她的双颊便烧得更加通红，紧接着就要咳嗽。夜宴刚开始的时候，只是轻微的咳嗽，渐渐地变得越来越厉害，一旦咳嗽起来，她只能把头依靠在椅背上，用双手按住胸脯。

看到她这样，我的心也随着她的痛苦隐隐作疼起来，她每天这样饮酒作乐，一定使她原本虚弱的身体更加不堪。

果然不出我所料，我担心的事还是发生了，夜宴快要结束时，玛格丽特咳个不停，一阵比一阵厉害，也是我到她家后见到过的最严重的一次，我甚至觉得她的肺快被咳嗽声震碎了。可怜的人儿，脸色通红，难受地闭起了眼睛，一拿起餐巾擦着嘴唇，上面立刻沾上了一滴鲜红的血。她连忙站起来，跑进了梳妆间。

“玛格丽特怎么回事？”加斯通问。

“她笑得太过了，都咳出血了，”普律当丝说，“噢，不过没关系，她天天如此。她会马上回来。让她单独待一会，她喜欢这样。”

然而我，再也无法控制自己，立刻去看玛格丽特，不管普律当丝如何大声喊我回来。

第十章

梳妆间，桌子上只点着一支蜡烛，她斜躺在沙发上，裙衣敞开，一只手按着心口，另一只手从沙发上垂落了下来。一个盛着半盆清水的银盆孤单地搁在桌子上，水里还漂着缕缕血丝，好像大理石的花纹。

只见玛格丽特面色苍白，嘴巴半张，拼命想要透过气来。胸脯不断起伏着，偶尔深深地吸一口气，随后长吐一口，终于胸口轻松了一些，她自己也舒服了几分钟。

我走到了她前面，她没有动，我坐了下来，握住了她垂落在沙发上的那只手。

“哦！是您呀？”她微笑着对我说。

我猜我脸上的表情一定惊慌极了，因为她问了我一句：“难道您也不舒服？”

“没有。您呢？有没有感觉好点。”

“好多了。”只见她用手绢擦了擦因咳嗽而流出的眼泪，“我已经习惯了。”

“您这是在自杀啊！夫人。”我大声地对她说，很激动，“我渴望成为您的朋友，您的亲人，我一定不让您再这样作践自己了。”

“啊！您实在不用这样大惊小怪！”她苦涩地对我说，“您瞧，别人是否还关心我，他们知道我得了不治之症啊。”

说着，她站了起来，拿起蜡烛，将它放在了壁炉上，看着镜子中的自己。

“瞧，我的脸色是多么苍白呀！”她一边系好裙衣，一边用手抚了抚凌乱的头发，“哎，谁会在乎呢！我们回去吧，您去么？”

可是我仍然坐着不动。

她明白这个场面在我身上所起的震撼作用，便走到我身边，把手递给我说：

“好了，来吧。”

我拿起她的手，放在唇边，深情吻着，并竭力忍着，可两滴眼泪还是不受控制地打湿了她的手。

“好了！您真是个傻孩子！”说着她在我身边坐下，“啊，您哭了，您到底怎么了？”

“您一定以为我很蠢，可是您刚才那个样子真的让我难受极了。”

“您的心太好了！您让我怎么办呢？我睡不着觉，所以总需要点什么来消遣吧。况且，像我这类女人，多一个少一个，又有什么关系呢？医生告诉我吐血只是因为支气管有毛病，我自己也就只好信了他们的话，听天由命吧。”

“请听我说，玛格丽特，”我再也无法控制自己了，向她打开了我全部的心扉，“我不知道您对我的生活会产生怎样的影响。可我明白，现在，这个世界上我最关心的人就是您，其他的人，甚至连我妹妹都没您重要。自从我第一次见您，这样的感情就产生了。所以，看在上天的份上，请一定要保重自己，不要这样生活下去了。”

“如果我好好照顾自己，我就完蛋了。支持我活下去的动力，正是我现在所过的狂热生活。况且，保重自己，对于有亲人和朋友的上流社会女子来说，当然不错，但像我们这类女人，一旦满足不了情人的虚荣心，没法陪他们吃喝玩乐，他们就会很快抛弃我们。剩下的日子，我们只能度日如年，孤独寂寞了。相信我，这一点我深有体会。在我生病的那两个月间，只有前三个礼拜有人还关心着我，以后便没人来看望我了。”

“毫无疑问，我对您而言，是微不足道的。”我接着说道，“可是，如果您愿意，我将会像亲兄弟一样关心照顾您，不离不弃，直到您彻底康复。此后，一旦您恢复了体力，您又可以过这样的生活了，当然了，如果您还愿意‘如此’[①]的话。但我更相信，到时候，您应该会更乐意过清静的生活，平静的生活会使您很幸福，您也会永远美丽。”

“您今天晚上会这么想，只是因为您酒后伤感，但您不会具备您所说的那种耐心。”

“请让我提醒您，玛格丽特，您过去生过两个月的病，在此期间，我每天都会来打听您的情况。”

“确实如此，可您为何不上来呢？”

“只因那时我还不曾认识您。”

“跟我这样的女子交往，何必那么客套呢？”

“对待女子，无论什么时候都应该讲究的，至少我这样认为的。”

“照你这么说，您要照顾我？”

“是的。”

“您要天天在我身边。”

“对。”

“甚至每天晚上？”

“随时都可以，只要您不厌烦我。”

“您把这种行为叫什么？”

“忠诚。”

---

① 原文为德文。

“这忠诚从何而来呢？”

“来自于我对您难以遏制的热情。”

“也就是说，您爱上我了？有话直说，会让事情简单得多，不是么？”

“也许。即使终究有一天，我会说出来，但绝对不是今天。”

“您最好永远不要对我说这句话。”

“为什么呢？”

“因为说出来后只会出现两种情况。”

“那么，哪两种呢？”

“或者我拒绝了您，那么您会恨我；或者我答应您，那么您就会拥有一个多愁善感的情妇，一个不折不扣的神经质、病快快的女人，一个愁眉苦脸的女人，一个吐血的、每年要花费十万法郎的女人，对像富有的老公爵而言还可以承受，但对于像您这样的年轻人来说，的确是一件麻烦的事情。如果让我找出证据，过去我曾经拥有过的年轻的情人离我而去，就是有力的证明。”

我，一言不发地听着。她这种几乎就是忏悔式的坦白，这种外表华丽、实质痛苦的生活，这个可怜的姑娘为了躲避残酷现实而陷入酗酒、放荡以及失眠的困境，所有一切都深深打动着我，竟让我说不出一句话来。

“好了，”玛格丽特接着说道，“我们说的都是废话。把手递过来，我们回餐厅吧。不要让其他人对我们胡思乱想，还以为我们做什么了呢。”

“如果您想回去，请随意，但是请允许我待在这。”

“这又是为什么呢？”

“亲眼看着您继续作践自己，使我难受。”

“如果真是这样，我非常伤心。”

“请听我说，玛格丽特，你也许已经听别人说很多遍了，却仍然不以为然，但是对我而言，却是发自肺腑，而且仅此一遍，以后再也不会说第二遍了。”

“是什么事呀？……”她对我说，带着年轻母亲在聆听自己孩子讲傻话的那种微笑。

“……事情是这样的。自从第一次见您后，您在我的生活中就有了位置，我自己搞不清怎么了，也不知道这是为什么，不管如何努力，总是不能将您从我的脑海中赶走，您的样子在我眼前不断浮现。到今天已经两年没见面了，此次我们的相遇，您对我的整个生命产生了更大的影响。今天您的接待，使我完整意义上认识了您，知道发生在您身上不平凡的一切，您已经成为我的生活中必不可少的人了，仅仅您拒绝我的爱，就会使我发疯的。”

“但是，你太不幸了。我要说的是，D 夫人曾经有句名言：那么您就是非常有钱哦！难道您不知道我每月要花掉六七千法郎，而且这已成为我生活中的必需品。难道您不知道，可怜的朋友，过不了多久，我便会让您破产？难道您还不了解您的家庭会以剥夺您花钱的权利来威胁、命令您不要和我这类女人交往？所以像一个好朋友那样来爱我吧，但是不能再进一步了。您可以常常来看望我，我们可以一起开心，但不要太看重我了，我并不高贵。您心地善良，也需要爱情，所以会容易动情，像您这样的人在我们这个圈子里简直没法混下去。去找一个没有结婚的女子谈恋爱吧。你瞧，我是一个多好的姑娘呀，竟对您如此坦诚。”

“咳咳，你们俩在这搞什么呀？”普律当丝人没到，声音就到了。她披散着头发，衣裙大敞，出现在门口，一看便知，一定是加斯通与她闹腾过了。

“我们在谈正经事呢。”玛格丽特说，“让我们单独待一会，我们很快就会去找你们的。”

“好的，好的，不打扰了，你们继续聊吧。”说完，普律当丝就离开了，顺便也把门关上了，好像在加强她刚才所说那句话的语气似的。

“好吧，我们就这样说好了。”玛格丽特在普律当丝走后又开口说道，“您不要再继续爱我了。”

“我要赶紧走了。”

“我们之间竟然出现了这种难堪局面了么？”

我既然开了头，就不会退缩了，况且她真把我迷得神魂颠倒。欢乐中混杂着悲伤，纯情中交织着淫秽，甚至加剧着她多愁善感、神经亢奋的疾病，这一切我都明白，假如在开始时就控制不了这个本性轻浮与健忘的女人，她就永远不会属于我。

“您刚才说的话都是当真的么？”她问道。

“非常认真。”

“那为什么以前不早告诉我这些话呢？”

“我没有时间与机会呀。”

“在剧院我们初次结识的时候。”

“我想，如果当时我厚着脸皮再去拜访您，您肯定会给我颜色看的。”

“为什么呢？”

“因为那天晚上我真是傻透了！”

“是的，的确有点傻气。可是，您是不是那时都已经爱上我了？”

“对。”

“可是您在看完戏后，依然安心回家睡觉。这种伟大的爱情究竟怎么回事，我们都心知肚明。”

“这样说，您就错了。您知道那天晚上我离开剧院后去干什么了么？”

“不知道。”

“我提前到英国咖啡馆门口等您。后来尾随您和您的三个朋友乘坐的车子到了您家门口。当我看到您一个人单独回了家，心里甭提有多高兴了。”

听到这，玛格丽特笑了起来。

“您在笑什么？”

“什么也没有。”

“恳请您，告诉我吧，否则我还以为您在嘲笑我呢。”

“您可不要生气呀。”

“我无权生气。”

“嗯，那是因为我独自回家，自有我的理由。”

“什么理由呢？”

“有人在家等我呢。”

这句话甚至比狠狠捅了我一刀还疼。我立即站了起来，伸手说道：“再见。”

“我早知道您一定会生气的，”她说，“男人偏偏急于知道令他们痛苦的事情。”

“可是，我向您保证，”我冷漠地说，好像我想证明自己已经完全控制住了自己的激情，“我向您保证，我的确没有生气。有人在等待您，这是再自然不过的事呀！就如我现在凌晨三点要走也是极其自然的事一样。”

“莫非有人在家等您？”

“没有，可我该走了。”

“那好吧，再见吧。”

“您在打发我走么?”

“绝对不是。”

“那您为何说些让我难过的话呀?”

“是哪句话让您这么难过呢?”

“您刚才说那天有人在家等您。”

“当我想到您看到我单独回家而窃窃自喜,而我又有一个非常绝妙的回答时,我就忍不住要笑出来。”

“固然人们可以耍小孩脾气,这可以使他们自娱自乐,好的话大家也可以同乐;相反如果扫兴的话,他们会憎恨别人。”

“可是,您把我当成什么人了,我可不是什么清纯少女,也不是公爵夫人。我只不过今天才真正认识您,所以我的所作所为与您无关。假如真的有一天我成为了您的情妇,您也要务必清楚,除了您之外,我还有别的情人。将来,如果您还像刚才那样醋性大发,那该成何体统呢? 我从来没见过您这样的男人呢!”

“这是因为从来没有人像我这样爱您。”

“那好,我们把话说明白,您真的爱我么?”

“我想,已经爱得天昏地暗,您已是这个世界上我最爱的女人,在我心中无人可及。”

“那么,您是从什么时候开始爱我的呢?”

“开始于三年前,您从车上翩翩走下来,走进苏珊商店那一刻的惊鸿一瞥。”

“那真是太美好了! 我该如何报答您如此伟大的爱情呢?”

“那就给我点爱吧。”我说,此刻心里像有头小鹿在怦怦乱撞,几乎说不出一句完整的话来。尽管在谈话的过程中,她老是带着半含讥讽的笑,但我感觉到她渐渐开始与我共享不安,直觉告诉我久久期待的时刻即将来临。

“那公爵呢?”

“哪个公爵?”

“我的爱吃醋的老公爵。”

“他不会知道的。”

“假如知道了呢?”

“他也会原谅你的。”

“天哪,不!他会丢下我不管,让我自生自灭的,我可怎么办呀?”

“您不也在为别人冒着这种危险么?”

“您怎么知道的?”

“从您刚才吩咐不要让别人过来的这句话中。”

“的确,可是他是个好朋友。”

“但您并不怎么看重他,否则不会在这个时候让他吃闭门羹。”

“您可没立场来教训我,这都是为了招待您和您的朋友。”

我慢慢靠近玛格丽特,轻轻搂住她的腰,感觉到她柔弱无骨的身体压在我抱着她的手上。

“您可知道我多么爱您!”我小声说道。

“您说的是真的么?”

“我可以对天发誓。”

“那好,如果您答应不干涉我的行动,一切随我行事,也不追根究底地盘问我,也许,我就会爱您。”

“所有的一切,我都听您的!”

“不过,我事先声明。只要我愿意,想干什么就干什么,我不会把我的行踪告诉您。这么久以来,我一直在寻找一个年轻又听话的情人,他要对我百依百顺,温柔而不多嘴,我虽爱着他,但他不会控制我,而是给我充足的自由。迄今为止,我还没有找到这样的人。男人总是不知足，一旦得到苦苦追求的东西，便又开始得寸进尺，追问他们情人的过去、目前、甚至将来的情况。等到他们和情人打得火热了，他们就要变本加厉控制她。假如我现在想找个情人，我对他的要求是，具备三种特质，即信任、顺从和稳重。”

“好，我都会听从您的安排。”

“看您以后的表现吧。”

“什么时候才能看出来呢？”

“过些时候吧。”

“为什么呢？”

“原因是，”她挣开我的胳膊，从一大束鲜红的茶花里抽出一枝，将它插在了我的纽扣孔里，“签署的条约总不能当天兑现吧。”

这是多么显而易见呀。

“那好，我们何时才能再相见呢？”我边说边将她紧紧拥在怀里。

“等这山茶花变了颜色时。”

“那它们什么时候才会变颜色呢？”

“明天，十一点到午夜之间。您高兴么？”

“毫无疑问。”

“对于这件事您一定要守口如瓶，千万不要告诉您的朋友，包括普律当丝在内，也不要向任何人透露这件事。”

“我答应。”

“请吻我一下，就现在，然后我们去餐厅。”

她的嘴唇慢慢靠近我的唇，亲了一下后，她又整理了一遍头发，唱着歌，和我一起走出了这个房间，在走出房门时，她几乎有些疯癫了。

在走到客厅时，她停下来小声说道：“我立即就答应了您的求爱,您应该感觉到奇怪吧,你想知道这是为什么?”

“原因就是,”她一边抓紧我的手压在她的胸口,让我去感受她那颗急促跳动的心,一边说道,“这是因为,我明知自己活不了多长时间,所以一定要活得精彩与快乐。”

“求求您,不要再说这种傻话。”

“哦!不过请放心。”她笑着继续说道,“尽管所剩时日不多,但我活的时间一定比您爱我的时间长。”

接着,她唱着歌走出了客厅。

“南妮在哪儿?”她看着加斯通与普律当丝说。

“在您的房间睡着了,等待着您上床呢。”普律当丝回答说。

“倒霉的丫头!我一定累坏她了,先生们,走吧,时间不早了。”

十分钟后,我和加斯通便告辞了。我和玛格丽特握手再见,普律当丝则继续留了下来。

“喂,”走到外边,加斯通问我,“您觉得玛格丽特怎么样?”

“真是个天使呀!我差点为她着魔。”

“我也这么认为。她跟您说了什么?”

“是的,说了。”

“她相信您说的一切了么?”

“没有。”

“和普律当丝可就很不相同了。”

“她答应您了么?”

“不仅如此,亲爱的朋友!简直让人大出所料,她还会逗人开心,真是个风韵犹存的胖美人呀!”

第十一章

讲到这儿，阿尔芒停了下来。

"请帮我关上窗户好么？"他说，"我觉得有点冷了，我最好到床上躺一会。"

我关好了窗户，此时阿尔芒身体还比较虚弱，他脱去睡衣，将头靠在枕头上休息了片刻，活脱脱是一个经历了长途跋涉而疲惫不堪的旅客，也像一个被痛苦的过去折磨而不安的人。

"也许您说了太多话了，"我对他说，"不如我先告辞，让您睡一觉，改天我再听您的故事吧。"

"是不是您听得心烦了？"

"恰恰相反。"

"那我就继续讲下去了，要是你让我一个人留在这儿，我肯定会睡不着觉的。"

在我回到家里的时候，（他便接着上面的讲，而且不用思索，因为所有的细节都深深地印在了他的脑海里。）我没有睡觉，这一天的回忆像放电影似的，在我眼前慢慢闪现。与玛格丽特的再次相见、介绍以及她对我的诺言，这一切发生得快得出人意料，我竟以为自己做了一个美梦。可是，一个男人向玛格丽特这样的女人求爱，她第二天便会答应，这又有什么奇怪的呢？相信这不是第一次，也不是最后一次。

然而，尽管我用这样的想法来安慰自己，却并没有起什么作用。我的情人给我留下的印象太强烈了，以至于我自己会永远难以忘怀。出于普遍男人所具有的虚荣心，我自己顽固地认为她会和其他姑娘不一样，更愿意相信她爱我爱得难以自拔，就像我爱她那样。

但是，私下里，我还掌握着许多可以推翻这个猜想的例证，同时，我也常常听说，玛格丽特的爱情像市场出售的商品的价格一样，随着季节的变化，而时高，时低。

另一方面，在她家中，我看见她屡次拒绝那位年轻伯爵的求爱的情形，这和她的名声怎么又能扯上关系呢？也许你会说，她非常讨厌他，并且她现在的生活非常富有，因为老公爵在供养着她，所以，假如她要另找一个情人，为什么不找一个自己喜欢的呢？那么，为何她不愿意接受英俊、聪明、富有的加斯通，却看上她第一眼看起来好笑的我呢？

有时候，我们都不得不承认，有时候一分钟内发生的巧事，比辛苦追求整整一年的效果还要突出。

在吃宵夜的人当中，只有我对她的离席感到焦虑不安。跟在她后边，痛苦之情难以抑制，热泪纵横地吻着她的手。加之之前，在她得病的那两个月，我天天去关心她的病情。这所有的一切，终于让她看出我的独特，也许在她眼中，对于这种求爱的方式，已经见怪不怪了，她也就当作一件极其普通的事情来处理了。

所有的这些猜想，你也许认为可能性都微乎其微。重要的是她答应我了，才不管她为什么要答应呢。

我一直深爱着她，我也将要拥有她，所以我不能向她要求更多的东西了。

但是，再让我啰嗦一下，尽管她是一个被包养的女人，也许出于我的美化，我总是将我们的爱情当作可望而不可即的，越是接近最后的完美时刻，我越是顾虑重重。

各种杂乱的想法在我脑中翻滚，以至于我一夜未曾合眼。

我脑中稀里糊涂，自己也搞不清到底想了哪些问题，真的要疯掉了。有时，我觉得自己不够英俊，不够富有，不够倜傥，根本配不上这个美丽的女子；有时却以能够拥有她而自豪。转念又害怕玛格丽特是在逢场作戏，不久就会翻脸不认人。我有一种不祥的预感，这种关系会迅速破裂，所以自己晚上还是不去她家为好，并把这种莫名的担忧，写信告诉她。一想到这，我从彻底绝望一下变得怀有无限希望，这是多么反复无常呀！梦想着不可思议的未来，这个女子一定会因为我的存在，而治愈她生理上以及心理上的疾病，她纯洁的爱情则会使我更加幸福，我们会一起慢慢变老。

总而言之，我没法向您一一道出我当时纷乱复杂的思绪，到天亮时，我才稀里糊涂地睡着，这些想法也慢慢消失了。

一觉醒来，已经下午两点了，天气晴朗。我的生活从来没有如此美好，如此充满希望。昨夜的一幕幕场景，清晰地浮现在我眼前，毫无困难，也没有模糊不清之处，而且它们还在欢乐地召唤着我对今晚的期待。匆匆穿上衣服，我踌躇满志，相信有能力干出更了不起的事来。我因快乐和爱情而心跳加快。昨夜纠缠我的千思万绪，现在我再也不把它们放在了心上，什么也不放在心上了，我只看中结果，心中所想的只剩下何时才能与玛格丽特幽会这件事了。

我在家里再也待不下去了。这间屋子太小了，岂能容下我那巨大的幸福，我要向大自然去倾诉我的幸福与快乐。

我走了出来。

在走过昂坦街的时候，看见玛格丽特的马车停在门口等着她。而我则走向了香榭丽舍大街，路上遇到的行人，即使不认识也都那么可爱。

在恋爱的人看来，这个世界是何其美好呀！

从马尔利的石马雕像走到圆形广场，再从圆形广场折回马尔利的石马雕像，整整花去了我一个小时。远远地，我看见了玛格丽特的车子，一猜便知是玛格丽特的车子。

在香榭丽舍大街拐角处，她将车子喊停了，一个高个子的年轻人离开了一群正和他聊天的人，迎上来与她谈话。

交谈了一会后，年轻人又回到了他朋友们身边。我走近他们，很快便认出刚刚和玛格丽特说话的人是 G 伯爵，因为我见过他的肖像，普律当丝告诉我，就是他将玛格丽特捧红的。

而昨晚吃了玛格丽特闭门羹的人就是他。据我猜想，正是为了解释昨天晚上没有接见他的原因，同时，我也在祈祷，希望她能找到一个新的借口，将他今晚的拜访也推掉才好呢！

那天余下的时间，我是如何打发掉的，现在我也记不清了。散会步、抽会烟、聊会天，好不容易熬到了晚上十点，却总想不起那天晚上我见过谁，以及讲了什么话。

我能想起来的就只剩下，回到家里后，我花了三个小时来打扮自己，频频看表和钟，有一百次之多，郁闷的是它们走得一样慢。

一响起十点半的钟声，我自忖道，该去约会了。

那时，我住在普罗旺斯街，沿着勃朗峰街往前走，穿过林荫大道，途径路易大街和马洪巷街，最后来到了昂坦街。我抬头便看见了玛格丽特的窗户，而且可以瞧见屋子里的灯光。

我按响了门铃。向看门人打听玛格丽特小姐是不是在家。

他回答道十一点或者十一点一刻之前，她从来都不会回家。

我看了看自己的表。

原来从普罗旺斯街走到玛格丽特家，只用了五分钟，我还以为自己走得非常悠闲呢！

我只好在昂坦街逛来逛去，那里没有店铺，何况到了这个时候，街上益发冷清。

半个小时后，玛格丽特终于回来了。她下了马车，环顾了一下四周，好像在找什么人。

随后，马车缓缓地走开了，因为马厩和车库都不在这座住宅里。玛格丽特拉门铃时，我走上前去说道，“晚上好。”

“啊，怎么是您？”她对我说，说话的语气透出她见到我在这里并不怎么高兴。

“难道您没有说过我今天晚上可以来看您么？”

“我，的确说过，但我忘记这件事了。”

这句话把我早上所想的种种和白天所有的美好希望一下消灭了，但是，我已经渐渐摸透与习惯了她的处世方式，所以并没有选择离开，要是放在以前，我绝对会一走了之的。

我们一起走了进去。

南妮早就给我们开了门。

“普律当丝回来了么？”玛格丽特问她。

“夫人，她还没有回来。”

“去说一声，让她一回来就来这儿。不过去之前，先把客厅里的灯关掉，并且，如果有人过来，就回他们说我还没有回来，今天晚上不会回来了。”

显而易见，有什么事在烦着这个女人，或许什么人在烦着她。可是，对于此，我由于没有经验而不知道该说些什么，做些什么。只能茫然无措地站在原地看着玛格丽特向卧室走去。

“进来吧。”她说道。

她摘下帽子和天鹅绒大斗篷，将它们统统扔在了床上，然后坐在了壁炉旁边的一把大扶手椅子上，烤着火。她壁炉里的火一直烧到初夏才灭。她边玩着表链，边对我说：

"你有什么新闻要告诉我么?"

"没有,除了今天晚上不该来这里。"

"为什么?"

"因为您看起来很心烦,我想一定是我让您不高兴了。"

"不是您的原因,只是我病了,一整天都不舒服,睡不着觉,还头疼得厉害。"

"您觉得我离开这里,让您上床休息怎么样?"

"哦!您可以留下来。如果我要上床休息的话,可以和您一起。"

正在这时,门铃响了。

"谁又来了?"说完,她不高兴地动了一下。

一会儿,门铃又响了起来。

"如果真的没有人去开门,我只好亲自去了。"

说着她站了起来。

她穿过房间去开门,我听见开门的声音,侧耳细听了起来。

跟着她进来的那个人停在了餐厅门口。他一说话,我便知道这来访者是年轻的N伯爵。

"今天晚上您感觉如何呢?"他关心地问道。

"病了。"她突兀地回答说。

"我打扰您了么?"

"也许。"

"您用这样的态度来招待我!我哪里得罪您了,亲爱的玛格丽特?"

"亲爱的朋友,您哪里也没有做错。我生病了,需要休息。如果您离开,我会非常高兴的。每天回到家,五分钟不到,您就来了,真是烦死了。您在期待什么?做您的情人?我已经拒绝您上百次了，我也清清楚楚告诉过您，我非常讨厌您，请上别的地方找您的情人好么？今天我再向您重复一次，我不愿意招待您，没了。好吧，再见，南妮回来了，她会为您掌灯的。”

接着再也没说任何一句话，也没有再听那个年轻人的任何唠叨，玛格丽特头也不回地进了卧室，并重重地关上了门，差不多同时，南妮慌忙进来了。

“听好了，见到这个蠢猪就告诉他我不在家，或者我不想见他。烦死了，这些人老是在向我要求同一样东西，花了钱，就想买我呀！如果那些想干我们这一行的姐妹知道这究竟是怎么一回事，她们宁肯去做女佣。但是虚荣呀，虚荣在操纵着我们呀，要衣裙、珠宝、车子，将我们引向堕落。我们听信了别人的话，因为行有行规，于是我们慢慢腐蚀灵魂、身体和容貌。别人见到我们，像看到了凶猛的野兽，像对待贱民一样蔑视我们。围着我们的人，只给我们很少的东西，却要得到更多。终究会有一天我们像狗一样死得悲惨，既毁了别人，也害了自己。”

“行了，夫人，别激动了，今晚您情绪太差了。”

“这件衣服太紧了，”玛格丽特边说边拉开了胸衣的拉链，“帮我拿件浴衣吧。哎，普律当丝呢？”

“又是这类人，”脱下了衣裙，并换上了一件白色的浴衣，玛格丽特接着说道，“又是这类人，需要的时候就来找我，替我办事却三心二意。明知道今晚我在等待着她的答复，我急需这个答复，可她却在外边玩，搞得我焦虑不安。”

“也许她在忙着什么事。”

“给我们拿些酒来。”

“您又要折腾自己的身体了。”南妮说。

“非常好，再拿些水果、馅饼或者鸡翅，随便什么，不过要快点拿来。我很饿。”

不用我说，您也猜出来这个场面给我留下了什么印象。

“一会，我们一起吃宵夜，”她说，“马上我要去更衣间去一会，这段时间，您可以拿本书看看。”

她把烛台上的蜡烛都点亮了，推开床头上的一扇门，便进去了。

留下我自己在这儿，我不禁思量着这个姑娘的生活，怜悯之心不断地激发着我的爱情。

正当我在这个房间大步地来回走动，普律当丝走进来了。

“嗨，您怎么在这呢？”她说，“玛格丽特在哪儿？”

“在换衣间。”

“那好，我等她出来吧。您知道么？她认为您是一个好人。”

“不知道。”

“她没告诉您么？丝毫没有透露吗？”

“一点也没说。”

“那您怎么到这儿来的呢？”

“我来拜访她。”

“在半夜？”

“这有什么不对的么？”

“真是太好笑了！”

“她并不怎么欢迎我。”

“马上她就会好好招待您。”

“您真的这么认为么？”

“因为我给她带回来了一个天大的好消息。”

“那就太好了，她有没有和你谈起过我呀？”

“在昨天晚上，确切地说，是今天早上，就在您和您的朋友离开后不久，您的朋友加斯通R，怎么样，我猜，别人就是这么叫他的。"

"是的，"我说，脑子中闪现了加斯通对我说过的知心话，又看到普律当丝竟然对他姓氏都搞不清楚，不由笑了起来。

"他是个不错的人。他是干什么的？"

"他年收入两万五千法郎。"

"哎！真的么？不过，说正经的，该谈谈您了，玛格丽特向我打听了您的情况，您是什么人？干过什么？有过哪些情妇？总而言之，您这个年纪可能有的情况，她全问了。我便把我知道的一切全都告诉她了，又补充说，您非常有魅力，就说了这么多。"

"太感谢您了。那么，现在请告诉我她昨天让您办什么事情了？"

"没什么事，只是让我赶走公爵。可是，今天她却托我办了一件事，现在我就是给她回复的。"

正在这时，玛格丽特走出了换衣间，她戴着一顶睡帽，好看极了！黄色的缎带，确切地说，应该称其为甘蓝缎结，装饰着这顶帽子，如同画龙点睛，她看起来真是美丽绝伦，妙不可言！

她光着脚，趿拉着缎子拖鞋，指甲刚刚修完。

看见普律当丝，她开口便问，"怎么样？见到伯爵了么？"

"当然，当然见到了！"

"他怎么说的？"

"他给我了。"

"多少呀？"

"六千。"

"您拿到手了么？"

"嗯。"

"他是不是不高兴了？"

“没有。”

“真是个可怜的人!”她说这句话的口气真是难以形容,说着,便接过这一张六千法郎的支票。

“钱来的真是太巧了。”她说,“亲爱的,您需要用钱么?”

“我的孩子,正如您所知,后天就是十五号,如果您能借给我三四百法郎,您可就帮了我一个大忙了。”

“明天找人来拿吧,现在时间太晚了,没法换零钱。”

“千万不要忘了。”

“请放心吧。您要不要和我们一起吃宵夜呀?”

“不啦,夏尔还在我家等着我呢。”

“这么说,您爱上了他?”

“亲爱的,喜欢得不得了啊! 明天见,阿尔芒,再见。”

说着,普律当丝便离开了。

玛格丽特打开了她的多层架,将钞票随手扔了进去。

“您不会介意我躺下吧?”她微笑着说,向床边走去。

她随手将镂花被子掀到床脚,躺了下来。

“现在,”她说,“请坐到我身边来,我们聊会天。”

果然,普律当丝说得不错,她给玛格丽特带来的消息,使她心情不错。

“您能原谅我今天晚上的坏脾气么?”她拉着我的手说。

“当然了。”

“那么您爱我么?”

“非常爱。”

“也不会计较我的坏脾气了?”

“绝对呀,我什么都不在乎。”

“那么您敢发誓么?”

“我发誓。”我小声对她说。

这时，南妮端着几只盘子，上面放着一只冷子鸡，一瓶波尔多葡萄酒，还有草莓和两副餐具，进来了。

“我没有让他们调酒，”南妮说，“葡萄酒对您更好些，是么，先生？”

“当然了。”我回答说，刚刚玛格丽特那几句话让我心情澎湃，激动不已，我的双眼盯着玛格丽特不放。

“好了，”她说，“把东西都放在桌子上吧，把桌子拉到床边来，我们自己用餐。你已经熬了三个晚上了，肯定困了，去睡吧。我不再需要什么东西了。”

“要不要把门锁上？”

“一定要。另外，最重要的是，明天中午以前不要让任何人进来了。”

第十二章

此时，已经是早上五点了，虽然有窗帘遮着，晨光还是透过它们钻进了卧室，玛格丽特对我说：

“请原谅，虽然时间还早，我还是不得不让您离开。因为每天早上公爵都要过来。他到这里后，下人会告诉他我还在睡觉，可他有时要等到我醒来。”

散乱的头发披在她的肩头，我用双手抱着她的头，深情地给了她最后一吻，问道，“我何时才能再见到您呢？”

“听我说，”她接着说道，“一把金色的小钥匙就在壁炉上放着，您拿着它去打开这扇门。再把钥匙放回来，您就可以回去了。今天您会收到写着我指令的一封信，您知道您必须要服从我。”

“对了，可是我是否可以向您要一样东西呢？”

“您还想要什么东西？”

“这把钥匙，请让我保管着吧。”

“我还从来没有让别人这么干过呢。”

“那就为了我破一次例吧！我发誓从来没有人像我这样爱您。”

“那好吧，您就留着它吧。不过事先声明，这把钥匙能否打开门，还要由我来决定。”

“怎么回事？”

“门里还有插销呢。”

“您太坏了！”

“我会找人把插销撤下来的。”

"这么说，您还是爱我的。"

"我也搞不清楚到底是怎么一回事，可我觉得我的确爱您。我快要困死了，现在，您走吧。"

我们紧紧拥抱了一会，我依依不舍地离开了。

此时，大街上还是空空荡荡，这个庞大的城市还在睡梦中呢，到处弥漫着清新的空气，不过，几个小时候后，就处处都是喧闹的人群与马车了。

我觉得，这座还在昏睡的城市好像只属于我一个人。过去，我经常会记下一些人的名字，因为他们是如此幸运，而我只有对他们羡慕不已的份；可是现在，我却再找不到比我更幸福的人了。

获得一个纯洁少女的爱情，第一个向她揭开爱情的神秘面纱，这的确是无与伦比的幸福。也是这个世界上再简单不过的事了！获得一颗不曾受过撩拨的心，就好像进入一座没有设防的城市。教养、责任心和家庭虽说是非常机警谨慎的哨兵，可是，即使哨兵警惕之心再高，也还是会被一个十六岁少女欺骗。因为大自然会启发她去进行人生第一次的恋爱，这是通过少女所爱男子的声音来完成的，这些启发越是纯洁，就越显得炽热。

少女越是善良单纯，就越容易失身。假如不是失身于情人的话，至少也是失身于爱情，因为她一旦没有了机警之心，也就毫无抵抗的力量。所以得到这样一个少女的垂青，虽然算得上一个胜利，但对于任何一个二十五岁的绅士而言，这样的成功真可谓唾手可得。的确，这个少女四周，岗哨林立！但是，修道院的围墙还不算太高，母亲们的看管还不够严格，宗教戒条的影响还不够深刻，还不能够将这些可爱的小鸟彻底关在笼子里，因为人们可以在鲜花的伪装下，诱惑这些迷人的鸟儿。这些姑娘也会愈发渴望别人不让她们看到的世界。如此一来，难道他们不更加相信这个世界的不可思议？所以，在第一次隔着栅栏倾听爱慕者对她们倾诉爱情的奥妙时，她们该是多么幸福与兴奋呀！对于第一次为她们揭开神秘帷幕一角的那只手，她们是多么由衷地祝福呀！

然而，如果真的赢得了一个妓女的爱，那是克服了多少艰难险阻才获得的胜利呀！对于这类女人而言，堕落的肉体腐蚀了灵魂，放纵的感官需求燃尽了良心。放荡的生活让她们感情麻木。世上所有的花言巧语，她们早已听得不耐烦了。不管什么样的花招与手腕，她们早已见识过了。即使激起她们的爱，她们也会出卖它。在她们眼中，谈情说爱仅仅是一种职业，而非人类本能的需要。其实，她们将自己防护得天衣无缝，远胜过处女们受到的严密保护。处女们是由母亲们以及修道院的高墙所保护，而她们采取的方式是心灵的防卫，因而更加高明与有效。有时她们也会来一场无关买卖的恋爱，权当一次放松，一个休闲，一种慰藉。正像那些放高利贷者，在做过上千次盘剥之后，认为只要有一次把一块金币借给一个快要饿死的穷人，既没有立字据，更不要利息，就可以赎清之前所有罪恶了。

然而，当上帝允许一个妓女萌生爱意，在开始好像是一种宽恕，等到最后，这几乎总会成为一种对她的惩罚。不去忏悔永远也得不到宽恕。当这种女人，这些受良心折磨的女人，刹那间诞生了一种深沉的、真诚的、无法抗拒、不受控制的爱情，这种爱情在以前，她笃定是自己一生无法拥有的。可是，她一承认这种爱情，她所爱的男人就完全控制她了。他开始洋洋得意，自以为有什么了不起，用蔑视一切的口气说，“您为爱情的付出比以前为金钱而付出的努力并没有多到哪里呀！”这种说法是多么残酷呀！

当这一切发生时，她们不知所措，不清楚怎样做才能证明自己的一片痴情。有一则寓言是这么说的，一个小孩在田野里玩耍，老爱喊“救命呀”，以此来打扰在田地里干活的人，最终有一天，他被一头熊吃了。这个小孩经常空喊口号来哄骗农夫，当他真的遇到危险，而大声求救时，却没有人再相信他了。这些可怜的姑娘遇到的情况正是如此，由于过去说了太多谎话，当她们真的陷入爱情之中时，人们却不再相信她们会有真爱了。她们后悔莫及，反而被自己的爱情所吞噬了。

这个世界上真的存在痛改前非、为爱奋不顾身的妓女，例子不胜枚举。

当男人激起这种骇世惊俗的爱情时，就应该慷慨大度地、不计前嫌地完全接受她；他一旦开始就应该全心全意地爱这个女人；倘若他一直像这个女人爱他那样地爱这个女人，那么，他就会拥有这个世界上最美妙的感情与享受。有了这种爱情，他再也不会爱上了别人。

上面这些感慨，并非是我那天早上回家时有感而发。只是对我艳遇的一个预示，虽然我深爱着玛格丽特，却预测不出如此结局。这是我今天才有的思索。当一切都成了往事，这些感触也就油然而生了！

还是让我们回到这场恋爱开始的第一天吧。我回到家后，几乎是欣喜若狂。想到我原来想象之中的障碍已经不复存在，她已经是我的女人了，想到我在她心里已经牢牢占有了一个位置，想到衣袋里还放着她房间的钥匙，况且我有权利使用它，我觉得我的生活已经无比圆满了，夫复何求？我感激主，是他赐予了我现在的一切。

有一天，一个年轻人走过一条街，遇见了一个女子，他看了看她，转身就离开了。因为不认识这个女子，她的欢乐、苦恼、爱情也就和他不相干了。同样，对她来说，他的存在对她也不具有任何意义，如果他向她搭讪，她也许还会嘲笑他，就如玛格丽特曾戏弄过我一样。之后，几星期，几个月，几年过去了，他们在各自的人生轨道上，遵从着命运女神的安排，忽然一个机缘使他们重新相遇了，而这个女子成了这个男人的情妇，并且真的很爱他。这是怎么发生的？为什么呢？两个人亲密无间，难分难舍，一旦相爱，就好像觉得上辈子已经爱了一生一世，一切往事都从他们脑海中消逝了。真是大千世界，无奇不有呀！

至于我，我再也想不起昨天甜蜜之夜之前的光阴，自己是如何荒废人生的。忆起我们第一夜说过的话，我就心花怒放。要么玛格丽特骗人的功夫太好了，要么她的确对我产生了一种忽然闪现的激情四射的爱意，它从第一次接吻就喷薄而出，当然了，这种爱来得快，消失得也快。

想得越多，就越笃信玛格丽特没有任何理由去假装爱上我，况且我又想，女人会有两种恋爱的方式，或者她们是打心底爱着她们的情人，或者她们因性而爱，这两种方式互为因果，互相促进。一个女子接受她们的情人经常出于满足情欲的需求，但是却在不知不觉间领悟到了，那超越情欲的神秘体验，而且以后就仅仅依靠着精神的愉悦来生活。一般情况下，一个年轻的姑娘，在刚开始的时候，认为婚姻仅仅是双方纯洁感情的结合，后来才忽然体验到了肉体之爱的幸福，至此，心里纯洁之爱的感情终于得到了一个踏实可靠的结晶。

就这样胡思乱想了一番，不知不觉间，我睡着了。是玛格丽特的来信将我叫醒了，信里这样说道：

命令如下：今晚，在沃德维尔剧院见面，请在第三幕间休息时来找我。

玛·格

看完，我随手将这封信放在了抽屉里，这样，如果再怀疑这是否是我的想象时，就可以方便地拿出来看了，其实我果真时不时地看了呢。

因为她没有允许我白天去看她，我也就不敢莽撞行事。虽然我极度渴望在傍晚前去看她，我最多只能走到香榭丽舍大街，期待在那儿会遇到她。果然不出所料，就如昨天那样，我在那儿又瞧见她坐着马车经过，而且也在那儿下了马车。

七点整，我来到了沃德维尔剧院。

这是我生平第一次那么早就到剧院。

这儿的所有包厢都坐满了人，除了底层台前的那个包厢还空着之外。

就在第三幕休息的时候，我听到了那个包厢开门的声音。几乎没有看其他地方，我两眼直直地看着那里，很快玛格丽特出现了。

她立即走到包厢前面，用眼睛往正厅前座搜寻，发现我后，通过目光向我示意。

今天晚上她真是风华绝代，美丽极了。

莫非她是为了我才打扮得如此超凡脱俗？莫非她是如此爱我？认为她越漂亮，我也就越觉得幸福么？我还真的没法确定。然而，如果她真是这样想的话，她就实现了自己的目标。她一露面便成为了剧院的焦点，观众的脑袋来回涌动，为了一睹绝世佳人的芳容，他们的头纷纷转过去，像潮水一样起伏不定，就连舞台上的演员也向她望去。

然而，我竟拿着这个女人房间的钥匙，再等三四个小时，她就会重新属于我了。

人们往往谴责那些因为女演员和妓女而破产的人，可大大出乎我意料的是，他们并没有进一步为她们做出更加疯狂的事。只有像我这样经历过这番事情的人才明白，只要在日常生活中满足情人们的小小虚荣心，就可以牢牢抓住情人的心与爱情，后者才是最恰当的字眼。

随后普律当丝也走进了包厢，并在一个男人前面坐下，我认出是G伯爵。看见了他，我的心瞬间变得冰凉。

很显然，玛格丽特觉察到，她包厢里的男人已经影响到了我的情绪，因为她在对我笑了笑之后，就背对着伯爵，表明她在专心看戏。等到第三幕间休息时，她转身向伯爵说了些什么话，伯爵便离开了包厢。于是玛格丽特赶忙给我打了个手势，示意我进来看她。

“晚上好！”我进包厢时，她一边说着，一边把手递给了我。

“晚上好！”我回答说，同时向玛格丽特和普律当丝致意。

“请坐吧。”

“可我就要占别人的位置呢，G伯爵一会儿回来吧？”

“是的，要回来，我让他去买蜜饯了，这样我们才有时间单独聊一聊，杜沃努夫人是值得信任的人。”

“是的，孩子，”她说，“不用担心，我会保密的。”

“今晚您怎么回事？”说着，玛格丽特站了起来，走到包厢暗处，吻了吻我的额头。

“感觉有点不舒服。”

“您应该回家休息了。”她继续说道，带着嘲讽的神情，这种神情与她聪明乖巧的脑袋配合得天衣无缝。

“去谁家呢？”

“您自己家。”

“您明知道我会睡不着。”

“早知现在，您何必因为看见一个男人在我的包厢，就给我脸色看呢？”

“不是因为这个原因。”

“哦，一定是，我心里比谁都清楚，您错了。算了，不要再说这个了。等到散场后，您和普律当丝一起回去，并在她那里等我，一直等到我叫您。明白么？”

“是的。”

难道除了服从，我还有其他路可走么？

“您还爱我么？”她继续问道。

“这还用您问么？”

“您有没有想我？”

“想了整整一天。”

“您知道么，我很担心自己真的会爱上您？不信的话，您可以去问普律当丝。”

“啊！”胖姑娘嚷道，“别再烦我了。”

“现在，回到您的座位上吧。伯爵快回来了，没有必要让他在这里见到您。”

“为什么？”

“您也并不想见他啊。”

“不是这样的，只不过，假如您在早上就告诉我，您晚上想来沃德维尔剧院来看戏，我一定也会像他那样把包厢的票给您送去的。”

“可惜的是，我并没有向他提出任何要求，他就善解人意地给我送来了。您应该清楚，我是没法拒绝的。我所能做的，就是写信通知您，我要去哪，好让您来见我，我自己也非常期待能早点见到您。不过，见到您这次就是这样来报答我，以后我就吸取教训了。”

“请原谅我，我错了。”

“好吧，快点乖乖地回到您的座位上去，以后不要再吃醋了。”

她再次吻了我，我便离开了。

在走廊里，我碰见了回来的伯爵。

我回到了自己的座位上。

毕竟G伯爵在玛格丽特包厢里出现，是再平常不过的事了。他曾经是她的情人，为她订包厢，陪她去看戏，这一切都非常自然。有了一个像玛格丽特这样的情人，我自己就需要适应她的生活习惯。

这天晚上剩下的时间，我的痛苦并没有减轻，看着普律当丝、玛格丽特和伯爵坐上早已等候着他们的四轮马车，我自己也讪讪地离开了。

尽管如此，一刻钟后我就来到了普律当丝的家，此时她也刚刚回来。

第十三章

“您的速度差不多和我们一样快。”普律当丝说。

“正是，”我机械地回答说，“玛格丽特在哪呢？”

“在她自己家呢。”

“独自一个人么？”

“和伯爵一起。”

我在她家客厅里走来走去。

“您怎么了？”

“在您家里等着伯爵从玛格丽特家离开，您以为我心里好受么？”

“这就是您的不对了。您一定知道，玛格丽特是不能不接待 G 伯爵的。他们已经交往了很长时间，这么长时间以来，他给了她很多钱，甚至现在还给呢。玛格丽特一年要花掉十多万法郎，因而她欠了不少债。虽然那个老公爵总对她有求必应，但是她也不敢让他一人来负担她所有花费。而 G 伯爵每年至少会给她一万法郎，所以玛格丽特不能跟他闹僵。玛格丽特真的很爱您，亲爱的朋友，可是你们俩的关系，为了你们俩着想，您一定也不要看得太认真。您那七八千法郎的生活费，是经不起挥霍的，甚至马车都养不起。您要摆正好位置，把她当成一个聪明美丽的好姑娘，做她一两个月的情人，偶尔送点花、糖果和包厢票给她。其他什么事情就不要管了，也不要给她耍什么打翻醋坛子的可笑把戏了。要知道，与您交往的是一个什么样的姑娘，玛格丽特可不是什么贞洁烈女。知道她爱您，您爱她，这样就好了，其他什么事情都不要操心了。我倒也觉得您老真情流露是非常可爱的！可您已经有了巴黎最有魅力的女人当您的情妇了！她在如此富丽堂皇的家里招待您，并且她自己也浑身宝贝，只要您高兴，她不需要您花一分钱，而您还是不高兴。真是活见鬼了！您做的也太过分了。”

“您说得对，可我控制不住我自己，一想到这个男人是她的情人，我就非常气愤。”

“首先，”普律当丝说，“现在，他还是她的情人么？这个人，仅是有用而已。连着两天，她都拒绝见他。今天早上他来了，她真是无计可施了，只能接受他的包厢票，同意陪着他去看戏。之后，他把她送回家，并上楼坐一会，他不会留下来的，因为还有您在等着么。我认为这一切都是非常平常的事。再说，您不是也能容忍老公爵么？”

“是的，可是他就是一个老头子而已，我相信玛格丽特不是他的情人。不管怎样，人总会不得不忍受一个情敌的存在，而如果是两个的话，就无法忍受下去了，假如他真的能忍受这样的情况的话，就说明他是在谋划着什么，即使他是出于爱情才这样，但是也和下层人做生意，为盈利才做买卖没什么区别了。”

“哦，亲爱的朋友，您太守旧了！我见识过好多人，不乏世上最英俊、最多金的人，他们都在做我劝您做的事。何况做这种事并不费什么力气，也不需要害羞与后悔！这种事情早就司空见惯了，作为巴黎的妓女，如果她们不同时有那么三四个情人，要维持那样的排场谈何容易啊！况且，像玛格丽特这样的女人，仅有一个男人的银行来供她提取，无论这家银行实力多么雄厚，也无法满足她的挥霍的。在法国，每年收入五十万法郎，可以算上大财主了，也无法应付裕如，其原因是，这样一个人还有着自己的生活，他总会有一座奢华的住宅，还有马匹、仆人、车辆，并且还要旅游打猎、交际应酬。一般而言，这样的人总是已经结了婚，他有孩子，要赛马，要赌博，还有许多我们不知道要烧钱的地方。他们已经习惯如此，而且已经根深蒂固、无法改变，否则别人就会得出他已经破产的结论，流言蜚语便会满天飞，如此一来，即使每年有五十万法郎的收入，他在情人身上的花费也不会超过四五万法郎，况且，这已经是一笔不小的数目了。因而，这个女人就会因钱不够花而需要其他情人的帮助。玛格丽特已经是一个幸运儿了。上天让她遇见了一个家财万贯的老富翁，妻女都已经过世，只剩下同样不差钱的侄子和外甥。因而，他对玛格丽特做到了有求必应，却不需要玛格丽特回报什么。然而，即使富有如他，每年也最多只能送给她七八万法郎，而且我非常确定，如果她要得再多些，不管他是多么富有，也不管他多么喜欢她，也不会答应的。

“在巴黎，但凡只有两三万法郎收入的年轻人，也就能勉强支撑自己常常出入上流社会了。他们非常明白，一旦做了像玛格丽特那样女人的情人，他们能拿出的钱，甚至付不起她们的房租和仆人的工钱。他们心里锃亮，却不说出口，他们选择视而不见，一旦感到厌倦了，就会一走了之。相反，如果他们出于虚荣心而包揽情人的一切花费，就会落得破产的下场，像傻瓜一样在巴黎债台高筑，欠十万法郎的债，就算跑到非洲，也会被人杀死。您以为这个女人会因此感激他么？绝对不可能。相反，她还会振振有词地说，为了他们，自己不但牺牲了自己的地位，而且倒赔了不少钱。啊！您是否觉得这些事都可耻之极？但这些都是发生过的事实。您是个非常不错的小伙子，我打心眼里喜欢您。我在这个圈子里混了二十多年，我比任何人都清楚她们是什么人，也知道她们的身价。所以，我非常不愿意看到您把一个漂亮的妓女的一时恩爱看得过重。”

“更何况，除此之外，”普律当丝继续劝告说，“万一公爵发现了你们的私情，要她在您和公爵之间选择一个的话，玛格丽特会因为爱您而放弃公爵和伯爵。如此一来，她为您作出的牺牲不就太大了么？这是无可争辩的事实。您能为她做出同样的牺牲么？当您玩够了，不再需要她时，您怎样才能赔偿她因您而蒙受的损失呢？什么也不会有的。您也许会使她与所属的圈子隔绝开来，而正是在这个圈子里才会有她的前途和未来。她也可能把自己最美好的年华给了您，而您却把她忘得一干二净。假如您是个凡夫俗子，那么您就会揭她过去的短，对她而言您也不过和她过去的情人一样离开了她，留下她一人悲痛。假如您是个高尚的人，认为有义务把她留在身边，那么您就为您招来了不可避免的厄运，人们可以原谅年轻人所做的风流韵事，可对于成年人的态度就很不一样了。这种关系对一切都构成威胁，家庭受不了，也会消磨人的雄心壮志，这是男人的第二次爱，也会是最后一次。相信我吧，亲爱的朋友，您要摆正位置，是什么样的女人，您就当什么样的女人来对待，无论在哪些方面，您不要欠她们的人情。”

上面这一席话，有理有据，富有逻辑，普律当丝还有这样的口才真出乎我意料。我无言以对，只好伸出手来，感谢她的这些忠告。

“得了，得了，”她谦虚地说，“这套歪理邪说，听完就算了，一笑了之。生活本身是美好的，亲爱的，至于您个人感觉如何，这完全取决您看问题的角度。听我说，去问问您的朋友加斯通，他对于爱情的看法与我一样。您要相信，在不远的隔壁，一个长相出众的姑娘正不耐烦地盼着那个喋喋不休的男人赶紧滚开。她在想念着您，期待和您共度浪漫的夜晚，而且，我敢确定地说，她真的爱您。现在您和我一起去窗口，等着伯爵的离开，不久他就会给我们腾地方的。”

普律当丝打开了一扇窗户，我们并肩靠在了阳台上开始等待。她看着街上走过的稀疏行人，而我则在胡思乱想。

她刚才所说的一番话，搅得我心神不宁，但我又不得不承认非常有道理，然而我对玛格丽特的爱，却还在倔强地抗争着，我总无法说服自己去妥协。因而，我时不时地就会唉声叹气。普律当丝不得不回过头来看我，她耸了耸肩膀，像极了一个实在拿病人没辙的医生。

我在心里默默念叨，“由于感觉的神速，生命是何其短暂呀！不过短短的两天之内，我们完成了从认识到相爱的蜕变，玛格丽特昨天才成为我的情妇，今天却占据了我的思想，占领了我的心灵和生命。以至于G伯爵的来访，对我而言已经成了不幸。”

终于看到伯爵坐上车子打道回府了，普律当丝随即关上了窗户。

于此差不多同时，玛格丽特开始叫我们了，“快过来，桌子都已经摆好了，”她说，“过来一起吃宵夜吧。”

当我迈进她家门口时，她向我跑过来，搂住我的脖子，使劲亲了起来。

“我们不要这样老闹别扭了，好么？”她对我说。

“是的，事情已经解决了。”普律当丝说，“我教导了他一番，他答应我以后再也不办蠢事了。”

“太好了。”

不由自主地，我抬头看了一眼床，依然整齐，没有凌乱。而玛格丽特已经换上了一件白色的浴衣。

我们在餐桌前坐好。

玛格丽特真是一位多变女神，集妩媚、温柔、多情于一身，我不得不时刻提醒自己，我没有资格向她提出其他要求。任何人处在我的位置都会感到幸福极了，就如同维吉尔笔下的牧童那样，我无须劳碌，只要安心享受天神——不如说是一个女神赐予的欢乐。

我竭力按照普律当丝那些教导来办，使自己和两个女伴一样欢乐。她们的欢乐是自然流露，我却是强颜欢笑，那神经质的笑，几乎像哭出来的似的，她们却信以为真，觉得我心情愉快。

终于，宵夜吃完了，只剩下我和玛格丽特单独相处了。她像往常一样，坐在炉火前的地毯上，闷闷不乐地望着炉火。

她在沉思！在思考什么呢？我不得而知。我饱含深情地看着她，一想到我将要为她而忍受的痛苦，恐惧便阵阵袭来。

“您知道我在想什么？”

“不知道。”

“我在构思一个计划，而且已经成功了。”

“什么样的计划呢？”

“现在还不能告诉您，但是我可以把计划的成果告诉您。结果就是，一个月后，我就自由了，我什么也不欠了，我们可以一块去乡下避暑了。”

“能告诉我您是如何办到的么？”

“也不能。您只需要像我爱您那样来爱我，其他什么也不要管了，您就等着大功告成吧。”

“那么这个计划是您一个人想出来的么？”

“是的。”

“而且，您要单独完成么？”

“由我一人来承担烦恼，”玛格丽特微笑着对我说，这种微笑是我终生难忘的，“但是，由我们共享成果。”

一听到“共同享受成果”这几个字，我的脸不由自主地红了起来，因为我联想到马侬·莱斯特伙同德·格里厄吞没了B先生的钱物的事情来了。

我站了起来，口气稍有点生硬地回答说：

“亲爱的，请允许我只愿意享受由我亲手策划和实现的计划所带来的胜利果实。”

“您这是什么意思？”

“意思是，我非常怀疑G伯爵是这个精彩计划的合伙人，因而，对于这个计划，我既不想负任何责任，也不会去享受它带来的好处。”

“不要这么幼稚了，我还以为您爱我，事实上我错了。那么就随便您吧。”

说完，她站起来，打开钢琴，再次弹奏《邀舞曲》，直到老是出错的那段，才戛然而止。

这是习惯使之，还是她有意提醒我想起我们初次结识的那天呢？而我能记得的，就是当听到这个曲子之后，那天的情形栩栩如生地显现在我眼前，将我逐渐引到她身边，我抱住她的头深情地吻着她。

“您会原谅我么？”我问她。

“您觉得呢？”她回答说，“我们不过结识区区两天，而我却有不少事情来原谅您了。您说过要绝对服从我，但您耍赖了。”

“对不起，亲爱的，只因为我太爱您了，以至于我要去猜测您所有的心思。您刚才的提议让我高兴的忘乎所以，但计划执行前却如此神秘莫测，弄得我莫衷一是，不知所以呀！”

“好了，我们可以严肃地讨论一下了，”她抓住我的手，带着无往而不胜的笑容对我说，“您爱我，不是么？并且，您一定非常高兴和我一起去乡下过两三个月的二人世界，是么？况且，我也会觉得幸福的，更重要的是，为了健康着想，我也需要清静的生活。然而，要离开巴黎这么长时间，走之前，我需要安排好这里的琐事。我想出了一个万全之策，既能脱离债务上的麻烦，又不影响我爱您。是的，您，不要笑，我真是神志不清了，居然会爱上您！可您却居然向我摆谱，还大放厥词。您真是幼稚，可笑极了！您只要心里清楚我爱您，剩下的事情不用操心，也不要再自寻烦恼了。同意么？”

“您非常清楚，您想干什么我都会同意的。”

“这么说，一个月之内，我们就在某个乡下待着了，到时候，我们一起在河边散步，喝鲜牛奶。而我，玛格丽特·戈蒂耶，竟会说这样的话，您一定会感到奇怪吧。我的朋友，不瞒你说，我在巴黎的生活看起来欢乐极了，却燃烧不起来我的热情，我讨厌它。我越来越向往我童年有过的恬静生活。不管长大以后如何，每个人都有属于自己的童年。哦，放心吧，我不会告诉您我原本是退役上校的女儿，或我在圣德尼上过学。我只是来自于贫穷的乡下，六年前，我连自己的名字都写不好。这样您就放心了吧！这是我第一次请求别人和我分享自己奋斗而来的快乐，而您是第一个人，我也不清楚这是为什么？也许是因为我意识到，您爱我只是为了我，并不是为了您自己，而别人却是为了他们自己才爱我的。

“我过去常常到乡下去，但从来都不是出于我的本意。可是，这次我却指望您来满足我这个简单，却让我幸福的愿望。您不要太坏了，快答应我吧。您不妨这样想一下，她命不久矣，终会有一天，我会因没有完成她的一个小小的、轻而易举就能实现的愿望而后悔莫及。”

对于这一席话，我真的无言以对，尤其是我还在回味着我们第一夜的恩爱，并且还在期待第二夜欣喜时刻的到来。

一个小时后，玛格丽特躺在我怀里，现在，即使她命令我去犯罪，我也会照办不误的。

早上六点钟，在离开她之前，我说道：

“今天晚上我还能见您么？”

她热烈地吻了我，却没有说话。

这天，我收到了她写的一封信，信上是这样写的：

亲爱的，我感觉有点不舒服，医生建议我要休息。今晚我只好早点睡觉，不能见您了。可是，为了补偿您，明天中午十二点我会在家等您。爱您。

看完信，闪现在我脑海里的第一个想法是：“她在骗我！”

我的前额冷汗涔涔，因为我太爱她了，这种猜测弄得我思想混乱。

但是，我应该猜到，既然已经和玛格丽特在一起，这种事几乎每天都可能发生。放在以往，和别的情妇在一起时，我也会常常遭遇这样的事，只是我并没有将它们放在心上。而这个女人怎么会拥有支配我生活的力量呢？

此时，我想，既然拿着她家的钥匙，为何我不能像平常那样去她家呢。到时候，一切将会真相大白，碰见任何一个男人的话，我都会扇他耳光。

为了打发时间，我去了香榭丽舍大街，并在那儿待了四个小时，可她却没有露面。晚上，我又找了她常去的剧院，可是哪一家都没有她的踪迹。

到了晚上十一点，我向昂坦街走去。

玛格丽特家的每扇窗户都没有亮光。尽管这样，我仍然按响了门铃。

看门人问我找谁。

“找戈蒂耶小姐。”我回答说。

“她还没有回家。”

“我上她家等她。”

“家里没人。”

显然，有人早就吩咐过他了。我有她家的钥匙，就可以进入她家。可是我担心如此一来就可能会闹出笑话，于是走开了。

可是，我并没有回家。我离不开这条街，我目不转睛地盯着玛格丽特的房间。我似乎觉得还可以打听点消息，至少也要去证实我的猜测。

直到大约午夜，一辆眼熟的马车在九号门前停了下来。

G伯爵从马车上走了下来，把车子打发走后，便进屋了。

那时候，我祈祷看门人会像打发我那样，告诉他，玛格丽特不在家，他也会像我一样吃闭门羹。但是，这个奇迹直到早上四点，都没有发生，我却还在傻傻地等待。

三个星期来，我痛苦难堪，但同这一夜我所遭受的折磨，真是不值一提啊。

第十四章

回到家后，我像个孩子似的哭了。但凡有过一次上了女人当的男人，就不会不体验过我的悲痛。

我怒气冲冲，暗暗下定决心，必须要和她一刀两断，于是我急迫地等待着天明，以便去订回家的火车票，迫切需要回到父亲和妹妹身边，他们俩的爱才是真诚无私的。

可是，我却不想这样一走了之，因为我想让玛格丽特明白我为什么要离开她。也只有一个男人丝毫不再爱他的情人时，才会选择不辞而别离开她。

于是，我拿起笔，绞尽脑汁地想如何去表达我的愤怒。

和我交往的这位姑娘，和所有其他妓女没有什么区别；我以前太美化她了。她像对待小学生一样，耍得我团团转，为了骗我，竟玩了一个无耻的花招，其实，这是非常容易识破的。这时，我的自尊心已经占了上风，我必须要离开这个女人，并且还不能让她看出来，这次分手给我带来的极大痛苦，绝对不能让她因此而对我幸灾乐祸。于是，眼里含满了伤心和痛苦的眼泪，我却用劲写出我能写出的最端正的字，来表明我的想法。

亲爱的玛格丽特：

相信您昨天身体的微恙没有造成太大的痛苦与麻烦。昨天晚上十一点，我来打听您的情况，却得知您那时还没有回家。而G先生显然比我幸运，因为他虽随后出现，却能进入您的家，并一直待到凌晨四点。

请原谅我让您度过一些不安时刻，但您曾赐予我很多幸福时刻，对于此，我会永远难忘。

今天我本该再去打听您的消息，但我却计划回到我的亲人身边了。

再见了，亲爱的玛格丽特。我既不能如我所愿像富翁那样潇洒地爱您，也不能如您所要像乞丐那样卑微地爱您。所以让我们互相忘记吧，您可以像从脑海里抹掉一个不喜欢的名字那样，来忘记我；而我却再也无法忘记还没有成熟便不幸夭折的幸福。

双手奉还您的钥匙，我虽没有用过，可它对您却还有用，假如以后您常常像昨天那样身体不舒服的话。

您可以看出来，在信中，我无法抑制自己不去讽刺她，这虽然有些无礼，却恰恰说明了我仍然还在爱着她。

把这封信反反复复看了不下十遍，一想到这封信可以刺痛玛格丽特的心，我的心便稍稍平静了些许。我则竭力维持我在信中装出来的心态。等到八点，仆人来我房间的时候，我便将这封信交给了他，并让他即刻去送。

“一定要等回信么？”约瑟夫问道。顺便说一下，和世界上所有的仆人一样，我的仆人也叫约瑟夫。

“如果有人问你要不要回信，你就回说你什么也不知道，可是你仍然还要等。”

我奢望她会给我回信。

我们这些人是多么可怜和懦弱啊！

在约瑟夫送信的那段时间里，我心情激动到了极点。一时间，想起了玛格丽特是如何对我投怀送抱的，我便扪心自问我到底有什么资格去写这封唐突无礼的信。她可以这样反驳我，根本就不是G先生欺骗了我，而是我欺骗了他。一般情况下，拥有众多情人的女人都是这样为自己狡辩的。一时间，我又想起了这个姑娘一副信誓旦旦的样子，我又要去说服自己，其实我的信写的非常客气，那里面根本就没有出现什么严厉的字眼，所以根本就不会惩罚到一个玩弄我纯洁感情的女人。接着，我又心想不要再写一封了，最好的方法就是在白天去看她，如果这样的话，我就可以亲眼看到她掉眼泪，我的心情也就会变好起来的。到最后，我开始猜测她将会如何回信，而我早做好了接受她道歉的准备了。

不知不觉间，约瑟夫回来了。

“怎么样了？”我问。

“先生，”他回答说，“夫人还在睡，没有醒过来，不过只要她打铃叫人，信就会送过去，如果有回信的话，他们会送过来的。”

天哪，她竟还在睡觉！

我有好几次竟一冲动想要把信要回来，可是我坚持告诉自己：

“或许，她已经拿到信了，如果我派人去取回来，越发显得我已经后悔了。”

而结果就是，越是接近她可能给我回信的时刻，我就越后悔写了那封信。

十点、十一点、甚至十二点的钟声都已经响过了。

十二点的时候，我甚至努力假装什么事情也没有发生过似的去赴约，不管我如何想方设法，可总也摆脱不了这个紧箍咒。

正像心中有所期待的人常常做的那样，我也萌生了一种迷信的想法，即只要我出去一会，回来便可以见到回信了。人们苦苦等待的信，会以一种出其不意的方式出现，往往在收信人不在家的时候送到。

我借口吃午饭，便上街去了。

我平常习惯在街角的富瓦咖啡馆享用午餐，可是，今天我却没去那里，我宁愿穿过昂坦街，到王宫一带去吃饭。每当我远远看见一个女人，就以为是南妮来给我送信来了。可从昂坦街一路走过，连一个送信的人的影子也没有见到。来到王宫附近，我走进了维里餐馆。与其说侍者伺候我吃饭，倒不如说他随意给我上菜，因为我根本没有吃东西。

不由自主地，眼神总会落在表上。

我回到家里，坚信玛格丽特的信早到了。

可是，看门人却什么也没有收到，紧接着我把希望寄托在仆人身上，可他也照样令我失望，因为从我出门至今，他还没有见过任何人呢。

假如玛格丽特想给我回信，我早就会拿到信了。

直到现在，我才开始后悔我的用词，我本该保持完全的沉默。这样做的话，定会引起她的惴惴不安，她也就会有所行动的。一见到我没有出现在昨天说好的约会上，她就会追问我爽约的原因，在这个时候，我就可以将自己的苦衷告诉她。这样一来，她就无计可施了，只剩下为她自己辩解了。而这正是我所期待的，因为我觉得无论她塞给我什么烂借口，我都会接受与相信的，只要可以还能见到她，无论怎样我都会心满意足的。

我还梦想着她会亲自登门拜访，却白等了一个小时，连着一个小时……

看来，玛格丽特与世界上其他女人相比真是与众不同呀，因为只有极少的女人在收到像刚刚我写的那封信之后，会完全无动于衷，不回复只言片语。

等到五点钟，我再也坐不住了，于是朝香榭丽舍街方向狂奔。

“假如遇见她，”我想，“我一定要摆出满不在乎的样子，那么她就会相信，我已经不再爱她了。”

可是在王宫街拐角处，我却看见她坐车经过，出乎意料的相遇使我惊慌失措，脸色马上变白了。最要命的是，我没有注意到她是否看见了我。慌乱间，我只看见了她的马车。

结果，我再也无法继续在香榭丽舍大街上散步下去了，我决定去看剧院的海报，因为我知道这是我所能把握的另一个机会。

在皇家剧院，会有一场首场演出。我确信玛格丽特一定会去看的。

一直等到所有的包厢都坐满，我却连玛格丽特的影子都没有见到。

过了一会儿，我走了出去。凡是她经常出没的剧院，我毫无遗漏地都进去找了，不管歌舞剧院、杂耍剧院、还是喜剧剧院，我全去了。

而结果都一样，她都不在。

或者是我的信太伤她心了，她无心看戏了，或者她害怕见到我，有意躲避我，以免又要向我开口解释什么。

正当我走在大街上，出于虚荣心，正在这样安慰自己之时，突然我看到了加斯通，他问我从哪里来。

“从皇家剧院来。”

“我从喜剧院来，”他说，“我原以为会在那儿见到您呢。”

“为什么这样说呢？”

“因为玛格丽特在那儿。”

“哦！真的么？”

“真的。”

“玛格丽特一个人在那么？”

“不是的，和她的一个女朋友在一起。”

“还有其他人么?”

“G伯爵在她包厢里待了一会儿，不久她便和他一起离开了。我一直以为您也会去的，我旁边的一个位子一直没人坐，我还曾猜测是您订下的呢。”

“但是，我为什么应该要跟着玛格丽特，她去哪我就要去哪么?”

“因为，她是您的情人呀?”

“这是谁告诉您的?”

“普律当丝呀，昨天遇见她时才知道这回事。亲爱的，我祝贺您。她可是一个不太容易追到手的漂亮女人呀，拥有他，您该多有面子呀。”

加斯通的这个简单而直接的看法，顷刻间让我意识到我的敏感是多么好笑。

如果昨天晚上遇见他，听了他这番话，我确信我绝对不会写那封愚蠢的信。

我几乎想马上去普律当丝家，让她带话给玛格丽特，说我想见她。可是我又怕她会对我打击报复，而拒绝见我。于是穿过昂坦街，我又回到了自己的家。

我再次向看门人确认有没有我的信。

结果还是没有。

躺在床上我还在自我安慰道:“她极可能想看看我还有什么新的举动，等待我会不会要回我写的信，如果明天我还是纹丝不动的话，到时候她就会写信给我了。”

那天晚上，我为自己的愚蠢行为深感后悔。我孤单地待在家里，辗转反侧，心理焦虑，睡不着觉。想当初如果听任事情自然发展的话，我现在也许正躺在玛格丽特身边，听着她的甜言蜜语，这些话我至今才听过两次而已，现在一个人，在如此寂寞的情形下，我想起这些话，依旧脸上发烧。

那时，我觉得最可怕的事情莫过于，理智告诉我错了。事实上，所有的迹象都表明了玛格丽特爱着我。首先，她愿意和我两个人去乡下去避暑；其次，不存在任何原因迫使她做我的情妇。我的财产根本无法支付起她的日常开销，甚至连她一时兴起的琐碎花销也满足不了。因而，她唯一渴望在我身上得到的是一种真爱，而这种真诚的感情，能够让她在肉体交易之余，得到一种休憩。然而我在第二天就无情地摧毁了她的这个希望。她陪我度过两夜美好良宵，却得来我刻毒的嘲讽！所以，我的所作所为真是虚伪透顶，可笑之极！既然没有给过这个女人一分钱，又有什么权利来批评她的生活呢？我第二天就跑掉了，难道这不像一个情场无赖么？因为担心要为自己的享受买单，才赶紧溜之大吉。太可笑了！我认识玛格丽特才三十六个小时，她成为我的情人才二十四小时，我却老是惹她生气。她能分身来爱我，而我不仅不对此感到心满意足，反倒想独占她，胁迫她一下子割断她以前的所有关系，而这些关系正是她以后维持生活的手段。我有什么资格要责备她呢？一无所有。她本可以像某些大胆泼辣女人那样，直接告诉我，她要接待其他情人，但是她却选择写信委婉地告诉我，她不舒服。我没有相信她说的话，只逛了昂坦街，而没有去巴黎其他的大街小巷去溜达；没有和朋友们去消磨这个晚上；没有在第二天，已经约定好的时间出现。我却扮演了奥赛罗的角色，去监视她的行动，还自以为是地觉得不再见她是对她的一种惩罚。然而结果恰恰相反，她应该为这次分手感到高兴，应该嘲笑我的愚蠢。从某种意义上说，连她的沉默都谈不上是怨恨，确切地说是对我的蔑视。

在这个节骨眼上，我本应该送玛格丽特一件礼物，这样一来我既不会给别人留下吝啬的印象，同时，我像对待其他妓女一样对待她，我就不会欠她丝毫人情了。可是，假如真要这样做，我们纯洁的爱情就会沾染铜臭，我也就亵渎了纯洁的爱情，假如不是亵渎了她对我的爱，那么至少也污染了我对她的爱。在我看来，我对她的爱是至纯至净，容不下丝毫杂念，就是再丰厚的礼物也回报不了这份爱情带给我的幸福，尽管这份幸福如此短暂，恍若昙花一现。

以上就是那晚我翻来覆去思索的成果，而我也做好了随时准备告诉玛格丽特我的这些心里话。

直到天亮，我不曾合眼，浑身燥热，发烧难受。我一直在想着她，除了她之外的任何人都不曾出现在我的脑海。

正如您所能想到的，我只有两条路可走，因此必须要选择一个：要么与玛格丽特彻底绝交；要么不再怀疑她，一如既往地爱她。当然了，前提是她还愿意见我。

可是，您也知道，在做出重大决定前，人往往会犹豫不决、举棋不定。结果，我既没法呆在家里，也不敢去玛格丽特那里，于是采取了一个折中的方式，想办法接近她，如果侥幸成功的话，既可以维持住我的自尊，将它归咎于巧合，又可以见到她。

早上九点钟，我就匆匆地去了普律当丝家。她问我那么早我找她有什么事。

当然了，我不敢直截了当地告诉她我为什么去找她。我仅仅回答说，我这么早出门是为了在去C城的公共马车上订一个座位，因为我父亲在C城那儿。

“您真是太幸运了，”她说，“您可以在这么明媚的好天气里离开巴黎。”

我看着普律当丝，寻思着她是不是在嘲笑我。

结果在她脸上只能找到严肃的表情。

“您还要和玛格丽特告别么?”她仍然一本正经地问道。

“不去了。”

“这就太聪明了。”

“您这样觉得?”

“当然了,既然您和她已经完蛋了,再见面还有什么意思呢?”

“您也知道我们俩分手了?”

“她让我看了您写的信了。”

“那么,她是怎么说的?”

“她说道,‘亲爱的普律当丝,您看重的那个宝贝变得太没有礼貌了,这封信上写的话,我们放在脑子中想一想还可以,但是世界上不会有人把它们写出来呀。’”

“她用什么样的语气来说这句话的?”

“是笑着说的,接着她又说:‘他在我家吃过两次宵夜,甚至到现在,连象征性的道谢还没有呢。’”

真是自食其果,这一切都是拜我的那封信及我的妒忌心所赐呀!我在爱情方面的虚荣心遭受到了前所未有的重创呀。

“昨天晚上她去干什么了?”

“她去了剧院。”

“这我知道,然后呢?”

“她回家吃宵夜了。”

“一个人么?”

“我猜,和G伯爵一起。”

这么说来,我和她的决裂一点也没有改变玛格丽特的生活习惯。

遇到类似情况,有人就会告诉您:“坚决不要再迷恋这个不爱您的女人了。”

我勉强笑了笑说：“好吧，看到玛格丽特没有因为我而伤心，我感到非常高兴。”

“她这样做是非常合情合理的，您做了您应该做的事。您比她更理智些，这个姑娘深爱着您，张口闭口就会说到您，她是什么蠢事都会做出来的。”

“既然爱着我，为什么她不回信呢？”

“因为，她已经恍然大悟，她是不应该爱您的。女人有时宁愿会原谅别人利用她们的爱情，也绝不愿意别人伤害她们的自尊心，尤其是一个男人刚做了她两天情人就要离开她，那么不管导致他们分手的原因是什么，分手总是要伤害一个女人自尊心的。以我对玛格丽特的了解，她宁死也不会给您写信的。”

“那么我该怎么做呢？”

“什么也不用去做了，她最终会忘了您，您也会忘了她，你们俩谁也不必埋怨谁了。”

“假如我写信请求她原谅呢？”

“千万不要这样，她会原谅您的。”

此刻，我差一点要去拥抱普律当丝了。

十五分钟后，我坐在自己房间里给玛格丽特写信。

“有个人，他对自己昨天写的信感到追悔莫及，假如您不肯原谅他，他明天就只能离开了，他非常期待什么时候可以跪在您的脚边，以向您倾诉他的悔意。

什么时候他可以单独见您呢？您知道的，在忏悔的时候，是不需要其他外人在场的。”

我把这封散文式的信折叠好，让约瑟夫送去。他把这封信亲手交给了玛格丽特，她告诉他说，她一会儿就回信。

吃晚饭，我只出去了很短的时间，可是直到晚上十一点，我还没有收到回信。

不能再这样遭受煎熬下去了，我决定第二天就动身离开。

既然下了这个决定，我明白就是死赖在床上也睡不着，还不如索性起来，开始收拾行李呢。

第十五章

我和约瑟夫在为我的动身做准备，忙了将近一个小时，突然有人在使劲按我家的门铃。

“需要开门么？”约瑟夫说。

“打开吧。”我回答说，心里在寻思，这么晚了是谁来了呢，我不敢去猜想玛格丽特来了。

“先生，”约瑟夫回来说，“是两位夫人来了……”

“阿尔芒，是我们呀。”从这句喊叫声中，我辨别出了这是普律当丝的声音。

我慌忙走出了卧室。

普律当丝站在会客厅里，欣赏着那里的几件古玩，而玛格丽特则坐在沙发椅子里沉思。

我进屋以后，直接奔向她，我双膝着地，握住她的双手，含情脉脉地对她说：

“请宽恕我。”

她吻了吻我的额头，并说道：

“截止到此刻，我已经是第三次原谅您了。”

“我打算明天就要走了。”

“我的来访又怎么会改变您的决定呢？我不是为了阻止您离开巴黎的。我是因为白天没时间给您写信，又不愿意让您觉得我还在生气才来的。普律当丝不愿意我来，因为她觉得我会妨碍您。”

“您，玛格丽特会妨碍我，这句话从何说起呀？”

“对呀，说不定您这儿还有一个女人呢，”普律当丝解释道，“假如真是那样，她看见又来了两个女人，这个女人才不会觉得好玩呢。”

在普律当丝说这些话时，玛格丽特留神着我的反应。

“亲爱的普律当丝，”我回答道，“您真是越说越离谱了。”

“您的房子看着真漂亮，”普律当丝转移话题道，“可不可以参观一下卧室呀？”

“您随意看。”

普律当丝走进了我的卧室，她的目的不在于参观卧室，而是为了弥补刚才所说的那些蠢话，才创造机会让玛格丽特和我单独在一起。

“您为什么要带着普律当丝一起来？”我问道。

“她陪我一起看戏，而且我也需要有个人陪我离开这儿。”

“我送您不行么？”

“当然可以了，但是，一方面我不希望给您添麻烦，另一方面，只要到了我家门口，您定然会要求去上面坐坐，而我却只能拒绝，而我又不愿意因为我的拒绝而让您得到一个怨恨我的理由。

“有人在严密监视我，假如发现我有丝毫越轨行为的话，我就将要大祸临头了。”

“仅仅就这一个原因么？”

“假如还存在其他原因，我一定会告诉您的。因为我们已经发展到了无话不谈的阶段了。”

“听我说，玛格丽特，我想开门见山地问您一个问题。请告诉我，您有没有一点点爱我？”

“岂止一点点，非常爱您。”

“那么，您为什么要骗我呢？”

“亲爱的，假如我是某个公爵夫人，假如我每年收入二十万里弗尔。在上面任何一种情况下，如果我还是您的情妇，并且除了您之外，我还有一个情人，那么您就会有资格质问我，为何要欺骗您。可事实是，我是没有丝毫财产的玛格丽特·戈蒂耶小姐，外加负债四万法郎，并且我每年还要花费十万法郎。因此，您问的这个问题毫无意义，而我也不会浪费口舌回答。”

“您说得对极了，”说着，我将头埋在了玛格丽特的膝盖上，“然而，我爱您爱得昏天暗地。”

“好了，亲爱的，要么您要少爱我一点，要么您多理解我一些。您信上的话让我伤透心了。假如我拥有选择的自由，第一，前天我就不会去见伯爵，即使见了的话，我也会请求您的谅解的，就像您刚刚求我原谅一样。而且从此以后，您就是我唯一的情人，因为除您之外我不会再有其他情人。有一刻，我曾设想，我可以有六个月的时间来享受我们甜蜜的二人世界，可您却不愿意，您就是要坚持知道我是如何实现这一计划的。天哪，一猜便知道我采取了什么样的方式。我用的这个方式，为您所做出的牺牲比您所想象出来的要大得多。我本可以对您说：‘我需要两万法郎，既然您爱着我就一定可以帮我弄到。’但之后您却可能因此而责备我。我选择了不去欠您人情，可您不会理解我的苦心，可这却是不争的事实呀。像我们这类女人，但凡还有一丝良心，我们说什么话，做什么事就会意味深长，一般的女人是没法体会到的。我再重申一遍，我，玛格丽特·戈蒂耶，没有向您伸手要过钱，却采取其他方式，这是出于某种对您有利的考虑，她也就不需要再去解释什么了。假如您今天才认识我，那么您对于我答应您的事情一定会高兴极了。您也绝不会去质问我前天做了什么。有时候，我们不得不牺牲肉体去追求精神上的满足，可到最后反倒享受不了精神上的愉悦，这样一来我们更加痛苦了。”

我带着赞赏的神态，一边望着她，一边听着她诉说。当我想到，这个人间绝色女子，过去我曾经想亲吻她的脚，现在她却让我看到了她的灵魂深处，我也成为了她生活中的一部分，我现在竟然还不满足，我不禁扪心自问人的欲望为何不断膨胀，它到底有没有尽头呢？像我这样的人一旦实现了自己的梦想，又开始想要得寸进尺了。

“不错，”她接着说，“我们这些被命运之神摆布的女人，会有一些稀奇古怪的愿望和匪夷所思的爱情。有时候为了这样东西，有时候会为了那样事物，我们就会出卖自己的肉体。导致一些人甚至落到倾家荡产的下场，他们却没有捞得我们的丝毫好处；另一些人则不费吹灰之力，仅用一束鲜花，就得到了我们。我们是如此反复无常。跟着感觉走，是我们生活的唯一消遣。我敢发誓，我献身于您的速度比委身任何其他男人的速度都要快，这是为什么呢？因为您在看到我吐血时握住了我的手，哭了，您是世上唯一的一个真正同情我的人。不妨给您讲个笑话，过去，我养了一条小狗，当我咳嗽时，它就会用悲哀的神情看着我，它成为了我唯一爱过的动物。

“在它死的时候，我哭得比亲娘死了还要伤心，事实上，在我母亲身边时，她只知道打我，而且一打就是十二年。就这样子，我一下子爱上了您，就像忽然间爱上我的狗。如果男人明白流下一滴眼泪可以换到些什么，他们就会变得更加惹人喜欢，我们也就不再这样挥霍浪费他们的财产了。

“您的信让我看到了您的内心，也将您的糊涂一览无遗，从我对您的爱情角度而言，不管您做了什么事情，也不会有这封信带给我的伤害要大。当然了这是嫉妒带来的恶果，但是这种嫉妒不仅可笑，而且也非常低俗。在我看到这封信的时候，我就有一种不好的预感。我本打算中午去看您，指望通过见到您，来抹掉始终纠缠在我脑子里的一些想法，在我认识您之前，这些事我从来没有将它们放在心上过。”

“而且，”玛格丽特接着说道，“您是唯一的一个，只有在您面前我才可以放心地随意而谈，无所顾忌。但凡围绕着我们这类人转的男人，都喜欢对她们说过的只言片语寻根究底，并乐此不疲地去寻找那些毫无意义的行为的意味。自然而然地，我们没有知心朋友，有的只是一些自私自利的情人，他们花钱只是为了满足他们的虚荣心，才不是为了我们呢。

“对于这些人，当他们开心的时候，我们必须要高兴；当他们要吃宵夜的时候，我们必须要能吃能喝；当他们在猜忌的时候，我们也要怀疑。我们必须要没心没肺，不然的话，就要吃冷嘲热讽，甚至还要失去声誉。

“我们不再属于自己，我们不再是人，而是玩物。他们在满足虚荣时会将我们排在第一位，在冀求尊敬时将我们踩在脚底下。我们有些朋友，都是像普律当丝那样的女朋友，过去她们也是红极一时的妓女，至今还不改挥霍的习惯，可是现在她们已经人老珠黄了，丧失了挣钱的资本，于是她们成了我们的朋友，确切地说应是食客。她们的友情已经到了可供役使的程度，但从来就不可能是单纯无私的。她们只会给你出些怎么捞钱的主意。就是您额外还有十个情人，她们也不会在乎的，她们只关心能否从中获利，或者赚到一些衣裙、首饰；只要她们能常常乘着我们的马车四处游玩，能坐在我们的包厢里看戏，其他一切都无所谓了。她们拿走我们前一天用过的鲜花，经常借用我们的开司米披肩。她们从来不会平白无故地帮我们，甚至连一件小事都要我们双倍的谢礼。正如您那天晚上看到的，普律当丝给我拿来了六千法郎，这是我让她到公爵那里替我要来的，而她当时就开口向我借五百法郎，这笔钱显然就成了'肉包子打狗有去无回了',或者她会还我几顶她完全不用的帽子。

"因而我们,或者不如说我,只能够怀有一种幸福的希望,那就是找一位境界高的男人,像我这种疾病缠身,有时忧郁的女人,只能去期待这种幸运,他因其超凡脱俗而从来不问我的生活,并且是一个重感情而轻视肉体的情人。过去,我在公爵身上找到了这样男人的影子,但公爵年事已高,既不能安慰我也不能给我安全感。我原来以为能够接受他为我安排的生活,但我也毫无办法,因为我快厌倦死了,我始终认为,假如一个人命中注定要受煎熬而死,那么还不如索性跳到大火中烧死自己,或者用煤气毒死自己来得痛快呢。

"就在那时,我遇见了您,您,年轻、热情、欢乐。于是我试图将您变成我外表热闹其实内心寂寞生活所需要的人。我并不爱现在的这个您,而是我所想象的、将来将变成的那个您。可您不接受这个角色,认为您不适合而不满足我的愿望,那么您也不过是一个稀疏平常的情人。那就按规矩行事吧,付钱给我吧,不要再浪费口舌了。"

经过这么长时间的促膝而谈,玛格丽特累坏了,她靠在了沙发上,为了强忍一阵将至的咳嗽,她把手绢捂住了嘴唇,连眼睛都盖上了。

"原谅我,原谅我,"我不断地喃喃道,"您说的所有东西我都明白,但我就是想听您亲口对我说。亲爱的玛格丽特,让我们忘掉所有不快吧,只要记住一件事,我们要永远在一起,我们还年轻,可以相爱一生。

"玛格丽特,请随意支配我吧,我是您的奴隶,是您的狗。但是,看在上帝的分上,请把我写的信撕掉吧,明天不要让我走,否则我会死掉的。”

玛格丽特从上衣的胸口处取出了我的信，还给了我，并带着一种难以形容的柔美微笑对我说：

“瞧，我把信给您带回来了。”

我撕掉了信，眼中饱含泪水地吻着她伸过来的手。

正在这时，普律当丝又出来了。

“哦，普律当丝您猜猜看，他想让我干什么？”玛格丽特说。

“请您原谅他。”

“就是。”

“您原谅了么？”

“除了答应，没有其他方法了，但是他还有一个请求。”

“是什么呢？”

“他想去和我们一起吃夜宵。”

“您答应了么？”

“您怎么看呢？”

“我看你们两个都还是孩子呢，都那么淘气。我早饿了，您早一点答应了算了，我们也好早一点吃上宵夜。”

“好吧，”玛格丽特说，“我们三个就挤挤坐在我的那辆马车吧。顺便加一句，”她转身对我说，“南妮可能等不及我回来就睡着了，只好由您去开门了，拿好我的钥匙，千万不要弄丢了。”

我使劲吻着玛格丽特直到她不能呼吸为止。

这时，约瑟夫走了进来。

“先生，”他窃窃自喜地对我说，“行李全都打包好了。”

“全部打好了？”

“是的，先生，全部。”

“那么，通通打开吧，我不走了。”

第十六章

我本来可以把我们相恋的来龙去脉用三言两语就讲清楚(阿尔芒继续说道),但是,我想让您知道我们是经历了哪些迂回曲折,才发展到这种情形的,我完全对玛格丽特言听计从,而玛格丽特呢,则无法离开我而生活。

在她来找我的第二天,我就把《曼侬·莱斯特》这本书送给了她。

从此以后,既然我已无力改变情人的生活,只能去选择改变我自己的生活。最重要的是,我不让大脑有时间来琢磨我刚刚接手的角色,只要我一想起它,不由自主地,我就会闷闷不乐。这就导致我原本安静悠闲的生活,变得杂乱无章。您不要去想象一个炙手可热的妓女,尽管无私地去爱您,就不需要您花费一分钱了。她有很多种爱好:收鲜花、看戏、吃夜宵、郊游,情妇的这些要求是绝对不能拒绝的,然而满足她的这些心血来潮的欲望,就需要一笔不小的花费。

正像我告诉您的那样,我自己没有财产。我父亲过去是、现在也是C城的总税务官,他为人正直,口碑极好,因而借到了担任这个职务所需要的保证金。这个职务每年给他带来四万法郎的收入,十年累计下来,他已经偿还了保证金,除此之外,还替我妹妹攒下了嫁妆。我父亲是一个非常值得尊敬的人,我母亲去世后留下了六千法郎的年金,在他谋得C城总税务官职务的当天,就把这笔年金平均分给了我和妹妹。之后在我二十一岁那年,他又在我那笔小收入上,增加了每年五千法郎的生活费,他还非常自信地对我说，这样我就拥有了八千法郎的年金。另外，如果我能在司法部门或医疗单位找到一个工作的话，我在巴黎就可以生活得非常不错。于是我来到了巴黎，攻读了法律，而且得到了律师资格，就像许多年轻人那样，我把文凭暂时扔在了口袋，想先让自己在巴黎过几天逍遥日子再说。我生活节俭，可年金还是不够花，仅在八个月内就将之花光了，我便在父亲那里度过四个月的夏天，就这样凑合着，一年合计起来有一万两千法郎的年金收入，并且还赢了一个好儿子的名声，最重要的是我还没有任何债务的烦恼。

这就是当时我结识玛格丽特所处的情形。

您明白，我眼睁睁地看着我的支出猛增，而自己却无能无力。玛格丽特是一个非常任性的女人，属于这类，把生活寄托在五花八门的娱乐消遣之上，而根本就不把这些消遣的花费当一回事。结果就成了这样，为了尽可能和我黏在一起，她常常上午就给我写信约我一起吃晚饭，但地点不在她家，却在某个饭店，这些饭店有时候在巴黎，有时候在郊外。而我要先去接她，然后再一起吃饭，一起看戏，还经常一起吃宵夜，我每天晚上花四五个路易，一个月下来就要花费两千五百至三千法郎，累计下来三个半月就将我一年的收入挥霍掉了，我必须要借债，不然的话我只能离开玛格丽特了。

现在我准备接受任何事，除了最后一种情况。

请原谅我啰嗦了这么多细枝末节，可它们正是为后来的事情埋下了伏笔。我所讲的故事真实而简单，所以我保持了故事朴实无华的本色，就让我简单地叙述一下我们相爱的全过程吧。

渐渐地，我意识到，世界上再没有什么东西可以让我忘记玛格丽特，那么为了和她厮守在一起，我只能竭尽我的所能去增加我的收入了。况且，我们的爱已经让我神魂颠倒、如痴如醉，一离开玛格丽特我就会度日如年。我迫切需要去追随着某种欲望去放纵，唯此我才能打发时间，让它们匆匆流逝，让我感觉不到时间的流动。

于是我在自己原本就不多的资产中挪用了六千法郎，开始去赌博，自从赌场被取缔后，赌博反而遍地开花，随处可见了。放在以前人们只要走进弗拉斯卡第赌场，就会有赢钱的机会。因为人们使用现金来赌，即使不幸运输了，还可以自我安慰说，自己还有赢回的机会。然而现在的情况是，除非你在俱乐部，可以认真对待输赢，要是换了其他地方，即使你赢了一大笔钱，也差不多一分钱也得不到，而这其中的原因是不难理解的。

往往只有那些花费巨大，而又没有足够钱来支撑他们所过的生活的年轻人，才去赌博。而他们赌博的结局注定是这样的：假如他们赢钱了，那么输了的人就要替他们的马车和情妇付钱，这是很难受的事。于是欠债越积越多，在赌桌台布周围培养起来的友谊也最终破裂，荣誉和生命难免会受到损伤。即使您是一位诚实的绅士，也将会被一些更加有教养的人弄得倾家荡产，这些人本身没有什么错误，仅仅是少了二十万利弗尔的收入罢了。

至于那些在赌场中作弊的人，就不需要让我浪费口舌了，他们迟早会被赶走，或许时间晚些，但总归会受到应有的惩罚。

于是，我便投身了这种紧张、刺激、吵闹的生活之中去了。在过去，这种生活，我一想到就会胆战心惊，现在却已经成为了我对玛格丽特爱情的必不可少的能量补充。除此之外，我自己则毫无其他办法。

假如哪天我没有去昂坦街，而一个人待在家里，我就要彻夜难眠。妒火中烧，使我无法安眠，思想与血液好像都燃烧起来似的。只有去赌博才可以暂时不让我发疯，而将我的内心狂热引向另一种激情，因而我奋不顾身地投入到里面去了，直到去赴情妇约会的时间到了才停止。也只有那个特殊的时刻的到来，我才意识到我对她的爱是多么狂野，因为只要时间一到，不管是输或者是赢，我都会毫不犹豫地离开赌场，而且会为那些依然留在那里的，还在奋斗的人感到惋惜，因为他们不会享受到我离开这儿所感觉到的极大幸福。

对大部分赌徒而言，赌博是一种需要，而对我来说，它则是一种治病的药方。

假如有一天我不继续中玛格丽特爱情的毒，我也就不再赌博了。

因而，在赌博的过程中，我能保持着头脑的清晰与冷静，我只输我能付得起的钱，也只赢我输得起的钱。

况且，我赌博的运气不错。我毫无外债，而开支却比赌博前猛增了三倍。在这种情况下，我可以非常轻松地去应付玛格丽特随心所欲的成千上万种消费了，但是，要维持这种生活却很艰难。从她的角度来说，她还像以前那样爱我，甚至比之前更加爱我了。

正如我以前告诉您的，在开始的时候，她只有在午夜到清晨这段时间接待我。此外，我还可以时不时地在她的包厢里见到她，接着我们一起吃晚饭。可是有一天早上，我竟然一直待到了八点才离开，甚至有一天我直到中午才离开。

我一直在期待着她精神上出现变化，她身体上的巨大变化却早已显现。我曾经想办法让她治病，这个可怜的人儿也看出了我的意图，于是为了表示感激之情，她就处处配合我的安排。结果，我不费吹灰之力就让她几乎完全丢弃了她的老习惯。我安排她去看我的医生，医生对我说，只有好好休息，过一种安静的生活才能让她恢复健康，就这样改变了她爱熬夜与吃宵夜的不利健康的生活习惯，而我也对她的饮食与睡眠进行了合理科学的规划。玛格丽特虽然不心甘情愿却也努力去适应她的新生活，渐渐地她也感到这种生活确实对她的健康有益。甚至，不久以后，有几个晚上，她已经选择在家里度过，如果遇上不错的天气，她就围上开司米围巾，蒙上面纱，和我一起出去散步，我们俩就像小孩一样在香榭丽舍昏暗的小巷里溜达。散步回来后，觉得很累，她会吃少许夜宵，听听音乐，或者看看书，然后就去睡觉。这种现象放在以前不可能发生，而每当听到她咳嗽，我就会比自己咳嗽还要心痛，而现在她几乎不再咳嗽了。

六个星期后，伯爵对我来说不再是个威胁，因为玛格丽特已经将他完全抛在了脑后，他已经彻底沦为了一个牺牲品。只是面对公爵，我不得不还要继续隐瞒我和玛格丽特的亲密关系。然而当我待在玛格丽特那儿的时候，公爵还是常常吃闭门羹，借口是夫人还在睡觉，别人不准打扰。

结果，玛格丽特已经养成了一个习惯，她老是想见我，更确切地说，这已经成为一种需要。因此我就像一个老练的赌徒，总能在恰当的时刻离开赌桌。总之，总是赢钱，不久我发现我手里已经有了一万多法郎，这笔钱对我来说好像是永远用不完的活钱。

按照惯例，我每年探望父亲和妹妹的时间又如约而至了，但是我迟迟没有动身。因此我频频收到他们两个要我回家的信。

对于他们的催促，我尽我所能地回答得巧妙，我总是回复他们说，我身体健康，不需要钱。我认为这两点也许能使父亲对我的迟迟不归得到些许安慰。

就在这段时间，一个明媚的早上，强烈的阳光将玛格丽特照醒了，她从床上跳下来，问我愿不愿意带她到乡下玩一天。

我们派人找到普律当丝，于是我们三个结伴而行，临走前，玛格丽特吩咐南妮去通知公爵说，她想趁着这个大好晴天和杜沃努夫人一起去乡下游玩。然后，我们三个就出发了。

有了普律当丝的陪伴，一方面可以使老公爵放心，另一方面普律当丝也使我们的旅途更加有趣，她好像就是为了旅游而生。她总是生气勃勃，兴高采烈，而且吃东西津津有味，有了她的陪伴，不会出现片刻无聊烦闷，况且她非常擅长订购鸡蛋、樱桃、牛奶、炸兔肉及其他巴黎郊游野餐不可或缺的食物。

而我们只需要确定去哪玩就行了。

而普律当丝又将这个难题给解决了。

“你们是不是想领略一下原汁原味的乡下呀？”

“是的。”

“那好吧，我们就去布吉瓦尔，在那里有个曙光饭店，这是一个叫阿尔努的寡妇开的。阿尔芒，您去租一辆四轮马车。”

一个半小时后，我们就来到了阿尔努寡妇的饭店了。

也许您知道这个饭店，一个星期里有六天它是旅馆，星期天则变成了咖啡馆。它有一个花园，位于大概有两层楼的高地上，站在这里四处远眺，风光非常美好。只见左边是没有尽头的马尔利引水渠，右边是连绵不断的小山冈；在加皮荣平原和克罗瓦西岛之间，有一条银白色的小河流过，而这条河流到这里几乎是依依不舍，像一条宽大的白色波纹缎带，向四面伸展开来。两岸的高大挺拔的杨树随风起舞，柳树则在呢喃，好像在哄着小河入睡。

远处，一片红瓦白墙的小房子矗立在灿烂的阳光下，格外鲜明。再往远处，小工厂，小作坊林立，但由于太远而无法看清枯燥无味的商业标志，却更添了一层迷人的色彩。

更远处，是迷雾笼罩下的巴黎。

正如普律当丝所说，这里是原汁原味的乡村，要强调的是我们吃了一顿真正的午餐。

这并不是为了感激我在这里得到了莫大的幸福才这样说，布吉瓦尔，尽管其名字难听，却真正是一个美得让人窒息的地方。我曾四处旅游，也见过许多壮丽的景色，但是从来没有见过比这个恬静卧在山脚下的小山庄更美丽的地方了。

阿尔努夫人提议我们去乘船漫游，玛格丽特和普律当丝愉快地接受了。

人们总将乡村和爱情联系起来，这是非常有道理的。让心爱的人置身于蓝天、芳草、鲜花、微风组成的明朗的田野，以及寂静树林的环抱里，这是多么富有诗意呀。无论您是多么爱一个女人，无论她的过去如何可靠地保证她未来的忠诚，您还是或多或少会萌生嫉妒之心。假如您曾经恋爱过，认真恋爱过，您一定会有这样的感觉，您总觉得有必要和您所爱的人完全与世隔绝，一个人彻底独占她。不管您的爱人对周围是如何冷若冰霜，不食人间烟火，但只要她一接触其他男人，您就会觉得已经失去了她的独特的芳香和完整。而我比其他人对这一点更加感触颇深。我的爱情不是普通的爱情，我像一个普通人在陷入爱情中那样去做去感受，但我爱的人是玛格丽特·戈蒂耶，不妨这样说吧，在巴黎，我每走一步，就可能会碰到一个她曾经的情人，或者将是她情人的人。但是，到了乡下，我们完全置身于陌生人之间了，这些人我们不曾遇见过，他们也不会关心我们。在这里，在处处无限春光的大自然的怀抱之中，我们远离了城市的喧嚣，我们抛弃了所有的羞耻与恐惧，我们爱得热烈奔放。

妓女的影子逐渐在她身上消失了。我身边只有一个叫玛格丽特的女人，年轻、漂亮，我们互相爱慕，过去的一切已经荡然无存，等着我们的未来是一片光明与希望。太阳照耀着我的情人，好像在照耀着这个世上最圣洁的未婚妻。我们两个在这里悠闲地散步，风光无限美好，引人想起拉马丁的诗句或者哼起斯居多的歌曲。她身着一件白色的连衣裙，斜倚在我身上。夜幕降临之时，天空繁星点点，她向我絮说昨夜已经说过的绵绵情话，远处，尘世生活依然还在嘈杂热闹地进行着，但它投下的阴影并没有玷污我们由青春和爱情组成的幸福图画。

这就是那天慵懒阳光穿过树叶的缝隙时带给我的美梦，我们乘船到了一个小岛上，我舒服地躺在草地上，任思绪飘远，畅想着未来。

从我所在的地方，还可以望见岸边有一座精巧可爱的三层小楼，外边围着一个半圆形的铁栅栏，从中间穿过，房屋前面是一块像天鹅绒一样平整的草地，房屋后边有一个神秘幽静的小树林。这块草地，第一天如果踏出小路，那么似乎第二天新长出来的苔藓就可能将它淹没。

一些蔓生植物的花朵遮盖了这座无人居住的小楼的台阶，一直延伸到了二楼。

凝望着这座小楼，时间久了，我竟以为它属于我了，只因为它使我的梦境更加绚烂，我在这座小楼里看到了我和玛格丽特美好的二人世界，我们白天在这座山冈之上的树林里徜徉，晚上我们一起坐在绿草地上，这个世界还有谁能像我们俩这样幸福愉快呢。

“多么漂亮的房子呀！”玛格丽特对我说，她的眼神一直在跟随着我的视线，或者她的思想也在跟着我的想象。

“在哪里？”普律当丝问道。

“那儿。”玛格丽特指着那座房子回答说。

“嗯，的确可爱极了。”普律当丝说，“您喜爱它么？”

“太喜欢了。”

“那么，对公爵说，让他把房子租下来，我非常确定，他一定会同意的。如果您愿意，这件事就交给我来办吧。”

玛格丽特望着我，好像在征询我对这件事的意见。

普律当丝最后的几句话仿佛当头一棒，将我的美梦打个粉碎，我又重新回到了现实，像摔了一跤似的茫然无措。

“是的，这个主意不错。”我结结巴巴地回答说，几乎不知所云。

“好吧，就让我来安排一切吧。”玛格丽特握着我的手说，她是依照她自己的愿望来理解我的话的，“现在，我们赶紧去看看这座房子是否出租。”

房子闲置着，租金是两千法郎。

“住在这里，您会高兴么？”她这样问我。

“我一定能来这儿么？”

“不是为了您，难道我会将自己藏在这儿么？”

“听我说，玛格丽特，就让我来租这座房子吧。”

“您一定疯了，这样做不但没有可能，而且还非常危险，您很清楚我只能让那个男人来养着。所以不要犯傻了，也不要多说了。”

“这样的话，一旦我有空了，就来和你们一起住。”

我们离开了这座房子，打道回府，在回巴黎的路上，我们还在讨论着这个新的计划。一路上我把玛格丽特搂在怀里，等到下车的时候，我已经开始慎重考虑玛格丽特的计划了，心里稍许平静，也不那么疑虑了。

第十七章

第二天，玛格丽特早早地打发我离开了，因为她说，公爵很早就要过来，并且答应我，等公爵一走，她就立刻写信给我，告诉我晚上约会的地点。

果然，我在白天就收到了这样一封信：

我和公爵一起到布吉瓦尔去，今晚八点，您就到普律当丝家等我。

玛格丽特准时而归，并且到普律当丝家来见我。

"行了，一切都安排好了。"一进门她就说道。

"房子租下来了？"普律当丝问道。

"是的，一说公爵就爽快同意了。"

我虽不认识公爵，但就这样欺骗他，我羞耻难当。

"不过，事情还没完呢。"玛格丽特接着说道。

"还有什么事情要办？"

"我还在考虑阿尔芒的住处。"

"难道不是和您住在一起么？"普律当丝笑着说道。

"不是，而要住在我和公爵一起吃午饭的曙光饭店里。趁着公爵在欣赏风景的时候，我问阿尔努太太，她叫阿尔努是吧？我向她打听有没有合适的房间出租，恰好，她有一套房子，包含了客厅、会客室和卧室。我想，这样就一应俱全了。租金是每月六十法郎，家具什么都不缺，房间布置非常适宜，即使心情忧郁时看着它，也能让你心情变好。于是我就租了下来，我做得怎么样？"

我紧紧地抱着玛格丽特。

"这真是再好不过了,"她接着说道,"您拿着小门上的钥匙,我答应给公爵一把栅栏上的钥匙,但是,他不会要的,因为他只有白天才来。说实话,我想他对我这次心血来潮要离开巴黎一段时间,一定会感到高兴的,这样一来,他家里人也会少说些闲话。可是,他问我,既然我这么热爱巴黎,为什么会突然决定去乡下隐居呢。我这样告诉他,因为身体不好,需要安静休养,他似乎不怎么相信我的话。这个可怜的老头似乎经常听到些闲言碎语,所以我们一定要小心行事,亲爱的。因为,他极有可能派人来监视我。他不单为我租了一座房子,还替我还债,就是这样,倒霉的我还在欠债呀。您说我这样的安排对您合适么?"

"合适。"我回答说,这种生活方式时不时让我如鲠在喉,但我还是极力忍住不去说出来。

"我们仔细地参观了这座房子,住进去一定会觉得非常称心如意。公爵什么都考虑到了。啊!亲爱的,"她快乐地搂住我说,"您太走运了,这是一个百万富翁在给您铺床呀。"

"那么,您什么时候搬进去呢?"普律当丝问。

"当然越快越好了。"

"您把马车也带去么?"

"我要倾巢而出,我不在家的时候,您要帮我看好房子。"

一个星期后,玛格丽特如愿搬进了那所房子,而我住进了曙光饭店。

就这样,一段新的生活开始了,而我却很难将之描述清楚。

初到布吉瓦尔的时候,玛格丽特还没法完全丢掉过去的生活习惯,她家里天天像过节一样热闹,所有的女朋友都来看望她,持续了整整一个月,每天都有十来个人来她家里吃饭。普律当丝也把她的朋友带来了这里，领着她们参观房子，就像是在她自己家似的。

就如您所想的那样，所有的开销由公爵一人负责，然而普律当丝也时而向我要一张一千法郎的钞票，当然是以玛格丽特的名义。您知道，在赌场我赢了一些钱，于是我赶紧把玛格丽特托她向我要的钱交给她，可是还担心我的钱不够她花，我就回到巴黎去借了一些钱，跟我上次借的数目一样，不过上次那笔债，我早已经按时还清了。

这样一来，我手上又有了一万左右法郎，还不将我父亲给我的津贴算在内。

然而，由于大肆招待朋友的花费巨大，尤其是还要时不时开口向我要钱，玛格丽特款待朋友的激情逐渐冷淡了下来。当初公爵租下这座房子的初衷就是为了让玛格丽特在乡下好好休养，于是便不再露面了，何况也担心在这里碰见一大群嘻嘻哈哈的客人。特别是，还发生了这样一件尴尬的事：有一天，他来与玛格丽特共进晚餐，一进门就见到了十五六人在这里吃午饭，公爵甚至都准备要吃晚饭了，可他们连午饭都没有吃完呢。当他打开餐厅的大门时，便引来了哄堂大笑，他丝毫没有意料到会闹出这样一个笑话，于是他忍着那群人肆无忌惮的嘲笑，局促不安地退了出来。

玛格丽特离开餐桌，来到隔壁房间来找公爵，尽力劝说并安慰他，想方设法让他忘掉刚才这不愉快的一幕，但是刚才已经伤害到了他的自尊心，他非常生气，冷酷无情地对这个可怜的姑娘说，他以后再也不会拿出一分钱让她挥霍浪费了，她太过分了，甚至放肆无礼到在自己家里都不让他得到尊敬。说完，便气鼓鼓地离开了。

从此以后，就再也没有听说过公爵的消息。后来，虽然玛格丽特改头换面，关门谢客，但还是于事无补，公爵还是音信全无。这样一来，我显然占尽了便宜，我的梦想终于实现了，我的情妇完全属于我一个人了。玛格丽特再也离不开我了，她也不顾后果地张扬我们的关系，于是我索性住在她家不走了。仆人们称呼我为先生，正式把我当成他们名正言顺的主人。

对于玛格丽特的新生活，普律当丝曾竭尽全力警告过她，然而她丝毫不为所动，回答说，她刻骨铭心地爱着我，假如离开我，她无法生活下去，不论发生什么事情，她都不会放弃和我朝夕相处的幸福。并且强调说，要是有谁看不下去，就不要再来这里了。

这些话是我亲耳听到的。有一天普律当丝对玛格丽特说，她有一些重要的事情要和她谈谈，而我在门外听到了她们俩在屋子里小声说的这些话。

而过了几天，普律当丝又来了。

她进门的时候，我正好在花园，她并没有看见我，只见玛格丽特又去迎接她，看这个架势，我怀疑她们又像上次一样要密谈。于是，我打算再去偷听一次。

她们两个关在客厅里，而我则在门口竖起耳朵去听。

“事情怎么样了？”玛格丽特问道。

“好啦！我见到公爵了。”

“他怎么说的？”

“他这样说，第一件事么，可以原谅您了，但是他已经知道您公开和阿尔芒先生同居了，至于这件事，他不肯原谅您。并说，‘只要玛格丽特愿意离开这个年轻人，我就会还像以前那样对待她，有求必应。否则的话，她再也不会从我这得到一点好处。’”

“您是怎样回答？”

“我说我会把他的决定转告您，而且我还答应要劝说您让您明白些道理，好好考虑一下他的要求。亲爱的玛格丽特，好好想想您将会失去什么吧，失去的东西阿尔芒永远无法让您得到。他虽然全心全意地在爱着您，但是没有足够多的钱财来满足您的需要，总有一天他会离开您，到那时您会后悔莫及的，公爵也不再会为您效劳了，您是否愿意让我和阿尔芒说说呢？”

玛格丽特似乎在思考着什么，她沉默了一会。我的心怦怦乱跳，焦急地等着她的回答。

“不要。”她接着说，“我绝对不要离开阿尔芒，而且我也不隐瞒我和他同居的事。也许这看起来有点疯狂，但是我爱他，这就是事实。况且，他已经习惯了毫无顾虑地爱我，一天里哪怕一个小时不和我在一起，他也会痛苦万分。再说，我活的时间已经所剩不多，我不愿意再受任何煎熬，不愿再去服从一个老头子的吩咐，只要一看见他，我就觉得自己也跟着他变老了。钱，让他自己留着吧，我不会再用他的钱了。”

“可是，您将来怎样办呢？”

“听天由命吧。”

也许普律当丝还要接着劝说，但是被我打断了，我突然闯了进去，跑过去扑倒在玛格丽特的脚下。亲耳听见她这样爱我，我高兴得泪如泉涌，眼泪打湿了她的双手。

“玛格丽特，我的生命属于您，亲爱的，您再也不需要那个人了，您不是还有我在么？我怎么会离开您呢？我怎么才能报答您给我的幸福呀？不会再有障碍了，玛格丽特，让我们无拘无束地相爱吧！除此之外，什么事情都和我们没有关系了。”

“嗯，对呀，我爱您，亲爱的阿尔芒！”她用双臂紧紧抱着我的脖子，呢喃道，“我是如此爱您，连我自己都不敢相信，我们会幸福地生活，我们要平静地生活，我要与我过去羞耻的生活说再见了。您永远不会责备我的过去，是么？”

而我则泪如雨下，哽咽地说不出话来。唯一的回答就是将玛格丽特紧紧地抱在胸前。

“好了。”她转过身来，声音由于激动而颤抖地对普律当丝说，“你就把刚才所见的这一幕告诉给公爵吧，一定要强调我们不需要他了。”

从这一天起，公爵也不成问题了。玛格丽特不再是我过去认识的那个风尘女子了，她尽力避免让我想起当初与她交往的那段生活。她给我的爱是这个世界上任何一个妻子都无法比拟的，她对我的照顾是任何姐妹对兄弟的照顾都无法相比的。她虚弱多病，极易动情。同朋友断绝了联系，她彻底抛弃了过去的习惯，言谈举止大变了样子，告别了过去的挥金如土。别人看见我们走出家门，坐着我买来的那条精巧的小船，我们到处泛舟游玩，谁也想象不到，这个身穿白色长裙，戴着大草帽，臂弯上搭着一件普通御寒丝绸外衣的女子，就是四个月前奢侈放荡、美名远扬的玛格丽特·戈蒂耶小姐。

啊，我们抓紧时间尽情欢乐，仿佛已经料到，我们的好日子已经快要到头了。

连着两个月，我们都没有踏进巴黎一步。除了普律当丝和我已经跟您提到过的朱丽叶·杜普莱特之外，再没有人来打扰我们。我手头的那本感人肺腑的手稿，就是玛格丽特让朱丽叶转交给我的。

我和玛格丽特整天形影不离。打开面朝花园的窗户，我们一起欣赏着鲜花怒放的盛夏美景，我们在树荫下自由享受着真正甜蜜的生活。这种日子，玛格丽特和我以前都没有经历过。

这个女子，即使对一些很小的事物都会像孩子般充满好奇。就在几天前，她就表现得像一个十岁小女孩似的，在花园里追赶一只蝴蝶或一只蜻蜓。过去，她买花的钱就可以使一家人快乐地生活。而现在呢，有时候，她会坐在草坪上，用整整一个小时的时间来观察着一种与她同名的普通花朵。

也就是在那段时间，她爱上了读《曼侬·莱斯特》这本书。我多次撞见她在这本书中写注释。她总是告诉我，当一个女人陷入热恋的时候，才不会干出曼侬做出来的那样的事情呢。

公爵给她写了三封信，在认出是他的字迹后，连看都没看就把信给我了。

有时候，信上的话竟读得我泪流满面。

在他原来的计策里，只要掐断玛格丽特的财源，她自然就会回到他身边。但是当看到这个策略毫无效果，他再也坚持不下去了。他又开始写信，告诉她只要她回心转意，无论什么他都会答应。

看完这些翻来覆去，不断苦求的信后，我便将它们统统撕掉了，而且也没有劝说她再去见公爵，虽然我非常同情他的痛苦。但是，我担心如果劝她继续接待公爵，她会以为我希望让公爵接着担负这座房子的开销，尤其担心会引起她的误解，等到我们的爱情将她带到绝境之时，我会拒绝负担她的生活费用。

结果就成了这样，当公爵收不到回信之后，他也就不再来信了，而玛格丽特和我则继续丝毫不考虑未来，无忧无虑地生活了下去。

第十八章

关于我们的新生活，要把发生在其间的大小事情都详细地告诉您是多么困难呀。这是由一系列孩子般天真幼稚行为构成的生活，在我们眼中趣味盎然，但对于听众而言却没有多大意思。您知道爱一个女人是怎么回事，您知道白天转眼过去，晚上相亲相爱，如胶似漆，连第二天都难分难舍的情形。您也不会不知道，一种热烈、信任与共享的爱情会让人忘记今夕何夕，因为其他任何事情都已经抛之脑后了。除了自己爱着的这个女人，其他的一切对我而言都是多余的。我也后悔过去何必要在其他女人身上浪费精力，除了去握玛格丽特的手，我实在看不出还有什么可能握其他女人的手。我的脑子，既不去思考问题也不去回忆往昔，心里只剩下了一个念头，再也容不下丝毫打扰它的事物了。每天，我都能在玛格丽特身上发现一个新的吸引力，因而也得到前所未有的快乐享受。

人生不过是重复满足不断膨胀的欲望，灵魂则是维持爱情圣火的守灶女神。

一到晚上，我们常常坐在可以俯视我们房子的小树林里，倾听着夜幕下，万物弹奏的天籁之音，一同期待着不久之后，我们就可以互相拥抱到天亮。有时候，我们一整天都待在床上，甚至连阳光都不放进来。我们紧闭窗帘，外界对我们而言，已经静止不动了。只有南妮在给我们送东西的时候，才有权打开我们的房门；我们一边在床上吃东西，一边不忘嬉笑打闹。吃饱后，再睡一会回笼觉，我们俩似乎是两个执著的潜水员，沉浸在爱河里，只有在换气的时刻才会浮出水面。

然而，有时候玛格丽特显得很伤悲，甚至还会潸然泪下。我便追问她突然伤心的原因，她总是说：

"我最亲爱的，我们的爱情并不是普通的爱情，您就像爱一个处女似的热爱着我，然而我还是担心不久之后，您就会后悔对我的爱情，把我的过去视为罪恶。我怕您会强迫我重操旧业。想到现在我已经尝到了新生活的甜蜜，假如再让我像之前那样生活，我一定会因此而送命的。所以快点发誓，永远也不会抛弃我。"

"我向您发誓！"

一听到这句话，她便对我看了又看，好像要从我的眼睛去判断我的誓言是不是真心，然后扑到我的怀里，把头埋在我的胸前，对我说："您不知道我是多么爱您！"

一天傍晚，我们依靠在窗台的栏杆上，凝望着正要挣脱浮云的笼罩而喷薄而出的月亮，倾听着风吹树叶的沙沙声响。我们手牵着手，沉默了将近一刻钟，突然玛格丽特开口说："冬天就要来到了，我们离开这儿好么？"

"去哪儿呢？"

"意大利。"

"您在这儿待烦了么？"

"我害怕过冬天，更害怕回巴黎。"

"为什么呢？"

"很多原因。"

她并没有向我解释她害怕的原因，反而急切地说：

"您是不是也想离开这个地方，我卖掉所有的东西后，我们就一起到那里生活，没人知道我的过去，没人认识我是谁。您愿意么？"

"我们去吧，如果你愿意的话。我们去旅行去吧，"我说，"您没有必要去卖您的东西，等您回来的时候，看到这些东西您会感到高兴的，我虽然没有足够多的钱来承担您所做出的牺牲，但我的钱还是足够我们像样地旅行五六个月，只要您会因此而稍微开心一点。”

“还是不去为好，”说着，她离开了窗户，坐到了房间背光处的沙发上，“为什么还要去国外花钱呢？在这里，我都花了您不少钱了。”

“您好像在埋怨我，玛格丽特，这可不太公道了。”

“亲爱的，原谅我吧。”说着，她把手递给了我，“这种暴风雨的天气弄得我很难过，我说的话是言不由衷的。”

类似这样的场景发生过好几次，即使我不是非常清楚出现这种情况的原因，但我至少意识到，玛格丽特正为我们的将来担忧。她不会怀疑我对她的爱，因为它与日俱增。但是我常常见到她满脸惨淡，但她又从来不向我说明她愁眉不展的原因，只推诿说她身体不舒服。

我担心她会厌倦这种单调的生活，于是就建议她回到巴黎，但结果总是她不同意，并一再强调说，没有任何地方能像乡下这样让她感到快乐。

现在，普律当丝很少过来，却写了不少信过来。每次看完信后，玛格丽特总是心神不宁，我总会去想象这封信的内容。

有一天，我走进了玛格丽特的房间，发现她正在写信。

“您在写信给谁呀？”我开口问道。

“给普律当丝，您要不要我念给您听呢？”

我极度反感任何看起来让人疑神疑鬼的事情。因此，我连忙回答说：“没有必要知道您信上写了什么。”不过我非常确定，假如我当时看了那封信的话，我就能知道到底是什么让她这样忧心忡忡。

第二天，天气非常不错。玛格丽特提议我们泛舟游玩，去游览克罗瓦西岛。一路上，她兴致颇高，玩到下午五点钟，我们才回去。

“杜沃努夫人今天来了。”我们一进屋，南妮就说道。

“她走了么？”玛格丽特问道。

“是的，坐着您的马车回去了，她说这是事先说好的。”

“好吧，”玛格丽特连忙说，“快准备晚餐吧。”

两天之后，普律当丝又写来了一封信，此后半个月，困扰着玛格丽特的忧郁突然消失了，她再三请求我要原谅她过去的坏脾气。

但是，马车却再也没有回来。

“普律当丝怎么不还给您马车呢？”有一天，我问她。

“一匹马病了，而且车子也需要修理。况且，我们在这根本用不到马车，要不然回到巴黎后，还要再修。”

几天后，普律当丝来看我们，向我证实了玛格丽特说的话。

她们两个在花园里散步，我一来到她们跟前，她们就改变了话题。

到晚上普律当丝走时，说天冷，就借了玛格丽特一条开司米披肩。

一个月过去了，玛格丽特变得比以前更加快活，多情。

但是马车仍然杳无音信，连披肩也一去无回。这一切，不免让我疑虑重重。我知道普律当丝的信还放在抽屉里，于是，我趁她在花园里的空当，跑到了这个抽屉的前面，想打开它拿出放在里面的信，但是没有办法，抽屉锁上了。

于是，我搜遍了她平常放首饰和钻石的抽屉。这些抽屉倒一打就开了，可是首饰盒不见了，当然了，里面的东西自然也不在了。

一阵恐惧与哀痛猛烈地袭击着我的心房。

我想要去问玛格丽特这些东西不翼而飞的真正原因，可是我知道她定然不会告诉我实话的。

于是我说道："亲爱的，请让我回巴黎一趟吧，因为家里人还不知道我现在的地址，父亲的信该到了，他一定非常惦记着我，我必须要给他写回信了。"

"好吧，亲爱的，"她回答说，"可是，一定要早回来呀。"

于是，我便离开了。

我直奔普律当丝家。

"喂，"我开门见山地问她道，"说实话，玛格丽特的马车去哪了？"

"已经卖了。"

"披肩呢？"

"卖了。"

"首饰呢？"

"当了。"

"所有的这一切都是谁去办的呢？"

"是我。"

"为什么事先不告诉我一声呢？"

"她不肯。"

"那你怎么不向我要钱呢？"

"她不愿意。"

"那些钱用到哪里了？"

"还债了。"

"这么说，她确实欠了不少钱呢？"

"大概还欠三万法郎左右。亲爱的，我不是早就告诉您了么？您就是不肯相信我的话，现在，您总该相信了吧？原来公爵答应了做地毯商人的担保，可当他去找公爵要钱时，却吃了闭门羹，并且第二天公爵就给他写信说，凡是戈蒂耶小姐的事情，他不再过问。于是这个人来要钱，玛格丽特只好分期付款给他，而我向您要的那几千法郎就是还给了她。后来，几个好心的人告诉这个商人说，公爵已经抛弃了他的债务人了，现在她正在和一个没有财产的年轻人同居。结果这些消息也传到了其他债务人的耳朵里了，他们也纷纷来要债，而且查封了她的财产。玛格丽特本来想卖掉全部家产，可是现在已经来不及了，再说了我也反对这样子做。债是一定要还的，可为了不向您开口要钱，她就卖掉了她的马车、开司米披肩，也当了她的首饰。您要不要亲眼看一下买主的收据和当铺的票据呢？”

说着，普律当丝拉开了一个抽屉，让我看了看那些票据。

“啊！这样一来您就会相信了吧！”她用洋洋得意的口气接着说道，“啊，您还以为，只要彼此真心相爱就完事大吉了，只要在乡下过一种梦幻般的生活就足够了？哦！不行的，我的朋友，这是远远不够的。除了精神生活，还要满足物质需求，连最纯洁的决心都会被一些庸俗而可笑的羁绊拴在大地上，而这些羁绊正是由那些千丝万缕的钢丝铁丝组成的，人们极难挣断这些羁绊。要说玛格丽特从来没有欺骗过您，那也是因为她有着与众不同的品格。我劝她不要这样做，我也没有错，因为我一看到这个美丽的姑娘逐渐被剥削得一无所有，我感到非常难受。但是，她就是不愿意听我的话呀！她回答我说因为爱您，就不会欺骗您。这一切真是太美好，太有诗意，但是这些并不能转化成钱去还债呀，眼前，她至少还有三万法郎的债要还，否则的话，她就没法全身而退呀。我再给您唠叨一遍。”

“得了，这笔债我来还吧。”

"您要去借么?"

"是的,天啊!"

"您千万不要再去干蠢事呀,这样一来,会和您父亲闹翻的,他会断绝您的生活来源的。何况三万法郎对您来说,不是一个小数目,也不可能一两天之内就轻松搞到手的。相信我吧,亲爱的阿尔芒,我比您更加了解女人。千万别干这样的傻事,会有一天您会对此追悔莫及的。保持理智,我不是让您和玛格丽特分手,而是想要您像初夏那样和她一起生活。就让她自己想方设法摆脱困境吧。慢慢地,公爵会回到她身边的。他昨天还这样对我说呢,如果玛格丽特愿意接待他,他就会替她还清所有的债务,并且还每月再给她四五千法郎。他一年有二十万利弗尔的收入,这对她来说才算是一个依赖。而您呢,总有一天会离开她的,那就不要等到破产那天再离开。再者说了,公爵是一个傻瓜,完全不妨碍您留在玛格丽特身边继续当她的情人。刚开始,她会为此伤心难过一段时间,但终究会习惯的,她总会有一天会感激您这样做的。大不了,您就当玛格丽特是已婚妇女,您欺骗了她的丈夫,如此而已。

"之前,这些话我已经给您说过一次了,只不过那时候仅仅是一个忠告,而如今差不多已经是一个必须要照办的建议了。"

普律当丝说的这些话,虽然刺耳,却非常有道理。

"就是这么简单,"她边收起刚才亮给我看的票据,边继续对我说,"做妓女的就是要等着男人来爱,而她们永远不会去爱人。否则的话就要攒钱,直到三十岁,她们便可以享受自己掏钱包养一个情人的乐趣了,而这个情人就是一无所有也都无所谓了。要是我早知道这些,该有多好呀!我呀,总之,您什么也不用对玛格丽特讲,把她带回巴黎就行了。你们已经一起甜蜜生活了四五个月了,这已经很不错了。闭上眼睛吧,这就是对您的全部要求。半个月左右，她自然会接待公爵。今年冬天少挥霍一些，明年夏天你们就可以继续享受这样的生活了。其他人都是这样干的，亲爱的！”

似乎，普律当丝对自己的这番高明见解，非常自豪，而我却愤怒地拒绝了她。

然而，不仅仅是爱情与自尊不答应我这样做，而且我相信玛格丽特就是选择去死，也不会回到以前那种出卖肉体与灵魂的生活。

“玩笑开得有点过了吧，”我回答普律当丝说，“究竟玛格丽特需要多少钱呢？”

“三万法郎，刚刚我已经告诉过您了。”

“什么时候需要这笔钱呢？”

“两个月以内。”

“她会有钱的。”

普律当丝则耸了耸肩膀。

“我会把这笔钱转交给您的，”我接着说道，“可是，您要发誓一定不要告诉玛格丽特这是我的钱。”

“放心吧。”

“请您提前告诉我一声，假如她再托您变卖什么东西或者典当什么的话。”

“不用操心，她已经一无所有了。”

我先回到了家里，看看父亲有没有写信给我。

结果，有四封。

第十九章

在前三封信里，我父亲因为没有收到我的回信而焦虑不安，问我到底有什么苦衷。在最后一封信里，他暗示我，他已经听说了我生活上发生的变化，并告诉我不久之后，他就要来巴黎。

我一直非常敬重他，而且对他怀有一种真挚的爱。因此，我回信告诉他，我只是因为作了一次短途旅行才耽误了回信，并且让他提前告诉我他到达的日期，以便我去接他。

我把乡下的地址告诉了我的仆人，并吩咐他一旦接到来自C城的信，就立马给我送来，然后，我就匆匆赶回了布吉瓦尔。

玛格丽特在花园门口等着我。

她的眼中流露出不安的神情，然后扑过来搂住我的脖子，迫不及待地问我："您见到普律当丝了么？"

"没有。"

"您怎么在巴黎待那么长时间呢？"

"收到了父亲的几封信，所以必须要给他回信。"

不久，只见南妮慌慌张张地进来了。玛格丽特赶紧站起来，走过去和她低声说了几句话。

南妮一走开，玛格丽特又在我身边坐下，握住我的手说：

"您去了普律当丝家，您为什么要骗我呢？"

"是谁告诉您的？"

"南妮。"

"她是怎么知道的？"

"她跟着您出去了。"

"是您让她跟踪我的吧?"

"正是,我想了一下,您都连着四个月没有离开过我了,这次您这么匆忙赶回巴黎,一定有什么重要的事情吧。我担心您会遭遇什么厄运,或者又去找别的女人。"

"您太孩子气了!"

"不过,现在我终于可以放心了,因为我知道您刚刚做了什么,但我还是不知道别人对您说了什么话。"

于是,我把父亲的信拿给她看。

"我的意思不是这个,我想问的是,您为什么要去普律当丝家。"

"去看望她。"

"您在骗我,亲爱的。"

"好吧,我是去问她您的马好了么,您的披肩、首饰她还要用吗。"

玛格丽特的脸唰的一下变红了,但她还是不回答我。

"所以呢,"我接着说道,"我当然也知道您把您的马、披肩和首饰怎么处理了。"

"这么说,您在责备我了?"

"我只是怪您没有向我要您需要的东西。"

"对于我们这样的关系,但凡女人还残存一点自尊的话,她就要去忍受所有可能遇到的牺牲,绝不会去向情人要钱,不然的话,她的爱情和卖淫还有什么区别呢。我完全相信,您爱我。可是与我这样的女人恋爱,这种爱情是多么脆弱呀,这是您不知道的。谁能想象出来呢?也许在某个缺钱或者心情不好的一天,您就会把我们的爱情当成是一笔处心积虑的买卖。普律当丝太多嘴了。我留下这两匹马有什么用处么?卖了它们,我还可以省下一笔钱。

况且，没有马车，我依然会活得很好，还不必再为它们花钱了。只要您爱我，这就是我所需要的。即使没有马车、开司米披肩、首饰，难道您不会依然爱我么？”

她说这些话的语气，非常淡然，我听得热泪盈眶。

“可是，亲爱的玛格丽特，”我深情地紧握着她的手说，“您很清楚，对于您这样的牺牲，我终究有一天会知道的，到时候您让我情何以堪呢？”

“为什么忍受不了呢？”

“傻姑娘，我不愿意您因为爱着我而牺牲您哪怕一件首饰。我也不愿意让您在遇到困难或者烦恼的时候这样想到，假如您跟别的男人同居的话，就不会发生这样的情况了。我更加忍受不了您会为跟我在一起而懊悔，哪怕这样的念头只在您的脑海里停留了一分钟。再过几天，您的马、披肩、首饰会重新回到您的身边。因为这些东西对您而言，就像生命离不开空气一样。这听起来很好笑，可是，比起生活朴素的你，我更加喜欢生活奢侈的你。”

“那么说，您不再爱我了么？”

“这是什么傻话呀！”

“如果您真的爱我，就让我按照自己的方式来爱您。否则的话，您还会坚持您的观点，把我当成一个奢侈成性的人。您羞于接受我对您爱的告白。您还是在盘算着，总有一天会离开我，您不想给人留下自私自利的话柄。您是对的，我的朋友，然而我原本期待的太过美好了。”

玛格丽特抽搐了一下，意图站起来，我拉着她的手说：

“我希望您幸福快乐，不希望发生对不起您的事情。就这么多。”

“这么说来，我们就要分手了！”

“为什么要这么说呢？玛格丽特，谁能把我们分开呢？”我大声喊道。

“就是您。您不愿意让我知道您的情况，而为了满足您的虚荣心才让我维持我的表面光鲜，您想继续我过去的奢侈生活，想继续保持我们思想上的距离。总而言之，您，不相信我对您纯真无私的感情，不愿相信我们会同舟共济，有了您这笔钱，我们本可以活得很幸福，但是您却选择破产，您的这种偏见太顽固了。您以为我会将我们的感情和马车、首饰、披肩相提并论么？您以为我会把外表风光当成幸福么？一个人在没有遇到真爱时，可以用虚荣来满足自己，但一旦获得了真爱，虚荣就会变得一文不值。您打算替我还清债务，而不惜把自己的钱花干净，最后还要包养我！可是这能维持多长时间呢？两三个月而已，可是之后的日子呢？到时候再过我提议的那种生活已经来不及了，因为到时候您可没有丝毫发言权，您什么都要听我的，而这是一个体面的绅士无法接受的。可是，现在呢，您手头上有一万多法郎的年金，这些钱足够我们生活了。而且，我变卖我用不到的东西，仅此一项，我每年就可以得到两千法郎。这样的话，我们就可以租一座漂亮的房子，一到夏天我们俩就去乡下住。不像现在这样的房子，只要一所能容下两人的小屋就足够了。如此一来，您经济独立，而我也自由自在，我们都还年轻着呢。请看在上帝的分上，不要抛弃我，不要让我回到过去了。”

我无语以对，任凭感激与动情的眼泪纵横，并一头扑在了玛格丽特的怀里。

“我原本设想，”她接着说道，“瞒着您把一切事情都处理好，先把债务还清，再把新居让人布置妥当。等到十月份，我们回到巴黎的时候，一切都已经就绪了。不过既然普律当丝提前向您泄密了，那您就事前同意吧，免得事后才不得不接受……您能爱我到这个地步么?”

这样的献身精神让我无地自容，我热烈地吻着玛格丽特的双手说:“一切都听您的吩咐。”

她决定的事就这样说定了。

于是她高兴得要疯了，跳呀，唱呀，为我们的浪漫小屋而欣喜。甚至我们已经开始商讨在哪个街区买，以及如何布置房子了。

我看出了她为作出这样的决定而高兴，似乎以后我们就可以永远厮守在一起了。

我也不肯白白接受她的恩情。

弹指之间，我也打算好了今后的生活，把财产作了安排，为了报答她所作出的牺牲，我将从母亲那里得来的年金赠给了她，虽然这笔年金在我看来与她巨大的牺牲相比之下，是微不足道的。

我自己只留下了父亲给我的五千法郎的津贴，未来不管什么情况出现，它足够我过日子。

我瞒着玛格丽特作了这样的安排，因为我坚信她一定会断然拒绝我的馈赠的。

这笔年金来自于一座价值六万法郎的房子的抵押费，而我自己从来没有亲眼见过这所房子。我仅仅知道，每一季度，我父亲的公证人，也是我家的一位世交，会凭着我的一张收据，交给我七百五十法郎。

就在那天，我和玛格丽特一起回巴黎找房子，我找到了这位公证人，询问他，假如我将这笔年金转交给其他人，我需要办哪些手续。

这个好心人还以为我破产了呢，问我为什么要这样做。既然迟早都要告诉他这笔年金转让给了谁，我想着还是当时就告诉他为好。

作为我的公证人和朋友，他完全可以提出异议。可是出人意料，他却没有提出反对意见，反而保证会尽量把事情办好。

当然了，我叮嘱他要替我严守秘密，尤其是在父亲面前。然后，我就去朱丽叶·杜普莱特家去找我的玛格丽特了。因为她宁愿去朱丽叶家，而不去听普律当丝的说教。

我们便开始找房子，挨家看了一遍，玛格丽特都觉得太贵了，而我却觉得太简陋了。最终我们达成了统一意见，在巴黎最清净的一个街区，找到了独立于主楼之外的一座小房子。

一个美丽的花园位于这座房子的后面，而且和周围的建筑非常和谐，四周有高度适中的围墙，将我们与邻居的房子隔开，而且也不会阻挡我们的视线。

这比期待的要好呀。

我回到寓所，开始处理退房的事宜，同时，玛格丽特则要去找一个经纪人，这个人过去为她的一个朋友效劳过，现在她也求他办同样的事情。

她欢天喜地地回到普罗旺斯街来找我。这个经纪人已经答应替她还清一切债务，并将清单交给她，额外再给她两万法郎，这就是她卖家具所得到的回报。

您从售价上可以看出来，这个人一下子从玛格丽特那儿赚了三万多法郎。

我们俩兴高采烈地回到布吉瓦尔，畅谈着我们未来的计划，因为我们无忧无虑，更因为我们深深相爱着，我们仿佛看见了无限光明的未来。

一个星期后，一天我们正在吃午饭，南妮突然走进来对我说，我的仆人要见我。

我告诉她，请他过来。

“先生，”他开口对我说，“您父亲已经到巴黎了，他要您马上回家，他已经在那里等着您了。”

这本来是一个极其平常的消息，然而，我和玛格丽特听了后，却面面相觑。

我们都预感到暴风雨快要来临了。

因而，虽然我们都没有说开，但我还是连忙拉住了她的手，并安慰她道：

“什么也不要担心。”

“您要尽量早回来，”玛格丽特边吻我边喃喃道，“我在窗前等着您回来。”

我让约瑟夫对我父亲说，我马上就到。

两个小时后，我果然回到了普罗旺斯街的家中。

第二十章

我父亲穿着晨衣，坐在客厅里不知在写什么。

一进来，我就从他抬头看我的眼神中看出，大事不妙了。

但是我假装糊涂，当做没看见，走上前去拥抱他。

“爸爸，您什么时候来到的？”

“昨天晚上。”

“你还是像过去一样，一下车就来这里了么？”

“对。”

“没能去接你，我感到非常抱歉。”

说完，我就等待着父亲一系列训话的到来，因为从他冰冷的脸上已经显示出了这种迹象。然而，他却一言不发，封上他刚刚完成的信，并吩咐约瑟夫去送。

现在，屋子里只剩下了我们两个，父亲站了起来，靠在壁炉上说道：

“亲爱的阿尔芒，我们要谈一件严肃的事情。”

“爸爸，我在听着。”

“你要答应我，一定要实话实说。”

“当然照办。”

“你跟一个叫玛格丽特·戈蒂耶的女人同居着，这是真的么？”

“是的。”

“你知道她是一个什么样的女人么？”

“是个妓女。”

“就是因为她，你才不回去看望我和你妹妹么？”

“是的，爸爸，这我承认。”

“那么，你很在乎这个女人么?”

“你和我一样看得一清二楚，爸爸，就是为了她，我才没去履行一个神圣的义务，所以我在这里特地给你赔罪了。”

我会这样爽快地回答他的问题，显然出乎他的意料，所以他考虑一会儿才接着说道：

“当然了，你非常清楚你不可能永远这样和她生活下去，是么?”

“爸爸，不知道为什么，我曾经有过这样的担忧。”

“可是，你应当清楚，”父亲换了一种更加生硬的语气说，“而我，是绝对不能容忍你这样做的。”

“我想过，只要我不做出任何侮辱您姓氏和败坏家风的出格事情，我就可以继续这样生活下去。这种想法稍微让我心安。”

爱情和亲情在激烈地对抗，只要能保住玛格丽特，我不惜反抗一切，甚至与父亲撕破脸面。

“那么，现在到了你改变生活作风的时候了。”

“啊，这是为什么呢？爸爸。”

“因为你的所作所为正在败坏家庭的荣誉，而连你自己也认为应该保持家庭声誉的。”

“我不明白你这些话是什么意思。”

“接下来，我会给你解释清楚，你有一个情妇，这当然没什么错误。你像一个风雅人士那样花钱包养着一个情妇，这也没什么可指责的，但是，为了她，你竟忘掉最神圣的义务。任凭你的丑闻传到远在外省的家里，玷污了我们家的好名声，这就是我难以忍受的，并且坚决不允许再次出现了。”

“爸爸，允许我讲给你听，那些把我的事情告诉给你的人并不了解实情。我是玛格丽特·戈蒂耶小姐的情人,我们是在同居,这只是一件微不足道的小事。我也没有和她结婚,让她冠上我们家的姓氏,况且我量入为出地为她花钱,并没有超出我的财力允许的范围。我没有欠债,总之,我的所作所为没有一点值得一个身为父亲的人向他儿子,说出您刚才对我讲出的这些话。”

“瞧见儿子误入歧途,做父亲的是有权利把他拉回正道上的。现在,你是没有做出什么出格的事情,但是你以后会弄出乱子的。”

“永远不会的,爸爸。”

“先生!我比你更了解人生。只有真正的贞洁烈女才会有纯洁的感情。只有曼侬才会造就德·格里欧,而现在时代和风尚都已经发生了变化。假如一个人只增长年龄,却不长进智慧,那他就是在虚度人生。你一定要与你的那位情妇一刀两断。”

“我非常遗憾不能听从你,爸爸。”

“我非要让你同意不可。”

“不幸的是,现在已经没有用来流放妓女的圣玛格丽特岛了,就是还有,假如您还执意把戈蒂耶小姐送到那儿,我也会随她而去的。您说怎么办呢?也许是我错了,但是,现在只有和这个女人在一起我才会感到幸福。”

“啊!阿尔芒,快点醒过来吧,好好看你父亲,他一直爱着你,衷心希望你会得到幸福。和一个人尽可夫的女人在一起,你不会觉得羞耻么?”

“那有什么关系,只要她以后不和别的男人睡,而只忠于我一个人,只要她因为我们真挚的爱情而获得重生,总之,只要她真心悔过,改邪归正就好了!”

“啊!先生,你这么说来,就是认为一个有身份的男人的职责就是让妓女改邪归正么?你认为这就是上帝赋予人生的怪异的使命么？除此之外，一个人的心里就容不下其他理想了么？假如你到四十岁，再回过头来看你今天说的这些话，又会有什么样的感受呢？假如这种爱情并没有对你的人生产生怎样鲜明的影响，假如到时候你还会笑出来，你也一定会为这样的爱情感到可笑的。如果你的父亲过去也像你一样，任凭荷尔蒙冲动的摆布，而没有坚定不移地凭着荣誉感和忠诚去建功立业，你现在又是一个什么样的人呢？你好好想一下吧，阿尔芒，不要再说傻话了。好了，你一定要离开这个女人，我求求你了。”

我沉默了下来。

“阿尔芒，”父亲接着说道，“看在你圣洁的母亲的分上，听我的话，赶紧摆脱这种生活吧。你会马上将它抛到九霄云外的，速度比你想象得还要快。正是一种毫无道理可言的生活理念才将你引到这种生活当中来的。你已经二十四岁了，请想想你的前途和未来吧。你不可能永远爱着这个女人，她同样也不会一辈子爱着你。你们都过度夸大了你们之间的感情。你将断送你一辈子的前途和事业。再往前走一步，你将陷入万劫不复的境地，一辈子都会为年轻气盛的轻率后悔。离开吧，去你妹妹那里吧，过上一到两个月，休息和亲情会很快治愈你现在的狂热，因为这只是你一时的狂热而已。

“同时，在这段时间，你的情妇也会克服自己的暂时不适，重新再找一个情人。等到将来，你再看到这个几乎让你和父亲决裂、失去他的关爱的女人。你就会亲口对我说，我来找你是一个多么正确的选择，因而对我感激不尽。

“你一定会离开这个女人的，我说的对么？阿尔芒。”

我觉得，父亲这番话放在任何女人身上都是可以说得过去，但我坚信，这句话放在玛格丽特身上是不成立的。可是，他说最后几句话的语气是如此温柔，恳切，让我越发不敢回话了。

“你觉得怎么样？”他问道，声音变得激越起来。

“你瞧，爸爸，我还是什么都不能答应你，”最后，我终于说出来话了，“你让我去办的事情已经超出了我的能力范围了。请相信我吧。”他做了一个不耐烦的动作，我依然接着说道，“你把我们这种关系所产生的后果看得过于严重了。玛格丽特并不是你所想象的那样的女人。我们的感情，绝不会将我引入歧途，反而能够催生我身上最崇高的感情。真正的爱情总是使人变得更加高尚美好，而无论激发爱情的女人是什么身份。假如你认识玛格丽特，你就会明白我没有在玩火。她如最高贵的女人那般高洁。别人是如何贪婪，就会衬出她是多么无私。”

“说她无私，竟然还会接受你的全部财产，你会把你母亲留下给你的六万法郎给她，而这就是你的全部家当呀，好好记住这句话。”

我父亲或许故意把这句带有威胁意味的话留在最后，当成最后一击，以便摧毁我所有的抵抗。

之前在面对他的温婉请求时，我倒有些心软；现在面对他的威胁，我反而更加坚强。

“谁告诉你，我要将这笔钱赠给她？”我赶忙问道。

“是我的公证人。任何一个正直的人碰到这样的情况都会告诉我的，好吧，我正是阻止你会因一个女人而落得身败名裂，才赶来巴黎的。你母亲临终给你留下的钱，是为了让你过上体面的生活，而不是让你当做大礼而慷慨送给情妇用的。”

“爸爸，我可以向你发誓，玛格丽特对于这件事丝毫不知情。”

“那你为什么要这样做呢？”

“因为那个受您污蔑的女人，玛格丽特，那个你要求我抛弃的女人，竟然为了和我在一起，而牺牲了她的所有。”

“而你已经接受了这种牺牲了么？那么你还算是个男人么？先生，你竟然会同意一位什么玛格丽特小姐为你牺牲什么东西。够了，够了。现在，你必须要和这个女人分开，刚才，我只是在请求你离开这个女人。此刻，我命令你必须离开这个女人。我忍受不了自己家里发生这样的丑闻，收拾好你的箱子，快点跟我离开这里。”

“爸爸，请原谅我吧，”我接着说，“我不想走。”

“为什么？”

“因为我已经长大，可以自己做决定了。”

一听这话，气得我父亲的脸都变白了。

“不错，非常好，先生，”他说，“我清楚自己该怎么做了。”

他摁了摁铃。

于是，约瑟夫出现在了门口。

“把我的行李搬到巴黎饭店去。”他这样吩咐道，说完，他走进卧室去换衣服。

“你要答应我，爸爸，”我请求道，“不要做任何让玛格丽特感到伤心的事情好么？”

父亲停下了，给了我一个蔑视的眼神，说道：

“你一定神志不清了。”

说完，他走了出去，猛地一下关上了门。

我也跟着下了楼，坐上一辆出租马车，直奔布吉瓦尔。

玛格丽特正在窗前等着我。

第二十一章

“您终于回来了！”她喊叫了起来，扑过来搂住了我的脖子，“可您的脸色怎么那么苍白呢？”

接着我给她描述了一下我和父亲争执的场面。

“天哪！这正是我害怕出现的局面呀。”她说，“约瑟夫一告诉我，您父亲过来了，我就吓得浑身发抖，好像我们就要遭遇大祸似的。可怜的朋友，我才是这一切的罪魁祸首呀。假如您离开我，不要因为我而跟您的父亲闹僵，情况就会变好。可是，我与他素昧平生，从来没有伤害过他。以后我们也会默默无闻地生活下去，将来还要过得更安静。当然了，他应该知道您是需要一个情妇的，所以他应该感激我才对呀，我做了您的情妇，因为爱您，没有奢望会从您那儿获得您无法给我的东西。你是否告诉了他，我们将来如何规划未来生活的？”

“说过了，这却成了他最为恼火的事情。因为这件事恰恰表明了我们是在真心相爱，而他也看了出来。”

“现在，我们该怎么办呢？”

“依然在一起，亲爱的，就静静等待着这场暴风雨的过去吧。”

“会过去么？”

“总会过去的。”

“可是，您父亲不会善罢甘休的，是么？”

“他还会做什么？”

“我也不知道，可是一个父亲为了让儿子服从他，会无所不用其极的。他会使您想起我过去的生活，拜他所赐，或许也会为我编造什么新鲜事情，而强迫您离开我呢。”

“您很清楚，我非常爱您。”

“是的，可是我也明白，迟早您也许会因为心软而服从他的。”

“不是这样的，玛格丽特，最后将是我说服他。他只是听到了几个朋友的闲话才这样盛怒的。然而他心地很好，为人正直，他一定会回心转意的。何况，他是否同意，和我又有什么关系呢！”

“阿尔芒，千万不要这样说，除了不愿意让别人以为是我怂恿你和家里闹翻的之外，我什么都无所谓。今天就算了，明天您就回到巴黎。您父亲将会换位思考，所以您也要这样，这样一来，或许你们会互相理解了，也才能重归于好。不要去触犯他的原则，就先假装对他的愿望妥协，别显得对我依然过度留恋，那么，他将会不再追究下去，事情也就会不了了之。一定要怀有希望，亲爱的，无论发生什么事，我玛格丽特永远都是你的。”

“您敢对天发誓么？”

“还有必要么？”

服从自己心爱的人的劝说，是多么舒服与甜蜜呀！我们两个一整天都在反复商量我们的计划，似乎我们已经懂得一定要赶紧实现这些计划。时时刻刻，我们都在害怕会发生什么事情。很幸运地，第一天就这样平平静静地过去了。

第二天，我十点出发，中午时分，就到了我父亲所在的饭店。

可父亲已经出去了。

我回到了自己的家里，期待着他可能在这。可没人来过这里，我又到了公证人家里，结果也没有。

我又返回了饭店，一直等到下午六点钟，可父亲依然没有回来。

我又回布吉瓦尔去了。

我看到玛格丽特，她却没有像昨天那样等待我，而是坐在炉火旁，那时候已经到了生火的季节了。

她呆呆地陷入了深思之中，连我走近她的扶手椅发出的声音，都没有引起她的注意，她的头一动不动，当我把嘴唇贴在她额头时，竟然惊得她哆嗦了一下，似乎这一吻把她惊醒了似的。

“您吓了我一跳，”她对我说，“您父亲呢？”

“到处都找了，我还是没有见到他，无论饭店，还是任何他可能出现的地方。我也不知道怎么回事了。”

“好了，那明天再去找吧。”

“我真想等他派人来找我。我觉得，该做的我都一样没落下。”

“不，亲爱的，做的远远不够，您一定要回到您父亲那儿，特别是明天。”

“为什么非要明天呢？改天不行么？”

“因为，”听到我这样反问，玛格丽特有一点脸红，并说道，“因为，你要求得越急迫，我们也会越快得到谅解。”

我回来之后的这一天里，玛格丽特总是一副忧心忡忡，愁眉不展，心不在焉的样子。只有我重复几次说过的话，才能得到她的回应。她把这种心事重重的原因归咎于这两天连续发生的不顺心事情，以及由此引发的对未来的担心。

我整晚都在安慰开导她，到了第二天，她又惴惴不安地催促我动身，对于她的紧张与不安，我感到无从解释。

就像昨天那样，我父亲依然不在家，不过，在他出门的时候，给我留下了一封这样的信：

如果今天还来看我，你就等到下午四点。如果到时候，我还没回来，明天就来和我一起吃晚餐，我们需要好好谈谈了。

我一直等到约定的时间，可是父亲还是没有出现，于是我便离开了。

昨天，我看出了玛格丽特心事重重，今天我发现她发烧了，而且情绪异常激动。看见我进门，她立刻飞奔了过来，使劲搂着我，在我怀里哭个不停。

我问她为什么突然这样难过，但是她越来越伤心，弄得我越来越不安。她也说不出什么合情合理的原因来，一个女人不想说实话的时候，就会这样。

等她情绪渐渐恢复平静，我把今天忙碌的结果告诉给了她。我把父亲的信拿给她看，让她明白，我们未来的情况并不是那么严峻。

看到这封信，加上我的分析，她的泪水更加肆虐，我不得不喊来南妮，我们担心她神经会受到刺激，就让她躺在床上休息。这个可怜的姑娘还是只知道哭，一言不发，紧紧握住我的手，不停地吻着。

我问南妮，在我出门的这段时间里，她是否收到了什么人的来信，或者有什么人来拜访过，才让她这样伤心。可是，南妮回答说，既没有什么人来过，也不曾收到过什么信。

然而，我想，从昨天开始，这两天之内，肯定发生了什么事情了，玛格丽特越是刻意瞒着我，我越是感到不安。

到了晚上，她好像平静了一些，她让我坐在了床边，不断重复说着她是多么爱我。然后努力粲然一笑，可结果却是那么勉强，因为她真的无法控制自己的情绪，眼睛里的泪水就从来没有干过。

我用尽心思，想让她讲出导致她如此伤心的真正原因，可是她还是用些冠冕堂皇的话来敷衍我，这些话前面我已经向您讲过了。

最后，她终于在我的怀里睡着了，可是这样非但没有让她得到休息，反而让她很疲惫，并且时不时发出一声尖叫，突然惊醒过来，直到确定我在她身边时，就要我发誓说永远爱她。

一直这样惊魂失魄，这种状态持续到了第二天早上，我也百思不得其解。她终于迷迷糊糊地睡着了。她已经连着两个晚上没有睡个安稳觉了。

可是，这次休息并没有持续很长时间。

十一点左右，她就醒了过来，望四周一看，看到我已经下床，就大叫了起来："您就这样走了？"

"不，"我握住她的手说道，"我想让您好好睡觉，还早着呢。"

"您打算几点去巴黎？"

"下午四点。"

"那么早呀？没走之前，您会一直陪着我，是么？"

"当然了，我不是一直就这样么？"

"太幸福了！"

然后，她又心不在焉地说，"我们去吃午饭吧？"

"好的，只要您愿意。"

"这么说，您会一直陪在我身边，直到您动身？"

"是的，而且我会尽量早点回来的。"

"您还会回来？今晚？"她目瞪口呆地看着我说。

"当然回来了。"

"那就好，您今天晚上还回来。我还会像往常那样等着您回来，只要您还爱着我，我们就会像以前那样快乐。"

这些话，她断断续续说了出来，似乎有什么难言之隐，我时刻担心着，害怕她会发疯。

"听着，"我对她说，"您已经病了，我不能就这样丢下你一个人，我马上去写信给父亲，让他不要等我了。"

“不要！不要！”她慌忙说道，“可不要这么做，您父亲会因此而责备我的。他会怪我阻止您去见他。不，不！您一定要去，一定要去！更何况，我好好地，并没有病呀。我只是做了个噩梦，还没有完全醒过来罢了。”

从这时起，玛格丽特尽力维持欢快的样子，再也没有哭泣过。

动身的时刻到了，我亲吻着她问道，愿不愿意陪我去火车站，我盼望着出去散步可以让她稍微感觉好一点，并且新鲜空气也会给她带来不少好处。最重要的是，我总想同她多待一会儿，真是舍不得离开她呀。

她同意了，穿上了外套，为了避免回来的时候一个人孤单，就带上了南妮。

好几次我有过不想走的冲动。可是只要想到我可以快去快回，又担心再次惹恼父亲，这些想法就迫使我坐上车离开了。

“晚上见。”我与玛格丽特告别说。

可是，她却没有回答我。

以前也出现过她没有回应我告别的事情，那一次，您还记得吧，正是G伯爵在她家过夜那天。但这似乎是一件很遥远的事情了，遥远得我好像一点记忆都没有了。如果现在我还有什么害怕的事，也决不是她要欺骗我这样的事。

赶到巴黎后，我做的第一件事就是去普律当丝家，请求她去看望玛格丽特，希望她的热情与活力可以感染玛格丽特，从而使之开心起来。

还没来得及让人通报，我就闯了进去，发现普律当丝正在梳洗打扮。

“哦！”她神色不安地问道，“玛格丽特没跟您一起来？”

“没有。”

"她还好么?"

"不大舒服。"

"这么说,她不来了么?"

"她应该要来么?"

杜沃努夫人脸红了,尴尬地回答说:

"我想说的是,既然您回巴黎了,难道她没有和您一起回来么?"

"没有。"

我直直地看着普律当丝,在我的注视下,她低下眼睛,从她的眼神中我看出,她担心我会在这久留。

"其实,亲爱的朋友,我只是来问您有没有空闲,如果有的话,今天晚上,我请求您去乡下看望玛格丽特。您可以陪陪她,就睡在那儿了。我从来没有见过她今天这个样子,恐怕她要病倒了。"

"我今天晚上有个饭局,"普律当丝说,"太不巧了,今天晚上就没法去看她了,可是我明天一定会去的。"

我告别了普律当丝,似乎她和玛格丽特一样都心神不宁。之后,我去了父亲那儿,他第一眼就投来仔细审视的目光。

他向我伸出了手,"你来找我了两次,阿尔芒,这让我感到非常高兴。"他说,"这让我看到了希望,你应该像我一样慎重考虑过了。"

"可不可以告诉我一下,爸爸,你得出了什么结论了呢?"

"结果是,我的孩子,我把别人告诉我的情况看得过于严重了,我答应你,以后不会那么对你苛刻了。"

"真的么? 爸爸。"我狂喜地喊叫了起来。

"亲爱的孩子,我是说,年轻人都得有个情妇,并且根据最近得到的消息,我宁愿你找戈蒂耶小姐当情妇,而不是别的什么小姐。"

“哦！谢谢你，亲爱的爸爸！你让我高兴极了。”

就这样，我们接着谈了一会，随后一起吃了饭。整个晚餐期间，父亲一直非常和蔼可亲。

由于急着把这个喜讯早点告诉玛格丽特，我频频瞟着墙上的钟表。

“你一直在看时间，”父亲说道，“你想快点离开我，哎，你们年轻人呀！总是这样，牺牲真挚的爱去换靠不住的爱！”

“爸爸，不要这样说么！对于玛格丽特的爱，我确信无疑。”

父亲再没说什么，可神情却表明，他对此既不怀疑，也不相信。

他坚持要我和他一起度过那天晚上，让我第二天再走。但我离开玛格丽特时，她身体很不舒服，我把情况如实告诉他了，求他让我早点回到玛格丽特身边，并答应他明天再来看他。

天气不错，他把我一直送到了站台。这辈子我还没有这样高兴过呢。长久以来，我努力寻求的未来，终于要实现了。

在我正要离开的时候，他做了最后一次让我留下来的努力，可我毅然拒绝了。

“这么说，你是在深深地爱着她？”他问我。

“爱得如痴如狂。”

“那就走吧！”他把手放在了额头上，似乎要驱赶一个什么念头似的，随后，他张开嘴，似乎有什么话要说似的，但他仅仅握了握我的手，就突然转身离开了，并开口喊道：

“那好，明天见吧。”

第二十二章

在火车上，我觉得今天的火车走得反常地慢。

十一点钟，我来到了布吉瓦尔。

却发现没有一扇窗户的灯在亮着，我摁铃，也没有人回答。

从前，我从来没有碰见过这样的事。最终，还是园丁出来给我开了门。

只见南妮打着灯来迎接我，并且尾随着我进入了玛格丽特的房间。

"女主人去哪了？"

"她去了巴黎。"南妮回答说。

"巴黎！"

"什么时候去的？"

"在您走后一个小时。"

"她有没有给我留下什么东西？"

"什么也没留。"

说完，南妮走开了。

"她可能在怀疑什么。"我想，"她也许只是想去证实一下，我想去巴黎看父亲，这是不是一个借口——为了得到一天的自由，才想出的。"

"或者普律当丝有什么急事才写信找她吧。"但我独自一个人时，我又想，"但是在巴黎见到普律当丝时，她也没说有什么事呀，真的想不出来有什么蛛丝马迹，表明她给玛格丽特写过信呀！"

突然灵机一动，我想起来了，当我告诉她玛格丽特生病了的时候，她问了一个问题，“这么说，玛格丽特不来了么？”与此同时，我也想到了，这句话似乎暗示她俩已经约好见面了，正因为如此，她话一说完，在我的注视下，她才会显得尴尬。更何况，我接着联想到，连着这几天，玛格丽特总是整天哭泣，父亲对我的和颜悦色竟然几乎让我忘记了这一点。

从这一刻起，白天发生的事情渐渐地与我之前的怀疑搅合在了一起，我越发心神不宁，这所有的一切，包括我父亲忽然的和蔼，都证实着我的猜测。

玛格丽特几乎是极力勉强我去巴黎。在我要求留在她身边时，她又假装出一副平静似水的样子。难道我掉进了一个圈套了么？难道她在欺骗我么？她，为了不让我发现她也出去了，也会计划着及早赶回来，但不幸地，却突然冒出了个什么事件缠住她了吗？为什么她没有交代南妮任何事情？为什么她不曾给我留下便条？她的眼泪，她的离去，到底在隐藏着什么秘密呢？

我独守空房，一个人惴惴不安地想着这些问题，我眼睛紧盯着墙上的钟表，已经半夜了，连它也好像在告诉我，太晚了，今晚我根本没法见到我的情妇了。

然而，我们刚刚对以后的生活做出了筹划，一个人作出了牺牲，另一个人也接受了，难道这一切都是在诓骗我么？她是在演戏么？绝不会的。我竭力抛开我刚刚生出的推测。

可怜的人儿，可能已经为她的家具找到了一个买主，而她去巴黎正是为了敲定这笔买卖的。在没有办成事情之前，她不想告诉我，而且她也知道我同意卖家具，尽管这对我们以后的幸福生活影响很大，对于此，我却仍然觉得痛苦。她怕对我说了之后，会伤害到我的自尊，因此才宁愿在事成之后再出面告诉我，而普律当丝等她就是为了这件事，而且不小心在我面前露出了马脚。玛格丽特今天不能把所有的事情办完，所以暂时留在了普律当丝那里，她也可能会担心，我会因她不在家而焦急万分，可能马上就回来了。

可是，她流泪又是为了什么呢？也许是，尽管她爱我，可她毕竟已经习惯了奢侈的生活，现在要放弃了，总会有点恋恋不舍，因为别人也曾羡慕她的这种生活，连她自己也曾觉得幸福过呢。

于是，我非常体谅她对豪华生活的留恋不舍的心情。我焦急地等待着她回来，我一定要一边狠狠吻着她，一边揭开她刻意隐藏的秘密。

然而，时间越来越晚了，还是没有玛格丽特的踪影。

而我，变得越来越不安，越来越紧张了。这么晚还不回来，她会不会遇到什么不测了？受伤了，病倒了！也许我马上就会接到由信差送来的什么噩耗！直到天亮，我仍然处于这种焦虑不安的状态之中。

玛格丽特的离开让我惴惴不安，而当我紧张兮兮地等她回来的时候，她却在玩弄我的感情，这个想法终于从我脑海里消失了。一定有什么身不由己的原因缠住了她，使她不能回到我的身边，我越是朝这个方向思考，我越发笃定，一定是什么天灾人祸。哦，人的虚荣心呀！你真是变化莫测呀！

凌晨一点钟的钟声刚刚响过，我暗暗想道，如果再等一个小时，她还不回来，我就去巴黎。

为了消遣无聊的等待时光，我找到一本书来看。

而《曼侬·莱斯特》这本书正好放在桌上，我觉得书上的很多地方都似乎被泪水沾湿了。我翻了翻，又把书合上了。只因我心神不宁，书上的字已经不再对我含有什么意义了。

时间过得太慢了，而天空也乌云密布，愁云惨淡呀。阵阵秋雨敲打着窗户，我看着那张空床，有时候竟把它当成了坟墓。我害怕极了。

我打开了门，侧耳细听，除了树林里传来的瑟瑟风声以外，我什么也没有听到。路上很安静，一辆车子的影子也没有出现。教堂里的时钟悲凉地敲着，通知这个世界半点钟的来到。

我也忽然害怕会有人来找我，在我心中，在这个时刻，在这个凄清的天气里，唯有厄运才会来找我。

两点钟也到来了，我决定再等一会儿。此刻万籁俱寂，唯有挂钟单调的滴答声才偶尔打破世间的静默。

直到最后，我在屋子里实在待不下去了，只因为我自己内心的不安和孤独，甚至觉得连周围的环境也都蒙上了郁闷的色彩。

走进了隔壁屋子，我看见南妮在干活时竟然睡着了。一听见门响，她立即醒了过来，问我是不是女主人回来了。

“没有，可是，她一回来，你就告诉她，由于我实在太担心，就去巴黎了。”

“现在就要离开么?”

“是的。”

“可您怎么去呢? 现在这个时刻，您是找不到马车的。”

“我走着去。”

“可雨还在下呢。”

“是么?”

“夫人一定会回来的，就算今天不回来，天亮了再去看她也不晚呀。天气太坏了，又是在这个时刻，您在路上会遇到坏人的。”

“不会有危险的，亲爱的南妮，明天见吧。”

于是，这位善良的好姑娘帮我找来了大衣，将它披在我的肩膀上，还劝我去叫醒寡妇阿尔努，让她打听一下能不能找到一辆车子。可是我没有这么做，因为我知道即使这么做了，也是白费力气，更何况，这样下来，我所花费的时间要比我走一半路所需要的时间还要长些呢。

而且，我需要清新的空气和身体上的疲劳，后者正好帮我抑制我极度不安的情绪。

我带上了昂坦街那所房子的钥匙，南妮一直把我送到了栅栏门口，在与她告别后，我就出发了。

刚开始时，我一路小跑，雨后的路又滑又潮湿，这一切让我更加累了。持续跑了一个小时，我再也坚持不下去了。浑身湿透了，歇了一会后，我又继续赶路了。此刻，夜色漆黑，伸手不见五指，我无时无刻，不在担心自己会撞上路两边的树木，它们在我面前突然出现，好似恶魔般张狂的向我冲来。

在路上，我遇见了两三辆运货的马车，不久我就将它们甩在了后边。

忽然，一辆四轮马车快速地朝布吉瓦尔的方向跑去，在它经过我身边时，我突发奇想，也许玛格丽特可能坐在这辆马车上呢。

于是，我停了下来，对着这辆车大声喊道，“玛格丽特！玛格丽特！”

可是车上竟没有任何人回答我，而继续飞奔而去。

最后，我整整花了两个小时才到达圆形广场的栅栏前。

一看到巴黎，我又恢复了生机和活力，继续沿着那条我曾经走过无数遍的长长林荫大道往下跑。

那天夜里，一个行人也没有遇见。

我，仿若在一个死亡之城里行走。

渐渐地，天要破晓了。

在来到昂坦街的时刻，这座大都市虽然没有完全醒过神来，却也开始展现了点点活力。

在圣洛克教堂敲响五次钟声之时，我刚好走到玛格丽特的家。

我把名字告诉了看门人，此人之前收过我不少次二十法郎的钱，因而他清楚我有权在凌晨五点见玛格丽特。

因此，我畅通无阻地进了玛格丽特家。

我本可以问他玛格丽特是否在家，可是可能会得到一个否定的答案，因而我宁愿多怀疑几分钟。在我看来，多一分钟怀疑，也就意味着多一线希望。

我把耳朵贴在门上，竭力想找到一点声响与丝毫动静。

结果却是，什么声音也没有发现。乡下的安宁似乎延伸到了这里。

打开门，我走了进去。

我发现所有的窗帘都拉得严严实实的。

于是，我拉开餐厅的窗帘，向卧室走去，推开卧室的门。

我一跃来到窗帘的拉绳边，随手使劲一拉。

立刻窗帘分开了，一抹微弱的光线射了进来，我奔向大床。

竟然空无一人。

于是，我把门一扇连着一扇地打开了，挨个地将所有的房间都找了个遍。

还是空空如也！

我快要疯了。

随后我走进更衣室，打开了窗户，喊叫了几声普律当丝。

但她的窗户还是纹丝不动。

接着我走下楼，去找看门人，问他戈蒂耶小姐在白天有没有回过家。

“有过，”这个人说，“是和杜沃努夫人一起回来的。”

“那么，她有没有留下什么话给我呢？”

"没有。"

"您知道她们后来又去干了什么?"

"她们上了一辆马车。"

"什么样的车子?"

"一个绅士的轻便马车。"

这一切又作何解释呢?

于是,我拉响了隔壁普律当丝家的门铃。

"先生,请问您想找谁?"看门人打开门问我道。

"杜沃努夫人。"

"她还没有回家。"

"您确定么?"

"是的,没错,先生。昨天晚上来了一封她的信,我还没来得及给她送过去呢。"

看门人让我看了一下那封信,我顺便瞟了一眼。

我认出来这正是玛格丽特的字迹。

而上面写的收件人是:

请杜沃努夫人转交给杜瓦尔先生。

我对看门人说,"这封信是写给我的,"并且让他看了看收信人的名字。

"您是杜瓦尔先生么?"他问我。

"是的。"

"哦,我终于认出您了,您常常到这里看望杜沃努夫人。"

一到街上,我赶紧一把扯开了信封。

就是一个晴天霹雳照直劈在了我脚踩的土地上,我也不会这样惊悚万分了。

阿尔芒，当您读到这封信的时候，我已经是另一个男人的情人了。因此，我们之间也就不存在什么关系了。

我的朋友，回到您父亲身边去吧。回去看望您的妹妹吧，她是一个多么纯洁的姑娘呀，她很难理解，身为我们这类女人才有的难言之隐。待在她身边，您也会很快遗忘那个妓女让您吃过的苦头，那个失足的女人叫玛格丽特，她曾一度真心爱过您，她也对您赐予她的欢乐时光，感激万分，更是终生难忘。而她现在仅有一个愿望，那就是早早结束她的可悲生命。

当读到最后一句话，我自己差点疯了。

有一阵子，我真担心自己会不会晕倒在街头。我眼前浮现的是愁云肆虐，热血猛烈地冲刷着我的太阳穴。

过了一会儿，我渐渐地清醒了一些，往四下里看了，意识到不幸只是我一个人的，别人的生活仍然还在照样进行，不会因为我的不幸而暂停下来，对此，我感到非常惊讶。

而我，一个人却无法承受玛格丽特带给我的打击。

那时，我想到我父亲正在和我待在同一个城市，只需要十分钟的时间我就可以到他身边，而他一定会为我分担忧愁，不管我的痛苦是什么原因造成的。

于是，我像一个小偷，像个疯子似的，在众目睽睽的街上，撒腿跑了起来，一直跑到了巴黎旅馆，看见父亲房间上插着钥匙，打开门，我飞一般进去了。

他正在看书。

看见我突然出现在我面前，他并不显得惊讶，似乎他正在等我似的。

我一句话也没有说出来，只知道一头栽在了他的怀里，并把玛格丽特的信交给了他，随后倒在了他的床前，嚎啕大哭了起来。

第二十三章

当我的生活重新接上原有轨道的时候，我却反而没法确定新来的一天对我而言，和过去的日子有什么两样。曾有过无数瞬间，我竟以为发生了什么我已经记不得的事情，才导致我那天晚上没能和玛格丽特在一起。而只要我一回到布吉瓦尔，玛格丽特还会在那里等待着我，她焦急万分，就像我曾经等待她那样，并会追问我为什么扔下她一个人那么久。

一旦爱情成为了生活中的一种习惯，想要打破这种习惯，同时不损害生活中与此相关的方面，这几乎是不可能的。

因此，我只能靠着不断重读玛格丽特的信，才能不让自己陷入梦境般的纠缠。

精神上遭到了重创，我的身体也随之垮了。心中的焦虑、冒雨的夜奔、今早的噩耗，这一切弄得我精疲力尽。我父亲趁着我还没有完全崩溃之时，要我明确地答应他和他一起离开巴黎。

对于他的要求，我全盘接受了，因为我已无力争辩些什么。况且，在刚刚遭受过这个重创之后，我迫切需要一种真挚的感情来维持我的生命。

而让我感到欣慰的是，父亲非常乐意来医治我所遭受的伤害。

所有我能记得的就是，那天五点钟左右，我们一起登上了一辆驿车。他命人替我准备好行李，和他的行李捆在了一起放在了车子后边。一句话也没说，就把我带走了。

直到城市消失了，路上的落寞又勾起了我心中遗憾，我才对自己的行为有所感知。

我的眼泪又开始蠢蠢欲动。

父亲明白这个时候，不管他说些什么，都没法安慰我，所以，他选择了沉默，让我尽情地发泄。只是偶尔会握一下我的手，似乎在提醒我，自己并不是无依无靠，而是一个朋友在身边呢。

那天晚上，我睡了一会，梦到了玛格丽特。

突然惊醒了过来，我搞不清楚自己怎么会待在车子里面。

不久我便想起了现实状况，就将头埋在了胸前。

我没胆量和父亲谈话，我还是怕他会对我说这句："我早就不相信这个女人的爱情，看看我没有看错吧。"

但是，他并没有滥用他的有力地位，直到到达 C 城，一路上他只是和我谈一些与我们离开巴黎回来的毫不相干的话。

当我拥抱我妹妹的时候，我想起了玛格丽特在信里提到的有关她的话。但是，我很快就明白了，无论妹妹对我有多好，她也不可能让我忘掉玛格丽特的。

不久，狩猎的季节到了，我父亲认为这是一个给我解闷的不错的机会，他便和朋友们组织了几次打猎活动。而我也参加了，虽然没有抱怨，但也没有热情，我总是一副漠不关心的样子。而自从我离开巴黎之后，我的一切行动都具有这个特点。

我们开始了围猎，分配了猎位给我，而我把空空如也的猎枪放在一边，自己却陷入沉思。

眼睛望着在天空中飘过的片片浮云，我的思绪也跟着在空旷的原野上驰骋，时不时地，我听到有猎人在喊我，告诉我距我十步之遥的地方有一个野兔。

所有的这些细节，都没有逃过我父亲的眼睛，他并没有被我外表的平静欺骗。他再清楚不过，我的心灵遭受过那么大的打击，迟早有一天会对此产生吓人甚至危险的反应。所以，一方面，表面上，他假装自己并没有在安慰我，另一方面，实质上，却又是在竭力为我消愁解闷。

当然了，我的妹妹并不知道这件事的原委，她对过去开朗乐观的我，如今却变得郁郁寡欢，感到非常费解。

有时候，我正在伤心难过，突然发现父亲正在不安地看着我。于是我伸手去握了握他的手，似乎在默默请求他的谅解，希望他理解我不由自主的痛苦。

一个月就这样一天天地过去了，可我已经再也无法忍受下去。

玛格丽特的影子时刻出现在我面前。我一直这样深深地爱着她，甚至现在都没有改变心意，对我而言，她怎么可能一下子变得无足轻重呀。所以不管现在我对她感觉如何，我一定要再见她一面，而且要赶快见到她。

这个想法一下控制住了我的心，它刚开始只是在潜伏着，后来一经爆发便不可收拾了。

这并不是说，我想在未来的某个时间，一个星期或者一个月后再见她。而是一旦产生了这个想法，第二天我就要去看她。我告诉父亲说，我要离开这儿，要去巴黎去处理一些需要办的事情，很快就会回来。

他一定猜到了我回巴黎的真实原因，因为他坚持不让我离开。但是他看到我正处于火山一触即发期，如果再对我横加阻拦的话，就会给我引来毁灭性的灾难。于是他只是拥抱着我，几乎流着泪请求我赶快回到他身边。

到达巴黎之前，我根本就没有睡着觉。

可是到了巴黎，我又要做些什么呢？我自己也没有答案，可是我第一件要做的一定是去看玛格丽特。

于是我回到了自己的家里，换了一下衣服。由于天气晴朗，而且时间还早，我便朝香榭丽舍大街走去。

半个小时之后，我远远地瞧见了玛格丽特的车子从圆形广场朝和协广场跑过来。

看来她已经赎回了马匹，因为马车还是原来的，可是她并没有待在马车上。

一看见她不在马车上，我赶紧看了看四周，终于发现玛格丽特在一个女人的陪同下，而我之前从来没有见过这个女人，她们正向这边走过来。

在走过我身边的时候，她脸色惨白，向我神经质地笑了一下，这一笑扭曲了她的嘴唇。至于我呢，内心也汹涌澎湃，但我还是板起了脸孔，冷漠地给了她一个致意。她毫无停留地登上了马车，和同伴一起离开了这里。

以我对玛格丽特的了解，这次不期而遇一定吓得她不轻。毫无疑问，她一定知道我早就离开了巴黎，因此她也就对我们的分手之后造成的后果放下了心。可这次不期而遇，当她看到我的脸色是这么苍白，就会明白我不会白白回来的，她也一定在猜测以后会发生什么事情呢。

假如我发现玛格丽特的日子并不怎么好过，假如我可以通过对她的一些帮助来实现羞辱与报复她的目的，我就也许会原谅她，也就不会去伤害她。但我看到的情景竟是，她非常幸福，至少从表面来看是这样的，还有其他人在给她提供奢侈的生活，而我当时却不能继续提供。我们之间的分开，是她一手造成的，因而性质是非常卑鄙无耻的。这一切不仅侮辱了我的爱情，也羞辱了我的自尊，她必须要因此付出代价。

看到这个女人的所作所为，我无法一笑了之，无动于衷。而最能伤到她心的，莫过于我无所谓的态度。所以，不单在她面前，就连在别人面前，我都要摆出一副毫不在乎的样子。

于是我努力堆出满面笑容，去普律当丝的家里。

女仆人向她通告我来了，并且让我在客厅里休息片刻。

最后，杜沃努夫人终于出来了，让我待到了小客厅里。我一坐下，就听到客厅的开门声，地板上也想起了一阵阵轻微的脚步声，之后就听到楼梯平台上的门发出了猛烈的关门声。

“是不是我打扰您了呢？”我问她说。

“没有，玛格丽特刚才正好在这里。一听说您来了，她就赶紧逃了，刚才出去的人就是她。”

“那么，她现在害怕我了？”

“不是的，她是怕您见到她会心里不痛快。”

“这究竟是为了什么？”我一边说，一边竭力表现得自然一些，因为我激动得无法呼吸了，“这个可怜的姑娘为了重新拥有马车、家具、首饰而弃我而去。她这样做很对，我没有资格责备她。今天我已经见过她了。”我漫不经心地说着。

“在哪啊？”普律当丝一边问我，一边还在打量着我。似乎在思考我是否还是当初那个多情的人。

“在香榭丽舍大街，她当时和一个非常漂亮的女人在一起。这个女人是谁呀？”

“长什么模样？”

“一头金发，身材苗条，蓝眼睛，非常美丽。”

“哦，那是奥丽普，的确是一个美女呀！”

“她和谁在一起混？”

“没人，也可以是任何人。”

“她住在哪里？”

“特隆歇街……号。哎呀，看出来了，您看上她了么？”

“未来怎么样子，我也说不定。”

“那玛格丽特怎么办呢？”

“假如我对您说，我半点都不想她了，那就是在撒谎。但是，我这种人很在乎分手的方式。而玛格丽特就这样随随便便地跟我分手了，让我觉得自己过去那么痴心地爱她，是多么傻呀！在过去，我的确深深地爱着她。”

您可以想象得出来，我说出这些话用的是什么语气，甚至连我的额头上都渗出了汗水。

“您知道，她也爱着您，一直在爱着您。想看证据么？今天，一遇到您她就直奔我这儿，告诉我这件事。当她进来的时候，浑身发抖，差点晕倒。这就是证据。”

“她跟您说了什么？”

“她的原话是这样的：‘我想他一定会来看您的。’而且她请我，恳求您原谅她。”

“您可以这样给她回话，我已经原谅她了。她是一个有良心的妓女，但也只是一个妓女而已。我早该意料到，她会这样对我。我甚至还要感谢她做了这样的决定，因为今天，我还在想，那种要与她永远在一起的想法，会产生什么样的严重后果呢。现在想起来，我才觉得我真是在胡闹。”

“如果她也知道，您也同意她不得已而为之的做法，她一定会非常高兴。亲爱的，她选择了一个恰当的时间离开您。她曾经打算要把家具卖给那个混蛋经纪人，他已经找了她的其他债主，问他们玛格丽特到底欠了他们多少钱。于是这些家伙开始慌张了起来，准备过两天就拍卖。”

“那么，现在呢，债都还清了么？”

“还得差不多了。”

“是谁出的钱？”

“是N伯爵，啊，亲爱的朋友！有些人就爱干这些事。总之，他给了两万法郎，同时也达到了他的目的。虽然他明明清楚玛格丽特并不爱他，然而却没有亏待她。正如您所见，他替她将马买了回来，也把她的首饰赎了回来，出的钱和公爵差不多。假如她想过安安稳稳的日子，这个人倒是一个不错的选择呢。”

“她在做什么？一直待在巴黎么？”

“自从您走了之后，她再也不想回布吉瓦尔了。就连收拾东西，都是我去做的，甚至还有您的东西呢，我把它们另外放在一个包里了，您可以叫人来拿。您的东西全在那里面，除了一个小皮夹子，上面刻着您的名字，玛格丽特想留下，就放在她那了。如果您一定要的话，我再向她要。”

“就让她留着吧。”我结巴地说。一想到这个我曾经幸福生活过的村庄，一想到玛格丽特执意想留下我一件东西当做纪念，不由自主地，我变得热泪盈眶。

假如此刻玛格丽特进来，我信誓旦旦的报仇之心一定会瞬间不攻自破，更可能会跪倒在她的脚下。

“除此之外，”普律当丝接着说，“我从来没有见过她像眼前的模样，她几乎不睡觉了，经常参加舞会，去吃宵夜，时常喝的酩酊大醉。自从最后一次夜宵，她已经在床上躺了一星期了。医生刚刚允许她下床活动，她又不顾性命地重新沉溺于这样的生活，您想要去瞧瞧她吗？”

“有这个必要么？我是来看望您的，您一直以来都对我很好，况且，我是先认识您的。由于您的缘故，我结识了她并成为她的情人；也是多亏了您，我现在不是她的情人了，您说是吗？”

“哦，上帝啊，我做出了最大努力来使她离开您，我坚信，过一段时间，您就不会埋怨我了。”

“我太感谢您了，”我起身说道，“其实我已经讨厌这个女人了，她太把我的话当真了。”

“您要离开吗？”

“是的。”

我已了解的清清楚楚了。

“我们什么时候能再见面呢？”

“很快的，再见。”

“再见。”

普律当丝一直送我到门口，愤恨的泪水充满了我的眼眶，心中燃着复仇的火焰，我回到了家里。

由此看来，玛格丽特和别的姑娘别无二致。她对我的真挚情感还是抵抗不了昔日生活的诱惑，抵挡不住对车马和佳肴的冀求。

晚上我一直这么想着，反反复复睡不着觉。如果我真的能做到像我表面装出来的冷静，心平气和的想一想的话，或许我可能会在玛格丽特的这种火热生活中，看出她企图以此来逃避一个纠缠不止的念头，以此来消除那个难以抹灭的回忆。

然而不幸的是，恶毒的情感主宰着我的思想，我始终想要找寻一个方法来折磨这个可怜的女人。

唉，人在自私的爱情受到伤害时，会变得多么渺小，会变得多么容易烦恼啊！

我见过的那个和玛格丽特在一起的，叫奥丽普的姑娘，如果她不是玛格丽特的好朋友，也应该是在她回到巴黎之后联系最为密切的人。奥丽普正在筹划一次舞会，我猜想玛格丽特一定会去，所以我就设法搞到一张请柬。

当我满怀痛苦的心情来到舞会时，那里已经非常热闹了。大家欢快地跳舞，大声地喧哗。在一次四组舞中，我看见玛格丽特和N伯爵一起跳舞，那个男人自豪地炫耀自己的舞伴，貌似在对大家宣布："这是我的女人。"

我倚靠着壁炉，正对着玛格丽特，看着她跳舞。她一看见我就惊慌失措了，我看着她，随意的用手和眼睛和她打了个招呼。

舞会结束之后，陪她走的不是我而是这个有钱的笨蛋，回到家里之后他们可能会做一些事情，当我想到这些时，我的脸红了，热血涌上脸庞，我觉得有必要破坏他们的爱情。

四组舞跳完后，我走向女主人奥丽普，今晚的她一身礼服，半露着迷人的胸脯和美丽的肩膀。

她长得非常漂亮，她的身材比玛格丽特要婀娜多姿。当我和奥丽普交谈的时候，玛格丽特投来了异样的眼光，我立刻明白了这一点。谁能够做奥丽普的情人，谁就可能和N伯爵一样骄傲，在她的身上我找到了那些过去从玛格丽特身上引起的同样的欲望。

奥丽普这时并没有情人。要做她的情人很容易，只要炫耀财富就足以引起她的注意。

我下决心要使得这个女人成为我的情妇。

在和奥丽普跳舞的时候，我开始扮演起追求者的角色。

半个小时后，玛格丽特脸色惨白，犹如死人一样，她穿上皮大衣，离开了舞会。

第二十四章

这已经可以了，但是还不够。我明白我有力量控制这个女人，但我却胆怯地利用了这种力量。

如今一想到她已经去世，我便窃问上帝是不是会原谅我让她所受到的伤害。

热闹的夜宵结束后，赌钱开始了。

我坐在了奥丽普身边，故意的下大注来引起她的注意。不一会儿，我就赚了一两百路易，我把钱放在桌子上，她贪婪的注视着。

赌桌之上的所有人之中，只有我一个人心思不在赌博上，而是在她身上。那天晚上，我一直都在赢钱，而她却输光了所有的钱，也许包括她的家当，我把钱给了她让她继续赌博。

早晨五点钟的时候大家都告辞了。

我赢了三百路易。

所有的客人都已经下楼了，只有我一个人落在最后，谁也没有注意，因为他们并不认识我。

奥丽普举着灯在楼梯上照亮，当我转身即将下楼时，我走向她说："我想跟您聊聊。"

"明天吧。"她说。

"不，现在吧。"

"您要说什么呢？"

"您马上就会知道的。"

我又返回到她的房中。

"您输光了。"我说。

“是的。”

“您输光了家里所有的钱财吧?”

她没有说话。

“说实话吧。”

“您说对了,是的。”

“我刚才赢了三百路易,如果您愿意留下我来,它们都给您了。”

我一边说着,一边把赢来的钱放在桌子上。

“您为什么这么做呢?”

“上帝啊,因为我爱您!”

“不是这样的,您还是爱着玛格丽特,因此您想做我的情人来报复她。我这样的女人是不会上当的。遗憾的是我太年轻,太美丽了,不能接受您想要我来扮演的角色。”

“所以,您拒绝了吗?”

“是的。”

“难道您宁愿白白的爱我吗?我是不会接受的,您想想吧,亲爱的奥丽普。本来我可以派一个人拿着三百路易来的,这样您可能会接受。但是,我宁愿亲自来和您谈,接受吧,不要管我是基于什么样的原因。您那么漂亮,我爱上您也就不足为怪了。”

玛格丽特和奥丽普都是妓女,但我绝不会在第一次见她的时候说现在我对这个女人说的话。我爱玛格丽特,我从她身上看到了这个女人所没有的一些东西。虽然奥丽普长得很妖媚,可是在我提出交易的同时,我就对这个女人产生了厌恶感。

当然了,到最后她还是屈服了。当我中午从房子里出来时,她已经是我的女人了。为了我给她的六千法郎,她认为不能不讨好我,亲亲热热,我一下她的床,便什么都不记得了。

然而也有人为了她倾家荡产。

从那天开始,我时时刻刻都在羞辱玛格丽特。奥丽普不再和她见面了,原因很简单。我送了一辆马车和些许首饰给我的新情妇。我赌博,总之,我像那些爱上奥丽普的傻男人一样把该做的事情都做了。我另有新欢的消息不胫而走。

普律当丝也上了当,她终于相信我已完全忘记了玛格丽特。而对于玛格丽特而言,要么是她猜到了我这样做的意图,要么是和别人一样被骗了。她怀着极高的自尊来面对我每天对她施加的侮辱。她看上去很痛苦,因为无论在哪里遇到她,她的脸色看上去都愈加难看,愈加忧伤。我对她如此强烈的爱却变成了无比恶毒的仇恨,每当看到她痛苦的样子,我心里很舒服。好几次当我残忍卑鄙地折磨她时,玛格丽特用充满爱怜的眼光看着我,以致我对自己现在所扮演的角色感到羞耻,我几乎都要乞求她来原谅我了。

然而这种内疚感转瞬即逝。此时的奥丽普干脆把自尊放在了一旁,因为她知道只要折磨玛格丽特带给她痛苦,就能从我这里获得她所需要的一切。她不断地怂恿我与玛格丽特作对,一有机会她就侮辱玛格丽特,像个有男人撑腰的得势女人,而她所用的手段却是非常卑劣的。

玛格丽特最后不再去参加舞会了,不再去听戏了,她害怕遇到我和奥丽普。当面挑衅是做不到了,我只好采取匿名信的办法,凡是见不得光的可耻事情我都栽赃给玛格丽特,或者让奥丽普去散布信息,或者我亲自出马。

只有疯了的人才会做出这样的事情,我那时极度疯狂,像一个喝了劣质酒的醉汉一样,脑子没有什么意识,可手里却在犯罪。这一切的事情,使我感到痛苦。玛格丽特选择不轻蔑的冷静和不鄙视的尊严来对待我的挑衅,这样反而显得她比我高尚,我更加怨恨她了。

一天晚上，不知道奥丽普在哪里遇到了玛格丽特，这次玛格丽特没有放过这个多次侮辱她的傻姑娘，直到奥丽普不得不主动退让才肯罢休。奥丽普气冲冲地回到了家，而玛格丽特则在昏厥后被抬走了。奥丽普回来后就告诉我刚才发生的事情，她说，玛格丽特看到她一个人就想复仇，因为她做了我的情人。奥丽普让我写信给玛格丽特，告诉她以后无论我在不在场，她必须尊重我所爱的女人。

不必多说，我赞同这种做法。我把我所有能想到的残忍的、恶毒的话语都写进了信里面，当天就寄给了玛格丽特。

这一次对她的打击实在太大了，以至于她不能再像从前那样默默忍受了。

我料想她肯定会给我回信的，所以一整天没有出门。

两点钟的时候有人按门铃，结果是普律当丝来了。

我假装出一副不知其事的模样，问她找我有什么事情。这天的杜沃努夫人没有往日说笑的闲情了，一脸严肃的告诉我，自从我回巴黎来，也就是将近三个星期的时间，我寻找一切机会来羞辱玛格丽特，她已经不能忍受了。而昨晚的那场风波和早晨的那封信，已经使得玛格丽特躺倒在了床上。

总之，玛格丽特没有怨恨责备我，而是找人来向我求饶，说她精神上和肉体上已经无法继续承受折磨了。

“戈蒂耶小姐从她家里把我赶出来，”我对普律当丝说，“那是她的权利，但是她要侮辱我所爱的女人，并借口说这个女人是我的情妇，这是我所不能容忍的。”

“亲爱的朋友，”普律当丝说，“您受了一个既无良心又无头脑的姑娘的影响了。您爱着她，这不假，但这不是欺凌一个无自卫能力的女人的理由啊。”

“让戈蒂耶小姐把N伯爵赶走，我就住手。”

“您很清楚她是不会这么做的，所以，亲爱的阿尔芒，您让她安静点吧。如果您见到她，您就会因为自己的所作所为感到羞愧的。她脸色惨白，咳嗽，她的日子不长了。”

普律当丝伸出了手，又说道：

“去看看她吧。您来看她，她一定会非常高兴的。”

“我不想见到N伯爵。”

“N伯爵绝不会在那里的，她受不了他。”

“假如玛格丽特真的想见我，那就让她来好啦，她知道我的住址，但我是不会到昂坦街的。”

“那您会好好对待她吗？”

“我会招待周到的。”

“好吧，我相信她一定会来。”

“随便她。”

“今天您出门吗？”

“我一晚上都待在家里。”

“我去告诉她。”

普律当丝走了。

我甚至都没有写信给奥丽普，告诉她我不去找她了。我不用同她讲究礼数。现在，我一星期难得和她过一晚。我想，她会从大街上随便一家戏院的演员身上得到安慰的。

我出去吃完晚饭便立刻回家了。我把所有的炉子都点上火，然后把约瑟夫打发走。

我无法把我等待玛格丽特的激动心情用语言表达出来。当九点多时，门铃响了，我百感交集，不能自已，以致开门的时候，我不能不斜靠着墙来保持稳定，以免跌倒。

幸好客厅里灯光灰暗，不易看出我难看的脸色。

玛格丽特进来了。

她穿着一身黑衣服，蒙着面纱，我几乎不能看清她面纱下的脸色。

她径直走进客厅，摘掉了面纱。

她的脸色如大理石般苍白。

“阿尔芒，我来了，”她说，“您想见我，我就来了。”

然后她低下头，双手捂着脸哭了起来。

“怎么了？”我的声调都变了。

她没有回答，只是紧紧攥着我的手，哽咽着说不出话来，过了一会儿，她稍稍平静下来，然后对我说：

“您害得我好苦啊，阿尔芒，我却从来没做过对不起你的事。”

“从来没做过对不起我的事？”我苦笑着争辩。

“除了情势所逼，从来没有。”

我见到玛格丽特时的感觉，不知您是否体验过，抑或在未来是否会感受到。

上次她来我家的时候，就是坐在现在的位置。只不过从那以后，她就成为了别人的情妇；她的嘴唇被别人而不是我吻过了，但我还是情不自禁把嘴唇凑了上去，我觉得我还是一如既往的爱着这个女人，甚至比以前还要爱得热烈。

可是我很难找到让她来这里的理由，她大概看出了我的窘迫，便对我说：

“我这次来打扰您了，阿尔芒，我有两件事情想要寻求您的帮助：请原谅我昨天对奥丽普所说过的话，还有请您发发慈悲，放过我吧。不管您是不是有意为之，自从回到巴黎后，您已对我造成了很多痛苦，我已经不堪忍受了。如果说今早我已承受了极大的伤害，那么现在我连它的四分之一也不能承受了。您会可怜我的，对不对？而且您也明白，对于您这样一个心地善良的男人，比起报复一个忧郁多病的女人还有许多高尚的事情等着您做呢。您摸摸我的手吧，我在发烧：我离开床不是为了寻求您的友谊，而是请您高抬贵手。”

我握住了玛格丽特的手，她的手果然热的烫人，这个可怜的女人披着斗篷和大衣，还一直哆嗦。

我把她坐着的扶手椅推到火炉旁边。

“您以为我就不痛苦吗？”我说，“那天晚上，我先在乡下等您，后来又到巴黎来找您，我在巴黎只找到几封令我发疯的信。

“您怎么可以欺骗我呢？玛格丽特？我是多么爱您啊！”

“别再说了，阿尔芒，我来不是说这事的。我希望我们不要像仇人似的，分外眼红，仅此而已。我还想跟您再握一次手，您有一个年轻漂亮的情人，愿你们幸福甜蜜，把我忘了吧。”

“那您呢，也一定很幸福吧？”

“我的脸像一个快乐的女人吗？阿尔芒，别拿我的痛苦来开玩笑了，您比谁都清楚我痛苦的原因和程度。”

“如果您真的像您所说的那般痛苦，那么您要改变这种状况全在于您自己啊。”

“不，我的朋友，意志力是拗不过现实环境的。您似乎是说我顺从了妓女的天性，其实不然，我服从的是严肃的需要，这些原因您总有一天会明白的，到那时您也就会原谅我了。”

“您现在为什么不把这些原因说出来呢？”

“即使说了，我们也不会重归于好的，反而会使您疏远不该疏远的人。”

“这些人是谁呢？”

“不能告诉您。”

“那您就是在撒谎。”

玛格丽特站起来，像门口的方向走去。

当我在心里把现在这个形容枯槁、憔悴可怜的女人同那个在歌剧院里嘲笑我的姑娘作对比时，我不能看着她的沉默和痛苦而无动于衷。

“您不能走。”我堵在门口。

“为什么？”

“因为尽管您做了许多令我心痛的事情，但我仍然深爱着您，我要您留在这里。”

“为了明天您再赶我走，是吗？不，这是不可能的！我们的缘分已经尽了，别再祈求破镜重圆了；否则您可能会瞧不起我，现在您只能恨我。”

“不，玛格丽特，”我大声叫道，一接触到这个女人，我感觉我所有的爱情和欲望全都复苏了，“不，我会忘掉一切，我们像以前希望的幸福那样继续下去。”

玛格丽特疑惑地摇摇头，说道：

“我是您的奴隶，您的狗，对吧？您想怎样就怎样。把我拿去吧，我是您的。”

她脱掉大衣，摘下帽子，把它们扔到沙发上，突然开始解连衣裙上衣的纽扣，由于她那种疾病的惯常反应，血从心口涌上头部，使她透不过气。

接着是一阵嘶哑的干咳。

“派人去通知我的车夫，”她接着说，“把车子驶回去。”

我亲自下楼把车夫打发走了。

我回来时，玛格丽特躺在炉火前面，冻得牙齿吱吱作响。

我把她抱在怀里，为她脱去衣服，她一动不动，我将她冰冷的身体抱到了床上。

然后我坐在她身边，竭力用我的爱来温暖她，她一言不发，只是微笑着看着我。

噢！这是一个奇妙的夜晚，玛格丽特的生命几乎全部倾注到她的狂吻里。我是这样爱她，以致在我极度兴奋的爱情之中，我曾想到要不要杀了她，这样她就永远不属于别人。

如果一个人的肉体与灵魂都这样爱上一个月，那么只会剩下一具空壳了。

天亮了，我们都醒了。

玛格丽特脸色灰白。她一句话不说，大颗的泪珠不时从她的眼眶涌出，落在脸颊上，晶莹剔透。她瘦弱的胳膊不住的张开来拥抱我，又无力地垂了下去。

有那么一会儿，我想我可以把离开布吉瓦尔以来的事全部忘掉，我对玛格丽特说：

"您愿意跟我一起离开巴黎吗？"

"不，不！"她几乎恐惧地说，"我们会遭受非常不幸的，我不能再带给你幸福了，但只要我还剩一口气，我仍将是您的奴隶。无论白天黑夜，只要您需要我，就来吧：我是属于您的。但不要再把你我的前途联系在一起了，那样您会非常不幸的，我也会受到连累的。

"我现在还是一个漂亮的姑娘，好好享用吧，但是别再要求其他东西了。"

她走后，我感到孤单寂寥，担惊受怕。在她走后两个小时，我还是坐在她离开的床上，凝视着床上的枕头，上面还留着她头形的褶皱，同时又在思考在爱情和嫉妒之间我将变成什么样子。

五点钟的时候，我来到了昂坦街，我也不知道自己要去干什么。

给我开门的是南妮。

“夫人现在不能接待您。”她窘迫地说。

“为什么？”

“因为N伯爵在这里，他不让任何人进去。”

“是啊，”我结结巴巴地说，“我忘了。”

我像个醉鬼似的跌跌撞撞地回到了家，您能猜到我在嫉妒发狂，怒火中烧的时刻会干出什么卑鄙可耻的事吗？我对自己说，这个女人在嘲笑我，我想象着她和伯爵在一起重复着昨晚她对我说过的话，于是我拿出一张五百法郎的钞票和一张纸条，写上：

> 今天早晨您走的太过匆忙，忘记付钱给您，这是您的报酬。

这封信寄出去之后，我也出去了，仿佛是在逃避这件卑鄙事情的内疚情绪。

我去了奥丽普家里。她正在试衣服，只剩下我们两个人时，她就唱一些下流歌曲给我散心。

这个女人是一个不知廉耻、没心没肺的妓女的典型，至少对我来说是这样的，因为也许或有其他男人幻想和她做过我和玛格丽特一样的美梦。

她向我要钱，我给了她。然后离开了，我回到自己的家里。

玛格丽特还是没有给我写回信。

不言而喻，您会明白我第二天是在怎样的心情下度过的。

六点半，一个信差给我送来了一封信，里面装着我的那封信和那张五百法郎的钞票，此外什么都没有了。

“是谁把这封信交给你的？”我问那个人道。

“是一位夫人，她同她的女仆一起坐上了去布拉吉的驿车后便离开了。她嘱咐我直到她们离开院子后再去送信。”

我慌忙赶到了玛格丽特的家里。

“夫人今天六点离开这里去英国了。”看门人回答我说。

这下子，巴黎再也不存在让我留恋的东西了，爱与恨在顷刻间烟消云散了。经历了一连串的波折之后，我终于也累了，也倦了。正好碰上了一个朋友要去中东，我便告诉父亲我也想和他一起去。于是父亲给了我一些汇票和几封介绍信。大约过了八九天，我在马赛上了船，开始了我的东方之旅。

正是在亚历山大，我从一个大使馆的一位随员那里听说了这个可怜姑娘的病情，我过去在玛格丽特家里，曾见过几次这个人。

就在那时我给她写了封信，她也给我回了信。这封信，您也见过了，我是到了土伦后才收到的。

我立刻动身回来，这以后的事情您都知道了。

现在，您需要读一读朱丽叶·杜普莱特转交给我的那些日记手稿，它们可以充分补充我刚才所讲的事情，您也就可以完完整整了解这件往事的来龙去脉了。

第二十五章

阿尔芒花了这么长时间来讲述他们的爱情故事，还时常因为眼泪而中断叙述，这一切使他很累。当他把玛格丽特亲手写的日记交给我之后，他便双手捂住额头，闭上了眼睛，他可能是在歇息，也可能在思考。

过了一会儿，当我听到他发出了一阵有点急促的呼吸声，我觉得他的确睡着了，但这样轻微的打盹，一有点动静就会把他惊醒。

下面就是我看到的日记，我照录如下，既不增加一个字，也不改动一个字。

今天是十二月十五日，我已经病了三四天了。今天上午我没有下床，连天气都很阴沉，似乎和我一样悲伤。我形单影只，身边无人相伴。阿尔芒，我想你。我孤单地给你写信，此刻你在哪儿呀？据说，你在距巴黎很遥远的地方，太远了，或许在你心里，早把我给忘记了。一定要快乐地生活吧，我感谢你给了我一生中仅有的幸福时光。

我再也忍受不下去了，一定要重新解释一下我过去的所作所为，我已经写在上封信里了。然而，这封信竟然出自于我这样的姑娘，可能让人当成胡言乱语吧，除非我死了，只有这样才可以使这封信神圣化；除非这不是一封普通的信，而是一封忏悔信，要不然的话，不会有人相信的。

今天，我病倒了。我一直有一种预感，那就是我会年纪轻轻就死掉，所以我觉得我可能会死于这场病。我的母亲就是死于肺病，这种病是她留给我的唯一的遗产，加之我以前的生活习惯加重了病情。可是，在没有得到你的理解之前，我不甘心就这样去死。万一你回来后，还会继续喜欢那位可怜的姑娘，何况在你走之前还在爱着她。

下面就是这封信的内容，为了给我的自我辩解提供一个新的证据，我非常愿意再写一遍。

阿尔芒，你还记得我们在布吉瓦尔的时候，您父亲的来信如何像一个晴天霹雳似的，吓到我们的吧；你还记得您父亲的到来引起我无法控制的恐惧吧；你还记得你和他之间发生争吵的情形吧，当晚你还曾给我讲过呢。

接着第二天，你在巴黎焦急地等待他，可是他却没有露面，这个时候，却有人找到我，并且交给了我一封杜瓦尔先生的信。

我将这封信附在了这里，信中所用的措辞极其严肃，请求我第二天借故把您支开，并让我接待您的父亲。他有话要和我说，并特别吩咐我不要让您知道他的行动。

你也一定可以回想起，那天你回来之后，我是如何苦苦请求你第二天还要再回巴黎。

在你离开后一个小时，您父亲便来了。至于他严峻的表情给我留下了什么影响，我就不再赘述了。他满脑子陈旧观念，在他的眼中，但凡是妓女都是不讲良心，没有心肝，没有理智的，是像机器一样的东西。只知道榨取金钱，并且还可能随时压断递给她东西的手，冷酷无情，随心所欲地粉碎保养它，开动它的人。

在写信请求我和他见面的时候，他还非常客气而有礼貌，可是在达到目的之后，态度却和之前简直是判若两人。他刚开口就展现了居高临下态度，和我交谈的过程中，他盛气凌人，傲慢无礼，甚至带有威胁的味道。结果，我不得不提醒他，这是在我的家里，如果不是爱着他儿子的话，我才没有必要向他汇报我的私人生活呢。

于是杜瓦尔先生慢慢地平静了下来，可还是强调说，他再也忍受不下去他儿子竟然为了我而破产。他说我确实长得很漂亮，这是无法否定的事实，可是不管我长得多么出色，也不该自恃长相出众而挥霍浪费，去毁掉一个年轻男子的前途和未来啊。

回答这个问题只需要列举一件事，是不是？我只能提出证据来为自己辩解，我是这样回答的，自从我成为了你的情人，不仅对你保持了忠诚，而且也没有向你要求超出你承载范围的钱财，甚至还不惜牺牲自己。于是，我给他亮了亮我的当票，至于那些不能典当的东西，我则把买主的收据拿给他看。我还对他说，为了既要和你同居，又不成为你的沉重负担，我已经决定卖了我的家具去还债。

我给他讲了讲我们的幸福，将你曾经给我描绘过的，那个平静与幸福的生活理想也一并给他说了。最后，他终于恍然大悟，把手伸向我，要我原谅他刚开始对我的无礼态度。

接着他说道：

“夫人，这样说的话，我就没必要去指责和威胁您了，而是渴求您更大的牺牲，这个牺牲要大过任何您为我儿子曾作出过的牺牲。”

一听到这个开场白，我不由自主地全身颤抖。

只见您父亲走向我，握住我的双手，亲切地接着说了下去：

“我的孩子，对于我下面将要说的话，请您不要往坏的方面想；不过您要明白，有时现实会残酷无情地对待人的心灵，但我们也要忍耐下去。您心地善良，您灵魂的宽厚程度已经超越了这个世界上的绝大多数女人所能达到的程度，她们也许会因此而蔑视您，但这是因为她们比不上您的缘故。可是请您再想一想，一个人除了情人之外，还要有家庭；除了爱情之外，还要有责任，经过了热恋的年纪，人就会成熟。想要活得有尊严，一个男人必须要占有一个稳固可靠的地位。可我的儿子没有财产，他却准备把他母亲的遗产转让给您。假如他一旦接受了您即将作出的牺牲，出于荣誉感和尊严，他也就要把这笔遗产，作为报答馈赠给您。您有了这笔财产的话，生活也会就此断无后顾之忧。但是，至于您的牺牲，他却没法接受，因为世人不了解您，他们会以为同意这样做的话，这个人就一定会有什么不得已的苦衷，结果就会侮辱我们家的名声。至于您爱不爱阿尔芒，人们是不会在乎的，世人更不会关心阿尔芒是不是爱着您。也不会觉得你们的爱情，对他而言是一种幸福，对您而言是一种改过自新。人们只会介意一件事情，那就是阿尔芒竟然会容忍一个妓女，我的孩子，我不得不要对您直言了，容忍一个妓女为了他而卖掉所有她的东西。以后迎接你们的就是没完没了的抱怨和悔恨了，请相信我吧，对您和别人都是一样的，从此，你们俩就会套上锁链，无论如何努力都枉费力气。届时你们该怎么办呢？你们的青春一去不复返了，我儿子的前途也葬送了。至于我自己呢，本来期待着两个孩子的回报，却只剩下一个孩子来安慰我了。

“您还年轻貌美呢，生活一定会给您安慰的。您是高贵的，只需做一件善事便可以赎回过去的很多罪恶。阿尔芒认识您不过区区六个月，便将我抛到了脑后。我连着给他写了四封信，他却一次都没有回复我，甚至连我要死了，他可能都还不知道呢！

“阿尔芒那么爱您，不管您下多大的决心今后不再像过去那样生活，他也决不会因为他的艰难困境而让您过苦日子的，而清贫的苦日子是和您的美貌不相称的。到那时候，谁知道他又会做出什么出人意料的事呢！我知道他已经在赌钱了，我也知道他从没对你提起过；但是他可能在感情冲动的时候，把我多年辛苦的积蓄输掉，这些钱是为了给我女儿置办嫁妆，也是为了阿尔芒，更是为了我能有一个安详的晚年所准备的，同时，还得应付其他可能发生的事情。

“再说，您能保证，再也不会因为离开他，而远离过去生活的诱惑吗？您爱过他，您能保证以后不再爱其他人吗？随着年龄的增长，对事业的疯狂追求会超越爱情的向往，你们的关系会给您的情人带来不可预知的束缚，到那个时候，您不会觉得痛苦吗？夫人，您要好好考虑这一切啊，您爱阿尔芒，您就能做出这样的选择——牺牲您自己的爱情，来保全他的前途事业。现在没有发生什么不幸的事情，但以后可能会发生，甚至比我预料的还要糟糕。阿尔芒会嫉妒爱您的那个男人，他会向他挑衅，两人会决斗，最后他有可能被杀死。您想想，那时，在我这个要求您为他的生命负责的父亲面前，您将会多么的无地自容啊！

“最后，孩子，我把一切都告诉您吧，因为我还没有说完，让我告诉您我来巴黎的原因吧。我跟您提过，我有一个女儿，年轻貌美，像天使一样纯洁。她恋爱了，她也把这种爱情当作一生的美梦。我写信告诉了阿尔芒，但他沉迷于你们的爱情中，没有给我回信。现在我的女儿要结婚了，她将嫁给她心爱的男人，男家体面有风度，这个家庭希望门当户对。我未来的女婿家人知道了阿尔芒在巴黎所做的一切，他们宣称，如果阿尔芒继续这种生活，那么他们就要收回诺言。我女儿的未来前途就掌握在您手中了，她可是无辜的啊，她应该有个美好光明的未来啊。

“您忍心去破坏她的未来的生活吗？您有这个权利吗？如果您爱阿尔芒，如果您想痛改前非，玛格丽特，把我女儿的幸福还给我吧。”

我的朋友，听着这些话，我无声地哭泣起来，我过去经常在思考这些情况，现在由您的父亲亲自说出来，说明了它们的严肃性和真实性。我揣度您父亲多次想要表达出来，却始终没有对我说出口的话：我只不过是一个妓女，不管我为我们的爱情找寻什么样的理由，都像是自私的打算；我过去的生活使得我没有任何权利来奢求我们的未来；我应该对我的习惯和名誉所造成的后果负责。总之，我爱您，阿尔芒。杜瓦尔先生对我说话时慈父般的态度，激起了我内心深处纯真的情感，我要赢得这个老人的尊重，我相信日后也必定会赢得您的尊重，这一切在我心里激起了一个崇高的理想，使我认识到自己的价值，产生一种前所未有的自豪感。当我想到这个为他儿子的前途而乞求我的老人，有一天会告诉她的女儿把我的名字当作一个神秘朋友祈祷时，我感到心满意足，这与过去是截然不同的，我为自己而骄傲。

一时的狂热可能扩大了这些事情的真实性，但这就是我当时的想法。亲爱的，那些和您一起度过的幸福时光的美好回忆在另一边劝我，但有了新感情后，我忽视了那些劝告。

“好吧，先生，”我擦干眼泪对您的父亲说，“您相信我爱您的儿子吗？”

“相信。”杜瓦尔先生说。

“这是一种无私的爱情吗？”

“是的。”

“那您相信我曾经把这份爱情看作生活的希望、梦想和安慰吗？”

“完全相信。”

“所以，杜瓦尔先生，像吻您女儿那样来吻我一次吧，我向您发誓，这一吻是我得到的唯一圣洁的礼物，会给予我战胜爱情的力量。我保证，不到一个星期，您的儿子就会回到您的身边，他可能会难受一个星期，但慢慢就会好起来的。”

“您真是一位高尚的姑娘。”您父亲吻了我的前额，接着说，“您要做的是一件连上帝都会感动的事，但我很担心您对我的儿子无能无力。”

“请您放心吧，杜瓦尔先生，他会恨我的。”

我们之间必须树起一道任谁都无法逾越的障碍。

我给普律当丝写信，告诉她我已经接受了N伯爵的要求，要她对伯爵说，我将和他们吃夜宵。

我把信封好，没有说明信的内容，把信交给您父亲，请他到巴黎后按地址把这封信邮寄出去。

尽管如此，他还是想知道信的内容。

“您儿子的幸福。”我解释道。

最后，您父亲又吻了我一次。我感到有两滴感激的热泪落在我的额头，这两滴泪水像是对我过去所有过错的洗礼。就在我刚才有意把自己交给另一个男人时，想到用这个新的过错换回的东西，我自豪得满脸生光。

这是很自然的，阿尔芒，您曾经说过您父亲是这个世界上最正直的人。

杜瓦尔先生坐上马车离开了。

可我毕竟是女人啊，当我再一次见到您时，忍不住还是哭了，但我的决心没有动摇。

今天我病倒在床上，也许到死才能离开这张床。我心里在想，“我做对了吗？”

当我们不得不分离的时刻到来时，我仿佛感受到您是亲眼看到了这一切。没有您父亲的支撑，我差点要向您说明这一切情况，一想到您会鄙视我，痛恨我，我多么惊慌啊！

阿尔芒，您可能不会相信，当我向上帝祈求力量时，上帝这样做了，这就表示他接受了我的牺牲。

在那次吃夜宵的时候，我仍然需要人的帮助，因为不愿意知道会发生什么，我多么害怕失去勇气啊！

有谁会知道，玛格丽特·戈蒂耶在想到又有一个新情人时，竟然会如此悲伤？

为了忘掉这一切，我喝了许多酒，第二天醒来时，我躺在伯爵的床上。

这就是事情的全部真相，我最亲爱的，请您评判吧。原谅我吧，就像我原谅您从那天以后对我的一切伤害一样。

第二十六章

在那决定命运的一夜以后所发生的事情，您跟我一样清楚。但是您想象不到在我们分离之后我所承受的痛苦。

我知道您父亲已经把您带走了，但是我不相信您能长期离开我而独自生活下去，那天我在香榭丽舍大街遇到您，我很激动，但我却不惊讶。

从那天开始，我没有一天能躲过您的侮辱。我从这些侮辱中找寻到了快乐，因为这是您还爱我的证据，您越是折磨我，等到您知道真相的那一天，您就会越觉得我高大。

阿尔芒，不要为我这种心甘情愿的奉献感到奇怪，您过去对我的爱情已经激起了我心灵中的崇高的一面。

但我并不是一下子坚强起来的。

在我为您做出牺牲和你回来之前的很长一段时间里，我需要依靠肉体的刺激，需要重新投入生活中麻醉自己，从而不致发疯。我相信普律当丝已经对您讲了，我参加所有的舞会和狂欢的盛宴。

在这样肆意纵情欢乐之后，我多么希望自己快些死去，而且，我想象这个愿望很快就会实现。我的身体越来越坏了，在请杜沃努夫人来向您求饶的时候，我的肉体和灵魂已极度衰竭。

阿尔芒，我不想向您提起的，我最后一次证明我的爱情，您是怎么报答我的，你是怎样侮辱这个女人，把她赶出巴黎的。这个垂死的女人在听到您要求一夜之欢时，她像一个失去理智的人，曾一度认为可以将过去和现在焊接在一起。阿尔芒，您有权利做您自己的事，别人并非给我那么多的过夜费的！

于是我抛弃了一切！奥丽普在N伯爵身边代替了我，听说，她已经告诉了他我离开巴黎的真正原因。G伯爵在伦敦，他这种人只不过把追求我这样的女人当做一种乐趣。他和那些女人可以保持朋友关系，而不怨恨在心，争风吃醋。他这种阔公子，只对女人打开心灵的一角却不吝啬钱包。我立刻想到了他，就去找他。他殷勤的接待了我，有一个上流社会的情妇在他那里，所以他不想让别人看见我和他在一起。他把我介绍给他的那些朋友们，那些人请我吃夜宵，吃完夜宵，其中的一个人便把我领走了。

您要我怎么办，亲爱的，自杀吗？这可能会给您幸福的一生带来不值得的悔恨。再说，一个将死的人为什么还要自杀呢？

我成了没有灵魂的行尸走肉，没有思想，没有感情。这样生活了一段时间，我返回了巴黎，打听您的消息，才知道您已远走他乡了。我失去了任何支柱，我的生活又回到了两年前我们相识的样子。我想再找回公爵，但是我过分的伤害了他的心，老年人是没有多少耐心的，大概因为他们知道自己总有一天会离开这个世界。我的病越来越重了，脸色惨淡，毫无血色，身体越来越弱。购买爱情的男人总是在收货之前查看货色的。巴黎有的是健康丰满的女人，大家几乎都把我忘记了，这些就是今天以前发生的事情。

现在我已经完全病倒了。我给公爵写信，向他要钱，因为我身无分文，债主们毫无同情心，他们拿着借据来催债。公爵会给我回信吗？阿尔芒，您为什么不在巴黎啊，快来看我吧，只有你才能给我安慰。

12月20日

天气很恶劣，下着雪，我孤零零一人在家。三天来我一直在发高烧，没有给您写过一个字。亲爱的，没有新情况，每天我总痴心妄想的收到您的来信，但是一封也没有，而且肯定是永远不会收到了。只有男人才能狠下心来不宽恕别人。公爵没有给我回信。

普律当丝又开始去当铺了。

我不停地咳血。唉，如果您看到我一定会非常难受的。您在温暖的环境中一定很幸福，不像我这样，整个寒冬压抑得我无法呼吸。今天，我站了一会，来到窗帘后面，望着窗外热闹的生活，我确信这已经与我无缘了。几张熟悉的面孔欢欢喜喜，无忧无虑地走过，没有一个人抬头看一下我的窗户。但有几个年轻人来过，只留下姓名。记得从前有一次，我在生病，那时您还不认识我，尽管我曾在第一次见你时羞辱了你一番，但是您每天早晨都来打听我的病情。我现在有病了，我们曾经在一起度过了半年。我把一个女人心里能够容纳的和能够给予别人的爱情，都给了您。而您在远方，您在咒骂我，我得不到您一句安慰的话。但这是命运促成您遗弃我，我深信这一点，因为您如果在巴黎，您绝不会离开我的床头和房间的。

12 月 25 日

医生不准我天天写信，的确，回忆只能加剧我发烧的程度。但是昨天我收到的一封信，使我好受多了——不是因为信中提及的金钱帮助，而是因为表达的情感。所以，我现在给您写信了。那封信是您父亲寄来的，以下是信的内容：

夫人：

我刚获悉您生病的消息。如果我在巴黎，我一定会去问候您的，如果我儿子在身边的话，我也会让他去探望您的。可是我不能离开 C 城，而阿尔芒又在六七百法里之外。请允许

我给你写封简短的信吧。您的病情使我非常难过，请相信我，我真诚地祝愿您早日康复，

H 先生，他是我的一位好友，将来您家，请您接待他。他受我之托办一件事，我正焦急地等待结果。

致以我最真诚的祝福。

这就是我收到的那封信的内容。您父亲有一颗高尚的心灵，您要好好爱他，亲爱的，因为世界上值得爱的人不多，这张签着他姓名的纸条比任何医生开出的药方都要有效。

今天上午 H 先生来了。杜瓦尔先生交付他的任务使他非常为难。他是专程来代您父亲捎一千埃居给我的。起初我想拒绝，但 H 先生对我说，如果我不收下，杜瓦尔先生会不高兴的，他授权 H 先生把钱给我，然后再满足我其他方面的需要。我接受了他的好意，既然来自您的父亲，这也不算施舍。如果您回来的时候我已经不在了，请把我刚才讲的那段话告诉他，他好心的给这个可怜的女人写了安慰信，她在写这几行字的时候流下了感激的眼泪，并为他祈祷。

1 月 4 日

这几天我难受极了。我从未想象人的身体可以承受如此巨大的痛苦。噢！我过去做的孽，现在加倍的偿还了。

每天晚上都有人守候我，我喘不过气来，我残余的日子就被胡言乱语和咳嗽瓜分了。

餐室里堆满了朋友们送来的糖果和各式各样的礼物。这些人当中，肯定有人希望日后我能做他们的情妇。如果他们看到我现在被病魔折磨成的样子，他们一定会被吓跑的。

普律当丝把我收到的东西当做新年礼物送给别人。

天气变冷了，医生告诉我，如果天气一直晴朗，过一段时间我就可以出去走走了。

1月8日

昨天我坐着我的车子出门了，阳光灿烂。香榭丽舍大街人头攒动。真是一个明媚的早春。四处都是欢乐的气氛。我从没想过，我还能在阳光下找到昔日的温暖和欢乐。

所有的熟人我几乎都碰到了，他们都在尽情的享受生活。有多少人身在福中不知福啊！奥丽普乘坐N伯爵给她的豪华马车从这儿经过，她企图用眼光来侮辱我。她不知道我现在根本不在乎这些了。一个好心的老相识问我愿不愿意跟他去吃夜宵，他有一个朋友非常希望结识我。

我凄然一笑，将滚烫的手伸向他。

我从未见过有谁比他更惊慌失措。

我四点钟回到家里，吃晚饭时，胃口还不错。

这次出门对我是有好处的。

我多么希望自己能够再好起来啊！

有一些人在前一天还灵魂空虚，在病房里祈求早日离开人世，但在看到别人幸福生活的时候，又产生了一种想要继续生存下去的希望。

1月10日

这种希望只不过是一种梦想。我又病倒在床上了，身上贴满药膏，浑身发烫。过去千金难买的身躯今天却一文不值了！

我或许是前世罪孽深重，或许是来生将要荣华富贵，所以上帝才会让我一生饱受磨难和痛苦的煎熬。

1月12日

我一直都很难受。

N伯爵昨天派人送来一些钱，我没有收下。我不会再要他的任何东西，正是因为他，我们才没有在一起的。

噢！布吉瓦尔欢乐的时光啊！此刻您身在何方呢？

如果我能活着走出这间房子，一定去朝拜那间我们一起住过的房子，现在看来，我只能被抬着去了。

谁知道我明天还能不能给您写信呢？

1月25日

已经有十一个夜晚我没法安心睡觉了，我闷得喘不过气来，每时每刻都认为我将要死了。医生叮嘱我不能再动笔。朱丽叶·杜普莱特依然陪着我，她允许我给您写上一些字。难道在我死之前您不会再回来了吗？我们的缘分就此结束了吗？我隐约觉得只要您来了，我的病就能痊愈。可是病好了又有什么用呢？

1月28日

今天早晨我被一阵喧闹声吵醒。睡在我房间的朱丽叶冲到了餐室。我听见她和几个男人在争吵，却徒劳无功，她哭着回来了。

这些男人是来查封的。我对她说让他们做他们认为正当的事情去吧。戴着帽子的执行官走进我的房间，打开所有的抽屉，把他看见的所有东西都记录了下来，唯独没有看到躺在床上奄奄一息的这个女人。幸而法律仁慈，这张床，没有被查封。

他走的时候对我说了一句话，九天之内我可以上诉，但是他留下了一个看守！上帝啊，我该怎么办啊？这场风波之后，我的病情加重了。普律当丝要向您父亲要钱，我没有让她去。

1月30日

今天早晨我收到了您的来信，这是我多么渴望的啊！您能及时收到我的回信吗？您还会见到我吗？今天这个幸福的日子，使得我忘却了六个星期以来的一切痛苦。尽管我写回信的时候心情忧郁，但还是觉得好了很多。

毕竟，我们不可能永远不幸。

我还想到或许我不会死，或许您能回来，或许我能再见到春天，或许您还是爱我的，或许我们将开始去年美好的生活……

我简直要疯了！我几乎拿不住笔了，我正在给您写下这些疯狂的梦想。

无论发生什么，我依然爱着您，阿尔芒，如果没有这种爱情的回忆和重新出现在我眼前渺茫的希望，我可能早就离开人世了。

2月4日

G伯爵回来了，他的情妇欺骗了他的感情。他非常伤心，因为他真心喜欢着她。他把一切都告诉了我，这个可怜的人，他的钱也快要花完了，可是为了把法警打发走，他还是给了法警一笔钱。

我和他聊起你，他也答应了告诉您我的情况。在这时，我竟然忘记了我曾经做过他的情人，而他也希望我忘记这段回忆，真是个心地善良的人呀！

昨天老公爵派人来打听我的病情，今天早上他亲自过来了。我很好奇为什么这个老头依然还活在这个世界上。他在我身边待了三个小时，却并没有多讲话。一看到我脸色苍白成这个样子，两颗眼泪从他的眼睛里流出来。他一定是联想到自己的女儿了。

现在他又要看到她的第二次死亡了。他佝偻着背,弯着腰,耷拉着脑袋,嘴唇下撇,神情黯淡。岁月和痛苦重重压在了他的身上,他没有讲一句责备我的话。别人甚至会说他在暗自庆幸病魔对我造成的折磨呢。我年纪轻轻,已经被病痛压垮了,而他年纪虽老,却还能站立起来,看起来他还有点洋洋自得。

天气又变得十分恶劣了。没有人来看望我,朱丽叶尽可能陪在我身边。普律当丝因为我不能给她像往日那么多的钱,干脆找借口不来了。

不管医生怎么对我说,我感觉自己快要死了。我有好几个医生,这也说明我的病越来越厉害了,我甚至后悔当初听您父亲的话了。如果我知道我只能占用您一年的时间,我会毫不犹豫的要和您度过一年的,这样,当我死的时候,还有一个朋友紧紧握住我的手。如果我们真的在一起过了这一年,我可能也不会这么早离开人世。

听天由命吧。

2月5日

噢!来看看我吧,阿尔芒,我痛苦万分!我就要死了,上帝啊!昨天我悲伤至极,我宁愿去任何地方,也不要再待在这间房间里受苦熬夜了。早晨公爵来了,这个被死神忘却的老头的到来,只能加快我死亡的步伐。

尽管我高烧不退,我还是叫人给我穿上衣服,乘车到歌剧院去。朱丽叶替我抹了胭脂水粉,否则我就像一具干尸了。我到了我们第一次约会的包间。我一直盯着那天你坐的位子,而昨天一个乡巴佬坐在那里,每到演员的滑稽表演,他就大声起哄。人们把我送到家里时，我已经半死不活了。整个晚上我都在咳血。今天我几乎说不出话来，胳膊也举不起来了。上帝啊！上帝啊！我快要死了！我本来是将死之人，却没想到要承受万蚁噬心般的痛苦，如果……

以后的字，是玛格丽特用力勉强写下来的，却难以辨认，继续记日记的是朱丽叶·杜普莱特。

2月18日

阿尔芒先生：

自从玛格丽特坚持要看那场戏起，她的病情就更加严重了。嗓子完全发不出来声音了，接着四肢都不能动弹了。我们那可怜的朋友所受到的这些痛苦是无法靠语言表达出来的。我从来没有经受那么剧烈的痛楚，我非常害怕，颤抖不已。

我多么希望您能够在这里啊！她一直都在梦呓胡语，不论是清醒还是昏迷的时候，只要她说话，必定喊你的名字。

医生对我说她不久就要离开人世了。自从病情日趋严重后，老公爵就再也没来过。

他告诉医生，他无法目睹玛格丽特现在的情形。

杜沃努夫人太不像话了。她原来几乎完全依赖玛格丽特生活，只想从那里弄到更多的钱，还欠了玛格丽特无法还清的债。当她看到玛格丽特对她再无利用价值后，就不来看望了。所有人都抛弃了玛格丽特。G先生不得不回伦敦处理他的债务。临走的时候给我们送来一些钱。他已经尽力而为了。可是又有人来查封了，那些债主们就等着她死来拍卖她的东西呢。

我企图用我仅有的一点钱来阻止他们的查封，但执行官说这是没有用的，而且他还要执行别的裁决。既然她就要死了，还是把一切都放弃吧，又何必为那些她不愿意看见，又没有爱过她的那些家属亲戚留下什么东西呢。您根本无法想象这个可怜的姑娘是怎样在外表富丽堂皇，内心空虚贫困中死去的。昨天我们已经一贫如洗了。餐具、首饰、披肩全都当掉了，其他的不是被卖掉就是被查封了。玛格丽特还清楚记得周围的事情，她的肉体、精神、心灵都承受了莫大的痛苦。蚕豆般大小的泪珠从她的脸庞滑落，那么惨淡，那么瘦削，即使您见到，也会认不出这就是您曾经爱过的那个脸庞了。她要我答应在她不能说话，不能握笔的时候给您写信，我现在就在她的面前做这件事情。她的眼睛望着我，但她看不见我，她的眼睛被死亡之光遮蔽了。可是她仍然微笑着，我猜想她此时的全部灵魂和思想都在您的身上。

每次有人开门进来，她的眼睛总会发出光芒，总以为是您来了。当她看到那人不是您的时候，她的脸又呈现出痛苦的模样，被冷汗沾湿了，面颊涨的通红。

2 月 19 日午夜

唉，可怜的阿尔芒先生啊！今天多么凄惨啊！早上玛格丽特就呼吸困难了，医生给她放点血，她又能发出点声音了。医生劝她请个神父来，她同意了，于是医生亲自去圣罗克教堂去请神父。

这时，玛格丽特把我叫到床前，让我打开衣橱，她指着一顶便帽和一件镶满花边的长衬衣，声音微弱地说：

“我做完忏悔就要走了，请你为我换上这些东西，它们是一个女人死时的漂亮衣装啊。”

然后她又吻了我，继续说：

“我能说话，但是一说话就呼吸困难，我快闷死了！空气啊！

我要空气！”

我泪如雨下，打开窗户，不多久，神父来了。

我向神父走去。

当他知道自己正处于一个妓女的房间时，他担心自己受到冷落。

“进来吧，神父，大胆走进来。”我对他说。

他并没有在房间待很长时间，他出来的时候对我说：

“她活着时是一个罪人，但她将像一个基督徒般死去。”

过了一会儿，他又回来了，陪他来的是一个唱诗班的孩子，手里拿着一个耶稣受难的十字架，在他们前面走着一个摇铃的教堂侍役，象征着天主来到了临终者的房间。

他们三人走进了卧室，过去在这里响起的是一些奇怪的声响，而此时却变成了纯洁的圣坛。

我跪下来。我不知道这一幕会在我的脑海中停留多久，可是我知道，在此之前，人世间还没有发生过这么令我印象深刻的事情。

神父，把圣油涂抹在玛格丽特的双脚、手掌和额头上，嘴里念叨着简短的祷文，玛格丽特就要升入天堂了，如果上帝看到她在人间受过的痛苦和临死时的圣洁，她无疑要升入天堂的。从那以后，她没有再讲一句话，没做过一个动作。很多次没有听到她的呼吸声，我以为她已经死了。

2 月 20 日下午 5 点

一切都结束了。

半夜两点时，玛格丽特进入了弥留状态。从来没有一个殉难者受过如此折磨，从她的呻吟声中可以证实。有时候她直挺挺地从床上坐起来，仿佛想拼命抓住将要升入天堂的生命。

还有两三次，她叫着您的名字。然后又没有声音了，她疲倦地躺倒在床上。眼泪静静地从眼眶中流出，然后她走了。

我走到她身边，呼喊她的名字，但没有回应，我就合上了她的眼睛，吻了她的前额。

可怜的、亲爱的玛格丽特啊！我多么希望自己是圣女啊，用这一吻将你献给上帝。

我遵从她的要求，给她换上了衣装。然后到圣罗克教堂去找了一个神父。我为她点了两只蜡烛，为她祈祷了一个小时。

我把她剩下的一点钱施舍给了穷人。

我不怎么懂得宗教，但我相信仁慈的上帝会认为我的眼泪是真诚的，我的祈祷是虔诚的，我的施舍是真心的，上帝将会怜悯这个年纪轻轻而又美丽的姑娘，只有我一个人为她合眼穿衣，为她入殓。

2月22日

今天举行葬礼。玛格丽特的许多女朋友都来到了教堂，有几个还真诚地哭了。在向蒙马特公墓走去的时候，后面只有两个男人：G伯爵，他特意从伦敦赶来；还有公爵，两个仆人搀着他。

我在她的家里，映着灯光，噙着眼泪，把全部细枝末节记录下来告诉您。在惨淡的灯光旁边，放着一份晚餐，正如您想象的那样，我一口也吃不下去，但是南妮还是吩咐下人送过来，因为我已经有一整天没有吃东西了。

这些惨状并不会长久地留在我的记忆中，因为我的生命不属于我自己，犹如玛格丽特的生命并不属于她一样。因此，我就在现在把这些事情全部告诉给您，我害怕时间长了，我就不能在您回来之时准确无误的将事件经过讲述给您。

第二十七章

“您看完了吗?”当我看完这些手稿时,阿尔芒问我。

“如果这些都是真的,我的朋友,我明白您所经受的巨大痛苦!”

“我父亲的来信也证实了这一切。”

我们又谈了一会这个刚刚结束的悲惨故事,然后我回家休息了一会儿。

阿尔芒一直很伤心,但在讲完这个故事后,他心情轻松了许多,身体也渐渐康复,我们一起去拜访了普律当丝和朱丽叶·杜普莱特。

普律当丝刚刚破产,她说是玛格丽特造成的结果,玛格丽特在生病期间向她借了许多钱,因此她开了很多玛格丽特无力偿付的期票。玛格丽特没有还钱就死了,又没有列出收据,因此她算不上是债权人。

杜沃努夫人到处散布这个无稽之谈,好为她经济困难和破产做借口,她从阿尔芒那里得到一千法郎的钞票,虽然阿尔芒不相信她的话,但是他宁愿相信这是真的,他对一切和他情妇有关的人和事都怀有敬意。

然后,我们去了朱丽叶·杜普莱特家里,她向我们讲述了她亲眼目睹的悲惨之事,一想起她那过世的可怜朋友,便潸然泪下。

最后,我们去了玛格丽特的墓地,四月的春光已经催绿了枝桠的嫩芽。

阿尔芒还有最后一件要办的事情,那就是去看望他的父亲,他希望我陪他一同去。

在C城，我们见到了杜瓦尔先生，他就像他的儿子所描述的一样：高大的身材，威严而又和蔼可亲。

他满脸幸福的泪水，迎接儿子的到来，亲切地和我握手。我很快在这个税务官身上，领会到父爱高高在上，超出了一切。

他女儿叫布兰提，眼睛明亮，目光清澈有神，言谈真挚，安详的嘴唇表明她内心的纯洁。看见哥哥回来，她笑容满面，这个纯洁的姑娘一点也不知道，仅仅为了维护她的姓氏，一个远方的妓女就牺牲了自己的幸福。

我在这个幸福的家庭住了一段时间，全家都为这个给他们带来一颗治愈了的心的人忙碌着。

我回到巴黎，依照我所听到的所有内容写下了这个故事。这个故事唯一的优点在于它的真实性，不过，或许这也会引起一些争论。

我并没有从这个故事中得出以下这个结论：所有像玛格丽特一样的姑娘都能像她一样为了他人牺牲自己；远非如此，但是我知道在她们之中，曾经有一位姑娘，在活着的时间里产生过一段严肃真挚的爱情，她为了这份爱情遭受苦难，直至死去。我把我听到的故事讲给大家听，这是一种责任。

我并非在宣扬淫秽丑恶，但是无论何时何地听到这种高贵的受苦人在祈求，我都会为其做宣传。

我再重申一遍，玛格丽特的故事是极为少见的，相反的，如果它带有普遍性的话，我似乎也就不用把它写出来了。

茵梦湖

[德]施托姆　著

房成凤　译

老 人

晚秋的一个午后，一位衣着讲究的老人沿着道路漫步着。他像是散步归来，脚上那双老式的银扣鞋上沾满了灰尘。

老人夹着一根细长的金头藤手杖，满头白发，神态安详，偶尔看看周围的风景，或者前面山脚下静卧在落日余晖中的城市。他目光深长，仿佛蕴聚着已经逝去的全部青春的光阴。

他看上去是外地人，过路人很少有谁和他打招呼，虽然不少人常常忍不住对老人那双严肃的眼睛看上几眼。

最终，老人在一座带山墙的楼前停了下来，最后回望了一眼身后的城市，然后跨进门厅。门铃响过，屋内有人走来，拉开了绿帘子，从窥视孔能看清门厅，窥视孔后面出现了一张老妇人的脸。老人用手杖致意了一下。“怎么还不点灯！”他说话略带南方口音。女管家随后放下了绿帘子。

老人走进宽敞的过道，来到客厅，这里有一个大橡木柜，里面摆满了各式瓷器花瓶。老人又穿过正对面的门，来到一个小走廊。走廊处有一道狭窄的楼梯，通向后楼的卧室。老人慢慢地爬上楼，打开一扇门，走进一间不大不小的卧室。

屋子舒适而宁静，一面墙几乎全被书架遮住了，另一面墙挂满了肖像画和风景画。一张铺了绿色桌布的桌子上摊开着几本书，桌子前面立着一把古朴笨重的扶手椅，上面是红天鹅绒坐垫。

老人把帽子和手杖放到角落里，然后在扶手椅上坐下，一只手握着另一只手，像是散步走得累了，想要休息休息。他就这么坐着，天渐渐黑了。终于，月光慢慢透过玻璃窗一点点投射进来，照在那面挂满画像的墙上。月光缓缓移动，老人的目光也追随着它。

这会儿，月光照在一幅朴素的黑色边框镶嵌的小画像上。“伊利莎白！”——老人轻轻低呼一声，时间仿佛就变了，他又回到了自己的少年时光。

儿　时

转眼间，一个可爱的小姑娘向他跑来。她叫伊利莎白，五岁。他十岁。伊利莎白的脖子上围着红色绸巾，衬得褐色的眼睛更加好看了。

“莱茵哈德，”她嚷着，“咱们放假啦，放假啦！今天一整天不上学，明天也不用上学！”

莱茵哈德已经把石板夹在胳膊底下了，这会儿赶忙往门后一搁，两人随即冲进花园，穿过园门，奔到野外的草地上去了。他俩真喜出望外啊！

在草地上，莱茵哈德已经用草皮搭起了一间屋子。他俩打算在这里度过夏天的黄昏，只是还缺少板凳。莱茵哈德立即动手搭造，反正钉子、榔头和必需的木板都已经准备好了。

莱茵哈德工作的时候，伊利莎白顺着土堤走去，一边走一边拣野锦葵的种子，用围裙兜住，以备将来为自己串项链儿。当莱茵哈德最终将板凳敲出来的时候，伊利莎白已经走到草地的另一端了。

“伊利莎白！”他喊道，“伊利莎白！”伊利莎白应声跑来，头上的鬈发飘动。

“到这儿来，”他说，“我们的房子全部完工啦。你跑得多热啊，赶紧进去，我们可以坐在新板凳上，我要给你讲个故事。”

两个孩子钻进小屋，坐在小板凳上。伊利莎白把锦葵籽从围裙里掏出，串在线上，莱茵哈德开始说起故事了。

“从前，有三个纺纱女……”

“嘿！”伊利莎白打断他，“我都已经背熟了，你可不能老是给我讲同一个故事呀。”

莱茵哈德不得不将这个故事丢在一边，开始讲起一个被扔进狮子巢穴里的可怜人的故事。

“这时候已经是夜里了，”他说，“你知道吗，四周伸手不见五指，狮子们也都睡着了。可不时地，它们在睡梦中打着呵欠，还突出红红的舌头。那个可怜人吓得瑟瑟发抖，还以为这是天快亮了。突然，他的周围一下子变得亮堂堂的。他抬头向上看，一位天使出现在他的面前。天使对着他招招手，然后就照直走进岩石中去了。”

伊利莎白专心致志地听着。“天使？”她说，“那他有翅膀吧？”

“一个故事而已，”莱茵哈德回答，“实际上压根儿没有什么天使。”

“啊，呸！莱茵哈德！”女孩说，目光直直地盯着他。莱茵哈德皱眉瞪了她一眼后，她又怯生生地问道：“为什么他们都总是这样讲呢？妈妈，阿姨，还有学校里的人？”

“我也不知道。”男孩回答。

“可你告诉我，”伊利莎白又问到，“狮子是不是也没有呢？”

“狮子？有没有狮子？有的，在印度。那儿的异教祭司把它们拴在车子的前头，驱使它们拉车穿过沙漠。等我长大了，我一定要亲自去看看。那儿比咱们这儿美好得不知道好几千倍，终年没有冬天。你也得跟我一块儿去。你愿意吗？”

“当然愿意！”女孩回答，“但是，妈妈必须得跟我们一起去。”

“不行，”莱茵哈德说，“那时候她们已经太老了，不能跟我们一起了。”

“可妈妈从不让我单独出门啊。”

“哦，你说对了，但是她会让的，因为你那时已经是我的妻子了，没人会再阻拦了。”

“可是妈妈会哭的！”

“我们当然还是会回来的啦，”莱茵哈德急了起来，“你就直接告诉我，你愿不愿意跟我一起去。如果你不愿意，我就一个人去，再也不回来了。”

小伊利莎白差点儿哭出来。“不要生气嘛，”她说，“我跟你一块儿去就是了。”

莱茵哈德高兴得要飞了，一把抓住她的双手，飞跑到草地上。

“去印度，去印度！”他一边唱着，一边拉着她转圈，使她脖子上的红绸巾飘扬起来。唱着转着，突然，他停下来，放开了小女孩的手说：“不行，你没有勇气，去不了。”

——“伊利莎白！莱茵哈德！”这当儿，从园内传来家人的唤声。

“这儿呢！”两个孩子应答着，手牵着手朝家里跑去。

林 中

两个孩子就这样生活在一起。他觉得她太安静，她也觉得他太急躁，但正因为如此，两人便谁也离不开谁。闲暇时分，他们都是一起度过的。冬天在两家母亲的房间里，夏天在田野和树林中。

有一次，伊利莎白遭到老师的责骂，莱茵哈德把石板猛地扔到桌子上，想要把老师的怒气引过来，但没起作用。可这样一来，莱茵哈德便不在地理课上认真听课了，反倒在课堂上写了一组长诗。在诗歌中，他把自己比作一只年轻的雄鹰，把教员比作一只老灰鸦，伊利莎白则被比作一只小白鸽。雄鹰发誓一旦翅膀长硬了，定要向老灰鸦报仇雪耻。年轻人双眼饱含热泪，他为想象中的自己深感骄傲。回到家中，他便找出一个羊皮面精装的小本子来，在头几页上，工工整整地抄下了自己的第一首诗作。

不久，莱茵哈德转到了另一所学校，和那里年龄相仿的男孩子结下了新的友谊，但这并未影响他和伊利莎白的关系。现在，他动手把过去给伊利莎白说的那些故事中她尤为喜爱的一些挑出来，将它们写出来。写着写着，他经常就想要加进某个想法，只是总没有如愿以偿。于是他只好准确记述，写好后送给伊利莎白。伊利莎白则将它们仔细地收藏在一个小抽屉中，晚上的时候，再把这些故事念给自己的母亲听。莱茵哈德在一旁听着，感到极大的快慰。

七年过去了，莱茵哈德为了升学不得不离开故乡。伊利莎白没法想象，她将有一段时间完全见不着莱茵哈德。使她高兴的是，莱茵哈德告诉她，他将像从前一样为她写故事，并且把它们附在给母亲的信里寄给她；她呢，也得回信说是否喜欢它们。

动身的日子就要到了，那本羊皮小本子里面增加了一些诗。对于伊利莎白，这还是个秘密。尽管这个本子是由于她才存在的，而且诗歌中的大部分，也都是由于她才产生的。

六月里，莱茵哈德离家的前一天，亲友们决定再聚一聚，便组织了一次到附近森林中去的郊游。

大伙儿先乘马车来到林边，把装食物的篮子从车上搬下，再继续步行。大家得先穿越一片枞树林，林中空气凉爽、光线幽暗，地上洒满了细细的枞针。半个小时之后，大伙儿走出枞树林，来到一片清朗开阔的山毛榉林中。这儿一切都是明亮的、翠绿的，不时有阳光从繁密的枝叶间投射下来。在人们头顶上，一只小松鼠不停地从一棵树枝跳到另一棵树枝上。

大伙儿在一处空地上停下来休息，这儿古老的榉树树冠聚拢着，形成一个由树叶拼成的透明穹顶。伊利莎白的母亲揭开装食物的篮子，一位老先生自告奋勇充当司粮官。

"孩子们，全都过来！"他喊道，"仔细听好我的话！现在每个人分到两块面包作为午餐，但是黄油丢在家了，所以大家必须得自己去寻找作料。林子里的草莓多得是，当然了，只对那些能找到它们的人而言。如果你笨拙无能，就只能啃光面包了，生活中处处都是一样的。大家听明白我的话了吗？"

"明白了！"年轻人齐声回答。

"好！"老先生说，"只是，你们瞧，我还没说完呢。我们老年人在一生中已经奔波得够了，现在就留在这几棵大树下，削削马铃薯，生起火来，摆好餐桌，等到十二点再煮煮鸡蛋。为此你们得把摘到的草莓分一半给我们，让我们也好享用一些饭后果子。那么，现在去吧，把你们的果实带回来吧！"

年轻人们纷纷扮出调皮样儿。

“等等！”老年人再次嚷起来，“我大概用不着对你们讲这些：谁要是啥也没找到，便啥也不用交了，不过他们可得记住这一点，这样他们就甭想从我们老年人这儿再得到什么啦。喏，今天这一天你们受到的教诲已经够多了，要是你们能找到草莓，那日子无论如何也会过得不错的。”

年轻人们也感到受到的教诲够多了，便双双结伴去寻找草莓了。

“走这儿，伊利莎白，”莱茵哈德说，“我知道有个地儿草莓挺多，绝不能让你啃光面包。”

伊利莎白把草帽上的绿缎带结起来，挎在手腕上。

“好了，走吧，”她说，“这就是咱们的篮子。”

两人随即走进树林，越走越远，越走越深。四周潮湿而幽暗，听不到一点声响，只有看不见的空中，偶尔传来几声鹰隼的鸣叫。接着面前又出现一片茂密的丛莽。莱茵哈德走在前面开路，这儿折断一根乱枝，那儿挪开一条野藤。不一会儿，伊利莎白在背后唤他的名字，他便回过头去。

“莱茵哈德！”她喊，“等等我呀，莱茵哈德！”莱茵哈德定睛看去，发现她被困在一些小树枝中，小脑袋瓜儿只比那些丛生的羊齿植物高出一丁点儿。他只好又退回去，把她从灌木丛中带出来，走到一片林中的旷地上。这里开着一朵朵野花，一只只蓝色的蝴蝶在花间翩翩起舞。

莱茵哈德从她涨红的小脸上抹开汗湿的头发，要给她戴上草帽，伊利莎白却不肯。最后他请求她，她终于还是同意由他戴上草帽。

“但是，你说的草莓在到底哪儿呢？”她深深地喘了一口气，问道。

“从前它们就在这儿，”他说，“但是也许癞蛤蟆占了咱们的先，要不就是黄鼠狼，小山精什么的。”

“准是，”伊利莎白说，“叶子都还在这儿嘛，只是别提小山精。走吧，我不累，我们再走远一点找好了。”

在他们面前有一条小溪，小溪对面又是一片森林。莱茵哈德把伊利莎白抱起，涉水到了对岸。再走一会儿，两人又出了森林，来到一片空地上。

“这儿准有草莓，”小姑娘说，“空气都香香的。”

两人在阳光明媚的草地上寻找起来，但是什么也没找到。

“没有，”莱茵哈德说，“这只是野草散发出的气味。”

地上到处杂生着一丛丛覆盆子和冬青，空气中弥漫着浓郁的芳香，这是草地上生长的艾蒿发出的。

“这儿可真安静啊！”伊利莎白说，“其他的人在哪儿呢？”

莱茵哈德压根儿没想过要往回走。“等等，”他把手举到空中，“看一下风从哪儿吹来的。”然而并没有刮风。

“听！”伊利莎白说，“我仿佛听到他们在说话。朝那个方向喊一声吧。”

莱茵哈德把手卷在嘴上，喊道：“喂，到这儿来！”

“这儿来！”那边传来声音。

“他们答话了！”伊利莎白叫起来，高兴得拍起掌。

“哦，那不是答话，那只是回声罢了。”

伊利莎白抓住莱茵哈德的手。“我害怕。”她说。

“别，不要害怕。这是一个很美的地方。坐在草地那边的树阴下，我们先休息一下，待会儿就会很快找到大家伙儿的。”

伊利莎白坐到山毛榉树阴下，侧耳倾听着四方。莱茵哈德坐在离她几步远的一个树墩上，默默望着姑娘。

太阳当头照着，正是一天最热的时候。一些青色的小蝇振翅停在空中，给日光照射得发出金色的闪光。一片细柔的嘤嘤嗡嗡声包围着他们，不时有啄木鸟叩击树干的咚咚声从密林传来，还有一些别的鸟儿在林中鸣啾。

“听！”伊利莎白说，“我听到敲钟声。”

“在哪里？”莱茵哈德问道。

“在我们背后。你听到了吗？这会儿已经是正午了。”

“那么城市就在我们后面了，只要我们朝着这个方向一直走，就一定会回去的。”

两人踏上归途，不再寻找草莓了，伊利莎白已经累了。终于，从树木间传来大伙儿的欢声笑语。他们走近，看到铺在地上当餐桌的白床单，上面堆着多不胜数的草莓。

老先生上衣扣眼里塞着一条餐巾，正一边使劲儿切着一块烤肉，一边继续对小年轻们发表道德演说。

“赶鸭子的回来啦。”年轻人看到莱茵哈德和伊利莎白从林中姗姗来迟，齐声嚷道。

“请吧！”老先生冲他们喊道，“把你们手巾里和帽子里的抖出来，让大家伙儿看看。”

“只找到了饥饿和口渴。”莱茵哈德回答。

“要是全是这些，”老先生举起满满一盆草莓向他们展示，“那你们只好独自享受啰，你很清楚我们之间的协议，游手好闲的人是享受不到美食的。”

话虽如此，老人到底还是经不起人家的再三恳求。接着便开饭，大伙儿一边吃，一边欣赏着画眉从杜松子丛中送来的歌唱。

这一天便这样过去了。但是，回去之后，莱茵哈德还是找到了一些什么，虽然不是草莓，但是也生长在林中。回到家，他便在自己那精致的本子里写道：

在那山丘之旁，
风儿轻轻吹过；
巨树垂下长臂，
护得佳人安坐。

佳人坐在草丛，
碧草散发芬芳；
青蝇飞舞环绕，
纱翼处处闪光。

森林多么安静，
佳人多么聪颖；
棕发沐浴日光，
熠熠恍若鎏金。

远方杜鹃欢唱，
我若大梦初醒；
她有金色美眸，
何似林中女神。

这样，她便不再只是一个受他保护的小女孩了，她已经是他生命中一切美好迷人的情感的化身。

佳人亭亭立路旁

圣诞节到了。还在下午，莱茵哈德就和几位大学生一起，坐在市政厅地窖酒店的橡木桌旁了。此时，地窖中光线已暗，墙灯点了起来。但是客人们都不怎么花钱，侍者们只好倚靠墙柱闲立着。在屋角，坐着一个拉提琴的老人和一个弹八弦琴的模样俊俏的吉普赛姑娘，他们也把乐器抱在怀中，无精打采地望着前方出神。

从大学生们坐着的桌子旁传来开香槟瓶塞的响声。“喝吧，我的波西米亚宝贝！”一个阔公子模样的年轻人将满满一杯酒递到姑娘唇边，大声说。

“我不想喝。”姑娘说，仍是坐着一动未动。

“那好吧，唱首歌儿吧。”阔公子扔了一枚银币到她怀中。姑娘举起双手慢慢梳理自己的黑发，老人则凑到她耳边嘀咕了什么。但她把头一昂，下巴支到八弦琴上。“这种人，我才不会为他唱。”

莱茵哈德端起一杯酒站起来，走到她跟前。

“你想干什么？”姑娘倔强地问。

“看看你的眼睛。”

“我的眼睛与你有什么相干？”

莱茵哈德目光灼灼地俯视着她。“我清楚，它们是不诚实的。”

姑娘手托着腮，警惕地打量着他。莱茵哈德举杯到嘴边。“为了你这美丽的、造孽的眼睛！”他说。说罢喝了一口酒。

姑娘笑了，猛地转过头来。“给我！”她说。黑色的眉目直视着莱茵哈德的眼睛，慢慢饮尽了剩在杯中的酒。随后她便拨出一个和弦，用低婉深情的嗓音唱道：

今朝啊，今朝
我是如此美丽；
明朝，唉，明朝，
一切都将逝去！

此刻啊，此刻
你仍然属于我；
死亡，唉，死亡
将带给我以孤寂。

提琴师正奏出快速的结尾，大学生的桌旁又来了一个人。

“莱茵哈德，”新来的人说，“我刚去叫你，你已经走了。你可知道，圣婴已经降临到你的屋里啦。”

“圣婴？”莱茵哈德说，“才不会呢。”

“哈哈，会的。要不你的屋子怎么会弥漫着枞树枝和姜汁饼的香味。”

莱茵哈德放下手中的酒杯，抓起帽子。

“你要做什么？”姑娘问道。

“去去就回。”

姑娘皱眉。“留下来吧。”她柔声恳求，亲切地望着他。

莱茵哈德犹豫了。“不能啊。”他说。

姑娘娇笑着用脚尖踢了踢他。

“去！”她说，“你也和他们一样，全都不中用！”

她转过身去，莱茵哈德慢慢登上地窖的台阶。

街上暮色深沉，寒冷的空气扑打着他的额头，异常凉爽。一些窗户里投射出圣诞树的光辉，不时还可以听到屋子里吹奏小笛子和小喇叭的声音，夹杂着孩子们的喧闹。

成群的流浪儿从一所房子跑到另一所房子前，要不就爬到台阶上的栏杆前，偷看窗子里面那些他们享受不到的美味。有时，一些房门会突然打开，斥骂之声顿时驱赶着这些小小的不速之客，让他们从明亮的屋前躲到黑暗的巷子里。在另一间房子里可能正唱着一支古老的圣诞歌曲，其中分明也有少女清脆的嗓音。

莱茵哈德对这些充耳不闻，他快速穿过这些喧闹，从一个街区走到另一个街区。快到宿舍的时候，天完全黑了，他爬上楼梯，跨进自己的房间。

迎面扑来一阵甜香，就跟圣诞节母亲亲手布置的房间一样，立刻在他心里勾起一股乡愁。他点好灯，看到桌子上大大的包裹。解开包裹，滚出他十分熟悉的棕色姜饼，其中几个上面还用姜汁浇着他名字的首字母。除了伊利莎白，还有谁会这样做呢！接着又发现一个装着精致的绣花衬衫的小包，包里面还有一些袖口和手巾，最后是母亲和伊利莎白的信。伊利莎白写道：

这些美丽的糖字大概会告诉你，是谁为你做的这些姜饼，为你绣袖口的也是同一个人。今年圣诞节，我们这儿异常冷清。妈妈总在九点半之前就把纺车挪到屋角去了。你不在家，今年冬天真寂寞呢。你送我的梅花雀上个礼拜天死掉了，我哭了好久，我可一直是很细心地照顾它呀。一到下午，阳光照到它的笼子上，小家伙便放开歌喉了。它唱得太起劲的时候，妈妈便在笼子上罩上布，让它安静下来。这下我们的房子更加安静了，只有你的老朋友埃瑞克不时来看望我们。你有一次告诉我说，这个人就像他穿的那件褐色外套一样。每次他过来时，我都止不住想到这个比喻，实在是太有趣了。只是千万不要告诉妈妈，她会生气的。猜猜圣诞节我送给你妈妈的礼物是什么。猜不出？哈哈，是我自己哩！埃瑞克给我画了一张碳精像，为了这幅画，我在他面前坐了三次，每次都是整整一个钟头。坐在一个陌生人面前，让他看我的脸，真让我烦透了，但妈妈老是唠叨，说这样会让好心的魏尔纳太太高兴的。可你没有信守诺言啊，莱茵哈德。你没有给我寄过童话了。我时常向你妈妈抱怨，她总说你太忙了，也许早就不记得这种儿戏了。可我不相信，我觉得一定有别的什么原因。

莱茵哈德紧接着读母亲的来信。两封信都读完了，便重新慢慢叠起来，放在一边，一股浓烈的思乡之情袭扰了他。他在屋里踱了好一会儿步，嘴里低声嘀咕着。临了，含含糊糊地吟出下面这首诗：

君恍若神思颠倒，
不识那往日路途；
佳人亭亭立路旁，
静候良人回故乡。

随后他走到写字台前，从抽屉取出一些钱来，便又走到街上。街上已经安静了许多，圣诞树的灯光已经熄灭，流浪儿也不再成群结队地跑着。夜风吹过空寂的街道，大家都在自己家中团聚。圣诞夜的第二阶段已经开始了。

莱茵哈德经过市政厅地窖酒店的时候，听见下面传来吉普赛女郎的歌声和提琴的伴奏声。这时地窖的门哐当响了一下，一个人影踉跄地顺着宽大的石阶爬上来。莱茵哈德闪进房屋的阴影里，迅速走过酒店。不一会儿，他走进一家珠宝店，选购了一个小小的红珊瑚十字架，然后按原路返回。

在离宿舍不远处，他看到一个衣衫褴褛的小姑娘站在一幢楼房的大门前，想要打开那扇门。“要我帮助你吗？”他问。小女孩不吱声，只是放掉了沉重的门把手。莱茵哈德已经帮她把门打开，但又说：“不行，人家会赶你走的。跟我走吧，我可以给你一些圣诞节的姜饼。”

他把那扇门关上，牵起小女孩的手。小女孩安静地跟着他，来到他房中。

他出门时没吹灭的灯依然亮着。“这儿，给你姜饼。”他说着，随手倒了一半姜饼到小女孩的围裙里，只是舍不得给她任何一个浇着糖字的。“现在回家去吧，分一些给你的母亲。”

小女孩怯生生地望着他，这位先生如此和善，让她有些不知所措。莱茵哈德打开房门，照亮外面的路，小女孩带着姜饼迅速奔下楼，像只鸟儿似的飞回家去了。

莱茵哈德拨旺炉火，把墨水瓶放到桌上，然后坐下写信，写给母亲和伊利莎白，写了整整一晚上。剩下来的圣诞节姜饼放在一旁，一动未动。伊利莎白缝制的袖头却扣上了，跟他那件白色粗绒外套配起来再合适没有了。他就那么坐着写呀写，直到冬日的阳光照在结着冰花的玻璃窗上，从他对面的镜子里映出一张苍白而严肃的面孔来。

归 乡

复活节到来时，莱茵哈德回到了故乡。到家后的第二天一早，他就去拜访伊利莎白。

“瞧，你真长大了呀！”他对着那个笑着迎过来的姑娘说。妩媚苗条的姑娘刷地红了脸，却什么也没说。他抓住她的手想要表示致意，但她轻轻地抽了回去。他看着她，有些疑惑，过去她可不是这样啊。现在，仿佛有什么东西阻隔在他们之间了。随后在家待着的时间里，在他每天去看望她的时候，这种感觉就会浮现。每次他们俩单独待在一起，谈话就常常中断，这使莱茵哈德怪难受的，只好想方设法去避免这种尴尬的出现。为了假期里有个消遣，他便把自己上大学头几个月勤奋学得的植物学知识搬出来，教给伊利莎白。

伊利莎白从小就对他言听计从，加之本身也挺好学的，便高高兴兴地跟着学了起来。如今，他们每周都要去田野和荒原远足几次，中午的时候，再把装满了花草的绿色标本箱背回来。稍后一会，莱茵哈德便来到伊利莎白家和她一起对标本进行分类整理。

一天下午，莱茵哈德像往常一样来找伊利莎白。一进门，他就看到伊利莎白站在窗前，把一些新鲜的繁缕草搭在一只他从未见过的镀金鸟笼上。笼里蹲着一只金丝雀，一边拍打着双翅一边叽叽喳喳地从伊利莎白指尖啄草吃。当初，莱茵哈德的那只鸟儿也曾挂在这儿。

“该不是我可怜的梅花雀死后都变成了一只金丝鸟儿了吧？”他兴致勃勃地问。

“梅花雀可没有这本事，”坐在扶手椅里纺线的伊利莎白的母亲说，“这是你的朋友埃瑞克从他的庄园里特地为伊利莎白送来的。”

“从哪个庄园？”

“你还不知道？”

“知道什么？”

“一个月前埃瑞克已经继承了他父亲在茵梦湖畔的第二个庄园，您不知道？”

“这您可从未向我提起过。”

“你可从未提起过你的这位朋友的事情。这可真是位又可爱又懂事的年轻人啊。”

母亲去准备咖啡了。伊利莎白背向着莱茵哈德，继续在那儿搭建凉亭。“对不起，请等一会，”她说，“马上就好。”

莱茵哈德一反常态地没有回应，伊利莎白惊讶地转过身看他。莱茵哈德脸上突然流露出一种她从未见过的苦恼。

“你怎么了，莱茵哈德？”她走近他问。

“我？”他神不守舍地说，两眼迷茫地盯着她的眼睛。

“你看起来很不开心。”

“伊利莎白，”他说，“我讨厌这只黄鸟。”

她惊讶地看着他，没明白他的意思。“你真怪。”她说。

他抓住她的双手，而她也任由他抓着。母亲随后回到屋子里来，他们喝完咖啡后，她就坐在纺车前，莱茵哈德和伊利莎白则走进隔壁房间去整理标本。

花蕊已经数好了，叶片和花瓣也已经展开，两人又从每种花中各挑两朵出来压在一部对开的大书中，让它们慢慢变干。这是个暖融融的下午，四周的一切都十分安静，除了母亲在隔壁房间纺纱的声音缓缓传来。莱茵哈德也压低了嗓门，他要么告诉伊利莎白某种植物所属的门类，要么纠正她的拉丁文植物名称的发音。

“这样一来我就只缺铃兰这一种了。”将采集到的植物整理好之后，伊利莎白说。

莱茵哈德从口袋里掏出一个羊皮封面的小本子，说：“这儿有，给你。”说着便从本子里取出那枝半干的花。

伊利莎白看到本子上密密麻麻地写满了字，便问道：“你又编了童话故事？”

“这些不是童话。”他答着，便把本子递给她。

本子里面写满的都是诗歌，大多数都长不过一页。伊利莎白慢慢翻着，像是仅仅在阅读标题似的：《她受老师责备时》、《她在林中迷路时》、《一则复活节童话》、《她第一次写信给我时》等等，几乎全是这样一些标题。

莱茵哈德留神审视她，发现她洁白的小脸上慢慢浮起一点点红晕，最后整个脸庞都变得通红通红的。他想看她的眼睛，但她不肯抬头，最后默默地把本子放到他面前。

“别就这样给我呀。”他说。

她从标本箱里抽出一枝棕色的花。“我把你最喜欢的花放进去。”她说，同时把本子递到他手里。

很快便到了假期的最后一天，接着便是莱茵哈德离开的早晨了。伊利莎白得到母亲的允许，送她的朋友到离家几条街外的驿站去。

出门后，莱茵哈德便伸出胳膊让她挽着，静静地走在她的身旁。离目的地越来越近，分别在即，他越来越觉得有一件事情要在分别之前告诉她——一件跟他未来生活的全部价值和全部幸福紧密相关的事，可他就是想不出那句能使他解脱的话。他害怕起来，脚步越来越慢。

“你快迟到了。”她说，“圣母教堂的钟已经打过十点了。”

可他还是快不起来。终于，他结结巴巴地开口了：

“伊利莎白，你将有两年时间见不着我了。当我再次回来时，你还会像现在一样喜欢我吗？”

她点点头，亲切地看着他。

“我还替你辩护过呢。”她停了会儿说道。

“替我辩护过？在谁面前？”

“在妈妈面前。我们昨天晚上谈论了你好久，妈妈说你没有以前好了。”

莱茵哈德沉默半晌，然后握住她的手，郑重地注视着她那双孩童般的眼睛说：

“我还跟以前一样好，你一定要相信这一点。你相信我吗，伊利莎白？”

“当然相信了。”她说。

随后，他放开她的手，加快步伐走在最后一条街上。分别的时刻越来越近，他的脸色越来越开朗，脚步快得姑娘几乎跟不上了。

“你怎么了，莱茵哈德？”她说。

“我有一个秘密，一个美好的秘密。”莱茵哈德双眼明亮地看着她的面庞说，“两年后我回来的时候，你就会知道的。”说话间，他们已经到了驿车旁，时间刚刚好。莱茵哈德再一次拉起姑娘的手。“再见了！”他说，“多加保重，伊利莎白。别忘了我啊！”

姑娘摇摇头。“再见！”她说。莱茵哈德上了马车，马就开始走动了。

当马车辘辘地转过街角的时候，他看到姑娘可爱的身影，正慢慢走在回家的路上。

一封信

两年后的一天，莱茵哈德正坐在灯前，被一堆堆的书和纸围绕着，等一位朋友前来。这时有人上楼了。“请进！”——原来是房东太太。“有您一封信，魏尔纳先生。”说完她就走了。

自从上一次回家之后，莱茵哈德就从未给伊利莎白写过信了，伊利莎白也同样没有给他写过信。这封信不是她来的，信上是他母亲的笔迹。莱茵哈德拆开信来开始念，马上就念到下面这一段：

> 在你这样的年龄，我的孩子，每一年都会有不一样的体验，因为青春会让任何事物都焕发光彩的。而我们这里，也起了一些变化，要是我一向对你了解得不错，你听到后想必会有些难过的。昨天，埃瑞克到底是得到了伊利莎白的同意，近三个月来，他已经向她求婚两次了，都遭到了拒绝。伊利莎白一直下不了决心。她确实是非常非常年轻啊，但最终还是这么做了。婚礼很快就要举行，到时候她的母亲也将跟他们一块儿搬走。

茵梦湖

许多年后，一个暖和的春日午后，一位面色黝黑、健康结实的年轻人从一条倾斜的洒满树阴的林间小路上漫步下来。他那双严肃的灰眼睛急切地张望着远方，像是期待着这条单调的路发生变化，而这变化却迟迟不肯到来似的。终于，从坡下慢慢爬上来一辆大车。

“喂，老乡！”旅行者大声招呼走在车旁的农民，“这是到茵梦湖去的路吗？”

“没错儿，一直走。”农民提了提帽子回答。

“离这儿远不？”

“先生，您快走到了。不消半袋烟工夫，您就走到湖边了，东家的房子就在湖边。”

农民赶着车过去了。旅行者加快了脚步，匆匆穿过树林。一刻钟后，左边的树阴突然消失，小路绕上一座山坡，坡前长着一些树梢跟坡顶一般高的百年老橡树。越过树梢往前看，便是一片豁然开朗阳光明媚的天地。脚下远远地躺着一片湖水，宁静、湛蓝，四周几乎全让绿树包围着。树林留着一个豁口，展现远远的一带青山。正对面的绿色树林中间，果树正在开花，像撒上了雪似的一片洁白。一座别墅耸立在高高的湖岸上，白墙红瓦，给绿叶衬托得格外悦目。一只鹳鸟从烟囱上飞起来，在湖面上盘旋。

“茵梦湖！”旅行者失声叫出。

他仿佛已经到达了旅行的终点似的，一动不动地站着，视线越过树梢，眺望着对岸那平明如镜的湖水中轻轻晃动着别墅倒影的地方。尔后，他又开始继续前进。

他的路途笔直地通向山下，因此，下面的绿树也很快投下了绿荫，但也把前面的湖面景色遮住了，只偶尔在树枝的空隙里，才能看到一点水光。

不一会儿，他又登上了一座缓坡，两边的树木也消失了，面前是一个个挂满葡萄藤的小丘，夹道两边还有一些开了花的果树，之间飞舞着成群的蜜蜂，在花间嘤嘤嗡嗡。一个穿着棕色大衣的高个男人迎面走来，快到旅行者的面前时突然挥动帽子，声音洪亮地喊道：

“欢迎，欢迎，莱茵哈德，好朋友！欢迎来到了茵梦湖庄园！”

“你好啊，埃瑞克。谢谢你欢迎我来！”莱茵哈德说。

接着两个人就走到一块，相互握手。

“这真是你吗？”埃瑞克细细端详老朋友的面孔后说。

“当然是我，埃瑞克。我可认出了你，你看上去可更加快活了啊。”

一听这话，埃瑞克笑逐颜开，模样显得越发快活。

“是的，老朋友莱茵哈德。”他一面说，一面又握了握他的手，“你知道，上次你走后，我就办成了那件大事。”

随后他搓着手，兴高采烈地嚷道：“这将是一个意外！你可是她十分想见到的人啊。”

“一个意外？”莱茵哈德问，“对谁是个意外？”

“伊利莎白呀！”

“伊利莎白！你没有告诉伊利莎白我要来拜访？”

“没告诉。老朋友，她可想不到你会来，她的母亲也不会想到。我是偷偷写信邀请你来的，这样她才会更加喜出望外。你知道，我一直是个有自己打算的人。”

莱茵哈德沉思起来，越走近别墅，他越觉得呼吸困难。路左边的葡萄园不见了，取而代之的是一片很大的菜圃，一直延伸到湖岸边。鹳鸟已经落到地上，正在菜圃里大摇大摆地取食。

“唬！”埃瑞克喝道，拍打着双手，“你这长脚的埃及佬，又来偷我的豌豆尖啦！”

鹳鸟不慌不忙地飞到菜圃尽头一幢新建的房子上。这幢房子的墙壁全让人工编结的桃树和杏树的枝条盖上了。

“那是酿酒房，”埃瑞克说，“是我两年前建的。农庄的房子在先父手上已经盖好了，住宅更是在我祖父手上建好了。如此一点一滴地向前发展嘛。”

谈笑之间，两人已经来到一块开阔的空地上，空地两边是农庄的房子。前面是庄主的住宅，住宅两翼紧接一道高高的围墙，围墙之后耸立着一排排枝叶繁茂的紫杉，这儿和那儿还有一树树盛开的丁香从墙头探出脑袋。一些在烈日下干活而满脸汗水的汉子走过空地，向两位朋友行礼。埃瑞克则一会儿向这个发发指令，一会儿向那个问问一天的工作情况。

随后，两人走到住宅前，跨进一座高敞、凉爽的走廊，在走廊尽头再向左，转入一条光线暗淡一些的过道。埃瑞克在这儿打开一扇门，两人便进入了一个正对着一个大花园的花厅。花厅两侧相对着的窗户上都爬满藤萝，使厅里充满了朦胧的绿意。正中两扇玻璃门却敞开着，不但引来充足的阳光，而且能让人观赏前面的花园。只见园内布置着一座座圆形的花坛，伫立着一排排高高的树篱，中间伸展着一条笔直宽阔的大路，顺着这条路望去，就能看见湖水和对面更远处的树林。

两个朋友一跨进厅中，迎面拂来一股扑鼻的香气。花厅门前的阳台上，坐着一位身着白裙、身形宛若少女的夫人。她站起身迎上来和他俩打招呼，在半路上却突然站住了，两眼呆呆地一眨不眨地盯着客人。他微笑着走上前向她伸过手去。

“莱茵哈德！”她叫了起来，“莱茵哈德！我的天哪，真的是你吗？我们可有好久没有见面了。”

“是啊，好久不见。”他说，除此之外，再说不出别的话来。他心上感到一阵隐隐的疼痛。他看向她，她亭亭立于他的面前，不是和几年前在故乡的道路上和他道别的那个小姑娘一模一样吗？

埃瑞克停在门旁，双眼溢出喜悦。

“喏，伊利莎白。”他说，“这是不是你在这个世界上十分想见到的那个人啊？”

“你太好了，埃瑞克。”伊利莎白亲切地望着他。

他温柔地握着妻子的小手。“现在，我们可逮住他了。”他说，“咱可不着急让他走，他有太长时间没有回到故乡了，要让他重新熟悉这儿！你瞧，他现在看起来多么像个外乡人啊，长得是多么高雅啊。”

伊利莎白羞怯地瞟了一眼莱茵哈德的脸。“这是我们分开太久了的缘故。”她说。

正在这时，伊利莎白的母亲胳膊上挎着个装钥匙的小篮子进来了。

“魏尔纳先生！”她发现莱茵哈德之后嚷道，“啊，真是稀客呀稀客！”

接下来的谈话便以一问一答的模式进行着。母女俩坐下来做针线活；莱茵哈德享用着饮料；埃瑞克则点燃他硕大的海泡石烟斗，一边在客人旁边吐着烟圈，一边和他谈话。

第二天，莱茵哈德由埃瑞克领着参观整个庄园。他们去看了田地、葡萄园、忽布园和酿酒房。一切都管理得井井有条，在地里和酿酒锅旁工作的人都有着健康和满意的神色。

中午全家总会聚到花厅里，其余时间则看主人和夫人的忙闲了，也或多或少地共同度过。只有上午和晚饭之前的一段时间，莱茵哈德才在自己的房间里工作。多年来，无论何时何地，莱茵哈德都致力于从民间搜集所能得到的歌谣。如今，他正着手整理自己的珍藏，打算可能的话再在附近一带采录一些不一样的歌谣，让自己的收集更加丰富。

伊利莎白总是那么亲切友好。埃瑞克始终如一的关怀使她抱着一种近乎谦卑的感激。莱茵哈德不免想到，像伊利莎白以前那样活泼的小女孩，似乎不应该变得这么沉静。

从到庄园的第二天起，莱茵哈德总会在傍晚的时候沿着湖滨散步。湖滨的小路刚好紧贴在花园的下边，在花园尽头一个突出的墙垛上，有一条板凳立在高高的白桦树下面。伊利莎白的母亲唤这条板凳为“黄昏凳”，因为这个地方正对着西方，黄昏时分她们经常坐在那儿看落日。

一天傍晚，莱茵哈德沿着湖滨小路散步回来，突然遭到阵雨来袭，急忙躲到湖畔的一棵树下避雨。大颗大颗的雨点穿过枝叶，很快将他淋湿透了。他索性走进雨里，继续按原路返回。天完全黑了，雨也落得越来越急。快走到“黄昏凳”的时候，他觉得在斑驳闪亮的白桦树干中间，有一个白衣女子的身影。那女子一动不动地站着。等他走得快靠近的时候，他发现那女子的脸似乎是对着他的，仿佛在等候着什么人。他相信这是伊利莎白。但是，当他加快脚步，想要赶到她跟前，和她一起穿过花园回房去的时候，她却慢慢转过身，消失在黑暗的小径中。他感到莫名其妙，甚至有一些生气。可是，他又不能确定这是否就是伊利莎白。他没有勇气问她，甚至在回屋时没穿过花厅，生怕看见她会从通花园的门走进来。

依着妈妈的心愿

几天后的一个傍晚，夜幕缓缓落下，全家人又聚在花厅里。厅门敞开着，夕阳沉落到湖岸对面的树林，天快要黑了。

莱茵哈德受大伙儿邀请，让他念一念那天下午一位乡下朋友送来的几首民歌。他于是走回房中，拿出一个一页一页都抄写得十分整齐的纸卷儿来。

大伙儿都坐到桌边，伊利莎白坐在莱茵哈德身边。

“咱们碰碰运气吧。”他说，“我自己都还没念过呢。”

伊利莎白打开纸卷。“这儿有谱，”她说，“因此，莱茵哈德，你得唱！”

莱茵哈德一开始念了几首提洛尔山区的民谣，念着念着也不时哼唱出几节诙谐的曲调。聚会的气氛渐渐浓烈起来。

“是谁作的这样美妙的曲子呢？”伊利莎白问。

“哈，”埃瑞克说，“你一听不就听出来了嘛，还不是那些小裁缝、小理发匠等等乐天的下等人。”

莱茵哈德说：“它们不是被作出来的。它们自行生长，从空中掉下来，像游丝一样飞过大地，飞到这儿，飞到那儿，成千上万个地方的人同时吟唱着它们。我们能从这些歌谣中找到我们自己的痛苦和经历，仿佛亲身参与了它们的编写似的。”他抽出另一页念了起来：

我站在高高的山冈上……

“我会唱这首歌!”伊利莎白嚷了起来，“唱吧，莱茵哈德，我来和你。”

接着，他们便唱起了这首歌。伊利莎白以自己略带沙哑的女低音和着莱茵哈德的男高音。这首歌的曲调是如此的神奇，叫大家不敢相信是出自人们的思想。

母亲在一旁认真地做着针线活。埃瑞克双手握在一起，凝神听着。歌声停止，莱茵哈德默默地把歌词放到一边。——蓦地，一阵牛群的铃铛声从湖边传来，打破了黄昏的宁静。大伙儿都不由得侧耳细听，便听见一个牧童用清亮的嗓音唱着：

我站在高高的山冈上，
眼望着深深地谷底……

莱茵哈德微笑起来：

“你们都听见了吧？就是这么口耳相传的啊。”

“在这一带经常会听到有人唱这首歌。”伊利莎白说。

“是的，”埃瑞克说，“这是牧童卡斯帕，他赶着牛群回家来了。”

他们聆听了一会，直到歌声消失在农场背后。

“这些音调十分古老，”莱茵哈德说，“沉睡在密林深处，上帝知道是谁把它们找出来的。”

随后，他又抽出另外一页。

天色更加暗了，一片红霞挂在湖对岸的树梢上。莱茵哈德展开纸，伊利莎白按住纸的一头，两人一起看那歌词。只听莱茵哈德念道：

依着妈妈的心愿，

我成了别人的妻；
我心肝上的那个人啊，
只能被偷偷遗忘；
我的心徒劳反抗！

怪只怪我的妈妈，
带来了我的痛楚；
从前的善良诚实，
变成了今日罪过。
叫我怎奈何！

用我的骄傲快乐，
换来了烦恼悲伤；
唉，纵使是乞食荒郊，
也好过今日啊！

念着念着，莱茵哈德感到纸张微微颤抖起来。他刚念完，伊利莎白就默默推开椅子，走进花园。母亲的目光随着她。埃瑞克想要跟出去，丈母娘却说："伊利莎白在外面有点事。"埃瑞克就没有出去了。

外面暮色越来越浓，夜蛾子嗡嗡叫着从敞开的门前飞过，一阵浓似一阵的花香灌进厅中，从湖面上传来一阵蛙鸣，窗下的一只夜莺高声吟唱起来，而另一只在花园深处应和着，月亮也从树后探出脸来。

莱茵哈德久久凝视着伊利莎白的倩影在花园小径悄然隐去的地方。最后，他卷起他的稿纸，向在座的两位道了别，便穿过屋子来到湖边。

树木安静地耸立着，给湖面投下大片阴影。湖心却被朦胧昏黄的月光铺满。林中不时传来一点飒飒的颤动声，这不是风，而是夏夜的唏嘘。莱茵哈德沿着湖滨走着，突然在离岸一丈远的湖面上，瞧见一朵白色的睡莲。他顿时心血来潮，想要去靠近一些看看，便脱掉衣服，走进湖中。湖水很浅，锋利的石头和水草割痛了他的脚，他老走不到可以游泳的深度。后来，他突然一下子踩空，湖水打着圈儿淹没了他，过了好一阵儿，他才浮出水面。他摆动着手脚游动了一圈，这才重新确定了来时入口的方向。很快，他又发现那睡莲，孤孤单单躺在巨大光滑的叶子中间。——他慢慢向前游去，不时将手臂抬出水面，往下滴落的水珠便在月光下闪闪发亮。然而，游了半晌，他和睡莲之间的距离没有发生任何变化，回头看时，夜霭中的湖面倒显得更加朦胧。可他仍不罢休，继续朝前游去。终于，他游到了离睡莲很近的地方，可以辨清月光下的银白色花瓣了。但与此同时，他感到自己陷进了一面网中——光溜溜的水草从湖底浮起来，缠住了他赤裸的手脚。湖面一片黑水包围着他，身后传来一声鱼跃之音。顿时，一种不安的感觉袭上来。他拼命扯掉缠在身上的水草，气喘吁吁地急急游到岸边。当他回到岸边，再回头看那睡莲，只见它仍和先前一样，远远地孤独地躺卧在黑黝黝的水面上。——他穿好衣服，慢慢走回房去。穿过花厅时，他发现埃瑞克与伊利莎白的母亲正在为明天出门办事做准备。

“这么晚了你去哪儿了？”老太太大声问他。

“我？”他应着，“哦，我打算去看看睡莲，却没有成功。”

“这可真是叫人想不通了，”埃瑞克说，“你跟睡莲能有什么关系啊？”

“我曾经和它熟悉，”莱茵哈德说，“但那是很久很久之前的事情了。”

伊利莎白

第二天下午，莱茵哈德和伊利莎白一起去湖对岸散步。他们一会儿走过林地，一会儿流连在高高的伸入湖中的堤岸上。伊利莎白受埃瑞克委托，在他和母亲外出期间带莱茵哈德看看庄园的美景，尤其是带他到湖对岸看看整个庄园的气派。于是，他们俩便从一个地方走到另一个地方。

终于，伊利莎白走累了，便坐在一棵枝叶婆娑的大树下。莱茵哈德站在对面，背靠着一根树干。突然，丛林中传来一声杜鹃的啼鸣，莱茵哈德心中大动——此情此景似曾相识啊！他看着伊利莎白异样地笑了。“咱们去采草莓好吗？”他问。

“现在还不到采草莓的时候呀。”她说。

“可这时候也离得不远了呀。”

伊利莎白默默地摇摇头，随后站起来，两人又继续朝前走。走在她身边时，他禁不住一次又一次地转过来瞅着她。她步态轻盈，极为优雅。他常情不自禁地落后一步，以便把她的美态全都摄入眼中。

他们走到一片长满野草的空地上，眼前的世界变得开阔起来。莱茵哈德弯腰采摘着地上一些野花，当他抬起头时，一种浓烈的痛楚浮现在脸上。

“你知道这是什么花吗？”他问。

伊利莎白不解地望着他。“这是石楠，过去我常常在林子里采摘它。”

“我家里有一个旧本子，”他说，“过去我在里面写下各式各样的诗句，可我已经好久没有这样做了。在这个本子中间，也夹着一朵石楠花，早已枯萎，你知道是谁把它送给我的吗？”

她无声地点点头，眼神却一动不动地凝视着那朵花。两人就这么站了很久。当她再次抬起眼看着他时，他发现她的双眼早已噙满泪水。

“伊利莎白，”他说，“在那青山之后，留下了我们的青春。可如今，它又在哪儿呢？”

两人都沉默起来，只默默地、肩并肩地，向着湖边走去。空气渐渐变得闷热起来，西边的天空浮起一片黑云。“雷雨快来了。”伊利莎白说，加快了步伐。莱茵哈德默默地点点头。两人便沿着湖岸快步走着，一直走到他们的船前。

渡湖时，伊利莎白把一只手抚在船舷上。莱茵哈德一边划桨一边瞅着她，她的目光却越过他投向远方。于是，他的视线便向下滑落到她的手上。那只苍白的小手，向他泄露了她的脸不肯揭示的秘密。这只手，由于隐痛而造成的轻微抽搐，这样的抽搐，还经常出现在那些个不眠的深夜，扪着自己心痛的伤口。伊利莎白感觉到他的目光，便慢慢让手滑到舷外的水中。

一回到庄上，他们就在住宅前看到一辆磨刀人的小车。一个披着满头黑色鬈发的汉子正用力踏动砂轮，嘴里哼着一支吉普赛人的曲调。一只链子拴着的狗躺在一旁穿喘着粗气。门口站着一个衣衫褴褛的姑娘，原本挺俊的模样，这会儿凄凄惶惶，伸出手来向伊利莎白讨钱。

莱茵哈德把手放进口袋准备掏钱，但伊利莎白抢在前头，急急忙忙把钱袋中的一切全都倒在了讨饭姑娘的手里，然后飞快转身走了。莱茵哈德只听她抽噎着，跑上楼去。

他想赶上去拦住她，但一转念，停在了楼梯口。穷姑娘仍站在门口，手里拿着布施的钱发呆。

“你还想要什么？”莱茵哈德喊道。

她猛地一惊，忙说：“不，什么也不要了。”随后便转身离开，只是脑袋仍然转过来，一双乌黑的眼睛直直地盯着他。她缓缓离开门口。他想起什么，喊出了一个名字，但那姑娘已经听不见了。她垂着头，走过院子，下坡去了。

死亡，唉，死亡，
将带给我以孤寂！

一支古老的歌在他耳中震响，他几乎停止了呼吸。静默了一会儿，他缓缓转过身，回到房中。

他坐下来工作，但是注意力总没法集中。努力了一小时，仍然不成功，他便离开房间来到楼下的起居室。起居室里空无一人，只有一片朦胧、阴凉的绿意。伊利莎白做针线的小几上，放着她下午戴过的红围巾。他把围巾拿到手里，心中顿觉一阵刺痛，便又放下来了。他神思难安，不觉走到湖边，解开了小船，划到对岸，把他和伊利莎白刚才一块儿走过的路又走了一遍。等他再回家来的时候，天已经黑了。他在院子里碰到了车夫。车夫正牵着拉车的马到草地去，出门办事的两位刚刚回家。

他进走廊的时候，听到埃瑞克在花厅里来回踱步。他没有进去和他打招呼，只在外边站了会儿，然后便静静地上了楼梯，回到房间。他坐在窗前的扶手椅上，极力想象自己是在听楼下园中紫杉篱间那只夜莺的歌唱，但听见的却是自己的心跳。楼下的人们都已安寝，夜也逝去，只有他不知不觉。

他这么坐了好几个小时，最后，终于站起来，将上身探出敞开的窗户。夜露在树叶间滴答着，夜莺也停止了歌唱。渐渐地，东方出现了一片黄色的光晕，驱开了夜空中的墨蓝。一股清风随之而来，吹拂着莱茵哈德灼热的前额。就在这时，第一只云雀欢叫着，跃上了天空。

莱茵哈德猛地转过身，走到桌前，用手摸索铅笔。找到铅笔之后，他便坐下来，在一张白纸上写下几行字。写完，取过手杖和帽子，留下纸条，轻轻拉开房门，下楼去了。

屋里还到处是一片朦胧黑暗。那只家养的猫在草褥上伸着懒腰，莱茵哈德下意识地伸过手去，它便把自己的背耸起来。外边，麻雀们已经在花园里叽叽喳喳地叫开了，宣告着黑夜已经遁去。接着，楼上一扇房门打开了，有谁下楼来。他一抬头，伊利莎白已经站在了他的面前。她一只手垂在莱茵哈德的胳膊上，嘴唇翕动了几下，却无半点声音。

最终，她开口了："你不会回来了。我知道，你永远不会再回来了。"

"是的，不会了。"他说。

她垂下手，再也说不出话来。他穿过走廊，再一次回转过身来。她仍静默地站在那里，双眼绝望地看着他。他跨前一步，向她伸出双臂，却又猛地一扭身，越过门去。

庄园外，整个世界已经静卧在一片晨光中，挂在墙角的蜘蛛网给晨起的第一抹朝阳照着，晶莹闪亮。他再也没有回头，大步向前走着。那座宁静的庄园便渐渐落在身后，一个辽阔广大的世界在他面前展开。

老 人

月光不再透过玻璃窗照进来，屋里已经很暗了。老人仍然坐在那把扶手椅上，手握着手，呆呆地凝视着前方。渐渐地，在他眼前，那包围着他的黑暗化成了一片宽阔幽深的大湖，黑黝黝的湖水一浪接着一浪向前涌去，越涌越远。在老人目力所不及的最远的那道水波上，在一些很大很宽的叶子中间，孤零零地漂浮着一朵洁白的睡莲……

房门开了，屋里顿时明亮起来。

“你来得正好，布里基特，”老人说，“把灯放在桌子上吧。”

随后，他把椅子移到桌前，拿起一本摊开的书，专心致志地继续研究起自己从年轻时就致力的学问来。